鼓浪屿民国日记

陈燕茹 著

内 容 提 要

这是一部非虚构历史类纪实文学，是一部全面立体解析鼓浪屿黄金年代的书籍。本书以日记体记录人物、事件，以"自我"的叙述回忆往事，以典型事件为线索，从家族身世背景，到人物社会关系，讲明每个人来到鼓浪屿、与鼓浪屿发生关联的原因；从真实历史的细微叙事中，展现一个个情感丰富、血肉丰满的人物，讲述鼓浪屿黄金年代中生活在这座小岛上的人们发生过的故事，重温这段无可替代、不可复制的历史。本书共分四章，第一章为人文荟萃，记述了林语堂、卢嘉锡等文人学者；第二章为医者仁心，记述了陈天恩、黄廷元等中西名医；第三章为商业浪潮，记述了黄奕住、林尔嘉等商界名流；第四章为革命风云，记述了林祖密、许春草等革命志士。

图书在版编目（CIP）数据

鼓浪屿民国日记 / 陈燕茹著. -- 上海：上海交通大学出版社，2023.2
 ISBN 978-7-313-26264-6

Ⅰ. ①鼓… Ⅱ. ①陈… Ⅲ. ①纪实文学－中国－当代 Ⅳ. ①I25

中国国家版本馆CIP数据核字（2023）第080929号

鼓浪屿民国日记
GULANGYU MINGUO RIJI

著　　者：	陈燕茹	地　　址：	上海市番禺路951号
出版发行：	上海交通大学出版社	电　　话：	021-64071208
邮政编码：	200030	经　　销：	全国新华书店
印　　制：	河南瑞之光印刷股份有限公司		
开　　本：	710mm×1010mm　1/16	印　　张：	34.5
字　　数：	447千字	插　　页：	1
版　　次：	2023年2月第1版	印　　次：	2023年2月第1次印刷
书　　号：	ISBN 978-7-313-26264-6		
定　　价：	128.00元		

版权所有　侵权必究
告读者：如发现本书有印装质量问题请与印刷厂质量科联系
联系电话：0391-2527864

厦门社科丛书

总 编 辑：中共厦门市委宣传部
　　　　　厦门市社会科学界联合会
执行编辑：厦门市社会科学院

编委会

主　　任：吴子东
副 主 任：潘少銮
委　　员：戴志望　温金辉　傅如荣　纪　豪　彭心安
　　　　　吴文祥　陈艺萍　李建发　曾　路　洪文建
　　　　　赵振祥　陈　珍　徐祥清　官　威　陈振明
　　　　　朱　菁　李　桢

编辑部

主　　编：潘少銮
副 主 编：吴文祥　陈艺萍　王彦龙　李 桢
责任编辑：陈戈铮

序言

　　1920年，美国人保罗·哈钦森在鼓浪屿游记中写道："这是一个令人惊奇的小岛，在如此狭小的岛屿上，居然拥有如此之多风格迥异的建筑，如此之多的英才与风云人物。可以说，无论是在艺术、教育，还是医学、建筑，鼓浪屿都扮演了一个时代先锋的角色，遥遥领先中国其他地方，如果不算加利福尼亚的帕萨迪纳，鼓浪屿上的富人比地球上任何地方都多。"是的，中国最早的现代幼儿园、最早的全日制学校、最早的海底电缆、最早的汽水厂、最早的现代足球场、最早的保龄球馆、最早的养狗证、最早的西式打虎队等，都出自这座不到2平方公里的小岛。

　　将近百年之后，2017年7月8日，在波兰克拉科夫举行的第41届世界遗产大会上，"鼓浪屿：历史国际社区"被联合国教科文组织列入《世界遗产名录》，正式成为中国第52处世界遗产。同年的9月4日，联合国教科文组织总干事伊琳娜·博科娃为鼓浪屿颁发世界遗产证书。在致辞中博科娃女士指出：鼓浪屿面积虽小，但价值重大，体现了不同文化、不同信仰之间的对话，这种对话可以帮助今天全世界的人们理解和实践尊重、包容的价值及欣赏多样性，是全球公民精神的重要课堂。这也给出了鼓浪屿当年繁荣与先进的答案——开放与包容，交流与互鉴。

人类文明多样性是世界的基本特征，也是人类进步的源泉。世界上有200多个国家和地区、2500多个民族、多种宗教。不同历史和国情，不同民族和习俗，孕育了不同文明，使世界更加丰富多彩。要构建新型人类文明关系，怎样处理文明差异是重大难题，需要有参考的样本，而鼓浪屿正是这样一个巨大的精神载体。它告诉世人，不同文明之间的交流、互鉴不仅可以做到，而且留下了丰硕的成果。"这座岛屿给予我们希望，其并存的建筑风格可以鼓励和引导我们走向和平的文化并存，它为跨文化丰富性提供了实物例证，而且今天我们比以往更需要这些。"（伊琳娜·博科娃女士致辞）

陈燕茹女士是鼓浪屿上的郑成功纪念馆的副馆长，先后毕业于厦门大学、北京大学，工作的关系，长期生活在鼓浪屿这个充满浪漫与多样文化的小岛，脚步所及就是当年名人故居、琴岛旧貌。长期的浸润，使其对鼓浪屿上的人有了深切的体会和理解。这本以第一人称写下的日记，既有对当年人物经历的细细考证，也有对他们心路历程的暗暗揣摩，一篇篇日记背后，一个个人物形象跃然纸上，透过一个个家族的背影，让人感受到了鼓浪屿开放与包容、尊重与学习、交流与互鉴的独特文化魅力。虽有部分史料尚不够充分和准确，但瑕不掩瑜，这本书给了我们一个独特的视角，解读鼓浪屿、理解鼓浪屿，也期望有更多的人借由这本"民国日记"，读懂鼓浪屿。是为序。

厦门市文化和旅游局二级巡视员　李云丽
2022 年 12 月 10 日

前言

历史之精彩，往往发生在转折动荡之时；人性之善恶，常常显现于危难困苦之际。鼓浪屿，中国东南沿海的一座弹丸小岛，一个多世纪以来，中华传统文化、华侨文化和西方文化在这里碰撞融合，华侨富绅们的传奇在这里谱写，繁荣的"历史国际社区"应运而生。

鼓浪屿的繁荣与外部大环境密不可分。1842年鸦片战争失败后，厦门作为第一批沿海口岸对外开放，成为闽南人下南洋的必经之路，鼓浪屿偏处一隅，却汇聚时代风云，成为西方文明东来中国的一个驿站，近代中国人开眼看世界的一个窗口。1895年甲午战败割台，鼓浪屿迎来一批又一批从台湾渡海归来的故人。1912年民国初建，闽南地区军阀混战，时局不靖，鼓浪屿公共租界作为中国"主动"开辟的租界，外侨人数不多且允许华人参政，社会治安良好，成为一处理想的"世外桃源"。第一次世界大战后，东南亚各国殖民政府对华侨资本采取限制排挤的政策，巧取豪夺；1929年世界经济大危机爆发，银价暴跌，国际形势转向了对中国市场有利的方向，东南亚华侨纷纷汇款回国，为资本寻找出路。1938年厦门沦陷后，几乎所有钱庄、商号迁往鼓浪屿，避难人口最多时超过十万人。在太平洋战争爆发之前，这里都是一处安全的居所。许多富商巨贾纷纷将闽南乡村的家眷乔迁鼓浪屿定居,在这里营造属于自己的精神家园。

全盛时期的鼓浪屿,有闽南地区最好的医院和学校,英杰辈出,名流云集,从海外归来的华侨视野开阔,实力雄厚,在东西方文化的冲击之下开始思索,寻求救亡图存之道,并将对家乡的改造付诸行动,极大地改变了这座小岛的风貌。他们在鼓浪屿得风气之先,启蒙开智,以此为起点走向世界各地;他们在鼓浪屿建功立业,拓展商务,以此为阵地运筹帷幄,布局商业版图;他们在鼓浪屿逃避乱世,颐养天年,以此为跳板重新出发,走向更辉煌的人生。鼓浪屿对他们是空间,是时间,更是人生的精神坐标。这批最早觉醒的中国人,吸收西方文明的精华,发起对缠足、弃婴、蓄婢等封建陋习的抵制,成立天足会、婢女救拔团、妇女识字班等,为妇女争取解放和平等、自由等人权。他们在吸收外来文化的同时更好地发展本国传统,保存国粹。他们在那个苦难年代中,洞见了国家的未来,并将身家性命与家国的命运紧密相连,在救国救民的道路上摸索前行。他们深切地认识到,只有强大的祖国才能使自己真正站起来,在异国的土地上扬眉吐气。所以他们不惜一切支持中国革命,发起"闽侨救乡运动",团结自治,毁家纾难支援祖国抗战。他们怀抱文学梦、教育梦、铁路梦、金融梦、实业梦，试图在纷繁乱世中奋力一击，力挽狂澜，不仅推动了中国近现代化的进程，也对中西文化交流作出了突出贡献。

  公共租界时期的鼓浪屿成为洋人的天堂，富人的乐园，穷苦百姓的避难所，军阀土匪的安乐窝，革命志士的红色堡垒，宗教人士的聚会之所。岛上很多个家族之间有着千丝万缕的关系，很多看似不相关的人物都可能因为某个事件走到一起，定格在历史的某个瞬间，构成鼓浪屿民国时期庞大复杂的关系脉络。纵观鼓浪屿的历史，哪里有什么纯粹地域概念的"鼓浪屿人"，"正港鼓浪屿人"是一群又一群的外来者，有摇旗呐喊的战士，闲适自得的学者，精明能干的商人，悬壶济世的医生……他们在小岛落地生根，抑或来去匆匆。黄仲训在日光岩怀古寄傲，广为交游，诗名远播，留下半壁题刻；弘一法师在日光岩闭关清修，埋名遁世，不带走一片云彩；鲁迅在日光岩游览延平旧迹，慨叹英雄不再，山峦叠翠遍插五色蛮旗。他们带着不同的心境来到这座小岛，在时代剧变中作出一个又一个重要抉择，用深沉的爱书写传奇。

  民国时期，很多名人都有记日记的习惯，比如林尔嘉、黄奕住、鲁迅等。这本《鼓浪屿民国日记》当然不是真实的日记，但是所记事件、年代皆经过考证，行文尽量引用原话。本书以"日记体"记录人物和典型事件，从主人公的视角来讲述，力求真实，注重代入感，更好地展现人物的个性和情感。本书突破以往的篇章片段化传抄讲述模式，对口述历史中的错误予以更正，对某些无据可考的传闻不予采信，依托这一时期的报纸、期刊、工部局报告书、传教士回忆录、厦门市博物馆馆藏文物及老照片、档案文书等，结合对专家学者及原住居民的访谈调研，试图发掘并整理鼓浪屿历史长河中的点滴碎片，还原那个年代诸多历史人物和故事。

  长期以来，我们对鼓浪屿的一些历史人物存在偏见。比如对林语堂、黄仲训、陈天恩、李清泉等人物的评价偏低，没有充分认识到他们的存在对于那个时代的中国所产生的价值；对雷文铨、白护卫、周廷旭等鼓浪屿才俊和殷碧霞、叶友益、莫耶等鼓浪屿杰出女性认识太少，他们的名字险些湮没在历史的长河中。本书力求从真实历史的细微叙事中，呈现一个个情感丰富、血肉丰满的人物，勾勒出不同身份、职业的鼓浪屿华人精英群像。为了不使行文枯燥，突出故事的可读性和趣味性，将一些琐碎的记录串联整合叙述，从家族身世背景，到人物社会关系，讲明每个人来到鼓浪屿、与鼓浪屿发生关联的原因，讲述鼓浪屿黄金年代，生活在这座小岛上的人们发生过的故事，重温这段无可替代、不可复制的历史。

这是一部非虚构历史类纪实文学，是一部全面、立体解析鼓浪屿黄金年代的书籍。与其说是在写鼓浪屿，不如说是在写时代、写人、写家族传奇。我们所能见到的史料只是冰山一角，本书也仅是选取了与鼓浪屿相关的某些人物的某些生活片段，不足以呈现历史的全貌，但是通过挖掘一些琐碎的细节和感人的瞬间，透过个人命运沉浮和家族兴衰波折的往事，希望能够捡取恢宏历史中的吉光片羽，管窥这些伟大人物的美好品质，以古鉴今，启迪当下。

青山依旧，鼓浪听涛，还有更多往事伴着海风传来。如今，走进时空交错的鼓浪屿，洗尽百年浮华，它却依然那样鲜活、年轻。这个充满东方智慧的小岛，在数百年文化激荡中，吸纳东西方文明的精华蓬勃发展，结出累累硕果，奇迹般孕育出一个高度文明繁荣的历史国际社区。民族精英智慧与财富的汇聚铸成鼓浪屿的无尽魅力。或许，这正是鼓浪屿留给今日世人最重要的文化遗产。

陈燕茹

目录

第一章　人文荟萃 001

林语堂　人生不过如此 005
廖翠凤　爱是恒久忍耐 027
雷文铨　独具匠心的筑梦人 039
鲁　迅　云中谁寄锦书来 057
林文庆　君子坦荡荡 077
殷碧霞　家乡是座美丽的小岛 095
黄　萱　人淡如菊傲寒霜 109
白护卫　呼吸自由空气 123
周廷旭　画出新世界 133
卢嘉锡　追梦赤子心 147

第二章　医者仁心 163

陈天恩　做一个郁公那样的人 167
黄廷元　古道热肠　于这世间徜徉 181

叶友益　女人的勋章 195
林巧稚　少有人走的路 205
谢宝三　妙手回春苦恼子 227
伍乔年　行医任教为渡人 237
吴瑞甫　熔铸中西为一炉 249

第三章　商业浪潮 261

黄奕住　爱拼才会赢 265
林尔嘉　一杯敬故乡　一杯敬远方 285
龚云环　腹有诗书气自华 307
黄秀烺　慎终追远　文墨流芳 321
黄仲训　此地有人常寄傲 333
许经权　诚以致富报桑梓 353
卓全成　同英布店的经商之道 363

第四章　革命风云 ... 375

林祖密　舍富贵而革命 ... 379
郭玲瑜　读书是一个美丽的梦 ... 393
许春草　爱人如爱己 ... 405
李清泉　团结就是力量 ... 425
颜　敕　妇女也是国民一分子 ... 443
曾　志　一个革命的幸存者 ... 455
李应章　西望神州点点星 ... 471
莫　耶　从厦门火星到延安颂歌 ... 483
李叔同　念佛不忘救国 ... 495

附　录 ... 512
参考文献 ... 517
后　记 ... 528

第一章 人文荟萃

1864年太平军漳州之战，林语堂的祖父被太平军拉走，生死未卜，祖母带着两个儿子逃难，路上把不满两岁的小儿子送给了鼓浪屿上的雷医生，从此，林语堂与这座小岛结下了不解之缘。

正因林语堂的亲叔叔在鼓浪屿，林语堂一家受到雷家的许多照顾和帮助，或者这正是林语堂大姐、表姐嫁到鼓浪屿，林家兄弟到鼓浪屿念书的原因。《京华烟云》这本小说的原型大多来自雷家，林语堂在这座小岛上求学、恋爱、订婚、结婚、生子，这座小岛见证了他人生的很多重大时刻。

晚清至民国时期，中国知识界经历了一场意识危机。从废除科举、提倡新学到新文化运动，以鲁迅、林语堂为代表的新兴知识精英无不以反传统为荣，乡土社会文化传统逐渐被摒弃。与此同时，林文庆却在南洋社会领导一场儒学复兴运动，在西化进程中维护传统文化，在失根与寻根中探索自我救赎之路，乡土文化在海外华侨和侨乡社会中得到了持续不断的传承与更新。

  生于乱世，他们在国家大厦将倾未倾之时，或勇立潮头，振臂呐喊，声震寰宇；或幽默讽刺，嬉笑怒骂，弘扬文化；或隐居幕后，默默奉献，保存国粹；或远渡重洋，师夷长技，科学救国……他们在鼓浪屿接受东方文化的滋养，西方文化的启蒙。传统与现代的碰撞，固守与变革的冲突，汇聚成鼓浪屿璀璨的人文之光。

林语堂（1895—1976），乳名和乐，名玉堂，后改为语堂，福建龙溪（今漳州）人。中国现代著名文学家、语言学家、发明家。美国哈佛大学文学硕士、德国莱比锡大学语言学博士，曾任北京大学英文系主任、厦门大学文学院院长、联合国教科文组织美术与文学主任、国际笔会副会长等职，两度获诺贝尔文学奖提名，蜚声中外。

林语堂
人生不过如此

人生不过如此，且行且珍惜。自己永远是自己的主角，不要总在别人的戏剧里充当着配角。

——林语堂《人生不过如此》

清宣统三年（1911） 辛亥 七月

与西洋的早期接触

　　我生在前清光绪二十一年，时值清帝国末叶，光绪年轻，虽然在位，但其伯母慈禧太后独揽大权。在国势岌岌可危之日，这位老太婆骄奢淫逸。我之降生，正值中日战争起，中国惨败，订《马关条约》，割台湾与日本。中日战争之前，慈禧太后将用以建立中国海军的款项，去修建颐和园。据记载，战争爆发后，中国一艘炮艇，曾以仅有之两发炮弹，参与战斗。腐败的清廷官僚曾自各国采购大小不同的炮弹，借以中饱自肥。日本则在明治维新之下，励精图强，在日俄战争中击败帝俄。

　　十岁那年，我离开父母，到鼓浪屿读书，由于跋涉困难，从板仔到厦门八十多公里的行程，需约三天，一去往往是一整年。每年到鼓浪屿求学的情形，令人毕生难忘。坐在那种家房船里，我总是看见妈祖的神龛被放置在船尾，总是点着几炷香，船夫往往给我们说古老的故事。有时，我们会听见别的船上飘来的幽怨、悦耳的箫声。音乐在水上，上帝在天宫。在我那童稚的岁月，还能再希望什么更好的环境呢？船蜿蜒前行，两岸群山或高或低，树木葱茏青翠，田园间农人牛畜耕作；荔枝、龙眼、朱栾等果树处处可见，巨榕枝柯伸展，浓荫如盖，正好供人乘凉之用；冬季，橘树开花，山间朱红处处，争妍斗艳。

　　我与西洋生活的初次接触是在厦门。我们人人对于外国人都心存畏惧。他们可分为三类：白衣的传教士，其衣着洗熨干净，清洁无瑕；醉酒的水手，在鼓浪屿随街狂歌乱叫，常令我们起大恐慌；外国的商人，头戴白通帽，身坐四人轿，可随意足踢或拳打我们赤脚顽童。

然而他们的铜乐队所奏乐曲真是悦耳动听。在鼓浪屿有一个运动场，场内绿草如茵，其美为我们所从未看过的。每有战舰到港口，其铜乐队即被邀在此场中演奏。我对西洋音乐着实着了迷。我是受了美国校长毕牧师夫人①的影响。她是一位端庄淑雅的英国女士，说话温柔悦耳、抑扬顿挫，我两耳听来，不啻音乐之美。传教士们的女高音合唱，在我这个中国人的耳朵听来，真是印象深刻，毕生难忘。

如今，我以第二名毕业于寻源书院，因为有个傻瓜比我用功，他考第一名。最后一夕，我坐在卧室窗口，望着下面的运动场，静心冥想了许久，想把这一夜永远记在心里。这是我中学四年最后一天。我学到了什么呢？在基督教会办的学校，我领受的好处当然很多。但是在这治外法权的鼓浪屿，基督教的社会不过是个小圈子，而周围是中国文化、中国传统、中国历史。这些，是学校欠我的。世界是这么大，历史是这么长，我求知之欲是这么强。我感到与别人不同，他们好像对生活的要求并不多，找一份事做，娶妻生子，随随便便混过一生。我的要求却很多，我要尝到世界的一切，我要明白所有的道理，什么是生，什么是死，什么是美？我有时因为看到一幅美景，会感动得掉眼泪。我想有机会，要游历世界，到世界最偏僻的地方去观察人生，再到最繁荣的都城去拜见骚人墨客，向他们提出问题，请教意见。我对于知识，真如饥者求食。我见到书店里琳琅满目的书籍，便想一一翻看。我感到自己的贪婪，凡是眼睛看得见的，耳朵听得到的，鼻子闻得到的，舌头可尝的，我都要试试。

清宣统三年（1911）　　　　　　　　　　　　　　　辛亥　九月

异想天开读书梦

我的父亲林至诚②是漳州天宝五里沙人。我祖父在咸丰十年太平天国之乱时，被太平军拉去当脚夫，从此音信杳然。③我父亲当时藏身床下，仅以身免。祖母带着我父亲和另外一个婴儿，才一两岁大，逃到鼓浪屿，后来把婴儿给了一个有钱的吕医生④，我家和那位医生，一直相交甚好。他们的住宅很大。

我们三兄弟在鼓浪屿读书时，都是他们吕家的女人的教子。我被带给慢娘⑤教养。她的未婚夫死了，她就成了未嫁的寡妇，她宁愿以处女之身守"望门寡"，也不愿嫁人。吕医生在外出为人诊病时，挑选了一对双胞胎，带回来交给慢娘抚养长大。双胞胎与我同龄，是我非常要好的玩伴。

在我看来，这位处女寡妇不愧为中国旧式妇女中的理想人物。她有着精致的装饰和观音般的慈悲。在民国初年，她似乎成了个难得一见的古董，好像古书上掉下来的一幅美人图。我到她屋里去时，她常为我梳头发。她的化妆品极为精美，香味高雅不俗。她的美丽和关爱，成为我童年里幸福的一部分。

送给吕家的那位叔叔⑥，后来中了举人，我颇以有如此显贵的亲戚为荣耀，因为他是我们林家的血统。我到鼓浪屿时，那位林叔叔死了。他死前曾把一个儿子送到英国去。

父亲林至诚是第二代基督教徒。父亲虽因家里穷，上不起学，年少时挑担贩米以担负起家庭重担，但他深知文化的重要性。他从十三四岁开始利用业余时间刻苦自学，很快就和读过书的人一样，掌

雷陈慢娘（雷晶晶提供）

握了读写能力，还写得一手漂亮的书法。他一直做着求学梦，二十四岁进入美国归正会办的神学院，取得传道资格，授任同安堂会牧师，并创办了教会学校启悟轩。之后，他又被教会派往漳州平和坂仔宝鼎堂会担任牧师，创办了教会学校铭新小学，协助医学传教士郁约翰医生[⑦]建立了小溪医院。

  家父并不健壮，他的前额高，与下巴很相配，胡须下垂。我记得他最分明的，是他和朋友或同辈分的牧师在一起时，他那悠闲的笑声。他是个无可救药的乐观派，锐敏而热心，富于想象，幽默诙谐。虽然日子过得清贫，倒也不亦乐乎。他不仅在乡间传道，还为乡民调解争端，在民风淳厚的家乡发展了一批信众。他常为人做媒，最喜欢做的事就是令鳏夫、寡妇成婚，婚礼如果不是在本村礼拜堂中，就是远在百里外的教堂中。

  孩子们放寒暑假的时候，家里的餐厅就变成了课堂。当男孩擦好地板，女孩洗完了早餐的碗碟后，铃声一响，我们就围着餐桌，听他讲解《诗经》等儒家经典，其中包含许多首优美的情歌。他轻松容易地把经典中包含的意思讲解出来，孩子们都很佩服他。我不能详叙我的童年生活，但是那时的生活是极为快乐的。

我很幸运能进圣约翰大学®，那时圣约翰大学是公认学英文最好的地方。

在那些长老会牧师之中，家父是以极端的前进派知名的。家父没有什么政治关系，但是一心赞成主张维新的光绪皇帝和他的新政。他把一幅彩色石印的光绪皇帝像挂在家里。如同早年的艰辛生活并没有磨灭他求学的热情一样，常年身处山乡，也没有令他关注外界、关注变革的热情消退半分。对西学的"痴迷"使父亲具有了当时中国乡下人所没有的放眼世界的眼光。他觉得必须让儿子接受新式教育，掌握现代科学文化知识，才能适应时代的发展，走出坂仔的大山。在厦门很少人听说有个圣约翰大学之时，他已经送自己的孩子到上海去受英国语文的教育了。他听说世界最好的学校是柏林大学和牛津大学，他要儿子用功读书，将来能上那种学校。

我感到父亲是在做狂梦。为了让儿子上学，他省吃俭用，甚至变卖家产，以筹得昂贵的学杂费。数年前，他变卖祖母传下的一幢小屋，才能够送二哥玉霖®到圣约翰大学去读书。我记得，在签约的时候，父亲的眼泪滴在契纸上。现在二哥毕业留在"约大"任教，愿意津贴我在上海读书的费用，但是，要到上海去读书，起码要筹备一百银圆。但父亲永远乐观，整个夏天为筹款东奔西跑，始终没有结果，到最后才下定决心向多年前曾经接济过的一个穷学生开口借钱。这位学生在漳州发了财，一直记挂着这份恩情，立马送来一百银圆，我去上海读书的事总算有了着落。

民国元年（1912） 壬子 冬

女大当嫁红颜殁

收到二姐去世的消息，恍如晴天霹雳，我悲痛不已。

我对大我四岁的二姐美宫比对父母感到亲切。她是个美人，在鼓浪屿毓德女校读完中学，功课很好，吵着要到福州念大学。父亲何尝不希望有一个又能干又受过高等教育的女儿。但父亲儿子太多，他认为女子受大学教育是种浪费，而我们的家庭委实也无法供给。更何况这是一个厦门富裕家庭的儿子也不会到福州或上海去求学的时代。去年秋天，我即将去上海圣约翰大学读书；二姐失去读书的机会，要嫁到西溪去。我知道她结婚是不得已的。她出嫁时从口袋里掏出四角钱，含着泪对我说："我们是穷人家，二姐只有这四角钱给你。你不要糟蹋上大学的机会。我因为是女子，所以没有这种福气。你要立定决心，做个好人，做个有用的人，好好地用功读书，因为你必得成名。你从上海回家时，再来看我。"我看着双眼含泪的二姐，她这几句话，好像有千钧之重。

前不久，二姐却因鼠疫亡故，其时已有七个月的身孕。我觉得自己好像犯了罪，仿佛是在替二姐上大学。

坂仔村之南有一带横岭，极目遥望，但见远山绵亘，危崖高悬，塞天蔽日，无论晴雨，皆掩映于云雾之间，二姐即埋葬于斯。那些极乐和深忧的时光，或只是欣赏良辰美景之片刻欢娱，都永远镂刻在我的记忆中。

民国四年（1915） 乙卯 夏

人生若只如初见

人生若只如初见，比翼连枝当日愿。

所谓伊人惊鸿影，在水一方终不见。

陈锦端[10]出身名门，才貌双全，是鹭岛名医、实业家陈天恩的长女。

在"约大"读书的厦门人，经常在一起玩。陈天恩医师的次子希佐[11]、三子希庆[12]和我是上海圣约翰大学的同窗好友，锦端在一墙之隔的圣玛利亚女校[13]学美术。经由希佐、希庆的介绍，我们一见钟情，陷入热恋。锦端生得确是楚楚动人、美丽无比。她是个天真烂漫的女孩，由于家里有钱，所以无忧无虑，她画一手好画，来上海读书是为了学美术。我爱她的美和爱美的天性，爱她那自由自在、笑嘻嘻、孩子气的性格。我们两人虽然没有机会单独在一起，但是由希佐、希庆同情地陪同，一起游公园，在黑漆漆的电影院看戏，好像只有我们两人。一个爱写作，一个爱作画，对艺术和美的追求将我们连接在一起，总有讲不完的话。我们在一起，仿佛吸饱生命的活力，如痴如醉。

今年暑假回厦门，我常到陈家做客，表面上是去找希佐，其实当然是找锦端。恋情很快被陈天恩医师知道了。其时陈医师正在为女儿筹划一桩门当户对的婚事，而且即将成功，他绝不允许自己的掌上明珠嫁给一个穷牧师的儿子。为了阻止我们相恋，陈医师撮合邻居兼好友廖悦发家的二小姐廖翠凤与我定亲，获得两家长辈首肯。

我二嫂杨翠竹是杨翠媛的二姐，廖翠凤三哥廖超烈又娶了杨翠媛，因为金门杨家小姐这层亲戚关系的缘故，父母极力想促成这件婚事，亲上加亲。我万念俱灰，服从"父母之命，媒妁之言"与廖翠凤订婚，但心里仍忘不了那个长发飘飘的美人陈锦端。我心有不甘，提出必须先念完大学再结婚。

"锦瑟无端五十弦，一弦一柱思华年。"青春期所形成的朦胧的理想，像花苞一样，在未曾盛放之前，就被无情的狂风摧残了。青春情殇，真爱只在梦魂中。我爱她，将会永远爱她，即使不能娶她也会一辈子爱她。

民国八年（1919）　　　　　　　　　　　　　　　　　　　己未　春

父母之命终难违

订婚后，我重返圣约翰大学，心里依旧牵挂锦端。听说陈医师要替锦端找金龟婿，没有成功。后来又听说，锦端到美国留学去了，在密歇根州的霍柏大学攻读西洋美术。

我从"约大"毕业后，对和廖家订下的婚事一再推脱，不肯结婚。我接受了圣约翰大学校友、清华学校校长周诒春的邀请，担任清华学校西文部英文教员，幻想换取学额去美国留学。我带着寂寞的心情，来到北京这个珠玉之城，大开眼界。这时，新文化运动在萌芽。我在清华继续埋头研究语言学，认识了提倡白话文的胡适[14]，很快成为好友。

我在清华服务已满三年，本以为有资格领得官费奖学金到美国深造，但是清华当局只给我每月四十大洋的半公费奖学金，使我大失所望。但是我不顾一切，向全美数一数二的哈佛大学申请入比较文学研究所，哈佛接受了。

　　三年来，每次回厦门，廖家总催我和翠凤结婚。我对翠凤倒没有什么，只怨她不是锦端。我对廖家说要出洋留学，翠凤的二哥廖超照告诉我，岳父大人廖悦发说："这一出洋如果不是两人同去，谁知道他什么时候才回来？"半公费奖学金不足以供我出国读书，岳父大人拿出一千大洋作为嫁妆。其实，对于翠凤我是心怀愧疚的。我知道不能再拖了，同意在夏天结婚，和翠凤一起出洋。

民国八年（1919）　　　　　　　　　　　　　己未　七月九日

中西合璧的婚礼

　　1919年7月9日[15]，廖家别墅张灯结彩，喜气洋洋，廖二小姐要出嫁了。一早，我带着花轿去廖家别墅迎亲。依照风俗，廖家端出一碗龙眼茶，是象征性的敬礼。我不但把茶吃下去，还把象征"早生贵子"的龙眼嚼得津津有味，身边的亲友都笑我不懂规矩。其实茶里加龙眼只是讨个吉利，按风俗是不吃的。

　　我们的婚礼仪式是在鼓浪屿的一所英国圣公会的教堂[16]里举行的。婚礼按基督教礼仪，接受牧师的祷告和祝福。在廖家别墅里还补办了一场中式婚礼，中国闽南传统的礼节一样也不少。婚礼就在廖家别墅正厅举行，新房则设在前厅右侧的厢房里。举行婚礼时，我和伴郎谈笑甚欢，因为婚礼也不过是个形式而已。[17]洞房之夜，廖家别墅的西式洋房里热闹喜气，窗外的鼓浪屿涛声依旧，然而我的心中却莫名怅惘。爱是永远不能封口的创伤。心生怜爱，由怜生爱，这是爱

鼓浪屿福音堂旧址（晃岩路40号）

情。互相照顾，因责任而起，这是伴侣。

秋水无痕，聆听落叶的情愫；红尘往事，呢喃起涟漪无数。

心口无语，奢望灿烂的孤独；明月黄昏，偏偏不再少年路。

民国八年（1919）　　　　　　　　己未　七月十二日

远渡重洋求学路

今天，我和妻子怀揣一千大洋的嫁妆坐上了从鼓浪屿前往美国的邮轮，即将到赫赫有名的哈佛大学读书，开启我们的蜜月旅行。父亲送我们上船的时候，心里高兴极了，他的梦想终于要实现了！父亲凝视着我们，面带悲伤，挥手告别，心里非常不舍，好像在说："你要到老远的美国去，此生也许难以再见。我把你交托给翠凤，她会细心照顾你的。"

汽笛轰鸣，我与妻子站在邮轮上，眼看着鼓浪屿在视野中渐渐远去，百感交集。其实我只手握半个不大稳的清华学额和有去无回的单程旅费。这简直是一场冒险，然而居然成行了！我顾忌什么？我常有好运道，而且我对自己有信心，加以童年贫穷的经验大足以增吾勇气和魄力。所以诸般困难，俱不足以寒我之胆而使我不勇往直前。我要有能做我自己的自由，和敢做我自己的胆量。

一生远游，从此开始。鼓浪屿，成了我梦想的起点。这一次，承载着父亲的梦，又要远离。[18]

民国十五年（1926）　　　　　　　　　　　　　　丙寅　五月十九日

共赴"厦大"逃亡路

　　回国后，我赴北京大学任教，进入新文化运动的中心。"三一八"惨案发生后，鲁迅写下《纪念刘和珍君》，我也写下《悼刘和珍杨德群女士》相应和。因为直言批评北洋政府，痛斥军阀的残酷行径，我和鲁迅被列入北洋军阀准备下手迫害的教授黑名单。同在黑名单上的《京报》主编邵飘萍[19]已被枪杀。我带着翠凤和两个孩子东躲西藏，小的才三个月大，着实不便。我在好友林可胜[20]大夫家里藏了三个星期之后，决定回厦门去。经林可胜大夫向其父林文庆推荐，我和厦门大学签订了聘约，前去厦门教书，主持"厦大"文科工作。林文庆校长来信说："只要是你招的知名教授，薪资可以开到四百银圆一月，而且决不拖欠。"

　　今天，大家为我送别，在"女师大"举行送别茶话会。会上，我邀约鲁迅等好友一同前往"厦大"任教。

林语堂全家福（1926）

民国十六年（1927）　　　　　　　　　　　　　　　　　　丁卯　二月

人情练达即文章

　　北京大学这批教授给"厦大"的国文系带来了蓬勃朝气，一时间颇有"北大南迁"的景象。这却引起了科学系刘树杞[21]博士的嫉妒，鲁迅因此被迫搬了三次家，最后一次，居然让鲁迅搬到了"厦大"的地下室。一间小屋既是卧室，也是书房，还是厨房、餐厅。更过分的是，鲁迅的屋子里有两个灯泡，刘树杞说要节约电费，非得让人摘下一个。

　　为争文学院的预算，我与理科主任兼校长办公室主任的刘树杞闹得很不愉快。鲁迅经常自己生火做饭果腹，开罐头在火炉上以金华火腿煮水度日。我心中实在过意不去，隔三岔五地邀请鲁迅来我家改善伙食，排解郁闷。我太太是鼓浪屿人，做得一手地道好菜，鲁迅每每赞不绝口。我们在"厦大"屡遭排挤，交情却愈加深厚。

　　鲁迅在这种情形之下，当然是无法在厦门待下去。他决定辞职，到广州去。他要离去的消息传出后，国文系学生发动了驱逐刘树杞的学潮，鲁迅因此被称为引燃学潮的"火老鸦"。

　　绕了一大圈之后，终于还是要离开鼓浪屿。本想好好在家乡做一番事，没想到人事的复杂远超我的想象。鲁迅走后，我也辞去了"厦大"的职务，决定去武汉国民政府外交部任英文秘书。

　　我们的国家正处在多事之秋，无论国家还是个人的生命，都处在一个弥漫着初秋精神的时期，翠绿夹着黄褐，悲哀夹着欢乐，希望夹着追忆。婚姻可以拿来当饭吃，爱情只能当点心吃。人生不过如此，且行且珍惜。妻子是水命，包容万物，而我从不守规矩，我们两个如此不同，又如此互补。

尾声： 从此之后，林语堂专心写作，踏上了海内外漂泊的学者之路，晚年定居台北，葬于阳明山麓。

注释：

① 即寻源中学校长毕腓力牧师的夫人（Mrs.P.W.Pitcher）。

② 林志诚，漳州平和县坂仔礼拜堂的首任牧师，在坂仔教会侍奉42年后告老还乡。1924年出版的《中华基督教年鉴》对他评价道："闽南基督教会牧师林至诚自幼随母皈主，长肄业教会学校，养成传道资格，林公品行方正，才学兼优，深蒙故老牧师塔（打）马字博士青睐，学成出膺传道，授任同安堂会牧师，教会整理，日渐发达，旋因宝鼎乏人，恳切敦聘爰就宝鼎堂会牧职。教治殷勤，阖会爱戴。"

③ 此句出自《林语堂自传》之《八十自叙》第七章《法国乐魁索城》。侍王李世贤带领太平军余部攻克漳州的时间是在1864年10月至1865年4月，而不是咸丰十年（1860），应为笔误。1864年11月，福建提督林文察带兵围剿，不幸中敌埋伏，于12月1日在万松关阵亡。

④ 即雷正中医师（1840—1898），泉州南安码头人，鼓浪屿最早的华人西医。写成吕姓不过是一种误译，或也是不想扰及雷家。

⑤ 即雷正中四子雷学陶的妻子陈慢娘，林语堂小说《京华烟云》中曼娘的人物原型。

⑥ 即雷正中次子雷学真，1903年感染鼠疫亡故。

⑦ 郁约翰医生（1861—1910），全名约翰尼斯·亚伯拉罕·奥托（Rev.Johannes Abraham Otte），美籍荷兰人，美国归正教会医务传教士。

⑧ 圣约翰大学（St.John's University），简称"约大"，由美国圣公会创办于1879年，由培雅书院和度恩书院合并而成。1905年升格

为大学，是中国第一所现代高等教会学府，也是当时上海乃至中国最优秀的大学之一，美国多所名牌大学皆承认"约大"学生的学历，并给予直升其研究生院的优待，享有"东方哈佛""外交人才的养成所"等盛名，更是培育出了一大批声名显赫的校友。很多书上记载林语堂1912年进入圣约翰大学读书，是不准确的。林语堂的二哥林玉霖1911年从圣约翰大学毕业并留校任教。根据林太乙《林语堂传》中的记载"和乐到上海读书那年，中国革命成功，推翻清廷"可知，1911年7月林语堂从鼓浪屿寻源书院毕业，同年9月到上海圣约翰大学先读了一年的预科，1912年9月正式就读一年级，1916年7月1日又以第二名的成绩从圣约翰大学毕业。

⑨林玉霖，林至诚次子，原名林和风，毕业于上海圣约翰大学，后留学英国剑桥大学，回国后曾在"约大"任教，后赴"厦大"任外语系教授、"厦大"学生指导长等。

⑩陈锦端（1899—1983），福建南安人，陈天恩长女，教师。

⑪陈希佐（1897—1948），福建南安人，陈天恩次子，医生。

⑫陈希庆（1901—1987），福建南安人，陈天恩三子，曾担任福建造纸有限公司总经理。

⑬圣玛利亚女校（St.Mary's Hall），由美国圣公会创办于1881年，由文纪女校与俾文女校合并而成，是当时上海著名的女子贵族教会中学。旧上海滩的很多名媛淑女，包括红极一时的名人都出自这所学校，如张爱玲、俞庆棠等。

⑭胡适（1891—1962），字适之，安徽绩溪人，早年留学美国，"五四"时期新文化运动的代表人物之一。当时是北京大学教授，现代评论派的主要成员。

⑮关于林语堂的结婚日，有1919年1月9日和1919年7月9日两种说法。根据两人金婚纪念日为1969年7月9日推算，结婚日应为1919年7月9日。

第一章　人文荟萃

⑯ 即今福音堂。人们普遍认为,《林语堂传》中所谓的"英国圣公会的教堂"便是今协和礼拜堂,厦门文史专家洪卜仁先生则认为,林语堂结婚的礼拜堂应该是今福音堂。据《闽南伦敦会基督教史》记载:福音堂最早设在鼓浪屿和记崎,1880年与同样来自英国基督教会分支的长老会合并后,迁到鸡母嘴口新建的礼拜堂,即"杜嘉德纪念堂"(今林屋),但此地蚁患严重。1901年,由厦门泰山、关隘内两堂联合发起,以西方教会的名义,在晃岩山麓购地后,由华人信徒自筹资金,加上西方人捐献的一小部分善款,动工兴建新的教堂。这就是福音堂。1905年,"杜嘉德纪念堂"被迫搬迁至晃岩路新址,被命名为"中华基督教会"。在三一堂出现前30年间,福音堂一直是鼓浪屿规模最大、名气最大、影响也最大的基督教传教与活动场所。

⑰ 林语堂在《我的婚姻》里写道:"为了表示我对婚礼的轻视,后来在上海时,我取得妻子的同意,把婚书付之一炬。我说,'把婚书烧了吧,因为婚书只是离婚时才用得着'。诚然!诚然!"引自林语堂:《林语堂自传》,群言出版社,2010年,第219页。

⑱ 这一天,是林语堂人生的转折点。今日之后,他踏上了走向世界的旅程,学贯中西,著作等身,蜚声世界。但是人生必然有得有失,一转身即是永诀。三年后,林语堂在德国莱比锡大学读书时,得到父亲去世的消息。没想到,这次告别竟是诀别。

⑲ 邵飘萍(1886—1926),浙江金华人,革命志士,著名报人,《京报》创办者、新闻摄影家。1926年因发表文章揭露张作霖统治下的种种黑暗而被张作霖派人杀害。

⑳ 林可胜(1897—1969),祖籍福建海澄(今海沧),鼓浪屿归侨林文庆之子。先后毕业于爱丁堡大学、芝加哥大学,获博士学位。1925年回国任教于北京协和医学院。全面抗战开始后,创建"中国红十字会救护总队",1942年至1944年随中国远征军赴缅甸,任中缅印战区司令部的医药总监。中国现代生理学的主要奠基人,中国军

医教育体系的创立者，美国国家科学院第一位华人院士，中华民国时期中央研究院首届院士。

㉑刘树杞（1890—1935），字楚青，湖北蒲圻（今赤壁）人，美国哥伦比亚大学化学博士，著名化学家。时任厦门大学教务长、校长办公室主任兼理科主任。

人物评传

"人的一生注定会遇到两个人，一个惊艳了时光，一个温柔了岁月。"他是一个随遇而安的生活艺术家，不与命运较劲，用幽默调和人生的痛苦，"得之我幸，不得我命"，被称为民国时期最可爱的文人；他是一个才华横溢的学者，"两脚踏东西文化，一心评宇宙文章"，接受时代的洗礼和命运的安排，在滚滚红尘中书写爱与自由；他深谙爱情与婚姻的微妙，能够与发妻终生厮守、不离不弃，用自己白头到老的爱情、千姿百态的文章，将才情与唯美融会到平实文字之中，勾勒出一个悲喜参半的多彩世界。

人生的际遇，起起落落，无时或息。曾经以笔为刀，与鲁迅并肩作战，却因为闲适文学与主张革命文学的鲁迅分道扬镳；苦心筹建南洋大学，经历了南洋大学校长风波，才体会到林文庆担任侨资大学校长之不易；家境的贫寒迫使二姐美宫辍学嫁人最终含恨离世，使陈锦端成了那个得不到的人；与蒋介石的亲密关系使他不得不离开大陆，鼓浪屿成了永远回不去的故乡。如果说坂仔的巍巍大山给了林语堂善良的品行、虚怀若谷的胸怀，那么鼓浪屿的碧浪清波，则给了林语堂中西合璧的视野、对于人生百态的感悟，还有念念不忘、有缘无分的苦涩爱恋，惺惺相惜、相濡以沫的人生伴侣。

链接资料

文化抗日

　　林语堂是为抗战作出了突出贡献的人。抗战期间，林语堂在美国媒体撰文宣传中国的抗战，他说，《京华烟云》是为"纪念全国在前线牺牲的勇男儿"而作的。日本《每日新闻》曾报道：林语堂对于让外国人了解中国以及中国文化所作的贡献，超越十名大使的价值。作为在野文人，他的行踪曾经受到日本官方的严密监控，被日本政府视为"日本对美宣传的最大障碍"。

廖翠凤（1896—1987），祖籍福建龙溪（今漳州），生于鼓浪屿，林语堂的妻子。与著名呼吸病学专家钟南山的母亲廖月琴是堂姐妹。

廖翠凤

爱是恒久忍耐

婚姻生活，如渡一大海，而我们俩一向都不是舵工，不会有半点航海的经验。这一片汪洋，虽不定是苦海，但是颇似宦海、欲海，有苦也有乐，风波是一定有的。……我们进过大学，受过高等教育，懂得天文地理的常识，但是没人教授过我们婚姻的常识。

——林语堂《人生不过如此》

民国五年（1916）　　　　　　　　　　　　　丙辰　七月

初见心动姻缘定

　　我的祖父廖宗文从福建龙溪县来到厦门，在竹树脚礼拜堂附近开了一家竹器店，做杂货生意起家，后来带着长子廖清霞和次子廖悦发下南洋经商，把三子廖天赐留在厦门守根。他们到爪哇①打拼，做木材生意，开了修造船厂以及土产公司，种植橡胶树，在异域他乡抓住商机赚得盆满钵满。父亲廖悦发回到厦门经商，在厦门创办豫丰钱庄，修建自家的码头和仓库，投资实业，在鼓浪屿漳州路筑洋房聚族而居。

　　我家虽然也信奉基督教，却没有因此改变重男轻女的观念。父亲纵容儿子，让他们过娇生惯养的日子，对女儿的管教却非常之严。钱庄业务甚繁，父亲整天为生意烦恼，脾气暴躁。我出生在鼓浪屿廖家别墅，从鼓浪屿毓德女校毕业之后，也像鼓浪屿其他有钱的基督教家庭的女儿一样，到上海就读圣玛利亚女校。

　　去年暑假，二哥廖超照约林语堂来家里吃饭，我躲在屏风后，见他是个无拘无束的青年，一表人才，谈笑风生，衣着随便，而胃口极好。我不觉心动。其实，我知道陈天恩医师在为我们做媒，不曾相识，我就早已芳心暗许。听二哥说，语堂人品很好，又聪明，将来会有大作为。母亲说："语堂是个穷牧师的儿子，家里没有钱。"我当时一定是被爱情冲昏了头脑，说："穷有什么关系？没有钱不要紧。"

　　这句历史性的话，决定了我的一生。

　　我抵挡住父母的压力，决意要与林语堂在一起。林语堂在失恋之余，对这份从天而降的婚约是无可奈何而又心存感激的。他同意了这门亲事，但是却忘不了锦端。

　　如今，他从圣约翰大学毕业回来，却不肯与我结婚。

廖家别墅（漳州路 44 号，蔡松荣提供）

民国八年（1919） 己未 七月

漫长的等待

我明白，语堂爱着的是陈锦端。

每次语堂回到厦门，廖家允许我们在敞开大门的大厅对坐，但总有人陪着。我们偶尔也悄悄通信。我在鼓浪屿苦等语堂四年了。和我相同年龄的姑娘，早已结婚养孩子。我这几年来在家里实在难熬，心里天天在问："语堂，你怎么还不回来娶我？"二十四岁了还没有出嫁，大家都在笑我。还有人讥笑说，出自吃饭的人家的女儿，何必嫁给吃粥的人家？但我不在乎语堂穷不穷，我迫不及待地想出嫁，想离开这个家。

苦等四年，终于感动了他，盼来他的浪子回头。语堂从清华回来，打算带我一起赴美国求学。我的公公林至诚高兴极了，语堂要结婚，出洋到赫赫有名的哈佛大学读书！他的梦想实现了！结婚前，他开心地吩咐："新娘的花轿要大顶的，新娘子是胖乎乎的呦！"我气得立刻吃泻药减肥。

民国十二年（1923） 癸亥 春

穷并快乐着

在横渡太平洋的"哥伦比亚"号轮船上，我患了盲肠炎。船上的中国学生知道我们在蜜月中，发现我们老待在船舱里不出来，就拿我

林语堂与夫人廖翠凤在美国波士顿（1919）

们开玩笑，殊不知我们的痛苦。我们要做决定，是否应该在夏威夷上岸切除盲肠。这么一来，那一千大洋就要用掉大部分！幸而腹痛渐渐减轻，于是我们决定继续前行。结果，到美国没多久，我的盲肠炎再次发作，做手术把钱花光了。万不得已，语堂只好打电报给我二哥，向廖家要一千美元。在钱汇到之前，有一个星期语堂只有钱买一罐老人牌的麦片吃，我深为感动。

出院之后，我买菜、烧饭、洗衣服，照顾语堂的饮食起居，把每个铜板都抓得紧紧的。语堂的半额奖学金是在清华服务三年所得，可是却被清华大学留美学生监督施秉元无故取消了。[②] 我是决不肯再向廖家要钱了，无论生活多苦，我也不肯向父亲要一个铜板。语堂出国之前，已与北京大学约定，回国之后任"北大"教员。现在走投无路，语堂打电报给胡适求助，请他帮忙向"北大"申请预支一千美元以维持生活。原本没抱什么希望，这笔款子由胡适担保居然寄来了，解了燃眉之急。语堂在哈佛大学读完一年，各科成绩甲等，但是他没有经济能力再读下去了。他只得申请前往法国为华工服务，在法国修课以补修学分，后领得哈佛硕士学位。

因为信奉基督，廖家女孩儿是不裹足的，然而闽南人重男轻女的倾向依然存在，对女孩的家政训练十分严格。我少女时代受的是传统的旧式教育，女孩子是遵从男子的需要教养的。女孩子要学会烹饪、洗衣裳、缝纫；要教养她能做普通的家事，以便长大后嫁到丈夫家有过日子的本领；要知道三从四德，要会节俭，要吃苦耐劳，要隐忍和付出。对女孩子的这种歧视，使她们成了贤妻良母。

我照料语堂一切基本的生活需要，替他顾到面子，一分钱掰成两半花，简单的饭菜做得花样百出。我不怕吃苦，也不怕穷困，平凡的日子两个人也可以过得有滋有味。语堂视生活为一个无穷追求学问的旅程。结婚之后，他把我约束已久的天性解放出来，教我享受人生。在法国，语堂拉着我的手一起去听课，然后在街上散步；一同去赴宴，周末到附近的地方去郊游，一起品尝大学生活的滋味。我们两个人在一起，时光好甜蜜，生活何等自由！外人不知道我俩是夫妻还是兄妹，因为那时我们还没有儿女。我们结婚已经一年多，我却还没有身孕，我为这个焦虑不已，去看医生，医生说我不能生育，我哭得死去活来，语堂也对我起了怜悯之心。

我们在波士顿没有什么朋友，对外面的一切都是陌生的。我想念鼓浪屿，我父亲虽然很严肃，但是堂姊妹很多，过年过节，总是很热闹，所有的女人在厨房一起忙碌，切肉丝的切肉丝，剥虾仁的剥虾仁，炒菜的炒菜，一面谈天一面烹饪。谁的肉丝切得顶细，大家都看在眼里。切得太粗的，大家会笑她。想到这些事，有时候我感到寂寞。但是我决心要争一口气给廖家看，等语堂拿到博士学位回去，他们对他的看法就该不同了。

为了维持生活，我不得不变卖首饰以充日用之资。我出嫁时，母亲给了我不少珍珠、翡翠之类的首饰。变卖首饰，我很心疼，尤其是洋人不懂玉器的价值，出价不高。语堂说："凤，等我赚了钱，买还给你。"我只好苦笑。

结婚三年多，我终于有了身孕。这喜出望外的消息，使我好像变了个人。因怀孕而经费渐渐不支，我们不得不决定提前完成博士答辩，回国分娩。

民国十六年（1927） 丁卯 二月

风雨同舟返故国

回国之后，我生下了我们的第一个女儿——如斯。她跟我一样，是在鼓浪屿廖家别墅出生的。其间遭遇难产，我险些送了命。

语堂遵守与胡适的约定，带上我们母女一起上北京，住在东城船板胡同。语堂担任北京大学英文教授兼北京师范大学英文系讲师。去"北大"还钱时才知道，"北大"没有预付教员薪资的先例，那笔近乎天文数字的款子，是胡适从他自己的腰包里掏出来接济我们的。胡适却只字不提。

自从回国之后，我似乎时时刻刻都在为语堂担心。比较起来，我们在国外那辛苦的四年，日子似乎好过得多。国内时局动荡，政治如此混乱，而他偏偏要写批评政府的文章。我怎么劝，他都不肯听。我只希望他好好教书，不要管闲事了。他却说骂人是为了保持学者自身尊严和独立人格。他非常固执，不能忍受约束。我因为他的写作而饱受惊吓，焦虑万分。我们先是在东交民巷一所法国医院躲避，再举家藏在好友林可胜医师家里。去年 5 月，因为北洋军阀的追捕，我们不得不逃回厦门。厦门大学聘请语堂担任文科主任兼国学研究院总秘书。语堂每天忙得不可开交，终于不再被廖家看不起了。我尽量帮忙照顾语堂请来的教授。

对于婚姻，我自有心得：不要在朋友面前，诉说丈夫的不是；不要养成当面骂丈夫的坏习惯；不要自己以为聪明；不要平时说大话，临到困难时又袖手旁观。我们的婚姻是由父母认真挑选的旧式婚姻。当时，国内许多文化名人抛弃旧家庭的发妻，另找时髦的知识女性，我也曾担心丈夫会喜新厌旧，嫌我不够好。语堂就安慰我说："凤啊，你放心，我才不要什么才女为妻，我要的是贤妻良母，你就是。"他对人说："我像个氢气球，要不是凤拉住，我不知道要飘到哪里去！"

笔耕之余，语堂喜欢作画自娱，他画中的女子从来都是一个模样：留长发，再用一个宽长的夹子将长发挽起。我知语堂心中一直不曾放下锦端，常常邀请尚未婚配的锦端到家中做客。每次得知锦端来，语堂都会很紧张，坐立不安。孩子看见了，颇为不解。我说："你们父亲是爱过锦端姨的，但是嫁给他的，不是当时看不起他的陈天恩的女儿，而是说了那句历史性的话'没有钱不要紧'的廖翠凤。"弄得语堂很尴尬，只好默默抽烟斗。

没什么好隐瞒的，他不过是在怀念年少时爱过的姑娘。天长日久，烟火岁月，一路走来，我们早已离不开彼此。语堂无论风光或落寞，都带着我们母女同行；我也悉心照料语堂的生活，对他像孩子一样纵容。而今我身边有了可以真正信赖依靠的人，但愿锦端也能早日找到如意郎君，被温柔以待。③

林语堂一家五口合影

（1931年摄于上海，前排左起：小女儿林相如、次女儿林太乙、长女林如斯）

尾声：1931年，廖悦发与廖清霞兄弟各斥巨资一万余元捐建竹树脚宗文小学（教会男校）和懿德小学（教会女校），以纪念父亲廖宗文和母亲张懿德。1935年，廖家在印尼的公司遇火灾，豫丰钱庄由于海外和内地业务往来的公司拖欠巨款不还，资金链断裂而倒闭，讨债的封了廖家的产业，廖悦发背了一身债，廖家也由此家道中落。林氏夫妇经常寄钱帮助、接济他们。

注释：

①爪哇：指今印度尼西亚共和国，简称印尼，是东南亚国家，首都为雅加达。

②林语堂在《哈佛大学》中写道："我在哈佛读完了一年，各科成绩都是A。这时使我感到诧异的一件事是，我的半额奖学金忽然被取消了，有关方面也并没提出理由。这位施秉元等于砍了我的头。等后来我听见他死亡的消息之时，我闻人死而感到欢喜雀跃，未有如此次之甚者，后来才知道他是自杀身死的。他原是清华学校的校医，由于他叔父是驻美大使施肇基这项人事关系，他才弄到这个多人觊觎的差事。他大概是做股票投机生意失败而自己上吊吊死的。他若不把我的奖学金取消，我就不致因为一般的货币贬值被迫到法国去半工半读，后来又到德国去。我有三次连续获得《中国学生月刊》的第一奖；后来，我是自动退出，把25美元的奖金让给别人，我就这样儿成了一个穷学生。"引自林语堂：《林语堂自传》，群言出版社，2010年，第222页。

③陈锦端从美国留学回来之后，在上海中西女塾教美术。她32岁时才结婚，夫婿方锡畴曾在鼓浪屿英华中学读书，后考入福州协和大学并留学美国爱阿华州立大学，回国之后任教于厦门大学化学系。陈锦端不育，他们抱养了一对儿女。陈锦端活到80多岁才去世。

人物评传

　　她是"富有的银行家之女",精明能干的家庭主妇,慧眼识珠,一世追随,如大海般包容着林语堂这个山乡"顽童",随时把他照顾周全。张爱玲说,因为爱过,所以慈悲;因为懂得,所以宽容。一个负责写书赚钱,一个负责经营持家,他保她平和喜乐、荣华富贵,她保他现世安稳、衣食无虞。他们在林语花香下的默契和包容,穿透岁月依旧坦然、率真、长情。他们相濡以沫,互相体贴和关心,堪称夫妻中的典范。他们相敬相爱,共同经营着简单朴实又情深似海的感情,携手共度自然闲适的快乐时光,恩爱相守了一辈子。

　　"婚姻就像穿鞋,穿的日子久了,自然就合脚了。"陈锦端也许是林语堂心口永远的朱砂痣,可是廖翠凤,也终于幻化成了床前明月光。她大方而自信,包容林语堂的心有挂碍,理解也尊重这份真情,懂得自己的丈夫是一个深情却不滥情的人。也许,家里饭桌上可口热乎的饭菜和书桌上的袅袅茶香,才是漫长岁月里尘世的幸福;平实无华的人间烟火,才是最美好动人的爱情底色。

链接资料

互补的婚姻

　　父亲说过,"要做作家,必须能够整个人对时代起反应"。他创办的杂志《论语》《人世间》《宇宙风》以及他的多种作品都反映、推动所处的时代,使他在中外成名……我生长在一个很特别的家庭,父母亲是个性完全相反的人,一个是出身闽南山乡中乐观成性的穷牧师的儿子,一个是厦门鼓浪屿严肃的钱庄老板的女儿。我一直想把他们那不寻常的婚姻故事写出来。我也想给父亲的读者知道他身心所受的磨炼,钻研学问的努力,以及他写作的门径。

——林太乙《林语堂传》序

雷文铨（1888—1946），祖籍福建南安，出生于鼓浪屿，工程师。毕业于英国爱丁堡大学土木工程专业，学成归国后曾在英华书院、燕京大学任教。

雷文铨
独具匠心的筑梦人

> 中华建筑瑰丽庄严，自古著称，故本计画宗旨决采中国古制，略加改良，藉冀保存国粹而倡复兴吾国建筑美术之先声。
>
> ——雷文铨《厦门大学图书馆计画说明书》，1926年

民国四年（1915） 乙卯 冬

雷厝童年记忆

  我的祖父雷正中少时随家人从泉州南安码头出洋，远赴菲律宾谋生，回国后来到鼓浪屿行医，就此留下，成为鼓浪屿的第一个华人西医。他在中华路开设诊所，主治内科和儿科。中西医兼修的优势和与西方传教士的密切关系，让他很快成为一方名医，收益颇丰。祖父在乌埭角买地置业，陆续建起了成片的闽南红砖厝，雷家成为当时鼓浪屿上少有的大户人家。祖父在菲律宾接受基督教和西医的熏染，骨子里却最传统，雷厝这一纯正清末中式建筑的雕梁画栋给了我对建筑最初的审美意趣。

  祖父有四个儿子，我的父亲雷学真排行第二，是从林家抱养来的。四叔雷学陶是祖父母最疼爱的小儿子，从小跟陈慢娘定了亲。他十七岁那年不幸患了肺痨，久治不愈，奄奄一息。都说医者难自医，祖母带着彩礼到慢娘家，想让慢娘嫁入雷家冲喜。慢娘并没有退婚的意思，而是毫不犹豫且发自肺腑地同意了，毅然决然地嫁入雷家。她说："活着，我是雷家的人；死了，我是雷家的鬼。"

  慢娘家境清寒，在一个学究父亲的教养之下长大，受了一套旧式女孩子的教育，自然而然地长成了中国古典型的小姐。她裹着小脚，天生丽质，但却恬静文雅，坚定从容。那一年，她十四岁，成为寡妇，本本分分地做着雷家的儿媳，抱养了一对双胞胎为雷家延续香火。慢娘的少女时代就像寒冬腊月盛放的梅花，生在苍劲曲折的枝头上，在冬末春初的寒冷中开放，无绿叶为陪衬，无其他鲜花为伴侣，命中注定幽峭隐退，孤芳自赏。在桃李及其他春花初开之时，她在苍

百年古宅雷厝今貌（中华路97、99号）

老挺硬的枝丫上已度过了本该梦幻的韶华。

1898年，美国归正教会传教士郁约翰在鼓浪屿上建起了救世医院，英国长老公会传教士韦爱莉在鼓浪屿开办怀德幼稚园，英国伦敦公会传教士山雅各与长老公会在鼓浪屿合办英华书院。生长于信仰基督教家族的我，顺理成章进入新开办的英华书院读书。这一年，祖父雷正中去世，被安葬在鼓浪屿华人基督教信徒墓园。1900年，我到北京参加"庚子赔款"公费留英考试，录取后被分配到爱丁堡大学攻读土木工程。我的父亲虽是清末廪生，思想却相当开明，同意送我出国念书。

盛极而衰，雷家的好运气似乎也走到了尽头。1903年农历四月，祖父去世五年后，一场突如其来的鼠疫，让雷家痛失四位正当壮年的亲人，险遭灭顶之灾。三叔雷学渊医师，为医治病人明知危

厦门鼓浪屿英华书院旧址（摄于1901年，安海路14号）

雷正中、翁甘娟夫妇墓

鼓浪屿工部局石界碑

险而为之，不幸感染鼠疫。更不幸的是，传染了三婶和我的父亲，也传染了雷家众多的仆役。那一年，三叔二十八岁，父亲三十九岁。鼠疫凶猛，工部局①在雷厝遍洒硫黄、石灰消毒，封房两年。骤失顶梁柱，我的祖母翁氏只好靠典当房产维持生计，勉力支撑。雷家的优渥生活戛然而止。

我远赴爱丁堡大学苦读十年，得建筑工科硕士学位后归国，回到鼓浪屿英华书院任教。父亲已经不在了，曾经繁华热闹的雷厝也已衰败。一年后，我参与国家铁路建设，历任浦信铁路、周襄铁路副工程师暨北京大学河工学教员。如今，祖母翁氏撒手人寰，雷家的孩子们一个个长大成人，各奔东西，雷厝变得更加寂静了。

第一章 人文荟萃 043

雷文铨（左）与叶瑞国留英合影

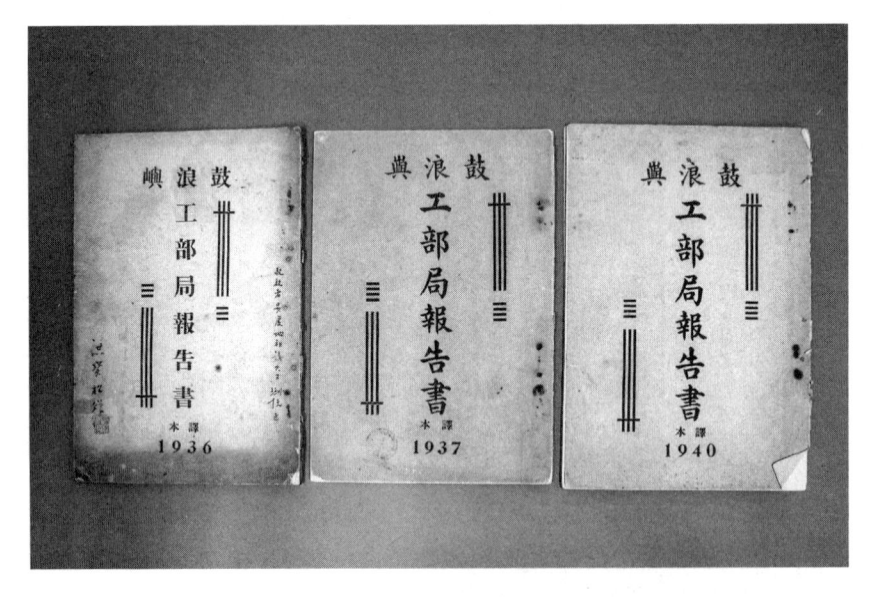

鼓浪屿工部局报告书

民国八年（1919） 己未 六月

筑路梦想

　　1917年10月，京畿一带水灾频发，我奉国家水利局调令，赴北京治河处襄助荷兰工程师方维因完成灾区河道勘察工作，并任工程翻译。本月，受晋江安海华侨陈清机②之聘，我回到福建担任泉安汽车公司总工程师。陈清机的家族与我家经历了相似的劫难。他少时家贫，十岁时被送给姑父王春牧抚养，入私塾读书，后因三位哥哥被鼠疫感染相继亡故，又被接回陈家延嗣。及长，得姑父资助，在安海开设鸿泰干果店。1905年，他因地方商业派系的斗争被迫离开安海，东渡日本投靠旅日富侨周起团，被聘为经理，逐渐积累资本，创办建东兴行，经营棉织品和杂货，同菲律宾等埠建立贸易关系，成为数一数二的旅日华侨。

　　我希望能够修筑铁路、开采矿产，让福建真正强起来、富起来。我曾数度就九龙江水利之利用，漳龙铁路之敷设向省垣提出建议。精心筹划设计直接由龙岩水路运煤至漳州以供给动力，再利用动力，发展交通，互相推进，以收事半功倍之效；发展龙岩、漳平一直到龙溪沿北溪一带的矿产开采业，利用水利运输降低成本，实现综合开发。可惜军阀混战不息，满腔热情，终成泡影。

　　陈清机与我有着同样的理想。他早年在日本参加孙中山先生领导的同盟会③，目睹了日本自明治维新之后，工业、交通业等方面日新月异的发展，而反观家乡只有封建时代遗留下来的大路，交通工具多赖马驴与肩舆，实不足以适应现代的潮流。他告诉我，振兴中国之唯一出路，是发展实业。转运无术，工商皆废，故交通为实业之母。修造公路另一目的，可于战争时期便利军事运输。早在1913年，陈清机就决心在家乡发展交通，发起创办闽南摩托车路股份有限公司。殆欧战发生，阅报载凡尔登一役，摩托车之功为最④，遂计划条陈北洋政府交通总长许世英⑤，指出"全国应急筑公路行驶汽车，以利民生"，极蒙嘉许。然而，时人讥筑路为"梦想"，终因时局混乱，军阀横行，地方势力横加阻挠，未能实现，清机只好复渡东瀛经商。

民国十一年（1922）　　　　　　　　　　　　　壬戌　六月一日

建设泉安公路

　　1919年春，闽南靖国军第二路军进驻安海，同为同盟会会员的总司令许卓然急请陈清机回国主持路政。为使海外同志安心回国投资建设交通实业，陈清机先生受命担任晋江路政局局长，在安海创办全省最早的民办汽车运输企业——闽南民办汽车路股份有限公司⑥，高薪聘请我为总工程师，负责泉安公路泉属地区工程的测设施工。我同倪世祯⑦先生下乡分段丈量田地，进行路线的勘测、定线、立标工作，设计、绘制路线蓝图，草拟土石方、桥梁、涵洞等工料费预算书。土木工程建设人才急缺，我在设计、施工过程中培育了一批学员，如厦门人韩紫云，泉州人蔡蕃楚、王振声、蔡明哲，惠安人陈文通、辛春渊等，他们都成为闽南公路修筑和养护技术队伍中的骨干力量。

　　筑路期间曾受极大阻力，修筑过程艰辛曲折。推波助澜之辈，徒增许多无谓之纠纷，又复怨谤横生，奸诡百出，其中最关键者乃资金问题。陈清机先生曾多次赴鼓浪屿和菲律宾，在马尼拉、宿务、怡朗等地，向华侨招股募款以充筑路基金。海外华侨身居异地，心怀祖国、家乡，冀望祖国早日富强。因此，陈清机以集资兴办故乡的交通实业利于民生为号召，得到各埠侨胞之热心赞助。投股者计有二千户左右，认股者包括日本华侨王敬祥、菲律宾华侨黄秀烺、爪哇华侨黄奕住、越南华侨黄仲训等，台湾寓厦巨富林叔臧亦赞助投资。军阀混战，政权更迭，敲诈勒索，纷至沓来。倪世祯先生总是挺身而出，或动口舌或动笔墨，组织商务维护会据理力争，使军阀土匪们有所收敛，从而减轻地方上的负担。

今日，我省第一条民办公路——泉安公路筑成通车，全长28公里，历时三年完工。我率先应用欧美技术标准于道路建设，使其坡度平缓，方向正确，被誉为国内设计最佳之路线。泉安公路建成后，既利于华侨出行，又促进了城乡物资交流、经济繁荣，大大改善了闽南一带的交通运输。省长萨镇冰⑧为泉安公路题额"正直平康"。从此，闽南民办汽车公路如雨后春笋，接踵而起。

民国十六年（1926） 丙寅　冬

旧城改造

夫都市之发达与否，关系于国家之强弱，至深且切。诚以都市为人民集中之地，文化较优之区，工商业发达之处，故言改造者，不可无预定之计划。拆城墙、辟马路是新社会、新生活开始的标志，并且成为一种潮流在全国各中小城市展开。泉州街道狭隘，不便交通，屋宇蔽陋，不合卫生，每当溽暑，疾疫即因之暴发，其蔓延之速，如火燎原，势不能禁。苟改良市政，不独利便交通，市民之死亡亦可减少。

1922年3月，为了推动城市建设，泉州市政府决定成立工务局，任命周醒南⑨为局长。周醒南之前作为广州、漳州、厦门等城市市政工程建设的主导者，具有丰富的工作经验，城市建设成绩卓著。然贾、铺等杂捐税费延宕不缴，经费支绌，工程难以推进。同年8月，越南华侨黄仲训回梓，力倡续办之议。黄氏多财善贾，名望素孚，登高一呼，众山响应，他倡议拆城辟路，得到福建督军李厚基⑩的支持。工程资费由华侨富绅共认借款八万元，同时摊派"马路捐"以筹措经费。黄仲训在新门街一带大量购买民房，建造楼屋，准备修建"仲训街"，开发"叠芳桥区"，可惜因遭到南门片区商民阻拦而中断，不了了之。

1923年，菲律宾归侨叶青眼⑪着手改组工务局为泉州市政局，聘请我主持泉州旧城改造项目的设计及施工。我计划拆除旧城墙，对不影响建设的古建筑等文物遗迹进行规划保护，向城南拓建中山路，修建"一经四纬"道路网，形成泉州城"双十字"道路骨架。泉州必将发展为中型城市，故辟出十几米宽的路幅为汽车道，若欲行驶电车，亦可应付；又于边缘植树进行绿化；两旁又设计二点五米的露天人行道及二点七米的骑楼人行道；街道两旁建筑统一采用欧陆建筑与东南亚地域特点相结合的"五脚基"形式。

旧城改造工程计划详尽，却困难重重。市政局颁布市政管理规则后，招得满城风雨，谣言四起。市民安于现状而不愿房屋被拆，地方封建保守者则视此为"毁祖公业""大逆不道"。各方势力横加阻挠，扬言要捣毁叶青眼先生的祖墓。后来，市政局开始贩卖城石、官地，又设"马路派款"以充经费。1926年冬，北伐军兴，各路官员便暗中作逃跑准备，危急之际尚不忘捞取最后一把，中饱私囊。动乱年代，政权更迭，市政规划甚堂皇，但未能尽付实施，岁改月移，一经人事变迁，便只剩下一纸计划了。

我的堂兄弟们多毕业于英华书院，精通英语。胞弟雷文钦在泉州私中任英语教师，堂弟雷文铿任德士古洋行买办，堂弟雷文锭专注于建筑设计。今年，林语堂回到厦门大学任教，他是我血缘上的堂弟。林语堂的兄弟们都已长成年少有为的青年才俊，或成为名医，或在报社任职，或在"厦大"任教，时常出入雷厝。沉寂许久的雷厝再次热闹起来，祖母当年为抚养我们典当的房产，被我们努力——赎回。雷风为恒继绳罔替，氏族乃萃瓜瓞长绵。雷厝的孩子，飞得再远也不忘先祖"和平处世，忠厚传家"的家训。

民国三十四年（1945） 乙酉

匠心营建　支援抗战

所幸趁新旧交替的缝隙，我在闽南一带留下了不少得意之作。1923年初，张毅治漳期间，聘请我在漳州陆安中枢设计一座西式纪念亭——延誉亭，以底座有三级同心圆台阶为特色，成为漳州的地标性建筑。1926年，我与堂弟雷文锭合作设计了中西合璧的厦门大学图书馆。1931年，我采用钢骨三合土建筑法，经斯营斯，费时年余，费资四万余元，在南安码头镇建成宏壮坚固之永贞桥。1933年，我采用T形钢筋水泥结构，在军事要地诗山镇设计建成潭美桥。1935年，我整体运用西方建筑的简约线条，在底架上使用中国传统的斗拱造型，设计建造泉州东西街十字路口的标准钟楼，西洋风格与闽南特色兼具，东西方建筑的精髓在这里融合，天衣无缝，清新雅致。

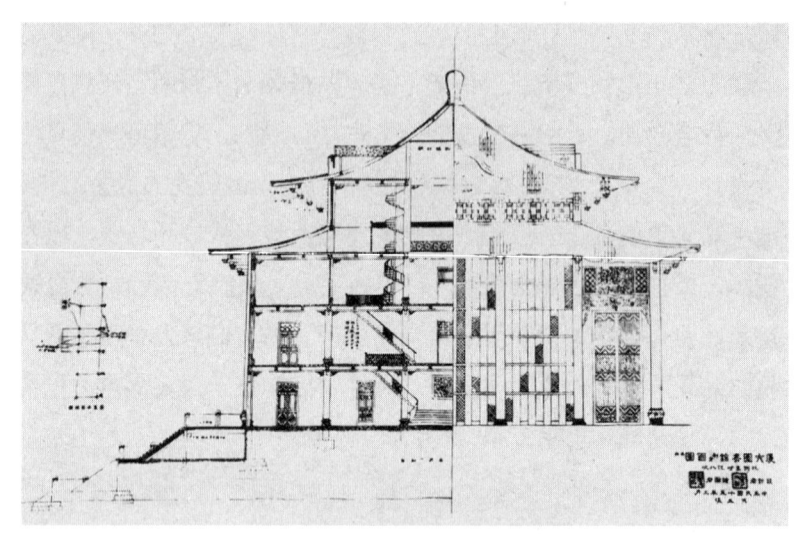

厦门大学图书馆设计图纸

1936年，我响应时局召唤，受聘于南京国民政府铁道部，赴京任京衢铁路[12]河沥溪总段长，披荆斩棘，开辟新路。全面抗日战争爆发后，沿海公路遭破坏，泉安公司迁入内地，工程中断。因军队入缅甸抗日需要，我奔赴西南大后方为抗战服务，负责设计桂越铁路、滇缅铁路、滇缅公路，历任西南运输公司总工程师、贵州省建设厅技正、滇缅公路桥梁总设计师等职。生活的艰辛和造路的不易，让我时常想念远方的家乡和亲人，想念儿时在鼓浪屿雷厝中度过的无忧无虑的时光。

尾声：雷文铨生命的最后岁月与抗日运输生命线的修建紧密相连。他迎来了抗战胜利，却在长期的户外勘察和建设中透支了身体，1946年在缅甸仰光身染恶性疟疾失医身故，埋骨他乡，终年58岁。

注释：

①鼓浪屿工部局：工部局（The Municipal Council），即市政委员会，是清末列强在中国设置于租界的行政管理机构，因与中国之"工部"类似而得名。1902年，英、美等国驻厦领事和清政府签订了《厦门鼓浪屿公共地界章程》，把鼓浪屿划为公共租界，并设立了工部局董事会，俗称"工部局"。1903年5月1日，鼓浪屿工部局开始运作，职权涵盖税收、治安、市政建设、公共卫生等，为当时鼓浪屿的行政管理机构。

②陈清机（1881—1940），原名火萤，号经纶，又号穆亭，福建晋江人，爱国华侨。青年时期东渡日本经商，1905年在东京加入中国同盟会。陈清机先后参加过孙中山领导的辛亥革命、讨袁斗争，致力于公路、码头、电力等公共设施建设和矿业、农业开发，为家乡建设和民生发展贡献良多。

③同盟会：即"中国同盟会"，是由孙中山领导和组织的统一的全国性资产阶级革命政党，1905年在日本东京成立。

④第一次世界大战时，有同盟国军队想夺取法国要塞凡尔登，法国以汽车运输军队及物资前往要塞，保证了补给，制止了强敌入侵。

⑤许世英（1873—1964），字静仁，号俊人，安徽秋浦（今东至县）人，菽庄吟侣。曾任清大理院院长、福建民政厅厅长、福建巡按使、北洋政府段内阁内务总长、交通总长、国务总理等。鼓浪屿日光岩留有许世英楷书题写的"天风海涛"四个刻字，著有《治闽公牍》等。

⑥公路开通后，闽南民办汽车路股份有限公司改称民办泉（泉州）安（安海）汽车路股份有限公司（简称"泉安公司"）。陈清机自公司创办起到逝世，连续15届担任公司经理和董事长。

⑦倪世桢（1891—1954），晋江安海人，曾继承祖业，担任振昌

药店老板。他是清末民初一位具有"实业救国"思想、倾向民主革命的爱国绅士，1919年出任泉安公司经理。引自晋江市交通局：《晋江市交通志》，上海社会科学院出版社，1996年。

⑧萨镇冰（1859—1952），字鼎铭，祖籍山西代县，出生于福建闽县（今福州），中国近代著名的海军将领。萨镇冰先后担任过清朝的海军统制（总司令）、民国海军总长等重要军职，还曾代理过国务总理。1922—1927年任福建省省长。著有《里门吟草》《古稀吟集》等。

⑨周醒南（1885—1963），字惺南，号煜卿，广东惠阳人。曾参与厦门的市政工程建设，1920年前后历任厦门市政会、厦门市政督办公署、厦门市堤工办事处、厦门市路政办事处、厦门市工务局总工程师、委员、会办、局长和顾问等职，负责厦门新区的规划、建设和施工，开辟马路，兴建市场，建设中山公园，围筑鹭江道堤岸等。

⑩李厚基（1869—1942），字培之，江苏丰县人。天津北洋武备学堂毕业。1913年率部入闽，任福建镇守使、福建督军、福建省省长，1923年被皖系徐树铮与孙中山的北伐军联合驱出福建。

⑪叶青眼（1876—1966），原名拱，又名耀垣，字文星，福建泉州人。1909年加入中国同盟会，1915年孙中山亲自委任叶青眼为中华革命党福建支部长，在福建发动反袁斗争。起义失败后，转赴菲律宾中西学校任教。1922年11月，东路讨贼军入泉州，叶青眼回乡出任泉州市政局局长，协同晋江县（今晋江市）知事陈清机在城区掀起破除迷信、移风易俗活动。主持制订泉州市政规划方案，计划拓宽南门至指挥巷大街，扩建南大街部分路段，旋因时局不靖、条件未备而停工。叶青眼携眷再往菲律宾，在乡侨鼎力赞助下，创办马尼拉华侨公学，自任校长。

⑫京衢铁路是一条为应对可能爆发的战争，为保障运输而紧急修建的抗日运输铁路线。"七七事变"时完工，对北京、上海地区的抗战贡献甚大。

人物评传

　　他少时远涉重洋，师夷长技，学成归来却早已物是人非，家破国乱。他接受西方的教育，掌握先进的西方建造技法，却始终留恋着东方的建筑，对中国传统建筑艺术推崇备至。他满怀实业救国的壮志为家乡建桥筑路，主持建设福建第一条汽车公路，改善交通。他费尽心思推陈出新，力图将西方建造技法与东方古典建筑艺术融为一体，在家乡留下独具美感、坚固长久的作品。一座座简洁明快、中西合璧的经典建筑，为那个动乱时代里的阴郁生活留下一抹亮色。他满腔热血奔赴前线，为建设抗日军事补给线历经艰辛，葬身异域。在战火纷飞的年代，他过着颠沛流离的生活，苦心营造，终究没能等到一生寻求的现世安稳，也再没机会回到他挚爱的家乡。

链接资料

怀德幼稚园

怀德幼稚园创办于1898年，创办者为英国长老会牧师韦玉振的牧师娘爱莉氏，当时我国尚无幼稚园的设立。爱莉氏邀集少数儿童在其私人寓所，教与游戏、识字、识数、常识、手工诸科，躬身施教。未满一年成绩已略有可观，社会人士也渐知幼稚教育的重要，因此学生数额日益增加。其寓所狭隘不能容，乃迁于雷正中夫人新建筑的住宅，雷夫人亦热心教育者，其住宅仅容五六十人。未几学生数增至百余人，雷宅（即中华路雷厝）又不能容，其后校址屡经迁移，并无固定校舍。此时经费皆归爱莉氏一人负担，爱莉氏深感已力不足。每年召开游艺会，邀集各界参观，发动募捐，集资挹注。

至1909年，爱莉氏体衰力弱，觉独力难以维持，乃商之英国长老会闽南差会接办。迨1911年，长老会另聘英人吴天赐女士为主理，本校始命名怀德幼稚园。校务蒸蒸日上，学生数额增至二百余人，乃谋建校舍。向华侨及热心教育人士筹募巨款。1912年新校舍可容学生三四百人。1916年，幼稚生骤增至四百多人，并附蒙学堂，即今初小一二年级。至1935年因校务发展，学生数过多，校舍又苦不能容，乃设分校于鹿耳礁。经过两年因管理上不甚方便，再合而为一。

怀德幼稚园园长蔡赞美
1951年3月

鲁迅（1881—1936），原名周樟寿，后改名周树人，字豫山，后改字豫才，"鲁迅"是他1918年发表《狂人日记》时所用的笔名。浙江绍兴人。日本仙台医科专门学校肄业，曾在厦门大学任教。著名文学家、思想家、革命家，新文化运动的重要参与者，中国现代文学的奠基人之一，蜚声世界文坛，被誉为"二十世纪东亚文化地图上占最大领土的作家"。

鲁迅

云中谁寄锦书来

我寄你的信,总要送往邮局,不喜欢放在街边的绿色邮筒中,我总疑心那里会慢一点。

——鲁迅《两地书》

民国十五年（1926）　　　　　　　　丙寅　九月十四日

荒原呐喊——寂寞的城墙

　　今年4月，"铁肩担道义，辣手著文章"的《京报》记者邵飘萍因拒收张作霖三十万元"封口费"而惨遭杀害。为了暂避军阀官僚等"正人君子"们的迫害，也为了躲避北京的是是非非、流言蜚语，我与许广平①约定埋头苦干两年，为将来能够生活在一起打下基础。我们8月26日一道离京，9月1日夜半在上海分别登船。许广平前往广东省立女子师范学校任训育主任，我则应林语堂之邀，到"厦大"任教。②

　　4日午后一时到厦门，一路无风，船很平稳。这里的话，我一字都不懂，只得暂到客寓，打电话给林语堂，他便来接，当晚即移入学校居住了。学校的房子尚未造齐，所以我暂住在国学院的陈列所的空屋里，是三层楼上③，上下虽不便，眺望却佳。这楼就在海边，日

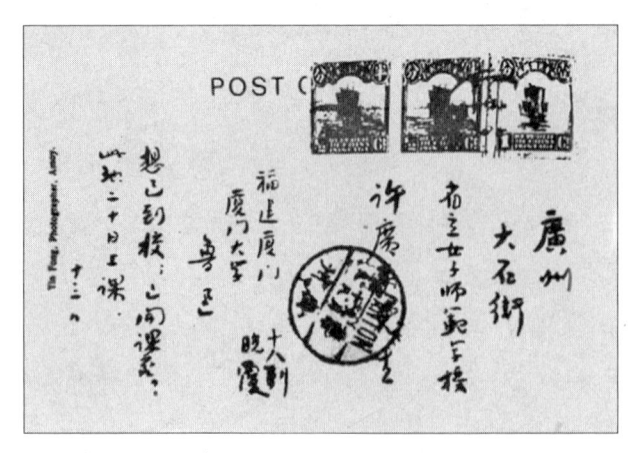

鲁迅从厦门寄给许广平的明信片（1926年9月）

夜被海风呼呼地吹着。此地背山面海,风景佳绝④,白天虽暖,夜却凉。周围很静,四面几无人家,离市面约有十里,要静养倒是好的。普通的东西,亦不易买。⑤听差极懒,不会做事也不肯做事。

5日午,同孙伏园⑥往语堂寓赴宴,循海滨归,拾贝壳一掬。学校开课是20日,还有许多天可闲。

此地北伐顺利的消息也甚多,极快人意。报上又常有闽粤风云紧张之说,在这里却看不出,不过听说鼓浪屿上已有很多寓客,极少空屋了。这屿就在学校对面,坐舢板一二十分钟可到。

周围景致倒不坏,有山有水。一个同事告诉我:山光海气,是春秋早暮都不同。还指给我石头看:这块像老虎,那块像癞蛤蟆,那一块又像什么什么……我忘记了,其实也不大相像。我对于自然美,自恨并无敏感,所以即使恭逢良辰美景,也不甚感动。但好几天,却忘不掉郑成功的遗迹。离我的住所不远就有一道城墙,据说便是他筑的。一想到除了台湾,这厦门乃是满人入关以后我们中国的最后亡的地方,委实觉得可悲可喜。然而郑成功的城却很寂寞,听说城脚的沙,还被人盗运去卖给对面鼓浪屿的谁,快要危及城基了。有一天我清早望见许多小船,吃水很深,都张着帆驶向鼓浪屿去,大约便是那卖沙的同胞。

这几天的风浪有点大。昨夜发飓风,拔木发屋,十分厉害,语堂住宅的房顶也被吹坏了,门也被吹破了,粗如笔杆的铜闩也都被挤弯,毁东西不少。我所住的屋子只破了一扇外层的百叶窗,此外没有损失。

民国十五年（1926）　　　　　　　　　　丙寅　九月二十二日

埋头苦干　度日如年

　　十天内外，我就要移住到教员寄宿所去了。教员寄宿所有两所，一所住单身人者曰"博学楼"⑦，一所住有夫人者曰"兼爱楼"⑧，不知何人所名，颇可笑。这学校花钱不可谓不多，而并无基金、业务计划，办事散漫之至，我看是办不好的。语堂在此似乎也不大顺手，许多人的聘书，校长压了多日才发下来。语堂对于国学院，不可谓不热心，但由我看来，希望不多。第一是没有人才，第二是校长有些掣肘。语堂是除办事教书之外，还要防暗算，在不相干的事情上，弄得力尽神疲，真是冤枉之至。

　　我的薪水不可谓不多，教课是五或六小时，课时也可以说很少，但别的所谓"相当职务"，却太繁。学校当局又急于事功，问履历，问著作，问计划，问年底有什么成绩发表，令人看得心烦。其实我只要将《古小说钩沉》整理一下拿出去，就可以作为研究教授三四年的成绩了，其余都可以置之不理。但为了语堂好意请我，我还想认真一点，编成一本较好的文学史，功罪在所不计。我已决计将工作范围缩小，希图在短时日中，可以有点小成绩，不算来骗别人的钱。

　　到此未及一月，却如过了一年。听讲的学生倒多起来了，大概有许多是别科的。女生共五人⑨，我决定目不斜视，而且将来永远如此，直到离开厦门。我先前偶一想到爱，总立刻自己惭愧，怕不配，因而也不敢爱某一个人。但看清了他们的言行的内幕，便使我自信，我绝不是必须自己贬抑到那样的人了。我可以爱。但看北京的黑暗，一时不易光明。现时广平和我所处的地方，就是避难桃源。

昨日中秋，有月，语堂送月饼一筐，分予住在国学院中人，并投子六枚多寡以博取之。⑩这里的听差现在熟识些了，觉得不尽如想象中之差。因为是闽南，所以称我们为北人。我被称为北人，这回是第一次。大约看惯了北京的听差唯唯从命，即易觉得南方人的倔强。其实是南方的等级观念，没有北方之深，所以便是听差，也常有平等言动。现在我和他们的感情好起来了，觉得并不可恶。我在此常吃香蕉、柚子，都很好；至于杨桃，却没有见过，鼓浪屿也许有吧，但我还未去过。

民国十五年（1926） 丙寅　十月二十九日

苦闷岁月——荷戟独彷徨

前几日，因国学院房屋未造，借用生物学院屋，理科主任刘树杞便授意白果⑪来讨还房子，借以攻击国学院。白果尤善兴风作浪，他曾在"女师大"做过职员，现在是语堂的襄理，还兼别的事，对于较小的职员，气焰不可当，嘴里都是油滑话。襄理的位置，正如明朝的太监，可以倚靠权势，胡作非为，而受害的不是他，是学校。语堂信用此人，可谓糊涂。我原住的房屋，须陈列物品了，我就须搬。而学校之办法甚奇，一面催我们，却并不指出搬到哪里，教员寄宿舍已经人满，而附近又无客栈，真是无法可想。后来总算指给我一间了⑫，但器具俱无，向他们要，则白果又故意特别刁难起来，于是就给他碰了一个钉子而又大发其怒。大发其怒之后，器具就有了，还格外添了一把躺椅，总务长周辨明[13]亲自监督搬运。

"到校二三月，挨饿三四顿，包饭五六家，还要等一等。"学校的饭菜实在很难吃。这里的工役，似乎都与当权者有些关系，换不掉的，所以无论如何，只好教员吃苦。即如这个厨子，是国学院听差中之最懒而最狡猾的，兼士[14]费了许多力，才将他弄走，而他的地位却更好了。做教员而又须日日自己安排吃饭，真太讨厌。其实教员的薪水，少一点倒不妨的，只是必须顾到他的居住饮食，并给以相当的尊敬。可怜他们全不知道，看人如一把椅子或一个箱子，搬来搬去，弄不完，恐怕要成为旅行式的教授了。

居住饮食的问题，还是可以解决的，即使不去解决它，也会渐渐习惯。只是一接触到人事，心情就更为沉重了，谁肯将生命虚耗在这里，和这些人来周旋呢！这学校，就如一座梁山泊，你枪我剑，好看煞人。北京的学界在都市中挤轧，这里是在小岛上挤轧，地点虽异，挤轧则同。此胜于彼者，唯不欠薪水而已。有些教授，则唯校长之喜怒是伺，妒别科之出风头，中伤挑眼，无所不至，妾妇之道也。我新近想到了一句话，可以形容这学校的，是"硬将一排洋房，摆在荒岛的海边上"。然而虽然是这样的地方，人物却各式俱有，正如一滴水，用显微镜看，也是一个大世界。有希望得到爱，以九元一盒的糖果恭送女教员的外国老教授；有和著名的美人结婚，三月复离的青年教授；有以异性为玩意儿，每年一定和一个人往来，先引之而终弃之的密斯先生；有打听糖果所在，群往吃之的无耻之徒……世事大概差不多，地的繁华和荒僻，人的多少，都没有多大关系。

我与"厦大"签了两年合约，原计划是准备专门讲书，少问别事，可一到校，便常有学生来谈天，弄得自己的事无暇做。到我这里来空谈的人太多，学校人事的纷争令我厌倦。校长是尊孔的，对于我和兼士，倒还没有什么，但因为花了这许多钱，汲汲要有成效，如以好草喂牛，要挤些牛乳一般。这里的学校当局，虽出重资聘请教员，而未免视教员如变把戏者,要他空拳赤手,显出本领来。这几日学校正在欢迎马寅初⑮,硬要拖我一起去照相,校长赐宴又要叫我去作陪,他们处心积虑,一定要我去和银行家攀谈,苦哉苦哉,非知"道不同不相为谋"何。

语堂的兄弟及太太,都很为我们的生活操心。其实我是已经可以走了,但看着语堂的勤勉和为故乡做事的热心,我不好说出口。

民国十五年(1926)　　　　　　　　　　丙寅　十二月十四日

去意已决

对于此后的方针,我实在很有些徘徊不决,做文章还是教书呢?因为这两件事,是势不两立的:作文要热情,教书要冷静。看国外,兼做教授的文学家,是从来很少有的。在生活的路上,将血一滴一滴地滴过去,以饲别人,虽自觉渐渐瘦弱,也以为快活。我先前在北京为文学青年打杂,耗去不少生命,自己是知道的。但到这里,又有几个学生创办了《波艇》⑯月刊和《鼓浪》⑰周刊,希望我帮忙编辑杂志并为其撰稿,我仍然去打杂。《鼓浪》这个刊物的名称,虽和鼓浪屿同名,实际上含有"鼓起新时代的浪潮"之意。本地也有人要我作一点批评厦门的文字,然而至今一句也没有作,言语不通,又不知各种底细,从何说起?例如这里的报纸上,先前连日闹着"黄仲训霸占公地"的笔墨官司,我至今终于不知道黄仲训何人,曲折怎样,如果竟来批评,岂不要笑断真的批评家的肚肠。几个很欢迎我的人,是要我首先开口攻击此地的社会等,他们好跟着来开枪。我看有希望的青年，恐怕大抵打仗去了，至于弄弄笔墨的，或则大言无实，或则之乎者也，多是挂新招牌的利己主义者。

我的生命，碎割在给人改稿子、看稿子、编书、校字、陪坐这些事情上者，已经很不少，而有些人竟以主子自居，稍不合意，就责难纷起，我此后颇不想再蹈这覆辙了。我现在专取闭关主义，一切教职员，少与往来，也少说话。近来对于"厦大"的一切，已不过问了，但他们还要常来找我演说，一演说，则与当局者的意见一定相反，真是无聊。这里是死气沉沉，也不能改革，学生也太沉静，数年前闹过一次，激烈的都走出，在上海另立大夏大学[18]了。

我终于决意要走，到中山大学去[19]，在这里到年底或明年，看我自己的意愿。至于语堂，我大概是爱莫能助的了。这里是他的故乡，他不肯轻易决绝，还有一层亲戚裙带关系[20]，同来的鬼祟又遮住了他的眼睛，一定要弄到大失败才罢。我的计划，也不过聊尽同事一场的交情而已。

11日上午，丁丁山[21]邀往鼓浪屿，并罗心田、孙伏园在洞天午餐，午后游日光岩及观海别墅，瞻仰了民族英雄郑成功水操台遗址，下午乘舟归。

今晚语堂为伏园饯行，因为校长要减少国学院预算的事，语堂颇愤慨，亦颇有活动之意。而其太太则大不谓然，以为带着两个孩子，常常搬家，如何是好。其实站在她的地位上来观察，的确也困苦，旅行式的家庭，让管理家政的女性如何措手。

民国十六年（1927）　　　　　　　　　　丁卯　一月十五日

死海波澜——"厦大"学潮

我已将正式的辞职书递出，辞去一切职务。这事很给学校当局一点苦闷：为虚名计，想留我，为干净、省事计，愿放我走，所以颇为难。恰逢新历除夕，学校总务长周辨明先生特地准备薄饼美宴，邀请我到家里聚餐，为我送行。陪坐的除欧兆荣、章廷谦两位教授外，还有其夫人朱秀鸾、林文庆及夫人殷碧霞、林语堂及夫人廖翠凤、校医廖超照及夫人杨华芳等。当时厦门风俗，请客要分男女坐。有人问他，为什么合坐？周辨明笑笑说，鲁迅姓周，我们是一家人。

"厦大"学生得知我的辞职与学校腐败有关，已由挽留运动转为改革"厦大"运动。[22] 3日晚，刘树杞来挽留并致聘书。学校一面假意挽留我，一面登报推卸责任。8日下午，往鼓浪屿民钟报馆晤李硕果[23]、陈昌标及其他社员三四人，少顷语堂、矛尘、顾颉刚[24]、陈万里俱至，同至洞天夜饭，当面澄清事实，对谣言加以驳斥。夜大风，乘舟归。

9日午，林梦琴饯行，至鼓浪屿笔山路别墅午餐，同席十余人。13日午，林梦琴饯行于大东旅馆，同席约四十人。这几天全是赴会和饯行，说话和喝酒，大概这样的日子还有两三天。这种无聊的应酬，真是和生命有仇。

厦门大学学生会欢送鲁迅先生合影（1927年1月4日）

15日上午，寄林梦琴信㉕并还聘书。

文庆先生足下：

前蒙惠书，并嘱刘楚青先生辱临挽留，闻命惭荷，如何可言。而屡叨盛饯，尤感雅意，然自知薄劣，无君子风，本分不安，速去为是。幸今者征轮在望，顷即成行。肃此告辞，临颖悚息。聘书两通并还。

周树人启

一九二七年一月十五日

不到半年，总算又将厦门大学捣乱一通，跑掉了。这里的风潮似乎还在蔓延，本已与我不相干，不过我早走，则学生少一刺激，或者不再举动，但拖下去可不行了。那时一定又有人归罪于我，指我为"放火

1927年10月，鲁迅（前排右一）与许广平（前排中）婚后与林语堂（后排中）、孙伏园（后排右一）等人在上海合影

者"。有几个学生很希望我走，但并非对我有恶意，乃是要学校倒霉。有几个人已在想利用这机会高升，或则向学生方面讨好，或则向校长方面讨好，真令人看得可叹。但这些都由他去吧，我自走我的路。

尾声：1926年1月16日，鲁迅离开厦门，前往广州与许广平会合，后来两人一起来到上海生活。1936年10月19日，鲁迅因患肺结核并伴有严重肺气肿，病逝于上海大陆新村寓所。生命的最后一刻，他握着许广平的手叮嘱道："忘记我，管自己的生活。"鲁迅走后，许广平坚持整理先生的文集，继续他的事业，用自己的方式继续爱着。

注释：

①许广平（1898—1968），笔名景宋，广东番禺人，1923年考入北京女子高等师范学校国文系，成为鲁迅的学生，后与鲁迅相恋并结婚。

②厦门大学是爱国华侨陈嘉庚在厦门创办的一所大学，校长是林文庆。1926年5月林语堂任该校文科主任兼国学研究院秘书，经他推荐，聘鲁迅任该校文科国文系教授兼国学研究院研究教授，聘期两年。

③当时的国学研究院附设在生物学院内。鲁迅先生所住的生物学院楼盖在海边小山岗上，依地势而建，地势低的那边多盖一层地下室，与高的这边取齐。因此，鲁迅先生在《两地书》中，有时说是住"在三层楼上"（九月二十日），有时却说是"住在四层楼上"（九月二十八日），并不矛盾，而是实在的情形。

④厦门大学风景历来为人羡赞，此与陈嘉庚当年重视和用心选择校址有着直接关系。自1919年夏开始，他躬亲遍勘各处地点，经过深谋远虑，最后选定厦门南端演武场一带为校址。陈嘉庚认为："校址问题乃创办首要；校址当以厦门为最宜，而厦门地方尤以演武场附近山麓最佳，背山面海，坐北向南，风景秀美，地场广大。"

⑤当时厦门大学地处边远城郊，与市区之间有镇南关、大生里、埔头山、蜂巢山、澳岭、赤岭阻隔，从陆路前往必须循缘山道，攀越重岭。因此，往返者多取水路，即由学校近处的沙坡尾搭舢板到市区，或在市区码头搭船，驶过虎头山下海，绕过厦门港，在沙坡尾东边登岸。

⑥孙伏园（1894—1966），原名福源，字养泉，笔名伏庐、柏生等，浙江绍兴人。鲁迅任绍兴山会初级师范学堂监督时的学生，北京大学国文系毕业，参加语丝社，任《京报》副刊主编。时任厦门大学国学研究院编辑部干事，兼管风俗调查事宜。

⑦博学楼：在厦门大学演武场东端，三层楼，1923年落成，初

期作为单身教员宿舍，后长期用作学生宿舍。1949年后，改为厦门大学人类博物馆。该楼名出自《礼记·中庸》。

⑧兼爱楼：在博学楼附近，遗址位于现芙蓉二学生宿舍东侧，1923年建成，二层楼，为教员眷属住宅。日军占领厦门期间，被夷为平地。该楼名出自《墨子·兼爱》。

⑨据陈梦韶回忆：第二周后，来旁听的学生，在同安楼的一间可坐四五十人的教室中，已经满座了。我记得那时，甚至有许多人是靠依墙隅，站着听讲的。学生除了国学系全部外，不但有英文系、教育系的，而且也有商科、法科、理科的学生……所谓"女生共五人"是指以后正式选修的人数；至于旁听的，有时全校女生都全部参加。那时全校女生，仅有十八名。

⑩即博饼，闽南民俗。

⑪白果，《两地书》原文作"黄坚"。字振玉，江西清江人，曾任北京女子师范大学总务处和教务处秘书。经顾颉刚推荐，时任厦门大学国学研究院陈列部干事兼文科主任办公室襄理。

⑫所搬的房子在厦大集美楼上。鲁迅自9月25日从生物学院楼迁至集美楼上，直到他离开厦大前，都没有变动。现辟为鲁迅纪念馆文物陈列室。

⑬周辨明（1891—1984），字忭民，福建惠安人。1911年毕业于上海圣约翰大学，获荣誉硕士学位，留校任预科英文教员。1914年任清华学校英文教员。1917年留学美国，在哈佛大学修数学。1921年执教厦门大学，时任厦门大学文科外国语言文学系主任，语言学教授兼总务处主任。引自周川：《中国近现代高等教育人物辞典》，福建教育出版社，2018年，第434页。

⑭沈兼士（1887—1947），浙江吴兴人。中国语言文字学家、文献档案学家、教育学家。曾任北京大学和北京女子师范大学教授。时

任厦门大学国文系主任，不久回北京任故宫博物院文献馆馆长。

⑮马寅初（1882—1982），名元善，字寅初，浙江嵊县（今嵊州市）人，曾任北京大学经济系教授兼系主任。中国著名经济学家、人口学家。

⑯《波艇》：在鲁迅的支持下，由厦门大学学生组织"泱泱社"创办的文艺月刊。鲁迅为该刊撰稿和阅稿，并介绍上海北新书局代为印刷发行。由于鲁迅和负责撰稿的学生陆续离开厦门，出了两期即告停刊。据当年预科学生俞念远回忆："鲁迅先生像一阵温暖的春风，把沉睡着的厦大学生吹醒了。尤其是文科学生，掀起了学习文学的热潮。"（《回忆鲁迅先生在厦门大学》，1936年3月21日作于九州帝大，原载汉口《西北风》半月刊，1936年5月16日第2期）。

⑰《鼓浪》：在鲁迅的支持下，由厦门大学学生组织"鼓浪社"创办的文艺周刊，附在厦门《民钟报》出版发行。1926年12月1日创刊，1927年1月12日终刊，共出版7期。

⑱1924年4月，厦门大学学生对校长林文庆不满，拟作出要求其辞职的决议，因部分学生反对而作罢。林文庆为此开除为首学生，解聘教育科主任欧元怀等九人，从而引发学潮。同年6月1日，林又唆使部分建筑工人殴打学生，并下令提前放暑假，限令学生五日离校，扬言届时即停膳、停电、停水。当时厦门市的保守势力也都对林表示支持，学生被迫宣布集体离校，在被解聘教职员帮助下到上海另建大夏大学。见鲁迅：《鲁迅全集》第十一卷《两地书》，人民文学出版社，1981年。

⑲鲁迅于1926年11月11日收到中山大学聘书。据徐彬如回忆：这时鲁迅正在厦门，我们提出要请鲁迅来"中大"当文学系主任。我们与戴季陶谈判了两三次，提出许多条件，聘请鲁迅便是其中的一条。按：徐彬如，原名徐文稚，江苏萧县（今属安徽）人。时为中山大学法科预科学生，中国共产党中山大学总支书记。受中共广东区委

指示与鲁迅联系，并赠中共广东区委学生运动委员会刊物《做什么？》三本与鲁迅。引自徐彬如：《回忆鲁迅一九二七年在广州的情况》，《中山大学学报》1976年第6期。1926年11月15日的广州《民国日报》《国民新闻》均有报道："著名文学家鲁迅即周树人，久为国内青年所倾倒，现在厦门大学担任教席。中山大学委员会特电促其来粤，担任该校文科教授。闻鲁氏已应允就聘，不日来粤云。"

⑳鲁迅在1926年11月8日寄给许广平的信中写道："他（指林语堂）之不能活动，而必须在此，似与太太很有关系，太太之父在鼓浪屿，其兄在此为校医，玉堂（指林语堂）之来，闻系彼力荐，今玉堂之二兄一弟，亦俱在校，大有生根之概，自然不能动弹了。"林语堂的二哥林玉霖在林语堂来厦门大学之前便已在该校任外语系教授，林语堂来校后，林玉霖改任厦门大学学生指导长。大哥林景良、六弟林幽随林语堂来校，任厦门大学国学研究院编辑部编辑。廖翠凤的二哥廖超照担任厦门大学校医和陈嘉庚的私人医生，廖翠凤的堂姐廖翠娥嫁给了林文庆妻子殷碧霞的哥哥殷雪圃。

㉑丁丁山（1901—1952），安徽和县人，北京大学研究所国学门研究生。时任厦门大学国学研究院编辑。著有《说文阙字考》一书。

㉒《鲁迅年谱》载：同月（即1927年1月），厦门大学成立罢课风潮委员会，要求改革学校。领导人是共产党人罗扬才。共青团福建省委刊物《福建青年》曾发表文章予以支持。

㉓李硕果（1883—1989），福建南安人，25岁时南渡泰国，经商拓业。后接受孙中山先生民主革命思想，加入同盟会，担任同盟会缅甸福建分会会长，发动华侨捐款以资助同盟会。辛亥革命后回国，1916—1930年曾在厦门担任《民钟报》经理。

㉔顾颉刚(1893—1980)，原名诵坤，字铭坚，号颉刚，江苏苏州人，是中国现代著名历史学家、民俗学家，古史辨学派创始人，现代历史

地理学和民俗学的开拓者、奠基人。曾任北京大学研究所国学门助教和预科国文讲师。时任厦门大学国学研究院教授兼国文系名誉讲师。

㉕鲁迅:《鲁迅佚信一封——致林文庆(一九二七年一月十五日)》,《鲁迅研究月刊》1999年第10期。

人物评传

他才华横溢，为爱南下，却在"厦大"遭受冷遇与排挤，饱尝人间相思之苦。4个月间80多封往来书信，充满了平凡琐碎的爱的温馨，以及心灵间或隐秘或戏谑或艰辛的分享。这些组成了《两地书》。二人永远有聊不完的话题，写不尽的相思和爱意。"世界以痛吻我，我却报之以歌。"在厦门短短135天，绝望中存着希望，寂寞却充满力量。鲁迅先生要贡献所学，培育下一代青年。除了教学及指导研究外，也抓紧时间，从事著作。在一个个寂静浓到如酒、令人微醺的夜晚，鲁迅先生在爱与哀愁中埋头苦干，创作出了一篇篇珍贵的传世佳作。思念的力量实在太强大，他终于迫不及待地离开厦门，去广州和他的"广平兄"会合了。生活中的鲁迅其实是一个幽默爱笑、童心未泯的人。满怀期待来到鼓浪屿这座孤岛与美食会面，在英雄遗迹前感叹、落寞，又匆匆离去寻觅爱情，一解两地相思之苦。

链接资料一

《鲁迅回忆录》（节录）
许广平

　　当北京"三一八"事件之后，政治还是那么黑暗。我们料想：中国的局面，一时还会不死不活地拖下去，但清醒了的人是难于忍受的。恰好这时厦门大学邀请鲁迅去教书，换一个地方也好吧，鲁迅就答应去了。其时我刚在暑假毕了业，经过一位熟人的推荐，到广东女子师范学校去教书。

　　临去之前，鲁迅曾经考虑过：教书的事，绝不可以作为终生事业来看待，因为社会上的不合理遭遇，政治上的黑暗压力，作短期的喘息一下的打算则可，永远长此下去，自己也忍受不住。因此决定：一面教书，一面静静地工作，准备下一步的行动，为另一个战役作更好的准备，也许较为得计吧。因此，我们就相约，做两年工作再作见面的设想，还是为着以后的第二个战役的效果打算。这是《两地书》里没有解释清楚的。

——《鲁迅在厦门资料汇编》

链接资料二

新组织之两文艺社——泱泱与鼓浪

本校学生近新组织两文艺社，一名泱泱，一名鼓浪。两社皆有定期出版物，鼓浪社编辑之《鼓浪》周刊，现附于鼓浪屿《民钟报》出版，每逢星期三出版一次，零售每份铜圆二枚，业已出至第四期。内容丰富，类皆研究文艺之作品，科学方面亦有所贡献，出版以来，颇受阅者欢迎。其第一号早已售罄，因阅者之纷纷要求，该社拟再重印，闻不日即可出版。

至泱泱社系出版一种月刊，名为《波艇》，不在厦门印刷，寄交上海北新书局代印代发，创刊号业已印就，不日即可寄到。内容有采石君之《波艇》，桌冶君之《让我也来说几句话》，俞念远君之《樱桃花下之一夜》，黑侠君之《赠战士》，玉鲁君之《爱充满了宇庙》，孙伏园君之《厦门景物记》，洪学琛君之《失望》，鲁迅君之《通信》，概属锦文妙词。想将来寄到，一般读者当必以先睹为快也。

——《厦大周刊》第170期，1927年1月1日

林文庆（1869—1957），字梦琴，祖籍福建海澄（今厦门海沧），生于新加坡，英国爱丁堡大学医学内科学士、外科硕士，香港大学法学荣誉博士。曾任南京临时政府内务部卫生司司长、厦门大学校长。为新加坡、马来西亚华人金融业先驱者，集名医、学者、实业家、社会活动家、教育家于一身，在多个领域有所建树，被誉为"新加坡的圣人"。著有《从内部发生的中国危机》《东方生活的悲剧》《新的中国》《厦门，思念明朝之岛》，英译屈原《离骚》等。

林文庆

君子坦荡荡

> 吾国积贫积弱，人心陷溺，实因科学之落后，与道德之沦丧。大学真正的使命，不但在求高深学问的研究，而其最重要的，尤在于人格的陶铸。
>
> ——林文庆《厦门，思念明朝之岛》

民国八年（1919） 己未 十月十八日

穿梭于东西文化　往返于南北之间

　　1839年，我的祖父林玛彭从海澄县南渡马来西亚槟榔屿谋生，娶当地娘惹为妻，生下我的父亲林天尧。1869年，我出生于英属殖民地新加坡，是第二代"海峡华人"。[①]

　　我幼年父母双亡，殷实的家境因此走向清贫，然而年少时期一路有贵人相助，运气极佳。得好友家藏书以读，得校长赏识、关爱，得祖父母大力支持。十八岁那年，我成为第一位考取英国女皇奖学金的华族少年[②]，进入英国苏格兰爱丁堡大学的医学院。学医的原因，是父亲修刮胡子时受了割伤，群医束手无策，血液中毒而死。我觉得应该做个医生，为自己的同胞服务。

　　1892年，我获得爱丁堡大学医学内科学士和外科硕士学位，并荣获阿瑟尔金奖章，受聘剑桥大学研究病理学。半年后，祖父林玛彭逝世，家中失去经济来源，新加坡来信要我早日回去。我不得不离开剑桥，回到新加坡开业行医，月入千元，这在当时是一个很大的数目。我之所以不进入公立医院服务，是因为华人要获得高级医务席位的机会很渺茫，多半没有什么前途。积蓄了足够的财资之后，我与朋友在莱佛士坊合办"九思堂西药房"。

　　1896年的一个清晨，我在植物园散步，园长送了我几颗种子。他告诉我，这是橡胶树种子，如果把它们培植起来，一定会成为马来西亚最好的经济作物。我便和好友陈齐贤[③]合作，在新加坡杨厝港开设联华树胶公司[④]引种试种，几经改良终于获得成功。成千上万株橡胶树因此在东南亚生长起来。

　　19世纪末叶，中华民族正处在最为暗淡的低谷时期，中国的领土权益不断受到侵夺，中国的衰落对于流寓海外的华人，自然大生影响。在爪哇等地，华人长期受苛待，但中国国家太弱，不能有所作为。新加坡和菲律宾对华政策相对宽松，华人自身的特性却在现代化进程中一步步弱化和消失。把一个民族的一切传统凭空割除，而仍然希望它能够兴旺，这是不可能的。我曾经不止一次对我的身份产生怀疑。来自中国，生于南洋，学于西洋，成长于新加坡、持有英国护照的我，身上流淌着中国人的血。随着社会地位不断提升，我的焦虑与日俱增。当每个炎黄子孙都正在力争上游的时候，为什么我们这些海外华人却对寄人篱下的生活表示满足？为什么我们不能更进一步尽其光荣天职，接受炎黄子孙所共有的传统？我不断投身社会活动，倡导华人教育变革，推动儒学复兴运动，为同胞们改善处境而奋斗，力图唤醒海外华人的迷梦。戒烟所、女子天足会、孔教会、华人好学会、华人阅书报社、华语训练班、雄辩会、音乐社、体育会、医学院、哲学研究会、新加坡中华总商会、海峡华人杂志社等组织一一成立，在华人社会，一时掀起了一场翻天覆地的黎明革新运动。

在英国求学期间，一方面，我看到了大英帝国的昌盛，另一方面，也认识到自己作为华人却不识华文的悲哀。我下决心要使自己精通中文及中国的文化。让我和中国真真切切联系起来的是我的两段婚姻。1896年12月29日，好友黄乃裳[5]将女儿黄端琼许配给我，他们都是通晓中英文的基督徒，我在中文上的进步得益于他们的鼓励和教导。为推广普通话，我在家里开办华裔普通话学习班。1899年3月，我与丘菽园[6]等人创办新加坡中华女校，这是东南亚最早的华侨女子学校，我的夫人黄端琼在该校任教。

1905年，我的第一任夫人黄端琼因病不幸早逝，我把药房的股份转让给殷雪村[7]医生，结束了医务经营，专心一志为中国政府效劳。几年之后，在殷雪村医生的极力撮合之下，他生长于鼓浪屿的妹妹殷碧霞成了我的第二任夫人。1908年4月3日，我们在鼓浪屿英国领事

林文庆第一任妻子黄端琼

馆举行了婚礼，并在鼓浪屿买房置地。从此，我更加频繁地往来于中国和新加坡。

  1912年辛亥革命成功，我应好友孙中山电召回国，出任孙中山机要秘书兼医官、临时政府内务部卫生司司长。由于袁世凯弄权，我愤而辞职，于1912年冬重返新加坡。我先后与友人合资创办新加坡华商银行、联东水火保险公司、和丰银行和华侨银行。"一战"结束后，新加坡华资银行业和保险业迅速发展起来。今年，我与黄仲涵[⑧]、黄奕住等组织华侨银行，力促华商、和丰、华侨三家银行合并为新的华侨银行有限公司。因为担任几家树胶公司、锡业公司、工厂、银行和保险公司的董事，并在新加坡中华总商会、海峡英籍华人公会、怡和轩俱乐部任职，我根本没有时间继续行医。

今天是我五十周岁的生日，一转眼已年过半百到了知天命之年，然而我想做的事情还有很多。带着一种传道者的热情，在新加坡奋斗这么些年，为的是改善海峡华人的处境和待遇。如今，巴黎和会上中国遭遇了不平等待遇，眼看着祖国同胞在贫穷落后、军阀混战的黑暗中煎熬，我想要投身教育，为祖国培养堪当领袖的人才。

民国十年（1921） 辛酉 七月

舍事业定居鼓屿　受重托执掌厦大

"当今国家局势危急险恶，唯有兴办教育和争取未死的民心，才是希望所在。"在新加坡有另一位华人也像我一样想贡献自己的力量来帮助中国，这个人就是陈嘉庚。⑨他筹备在厦门独资创办厦门大学，原定汪精卫⑩当校长，但汪醉心官场，只好转请原任北京教育部参事的邓萃英为第一任校长。邓不肯放弃北洋政府中的职位，不久就辞职了。在这种情势下，迫得陈嘉庚打电报给我，请我出来担任厦门大学的校长。与此同时，孙中山也从广州发来电报，邀我回国襄赞外交，出任民国政府外交部部长。彼时我已不作行医之想，选择赴厦是被一股精神和情感的力量所牵引。为苦难的中国栽培人才，为民族文化教育尽心力，都是我多年来的心愿。得天下英才而教育之，乃人生快事。远赴"厦大"，不仅我本人觉得个人的生平志业实现有期了，我的夫人也极渴望回到鼓浪屿，以接近她的母亲和故家。于是，我马上接受这个职务，放下手上的一切事务，我们一家人回到厦门。

厦门大学后面是清净庄严的南普陀寺⑪，前面是碧海清波的厦门

厦门大学校徽

港，轻帆片片，暮鼓晨钟，是读书的好环境。所谓教育，不特灌输知识与培养技能，亦须哺育良善、优雅及爱国之公民。本大学之主要目的，在博集东西各国之学术及其精神，以研究一切现象之底蕴与功用；同时并阐发中国固有学艺之美质，使之融会贯通，成为一种最新最完善之文化。我将《大学》首句"大学之道，在明明德，在亲民，在止于至善"中的"止于至善"定为厦门大学校训。大学真正的使命，不但在于高深学问的研究，而其最重要的，在于人格的陶铸。文化阶层可引介科学以消除迷信，切实改造古文化及全套礼数，以表明古训确实优于舶来之物。中国古代文化，特别是儒家学说，只要能适应潮流而加以运用，就可以成为培养民族领袖的最好手段。当此风雨飘摇之际，国势岌岌可危，不如先培养一部分青年，亦能救国。基于这个理念，我设立评议会，实行民主治校，提倡学生自治之组织，以期养成高尚之人格，发扬美满之民族精神，于学校内造成一种模范社会，以为将来服务社会之准备。我自行订定课程，要求教学切于实用，设备力求充实，教授薪资力求提高，以造就高等专门人才。

民国十六年（1927） 丁卯 夏

英译《离骚》兴国粹 "南方之强"揽群贤

在夫人独具匠心的选择和经营下，我们住进了鼓浪屿山顶别墅。我每日搭船往返"厦大"，处理校务。别墅挺立于笔架山顶，这里可环顾赟箔渔火，远眺厦门虎头山、鸿山，鹭江美景尽收眼底。海天一色，幽静优雅，远离喧嚣，与鸟蝉共眠，如入桃花源境。

林文庆别墅（笔山路5号）

我曾请教友人，看中国古籍里什么书最困难。答曰："中国文学里最艰深的莫如诗，中国古诗中最难懂的莫过于《离骚》。"因此，我下决心从事彻底研究。《离骚》作为一部优秀的作品，除了一些汉学家外，在西方世界鲜为人知。当前世界，一片混乱，各地人民都在绝望

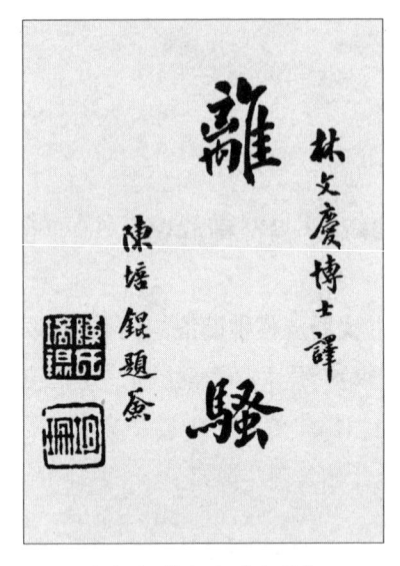

林文庆博士译《离骚》
陈培锟题签

的边缘挣扎，寻找政治救国之道。我希望将它翻译出来，向西方社会传播中华优秀文化，让读者了解屈原朴素纯洁的爱国热情，使怯弱之人也能重拾自信，抛开己利，无畏他人的误解、批评或攻讦，为社会福利献出力量。

当此无法无序之世，欲以真正利国之方式发挥功用，大学应于极广之范围内享有绝对自由。教授应可完全自主其讲演及意识，并能就其观点及任何教条或政策畅所欲言。若有阅历及学养之人因法律或暴政而杜口，则于人类进步造成极大危害，于此环境中，虚伪将取代科学之精准，传闻将窒息一切原创之思想。

厦门大学旧照

我们办学的目的，不在乎校舍美丽，取快人心于一时，而在于内容完善，得谋发展于将来，其最重要问题，当然是良好教授之聘请，实验室之设备以及各种图书之充实。建校以来，我参照欧美大学标准，一面积极进行多方延揽，对各学科之著名高等专门人才极力罗致，使之尽毕生之力以从事于各科学之教学与研究；一面扩充校舍和教学设备，科学实验馆、图书馆、礼堂、学生宿舍、体育馆、运动场、游泳池，拔地而起，组成背山面海的宏伟建筑群。在军阀气焰高涨的背景下，"厦大"却稍露曙光，硕彦咸集，鸿才叠起，声名远播海内外，与公办名校并驾齐驱。

本校成立迄今，虽只六载；而图书仪器及各种设备，莫不力求完善，日益扩充，校外人士亦乐于捐助。黄奕住先生于建校之初，曾捐助十万九千元建造群贤楼，本年8月起又为本校捐助图书费三万元，分十二个月缴纳，每月捐助两千五百元。为表示感谢，我特为其所捐献的图书之目录作序：

民国十六年间，黄奕住先生首先同情本校，慨然捐助图书费国币三万元，本校因此获益不少，除设法陆续分购中、西重要书籍凡七千九百余册外，并就书内各附特别标志，留为永久纪念。此次图书馆同仁从事编辑图书总目录，同时把黄先生捐款所购书籍，另辑目录成册，这种饮水思源的工作，的确是少不得的。

——林文庆《〈黄奕住先生捐赠图书目录〉序》[12]

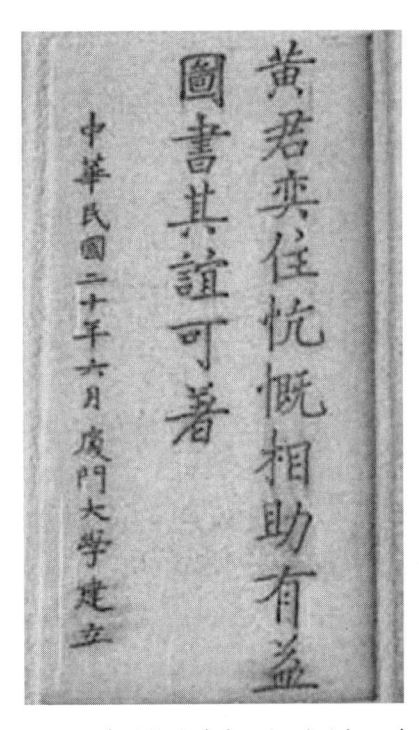

厦门大学群贤楼黄奕住捐赠图书石碑

又黄廷元先生拟捐助一万银圆，作为本校天文台、气象台及地质实验室之设备费。本校领受之余，不胜感谢！谨志数语，聊表纪念。想海内外不乏热心教育之君子，对于两位黄先生之举，必当深表敬意，将来闻风继起者，当不乏人；而本校之前途，实未可限量也！

民国二十六年（1937）　　　　　　　　　丁丑　七月二十九日

办教育困难重重　为"厦大"奋斗到底

回首十余年来之工作，认清建立理想大学之目标的实现无比艰难。首先，学生来自全国各地不同学校，家教之普遍缺失与大量中学施与参差不齐之训练，予本校额外工作压力。其次，迄今公众于教育事务兴趣未浓，若无合格教师，大众教育即不得完全开展。再次，中国思潮巨变，带来办学理念上的是非纷扰甚多，若非民众觉醒，履行所赋之权，吾等伟大理想仍属虚无缥缈。最后，时局动荡，时常须面临财政拮据之困难。

建校初期，临时性的计划太多，校内教职人员多不能合作。各学系对财政上的分配又多有不满。由于经济上的紧张，未能拨出答应林语堂的应支款项，刘树杞更是愤而辞职，去武汉筹建武汉大学。提倡"新文化运动"的鲁迅、胡适等人，都在传播些与我相反的思想，主张采用白话文，以打倒"孔家店"的路线来改革中国。中国的政治动荡也加深了这种困难情势，军阀正在控制一切，我为大学的安全和军阀苦斗，还要应对激进学生们发起的一次次的学潮运动。

1929年世界经济危机爆发，陈嘉庚企业经营受损，"厦大"办学经

《厦门大学一览（1936—1937年）》

费困难，我不得不回到海峡殖民地，向华人募捐筹款。陈嘉庚并不希望他的义举有什么酬报，仅因为他觉得这是他对于同胞应尽的责任，纵是借款亦所不辞。面对一些教员派系之争和学生风潮，由于他的坚定支持与信赖，化解了一次次办学危机。我们彼此信任和欣赏，对办教育有着共同的理想，并肩誓死为厦门大学奋斗到底。

1934年初，陈嘉庚在南洋的企业被迫收盘，厦门大学经费陷入困境。作为首家批准立案之私立大学，国民政府每年拨付教育事业费国币六万元，教育部批准拨给1934年度补助费国币九万元，这在当时全国各私立大学中是最高数目了，但是"厦大"每年需要维持费三十万元。陈嘉庚虽然开办了"厦大"，可是独木难支，本只打算付出四百万元，后来竟付出了一千万元。我再次到南洋为"厦大"募捐，数月后有了结果，在新加坡募得国币十万元，在马来西亚募款十五万元，然催收经年，马来西亚仅得十余万元，余作罢论，共实收国币二十余万元。为支持"厦大"，我将在鼓浪屿家中为富人看病所得、在医院兼职行医所得、全年薪金以及夫人的私房钱悉数捐出，厦门大学的教学得以维持。

为了不耽误"厦大"学子，陈嘉庚提出自愿无条件将学校赠予南京国民政府，1937年7月1日，厦门大学正式由私立改为国立。今日，我携家人离厦返回新加坡，之前的产业几乎罄尽。

尾声： 1937年7月，全面抗战爆发，"厦大"生物楼被摧毁。1937年9月4日，学校被迫迁往鼓浪屿暂避战火，借英华中学和毓德女校的部分校舍继续上课。鼓浪屿以它特殊的中立地位，为"厦大"在战火纷飞中赢得了从容筹划的重要机会。12月24日，在教务长兼文学院院长周辨明父亲周之德牧师的帮助下，"厦大"内迁长汀，在抗战艰苦时期取得了极大的保存。

1942年日军占领新加坡，逼迫林文庆出面组织"华侨协会"并担任会长。为了尽可能地保护当地华人，他向日军付5000万"奉纳金"，背负骂名。晚年他想将自己在新加坡兀兰的一块51英亩土地的五分之三的份额捐赠给"厦大"，然而遭到亲人反对，以致绝食抗争，含恨弃世。时值1957年元旦，终年88岁。新加坡总督柏立基爵士夫妇暨首席部长林有福均致函吊唁。出殡之日，各族人士，前往执绋者，万人空巷，正是"身后声名谁管得，一樽愁绝思明洲"。

注释：

①海峡华人：1826 年，英属东印度公司将新加坡、马六甲及槟城三地合并，组成"海峡殖民地"。这里的华人与马来人通婚，其后裔被统称为海峡华人（Strait Chinese）或土生华人（Peranakan）。海峡华人在文化上受到马来族群影响，男性被称为"峇峇"，女性被称为"娘惹"。

②林文庆只考取次榜，榜首却因年岁不足被取消资格。

③陈齐贤（1870—1916），祖籍福建海澄（今厦门海沧），出生于马六甲，植物学家。他将种植橡胶的经验在新加坡、马来西亚推广，促进了当地的早期开发，被尊称为"橡胶艺祖"。《南洋年鉴》评说："今天马来亚的繁荣，齐贤之功不可没。"

④联华树胶公司为第一家华人树胶园。

⑤黄乃裳（1849—1924），福建闽县（今福州）人，基督徒。曾参与"公车上书"和百日维新运动以及后来的辛亥革命，率领福州移民开垦马来西亚砂拉越的诗巫（新福州），是中国清末民初的华侨领袖、民主革命家、教育家。

⑥丘菽园（1874—1941），名炜萲，字菽娱，又有啸虹生、星洲寓公等别号。后从丘逢甲倡议，恢复本姓，改"邱"为"丘"，以"菽园"号行。福建海澄（今厦门海沧）人，清末举人，为著名报人和诗人，被康有为和张叔耐誉为"南侨诗宗"。他在新加坡继承父亲留下的巨额遗产，以传播中华文化为己任，创设"丽泽"和"会吟"文社，先后创办《天南新报》《振南日报》，并与林文庆等人合办"新加坡华人女校"。著述甚富。

⑦殷雪村（1877—1958），新加坡华人，祖籍江苏常州，生于鼓浪屿，殷碧霞的哥哥。14 岁起在厦门同昌药房习医，1898 年移居新加坡，在警察局任译员。因志在从医，前往美国、加拿大、英国留学深造，之后返回新加坡行医，成为林文庆许多事业的合伙人。1906

年在清朝驻新加坡领事孙士鼎支持下，成立振武善社（又称禁吸鸦片协会），一年内即收治鸦片成瘾患者600余人。1910年设立疟疾诊所，免费为病人治疗。1911年组织成立了新加坡第一个华人足球俱乐部。1920年受封太平局绅。

⑧黄仲涵（1866—1924），字泰源，祖籍福建同安，出生于印尼三宝垄市，著名印尼华侨企业家，印尼"四大糖王"之首，20世纪初影响最大的华商之一。曾在鼓浪屿购置房产。

⑨陈嘉庚（1874—1961），原名陈甲庚，字科次，福建集美人，著名的爱国华侨领袖、企业家、教育家、慈善家、社会活动家。长期侨居新加坡，从事工商业，热心华侨和家乡的文化教育公益事业。1910年在新加坡参加同盟会。1913—1920年，先后在集美创办中小学和师范、水产、航海、农林、商务等学校。1921年创办厦门大学。

⑩汪精卫（1883—1944），又名汪兆铭，祖籍浙江山阴（今浙江绍兴），出生于广东番禺。早年追随孙中山先生投身民主革命。1920年，汪精卫曾应黄仲训之请，写下一首七绝刻在日光岩崖壁上："劲节孤忠久寂寥，海山遗垒未全消。高台月皎霜寒夜，仿佛如闻白马潮。"1925年，汪精卫为国民革命军北伐之事来到厦门，私访黄奕住，住在观海别墅。临别时，汪特意录李白的诗"问余何事栖碧山，笑而不答心自闲。桃花流水窅然去，别有天地非人间"书赠黄奕住。历任国民党中央特别委员会委员、国民政府委员、行政院院长兼外交部部长、国防最高会议副主席、国民党副总裁等职，抗日战争期间投靠日本沦为汉奸。

⑪南普陀寺建于唐开元间，原名普照寺，为厦门最大古刹。寺中附设闽南佛学院，时太虚法师为该寺住持，兼任该院院长。厦门大学有一些教授、讲师也在该院讲课。

⑫1931年6月，厦门大学刻石碑镶于群贤楼中厅石壁上致谢。碑文曰："黄君奕住，慷慨相助，有益图书，其谊可著。"

人物评传

林文庆始终心系故国，不知疲倦地为侨居地华人请命，支持并投身孙中山领导的民主革命，在中西文化中穿梭，在冲突矛盾中觉醒。林文庆是陈嘉庚先生的引路人和忠实追随者，抱着教育救国的理想，在中年时期，舍弃名利和地位，呕心沥血主政"厦大"，并在长期承受财政拮据、政局紊乱、学潮澎湃和人事纠纷交相逼迫的大学里坚持奋斗16年，为"厦大"前程运筹帷幄，协助陈嘉庚先生建校舍，揽名师，制校规，审校训，定校歌，造就人才千余人，使"厦大"从荒凉的演武场，演变成为学科体系齐全的庞大学府，奠定了"南方之强"的坚实根基。"厦大"艰难的创校时期，他恪守"西文与国学并重"的超前理念负重前行；他著书立说，以译言志，用心良苦；他传播中华文化，绝不退缩；他的奋斗精神，足为青年的楷模。

新加坡华人史学家陈育崧评价林文庆说："他是一个药到春回、起死回生的再世华佗，一个腰缠十万、长袖善舞的豪商，一个开天辟地、拓荒垦殖的东南亚富源树胶种植之父，一个摧枯拉朽、移风易俗的社会改革者，一个口若悬河、语惊四座的立法议员，一个循循善诱、诲人不倦的一代导师，一个纯朴忠诚的新岛侨生，一个满腔热血、眷恋乡国的海外华裔！在外国人的心目中，他是一个'超人'，一个具有最高尚思想而精力充沛的风云人物……他立志要把'同胞'的地位提高到和世界各国人民立于同一水平之上，并驾齐驱！"

在很长的一段时间里，林文庆是一名被历史遗忘的校长，这与鲁迅与他的矛盾，陈嘉庚事业的严重受挫，以及他在新加坡沦陷时无奈担任过"华侨协会"会长有关。林文庆临终时曾说："我是生活艺术的毕业生，主修宽容。"鼓浪屿的天风海涛陶铸了他宽广博大的胸怀，正是宽容，形成了他的人生底色。

链接资料一

《辟诬》（节选）

南洋数百万华侨中，而能通西洋物质之科学，兼具中国文化之精神者，当首推林文庆博士。林博士在南洋之事业，如数十万元之家产，与任数大公司之主席（华商、华侨两银行，联东、华侨两保险，东方碳矿、联合火锯），按年酬金以万数，姑不必论，但言其才德资望，而能于数百万华侨，仅占一席，叻屿呷（海峡殖民地）三州府华侨义务代议士，独膺继任，十有七年，牺牲自己利益，又重且巨。稍明社会事者，对于林君之为人，莫不深致感激。"厦大"甫经成立，乃竟以鄙人数电之恳请，毅然捐弃其偌大之事业，嘱托于人，牺牲其主席之酬金，让而不顾，舍身回国，从事清苦，力任艰巨。一则为"厦大"关系祖国教育精神，人才消长，一则希冀华侨资本家，将来感悟，归办事业。其爱国真诚，兴学热念，尤为数百万华侨之杰出。

新加坡厦门大学永久董事陈嘉庚启
中华民国十三年六月十七日
——《南洋商报》1924年6月17日

厦门大学文庆亭

链接资料二

"厦大"经费问题　减缩后月须二万余元　政府月助七千五百元

厦门大学为华侨陈嘉庚所创办，始于民十，迄今十余年，用去金钱四百余万元。最近陈嘉庚各地的公司，因受不景气影响，相继歇业，"厦大"经费有无发生影响，自为一般所注意者，爰调查其情形如下，倘亦关心地方文化者所欲睹也。查"厦大"经费，自一再缩减后，每月约需二万元。入款方面，新加坡陈嘉庚公司逐月尚汇六千余元，中央每月补助五千元，福建省政府五千元。此三款月可得一万六千余元，如学费收入增加，本可相抵，唯中央补助之五千元，自宋子文交卸财政部长职后，即不能照数拨助。现每月只得半数，约二千五百元，故学费如收入减少，即有不能应付之处。据校长林文庆氏云，集美学校创于民元，"厦大"创于民十，皆历十余年，或二十余年，陈嘉庚先生以个人力量，共用去千余万元。去年该校以经费发生问题，曾函地方人士援助，组织援助"厦大"文化协进会，藉各界之力，需时四月，仅得六千元。去年8月，本人因事渡洋，亦仅募得六千元。于此，尤见陈嘉庚先生倾家助学之难能，而各地之不景气，亦概见一斑云云。

——《江声报》1934年3月29日

殷碧霞（1884—1972），祖籍江苏常州，鼓浪屿人。厦门第一位华人女教师。厦门大学创校校长林文庆的夫人，著名钢琴演奏家殷承宗的姑妈。新加坡华人妇女领袖、华人妇女社会活动家，毕生致力于社会慈善福利事业。

殷碧霞

家乡是座美丽的小岛

鼓浪屿是个风景秀丽的地方。我的言语无法描绘在这里所见到的美丽景色,这是常人无法用笔墨来形容的。

——殷碧霞《鼓浪屿》

清宣统元年（1909） 己酉 十二月

在海外兮思故乡　鼓浪屿是我家乡

　　1847年，我的父亲殷荣康从江苏常州黄沙巷移居厦门，担任厦门港堂会长老，在教会认识了我的母亲吴淑懿①，创办了厦港铸造厂和荣康小学。父母平素提倡男女平等，改良社会陋俗，不遗余力。我出生于鼓浪屿，八岁入怀仁女学，十四岁转学到长兄殷雪桥创办的漳州中西学堂就读，十六岁因义和团倡乱转入福州美以美教会英文女学，因学习成绩优良，毕业后即受聘留母校任教。1906年返厦，就任厦门女子师范学校②英文教师一职，成为当时厦门第一位华人女教师。

　　1905年，林文庆的夫人不幸因病去世，哥哥殷雪村是他的挚友和事业上的伙伴，十分仰重林博士的为人和学识，将我介绍给他。我的母亲不答应这桩婚事，她不愿让自己的女儿给一个年近四十、中年丧偶且已有四个儿子的男子当填房。在哥哥的极力撮合下，1908年4月3日，我与林文庆医生在鼓浪屿英国领事馆举行了结婚典礼。

　　成婚之时，英国伦敦会的山雅各牧师③正打算告老还乡，因为林文庆英国国籍的便利，我们从伦敦会手上买下了山雅各别墅，作为我们在鼓浪屿的居所。这里曾是基督教伦敦会在鼓浪屿的第一处落脚地点，楼下之前是山雅各牧师倡办的福音小学④，后来福音小学搬出洋楼，在北侧空地上扩建，与民立小学合并为福民小学，洋楼一层即成为接待外地教众的内部客栈。

　　1898年，英国长老会牧师韦玉振与夫人韦爱莉在鼓新路35号牧师楼创办家庭幼稚园，并设"怜儿班"。1908年，长兄殷雪桥将殷家安海路房产卖给新加坡华商银行董事、益昌号东主邱杨阵。邱先生将房子租给英国长老会，韦爱莉将家庭幼稚园迁到这里，更名为"蒙学

蒙学堂旧址（安海路6号，吴添丁阁）

堂"⑤，我曾在这里任教。

　　婚后，我随丈夫来到新加坡，但十分想念我的家乡鼓浪屿。我对母亲的牵挂，对殷家的依恋，对生长之地鼓浪屿的感情，使我在远嫁新加坡之后，频频回乡省亲。1909年3月，我又在笔架山南麓向黄四美堂永久租赁了两块土地。我以英文写作的短文《鼓浪屿》被刊登在新加坡《海峡华人年刊》，自豪地向新加坡、马来西亚一带介绍故乡的自然人文景色。

　　鼓浪屿是个非常小的岛，位于中国东南沿海的厦门口岸。
　　这里气候宜人。夏日有着清爽的微风，冬天无雪，也不寒冷。对于中国的港口而言，它是极好而健康的地方。
　　这里的景观迷人。岛上主要有四座山，还有一些较小的山丘，其中两座因着不同的形状而得其中文名称。几乎每家每户都能看见这些山，因为它们离住家都不远。山上多石而少树，巨大的岩石覆盖了山顶和山坡。很早以前，这个岛为世人所忽略，没有房子，但中国人把它用作坟地，山上遍布离奇精巧的坟墓。

这里的住家很舒适。其中一些是中国式的，只有一层高。现在这个美丽的小岛为很多人所喜爱，也变得拥挤了，人们不得不兴建两层高的楼房。但一楼作为卧室来用是相当安全的，因为并不潮湿。六十年前很少中国人想要住在那里，只有一些房屋的废墟，那是小刀会驻扎时所毁掉的。但现在已经看不到这些废墟了，它们已经被新建筑所取代。

道路非常陡和窄。岛上没有马车和汽车，但有着非常舒服和安全的轿子，轿夫都很强壮，步履稳健。每个轿子有两个杠，由两人抬着。

岛上少有强盗和小偷，甚至在黑暗处也能安全行走。道路干净整洁，维护得很好。夜晚出外散步是很愉快的，可以看到大海、附近的岛屿和远处的山脉，景色非常壮观。

这里有为男孩和女孩设立的好学校，也有一个幼稚园吸引了许多幼童。超过一百个幼童，为温柔的心以最体贴的方式所照顾着。在这里的教育机构并不比福建省其他地方差，学院和学校中的学生接受中英文教育。

岛上有三个教会，每个都有自己的教堂。协和教堂一星期开放两次，以英文做礼拜，因为它的成员都住在附近，所以当教堂钟声响起的时候，整个街区的人都能听到。另外两个教堂也总是人满为患，大部分来参加教堂活动的人是学生，还有少量岛上的基督教徒。当学生假期返回在大陆的家时，这两个教堂就合并使用。

岛上的居民来自不同的地方，因此人口很混杂。大部分的居民是商人，但也有一些农民住在靠海的村子里。靠近主要登陆点的商店，比起厦门岛上的商店来说是又小又破。

下午的时候，欧洲人和日本人会在岛上散步。无论年轻人还是老年人都喜欢到海边去，那儿的景色真是很壮观。迎着凉风，看着潮水涌上岸，浪花拍打着附近的岩石，雪白的泡沫四处散开，此情此景是多么让人喜悦。我们鼓浪屿的孩子喜欢在海滩上玩：他们沿着海滩奔跑，捡起各种形状的贝壳，在沙上挖井，在柔软的沙滩上用木棍写字。看着孩子沐浴在金色的夕阳下，这样的景色是如此让人陶醉。当他们看到汽轮或是小船经过时，总是开心地拍着小手，时常饶有兴致地看着舢板往来于厦鼓之间。

从岛中心走到任何一座山大约需要十五分钟。站在山顶上，你就高于所有的房子，可以俯瞰全岛的美景。极目远眺，你也可以看到许多大小不同、形状各异的岛散布在海面上。

我们过海港的时候通常乘坐一个人摇的舢板，船身是用绚丽的色彩画的，这是在中国或是海峡殖民地可以找到的最舒服和干净的舢板了。

简而言之，鼓浪屿是个风景秀丽的地方。我的言语无法描绘在这里所见到的美丽景色，这是常人无法用笔墨来形容的。我邀请所有的人都来这里亲眼看看，用我们中国人的谚语来说是"百闻不如一见"。[6]

我自豪地向当地的人们介绍这座美丽的小岛，这个让我魂牵梦绕的地方。

19世纪末的鼓浪屿

| 民国十一年（1922） | 壬戌　十二月 |

鼓屿置地惹官司　一波三折迁新居

　　1912年10月7日，我在鼓浪屿产下儿子炳汉。鼓浪屿不仅是我的故家，也是我们在中国的家，是我们子女出生、成长的地方。有一天，我突然发现之前在笔架山购买的地块上有人在兴建洋楼。1913年4月，为了解决地产纠纷，林文庆赶回鼓浪屿，向会审公堂提出控告，与许春草对簿公堂，令许家停工。没想到，结果却是我们败诉。原来，这片土地原是鼓浪屿世家黄四美堂众多族产公地之一，家族成员通过析产在此处拥有许多土地，并世代相传。黄家后人一地二卖，先后卖给林、许两家。许春草提供了完整的契约，证明其土地所有权的合法性，而我们的地产权益由于地权重叠、产权模糊等问题受到质

林文庆、殷碧霞夫妇及女月卿、子炳汉

疑。我的兄长殷雪圃是一位具有现代意识的实业家，在厦门社会有一定影响力。在他的调解下，许春草同意将此地尚未筑成之小洋楼，以及在工场之石砖、木料全盘永久租赁给我们，价格是一千九百银圆。许春草则在几步之遥的地块上另建住宅。

　　住在鼓浪屿的母亲，一直是我最大的牵挂。去年 6 月，在新加坡收到陈嘉庚从厦门发来的电报，我大吃一惊，因为当时我的母亲正卧病在床，以为传来的是噩耗，打开一看原来是邀请林文庆就任厦门大学校长一职，虚惊一场。这份邀请正可解我的乡愁，于是我们一家愉快地回到鼓浪屿。

　　在厦门地区，当地人对石头和坟墓有着特殊的崇拜。石头不仅用来界定地理边界，更和风水联系在一起。石头的不断开凿会打搅神灵，并破坏风水。而祖坟的设置和保护，更是关系家族兴衰的头等大事。笔架山以山顶天然石头垒叠，形似古代毛笔架而得名。如今，笔架石被圈入我们宅院。前不久，黄蘖氏声称，我们院落中笔架石旁的黄家公山祖坟受冲破，于是分别将两处祖坟地转让给我们，而其祖坟迁移别葬。至此，我们所拥有的笔架山别墅区形成。

民国十九年（1930）　　　　　　　　　　　　　　　　　庚午　十二月

经商投资实业　致力社会福利

　　我不仅在家相夫教子，在学校教授英文，同时也跟随父兄参与实业投资，致力于社会福利事业。婚后第二年，我买下鸡山路 16 号附近的地块，1924 年将此地块转让给了哥哥殷雪圃。[⑦]他在此地块建造了囿

囿庵别墅（鸡山路16号，今殷承宗宅）

庵别墅。建造中就地取材，充分利用旧厝和开挖地基时采出的花岗岩为墙体，既有闽南石乡的特色，又有欧洲文艺复兴的韵致。1928年元月，哥哥殷雪囿与人合资创办天南银庄，资本额为七万五千大洋，分为七十五股，每股一千大洋。哥哥认三十五股为三万五千大洋，我手头刚好有一些闲钱，也认三股为三千大洋，作为长期投资。每年旧历年终结账，净利再开支一成二分，除监理、经理人等的酬劳外，股东可按股均分，以股息补贴家用。

1911年，林文庆被委为大清帝国医药代表，我随同前往德国德雷斯顿（Dresden）参加万国卫生博览会和巴黎国际医学会议。其间，应英国政府邀请，参加英皇乔治五世加冕大典，顺道遍历西欧大陆，考察各国社会福利事业，留下深刻印象。当时的厦门民间蓄婢成风。为求妇女解放，争取妇女的应享权利，1913年，我在厦门倡办养老院，收养社会上生活无依的孤寡老人；成立厦门保良所，将婢女从奴隶生活中解放出来。1927 年山东济南发生惨案，我担任济南惨祸筹赈妇女部主任，积极参与筹赈工作。我将多年来投资经商所得用于社会福利事业，在"厦大"经费陷入困境时解囊相助。由于热衷于社会福利事业，我先后被推举为厦门养老院院长和保良所所长。

尾声： 1937 年林文庆从"厦大"退休，殷碧霞跟随丈夫回到新加坡，对社会福利与教育事业，热诚襄助，劝募筹款，救济伤兵难民，赈恤苦难孤寡，功勋卓著。她先后任新加坡南侨筹赈会妇女部主任、华人妇女协会会长、华人孤儿院发起人兼首任院长、青年犯罪法庭顾问兼监狱视察员、国专学校及俊源学校董事等职，1948 年英王乔治六世赐其太平局绅荣衔。

注释：

①吴淑懿，俄籍犹太人，基督徒。

②很多书籍和网络上采用殷碧霞执教于"厦门女子高等学校"的说法，此种说法有误，殷碧霞应任教于"厦门女子师范学校"。1906 年，由陈宝琛发起创办厦门女子师范学校，这是鼓浪屿最早由华人创办的女子学校，学校初名"高等女学"，后改为"厦门女子师范学校"。因为学费较高，来此就读的多为鼓浪屿和厦门周边地区家庭条件较好的名门闺秀，本地人习惯称之为"上女学"或"海滨女子师范学校"，同在该校任教的华人女教师还有近代著名女诗人、教育家吕碧城的胞妹吕坤秀（安徽旌德人）。

③山雅各牧师是英国伦敦会的传教士，分别于 1898 年、1902 年在鼓浪屿创办英华书院、《鹭江报》。

④英国伦敦会创办的福音小学为鼓浪屿创办时间最早的小学，其来源可追溯至 1873 年泰山堂鼓浪屿支堂附设之小学。

⑤1911 年，邱杨阵将房子卖给菲律宾华侨吴添丁后，蒙学堂再

次迁址至怀仁女学旧楼,改名"怀德幼稚园",即今日光幼儿园的前身。

⑥原载于1909年《海峡华人年刊》,转引自朱水涌:《鼓浪闻音·名家笔下的鼓浪屿》,电子工业出版社,2011年,第55—56页。

⑦关于林文庆、殷碧霞夫妇在鼓浪屿购置房产的详情,参见陈煜:《一砖一石乡土情——解读林文庆在鼓浪屿的购地置业》,载李元瑾编著《东西穿梭 南北往返:林文庆的厦大情缘》,新加坡南洋理工大学中华语言文化中心,2009年,第87—116页。

人物评传

　　鼓浪屿良好的启蒙教育和殷家开明的家风使她有机会接受高等教育，成为当时厦门第一位执掌教鞭的华人女教师。她是丈夫的贤内助，"人言落日是天涯，望极天涯不见家"，在她的感召下，丈夫回乡出任"厦大"校长，她陪伴丈夫一起辉煌开局，而后度过艰难支撑、呕心沥血的16年创校岁月；她柳絮才高，侠肝义胆，拥有过人的经商才能，资本在她的经营和运作下盈利，造福社会、实现价值；她一生致力于社会慈善公益事业，在厦门倡办养老院，收养孤寡老人，成立保良所，解救婢女，被推举为厦门养老院院长和保良所所长，为孤寡、弱女撑起一片天空。

链接资料

天南银庄公订约章

　　同立合约字人蔡薰记、殷雪圃、黄宜甫、黄大辟、林殷碧霞、孙世缵、田百祥、白格外、丁玉树、沈轩记等，兹有合资创设银庄生理，爰将公订约章胪列于下，以便执守遵行冀得绵远互沾利益。

　　一、字号订名为天南银庄。

　　二、资本订额为柒万五千大圆，分为柒拾五股，每股壹千大圆。计殷雪圃认叁拾五股为叁万五千大圆，蔡薰记认柒股为柒千大圆，黄宜甫认五股为五千大圆，黄大辟认五股为五千大圆，林殷碧霞认叁股为叁千大圆，孙世缵认五股为五千大圆，田百祥认肆股为肆千大圆，白格外认叁股为叁千大圆，丁玉树认叁股为叁千大圆，沈轩记认五股为五千大圆，俱皆收交足数，合共柒万五千大圆正。

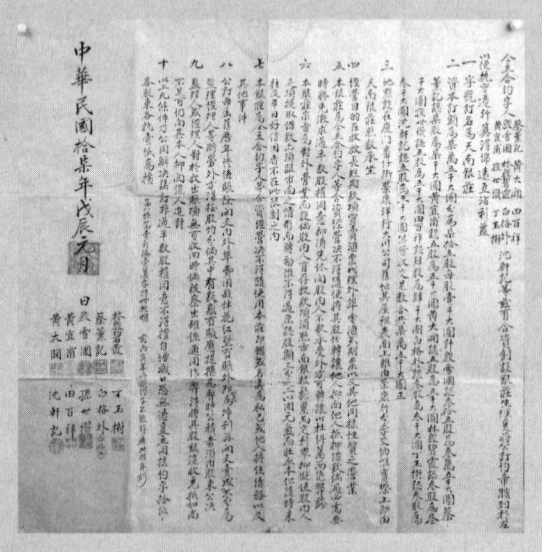

天南银庄公订约章（1928年元月）

三、地点设在厦门番仔街荣康洋行大川公司旧址，其屋租表面上虽由荣康行分季交纳，惟实际上即由天南银庄照数承坐。

四、经营目的在收放长短期款项、买卖汇票、代理外埠电汇或期票，以及其他同样性质之营业。

五、本银庄为同立合约字人等合资经营，决不得随便将其股份转让他人，抑向他人抵押借款。倘遇需要时，务先征求过半数股权同意，抑须先尽问股内人不欲承受外，方可转让，以杜纠葛而绝弊端。

六、本银庄宗旨为对外营业而设，倘股内人有存放款项，须照市面银根松紧而定利率，抑纵使股内人乏项提取借款，亦须跟市面之情形而转动，惟不得过原认股额三分之二，以固元气而壮血本，但随时来往及平日好信用者不在此限制之内。

七、本银庄为同立合约字人等合资经营，决不得随便用本庄印鉴或名义为私己或他人担保债务以及其他事件。

八、公订每届旧历年终结账，除开支内外埠费用伙伴花红暨冇账外即算为净利，再开支壹成贰分为监理、经理人等酬劳外，方得按股均分。倘其中有疑惑，冇账应提拨为暂时公积者，须由股东公决。

九、监理人或经理人对于放出账项无可收回时，倘被察出确系通同作弊，得将其股银没收充抵，如尚不足，可仍向其本人抑关系人追讨。

十、以上九条件乃公同解决议订，非过半数股权同意，不得擅自增减。口恐无凭，爰立同样约字拾纸，各股东各执壹纸为据。

　　　　　　　　　　　中华民国拾柒年（1928）戊辰元月
　　　　　　　　林殷碧霞、蔡薰记、殷雪圆、黄宜甫、黄大辟
　　　　　　　　丁玉树、白格外、孙世缵、田百祥、沈轩记

黄萱（1910—2001），又名黄宝萱，祖籍福建南安，成长于鼓浪屿，闽南爱国华侨、巨商黄奕住的女儿，著名历史学家陈寅恪先生的助手，著名医学家、中山医学院原副院长周寿恺教授的夫人。

黄萱

人淡如菊傲寒霜

无论在她（黄萱）养尊处优的豆蔻年华抑或是艰难困苦的抗战时期，她都绽放着最纯朴最率真的笑容，一览无遗地袒露洁白无垢的心地，恬淡内敛的聪慧，以及荣辱不惊的阅世方寸。

——舒婷《大美者无言》

民国二十四年（1935）　　　　　　　　　　　　乙亥　九月

定终身父母之命　办婚礼一波三折

　　父亲有八个女儿，我是父亲最宠爱的小女儿。我的母亲王时是父亲的童养媳、结发妻。九岁那年，父亲将母亲和我从南安老家接到鼓浪屿居住。我的童年和整个青春是在黄家花园度过的。四哥黄友情和六哥黄天恩是我的同胞哥哥。十二岁那年，我参加了四哥在黄家花园举办的盛大婚礼，四嫂林红菱来自板桥林家。作为母亲唯一的女儿，我出生在家族最为繁盛的时代，享尽父母的恩宠。

黄友情与林红菱在黄家花园举办婚礼（1922）

十八岁时，我从厦门女子师范学校毕业。父亲虽然走南闯北见多识广，思想依旧保守传统，他从小在外打拼吃了不少苦，不愿我像其他一些女孩子一样前往北京、上海或出洋继续往大学深造，只想将我培养成贤妻良母，所以在家中重金延请名师为我辅导、补习功课，进行经史子集、诗词格律的学习，并辅以音乐、外语的修习，对我进行所谓的传统闺阁教育。整整五年时间，我先后师从菽庄吟侣贺仲禹[①]、前清举人鄢耀枢[②]教授，打下非常扎实的国学基础，也对线装书产生了浓厚的兴趣。

父亲虽然在鼓浪屿修建了很豪华的房子，但他很重友情，人很实在，还保留着非常俭朴的生活习惯。父亲非常敬重好友周殿薰[③]的学识，早早为我定了亲。周伯父是清末科举殿试一等之人，曾任吏部主事，后来辞官回厦门创办了厦门市图书馆，担任同文中学第一任华人校长，是厦门众望所归的人文领袖。我的未婚夫是周伯父次子周寿恺，听父亲说他在北京协和医学院学医，学业精进，将来必定前途无量。

一转眼，我已经二十三岁，到了嫁人的年纪，周寿恺也获得北京协和医学院的医学博士学位并留校任教。父亲张罗着要在黄家花园为我们举办一场盛大的婚礼。这一天终于来了。一切都安排妥当，黄家花园里人头攒动，该来的名绅显贵都来了，唯独新郎官周寿恺缺席。他临阵逃婚，不想要这门婚事。

黄萱在黄家花园

父亲气坏了，这让他颜面尽失。旧时的中国，这对一个女子名节的伤害和被休无异。还没过门就失了名节，往后我还怎么见人？全家上下都为我担忧叹惜，以为我的命运就此成为定局了。我偏不信命！我做了一个可谓惊世骇俗的举动，给周寿恺去了一封信："你周寿恺不认我是天下有情人，可我黄萱不敢负这一桩苍天注定事。你一日不归，我一日不嫁！你一年不归，我一年不嫁！你一直不归，我终身不嫁！我决心此生不会再嫁别人。"

在新郎缺席、众人叹息、流言蜚语漫布的境况下，我在黄家花园里度过了最难熬的两年时光，固执地等待着这场婚礼。大概他也意识到自己的鲁莽，又收到我那样一封等同发誓守活寡的信笺，他开始检讨自己的决定，在经过多次迟疑、动摇之后，终于回心转意。我们在上海补办了婚礼。父亲专程赶往上海为我们主婚，婚礼上当众邀请寿恺到中南银行任副总经理，一家人过好日子，却被他婉拒了。他说，我的专长是医学，应该在这方面为国家效力。一心想以平生所学报国

周寿恺和黄萱婚后第二天在火车站留影

的他选择北上,回协和任教、行医。婚后第二天我们两个告别家人,一同前往北平。我走出家门,开始了另一种生活。

民国三十年(1941)　　　　　　　　　　　　　　　　　　　　辛巳

随夫抗战图云关　相濡以沫为团圆

林可胜博士乃"厦大"校长林文庆先生长子,生长于新加坡,自幼被送往英国留学,专习医科。将毕业时,适逢初次欧洲大战,即中断学业,参加英国皇家医疗队前往战区服务,积累了丰富的战地救护经验。1924年,他应聘到北京协和,担任协和医学院生理学教授兼系主任,成为北京协和医学院第一位华人系主任。1933年,当二十九军④在喜峰口、古北口抵抗日军入侵时,林可胜主任领导、训练协和医学院的学生和年轻医生组成战地救护队。1937年,北平沦陷,林可胜被日本特务列入黑名单,不得不逃亡到后方去。他将妻儿送回新加坡避难,历经千辛万苦,在汉口组建中国红十字会救护总队并任总队长兼主任。鉴于战争的持久和医护人员的紧缺,1939年3月,林可胜决定将中国红十字会救护总队和卫生署战时卫生人员训练总所移驻贵阳图云关,在这里建立起战时全国最大的医疗卫生基地。图云关在贵阳市外山野之地,为防轰炸及节省开支,建筑甚简,多系茅瓦板壁,厂栈数十座均独立不相连。在国际进步团体和爱国华侨的支持下,募得的大量器材和款项,源源不断从图云关流向全国各大战区。救护总站先后派遣了一百多个救护医疗队分赴各战区,并在五个战区设立分站,他们培训的战地医护人员所救治之伤病员超过百万。

林可胜博士有意识地在协和训练其部下与学生的战地救护技能,周寿恺接受了这项严格而系统的训练,加入中国红十字会救护总队担任内科指导员,并到战时卫生人员训练所任内科主任。他始终追随林可胜博士,为抗日救国辗转奔波于全国各地。他说:"我们学医的有便利条件,要把自己的业务和抗日结合起来,发挥独特的作用。我们都要像林可胜那样,给中国人争一口气。"

我知道他在做一项伟大的事业,我为他感到骄傲和自豪。为了不拖累他,使他全身心地投入抗战,身怀六甲的我带着未满周岁的女儿到香港投奔父亲,在那里生下了儿子。我要寿恺来香港接我们去图云关一起生活,父亲劝我:"你们大人受得了,小孩子哪受得了?还是留在香港为好。"父亲曾经为抗战独捐一架飞机,却心疼他的小女儿去前线陪丈夫受苦。我这辈子作的第二个重要的决定,就是为了一家人团聚,没有听从父亲的劝阻,毅然带着一双年幼的儿女,离开避难香港的父亲,选择追随丈夫前往物质条件贫瘠、环境恶劣的贵阳图云关战地,过简朴、艰苦的日子。他英俊有才华,抗日爱国,像极了我的父亲,我愿一生追随。

今年,才华横溢的林可胜博士当选为美国科学院外籍院士。在林可胜任总队长的六年间,他经手了美国各界人士捐赠的六千六百万美元,周寿恺担任"美国医药援华会"财务委员会主席,笔笔入账,"一尘不染"。虽然成绩有目共睹,然而树大招风,经手钱财太多招人眼红,在红十字会内部竟起了风波。有人诬告、有人误会,林可胜博士被扣上"左倾"、越级行事、不通中国人情世故的帽子。用史沫特莱的话说,林可胜是"放弃了获诺贝尔奖而投身抗日救护"。但林博士似乎无怨无悔,颇有一点像他那位做了十几年"厦大"校长却不拿工资的父亲林文庆。他们有能力运筹帷幄,却无法应对中国式复杂的人际关系，他们的付出洁白无瑕。如今，林可胜再次递交辞职书，离开自己一手创建的战地救护之心脏，直接到前线去。我的丈夫周寿恺也一路追随。

民国三十八年（1949） 己丑 九月

谁人定我去或留　定我心中的宇宙

我义无反顾地追随他，支持他一个又一个艰难的抉择，使他能够全身心地去实现自己的理想。

周寿恺一家

黄萱别墅（漳州路10号）

　　四年前，父亲在抗战胜利前夕去世，将鼓浪屿上一栋临海的别墅留给了我。如今，大陆马上就要解放了，寿恺作为医官，借故处理搬迁的善后事宜，从台湾返回厦门，不再关心政治，潜心研究方块字。台湾方面派人来找到他，还买好了我们全家飞往台湾的机票，可是他打定主意要献身于大陆医学事业，为建设出力。他不但自己不回去，还劝说来人也不要回去。在他的动员下，送机票的人也没有回台湾。

　　尾声：中华人民共和国成立后，黄萱跟随丈夫到广州岭南大学工作，担任陈寅恪的助手。动乱年代中父亲黄奕住被掘坟鞭尸，知己陈寅恪含冤逝世，丈夫周寿恺被毒打致死，黄萱连丈夫的最后一面也没见到，她在日记中写道："他一定是忍死以待我，而绝望地走向死亡。"黄萱晚年回到父亲留下的滨海别墅中闭门谢客，终老于鼓浪屿，享年91岁。

注释:

①贺仲禹(1890—?),字仙舫,福建惠安螺阳人,古文辞大家。从英国伦敦会在鼓浪屿办的澄碧书院毕业后,因其古文辞方面造诣深厚,先后被英华书院、厦门女子师范学校、双十中学聘为国文教师,也曾任《东南日报》总编辑、鼓浪屿中华电汽有限公司经理等职。菽庄吟侣,著有《锈铁庵丛集》《锈铁庵联话》。

②鄢耀枢(1871—1946),名燮昌,字体郁,号铁香。福建永泰人,清末举人,教育家。创办永泰县大洋乡第一所近代小学知几学堂,曾任江西新余县县令、江西地方审判厅审判长、福建省临时谘议局议员、厦门大学国文教授。

③周殿薰(1867—1929),字墨史,号曙岚,福建同安人。1897年中举,1910年入京会考获殿试一等,授吏部主事,后辞官回厦,致力于地方文教事业。任厦门参事会会长、思明县修志局局长、厦门图书馆首任馆长、同文中学第一任华人校长。著有《棣华吟馆诗文集》(未刊)。

④二十九军原是冯玉祥的西北军。

人物评传

　　她是一生淡泊名利、与世无争的首富千金，多年操持家务、相夫教子，才华玉韫珠藏。她有条件骄横，可是她平等善待身边的每一个人，不管他们地位高低、贫富贵贱。她可以奢华，但却读书做事，一生简朴，以其所有慷慨地支持公益、教育子孙、扶助有困难的亲友。

　　她义无反顾地抛弃优渥的城市生活，随夫辗转流离于战地，支持丈夫留在祖国大陆创办高水平医学教育，支持他的爱国行为。只羡鸳鸯不羡仙，他们把中年夫妻的柴米油盐，过成了少年情侣的海誓山盟。他们相互扶持度过艰难的抗战岁月，却无奈惨别，再也不能过执子之手的日子，说与子偕老的情话。浮华褪尽，人比烟花寂寞。

　　她在鼓浪屿黄家花园度过了青少年时代，在这里读书、成长，为人生和事业打下坚实的基础。怀着做一个自食其力之劳动者的强烈愿望，黄萱为近乎失明的陈寅恪先生担任助手，缓冲了陈寅恪与时代之间不可调和的矛盾。在黄萱担任陈寅恪助手的十三年间，配合大师相继完成了《论〈再生缘〉》《柳如是别传》《元白诗笺证稿》等近一百万字的著作。失明多年的大师深情地对她作出如此评价："我之尚能补正旧稿，撰著新文，均由黄先生之助力。若非她的相助，我便为完全废人，一事无成矣。"

　　门风家学优良的她，除了输给岁月的容颜，最美的是不曾败给命运的笑脸。那一双笑眼，看淡了世事沧桑，包容着一切不公，这质朴无华背后的坚定沉静，温情脉脉背后的坚强从容，将人生的苦难坎坷和得失荣辱化解于无形。她总是笑容可掬、人淡如菊，在风霜中毅然昂首，散发着幽幽清香。

链接资料

黄萱年谱

1910年腊月初八，出生于福建南安。曾用名宝萱、淑爱。

1919年，随母亲和祖母同来鼓浪屿，先后就读于明道小学、毓德小学、厦门女子师范学校，而后由父亲聘名师于家中教授中、英文等课程。

1934年，出任中国实业银行厦门分行在鼓浪屿新开设的储蓄部的主任。

1935年9月，与周寿恺在上海结婚，婚后即前往北平（今北京）。周寿恺在协和医学院任职，家住北平甘雨胡同。

1937年元月，长女周萼在北平出生。7月，抗日战争爆发，黄萱和女儿被丈夫周寿恺送回鼓浪屿娘家。周寿恺随即加入林可胜领导的中国红十字会救护总队及战时卫生人员训练所，任内科指导员及内科主任。

1938年，厦门沦陷前夕，黄萱携女随家人往香港避难。3月，儿子周任在香港出生。

1939年，携年幼子女随周寿恺取道越南，乘坐军车前往贵阳图云关安家，支持丈夫的战地救护工作，直至抗战胜利。

1945年7月，父亲黄奕住因病在上海逝世。

1945年年底，独自带子女回到上海（周寿恺因公先期飞往上海），住在祁齐路母亲家。

1946年夏，因周寿恺赴美国进修，带子女返回鼓浪屿，住漳州路10号。

1946年11月，小女儿周菡在鼓浪屿出生。

1947年，周寿恺回国，在国防医学院任职。搬家到上海，住江湾国防医学院家属宿舍。

1948年，周寿恺脱离国防医学院从台湾返回大陆，全家在鼓浪屿等待解放。

1950年，周寿恺受聘于岭南大学医学院，担任内科教授、院长，举家迁往广州。

1951年11月，为失明多年的著名学者陈寅恪教授试任助手工作。

1952年11月22日，中山大学聘任黄萱为陈寅恪的兼任助教。

1954年夏，搬家至广州市执信南路竹丝村华南医学院宿舍。

1955年9月15日，由陈寅恪提出，中山大学正式聘黄萱为专任助教。

1966年，因"文化大革命"被迫停止工作。在担任陈寅恪助教的13年期间，帮助大师相继写成了《论〈再生缘〉》《柳如是别传》《元白诗笺证稿》等近一百万字的著作。

1969年10月，大师陈寅恪逝世。

1970年6月，丈夫周寿恺逝世。

1973年，从中山大学退休。

1980年，回到鼓浪屿，住漳州路10号。

2001年5月8日，因病在广州逝世，享年91岁。

资料来源：《鼓浪屿的女儿——黄萱先生纪念展》，厦门市图书馆主办，2021年5月29日。

艺文创作

人淡如菊
——寄黄萱

　　闲云潭影日悠悠，物换星移几度秋。海上风波连天起，谁怕，山雨欲来风满楼。

　　行人莫问当年事，故人西去几多愁。人世苦短一场梦，归去，我心坦荡任去留。

红尘劫
——寄黄萱

　　十年情思百年度，望尽天涯路，不斩相思不忍顾，寂寞春如故。归故乡，雁字长，悲痛情已殇。欲将沉醉换悲凉，清歌莫断肠。

白护卫（1883—1946），祖籍福建安溪，出生于鼓浪屿印刷世家，美国斯坦福大学土木工程系毕业，曾参加第一次世界大战，大哥是福建活版印刷术的创始人白登弼。

自护卫

呼吸自由空气

贪安稳就没有自由，要自由就要历些危险。只有这两条路。

——鲁迅《二月十九日在香港青年会讲》，广州《国民新闻》副刊《新时代》，1927年3月

民国四年（1915）　　　　　　　　　　　　　　　　　　乙卯　三月

印刷世家　后继无人

　　自先祖白拱照从祖籍安溪来到厦门，传承至我的父亲白瑞安已历经五代。父亲起初以刷金银箔和刻字为业，后在厦门思明西路二十四崎开设"瑞记书店"，兼营印字作坊，刊印《三字经》《千字文》等启蒙读物出售，后迁到鼓浪屿，改名"萃经堂"，除继续印售小儿识字课本外，主要为基督教会印刷闽南语罗马拼音字的圣经、圣诗，以及打马字的《厦语注音字典》、麦嘉湖的《英华口才集》等。由于经常与教会合作，与传教士们往来密切，白家也由信佛改信基督，父亲和大哥白登弼[①]分别被选为新街礼拜堂的长老和执事。

　　1902年，大哥在鼓浪屿升旗山西麓的坡地上建造了一幢欧式二层别墅，越十年，又在其北侧建了一幢形状相似的别墅。[②]父亲去世后，大哥白登弼接掌父业，把萃经堂经营得有声有色。1907年，他从美国购进一台手摇活版印刷机，首开福建铅字活版印刷的先河，并聘请国外技师，将手摇操作改为半机械化，业务发展迅速。辛亥革命前夕，大哥与黄乃裳、黄廷元等孙中山的追随者来往，以强烈的民主革命意识与超常的胆识，冒着被杀头的危险，秘密印刷革命书籍《图存篇》[③]。大哥紧随时代的浪潮，关注实业建设，用赚到的钱投资福建药房、厦门淘化公司、福州电灯公司等。他还买地捐给教会建学校和公墓，在教会中接替了父亲的长老职位。

　　大嫂吴怜悯十六岁从家乡长泰来到鼓浪屿，在女传教士家打工，学会了闽南语罗马字拼音，同时也成了一名虔诚的基督徒。去年，大

白宅南楼（复兴路98号）

白宅北楼（复兴路96号）

哥因铅中毒而英年早逝，留下三子三女均未成年，全副生活重担全压到大嫂吴怜悯身上，只能靠南楼、北楼的租金维持全家生活开支。大哥去世后，家族中无人继续做印刷业，大嫂将萃经堂盘给店内伙计后，迁往厦门大走马路惨淡经营。

　　本月，白家在周寿卿、陈秋卿牧师的见证下，由母亲欧阳氏主持分家，并立阄书存照。我有四个哥哥，大哥白登弼留下三子三女；二哥白登庸早逝，有女无子，亦无承祧子；三哥白萌芽赴菲律宾做牧师；四哥白贵德则到了槟榔屿当校长。分家要求各房各掌各业，虽分业有多寡之别，但无厚薄之心，兄弟都是骨肉至亲，仍应相敬相爱，守道营业，以显祖荣宗，历世罔替。我分得了萃经堂印务公司、福建药房、福州电灯公司、通济钱庄等股票，还有鹿耳礁南楼旁边的这块空地。

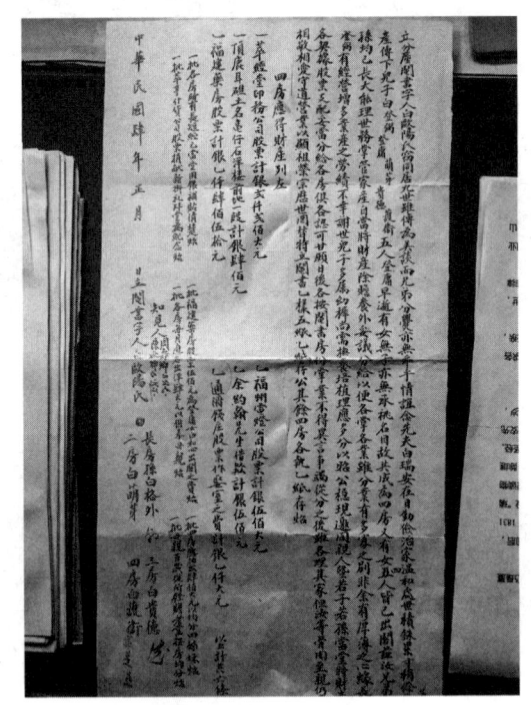

白家阄书（1915年正月）

民国十一年（1922） 壬戌

投笔从戎　参加"一战"

我从小在萃经堂参与拣字、排版等印刷业务，从寻源书院毕业后，考入唐山路矿学堂。八国联军入侵山海关，学堂被迫停办。肄业后，我考入美国斯坦福大学土木工程系。1914年世界大战爆发后，美国加入协约国与同盟国作战，中国作为协约国成员派遣十几万劳工赴欧参战。我得知后，激情满怀，毅然选择中断学业，投笔从戎。1917年我在美国加利福尼亚州的圣塔克拉拉登记入伍，在智利搭乘"墨西哥号"穿越大半个地球，到达英国利物浦参与战争的后勤服务工作。

1918年，世界大战以同盟国的失败而告终。战争结束后，我在欧洲游历了两年，之后重返斯坦福大学继续学业，在校学习期间，我发明了游泳用的脚蹼。④

民国十九年（1930） 庚午

学成报国　成家立业

1924年，我获土木工程专业学士学位，学业完成后归国，回到鼓浪屿完婚，新娘是端庄秀丽的魏美琼小姐，二侄子白施恩⑤为我的伴郎。那时，没有婚房，我们就暂居于姐姐白既然和姐夫周寿卿⑥的家中。我在早年白家分家时所得的一块斜坡空地上，自行设计了一栋中西合璧的三层红砖楼，委托许春草营造公司施工建造，历时四年才完工。新婚不久，恰逢厦汕公路建设工程缺乏技术人员，我决定用自己所学回报祖国，携新婚妻子赴汕头，参加厦汕公路的建设。

如今，大哥的儿女们长大成人，一个个成家立业。大嫂吴怜悯收回出租的两栋别墅，主持分家。将南楼分给了大侄子白格外[7]，北楼分给了二侄子白施恩和三侄子白格承，原萃经堂旧屋被分给了小侄女白和懿[8]。

白护卫宅（复兴路94号）

民国三十五年（1946） 丙戌 春

叶落归根　心系鼓浪

1937年全面抗战爆发，我到香港淘化大同公司任工程师。[9] 全面抗战期间，红砖楼长期被用于出租，妻子为使二楼、三楼的租户进出方便，特别在侧面加修了水泥楼梯，以便独立出入，互不干扰。

前不久收到大嫂吴怜悯去世的消息。抗战终于胜利了，我回到阔别十多年的家乡鼓浪屿奔丧，并打算在此安度晚年。

尾声： 抗战胜利后，白护卫携家人回鼓浪屿定居。他一生酷爱游泳，但就在1946年夏天，他不顾风浪到港仔后下海游泳时，突发心脏病去世。

注释：

①白登弼（1870—1914），福建活版印刷的创始人。
②俗称"南楼"和"北楼"。
③即邹容的《革命军》。为方便发行，《革命军》被改名为《图存篇》，秘密刊印1000册邮寄分发。一时间，《图存篇》在市民中间广为传阅，民主思潮传遍八闽大地。
④《鼓浪屿文史资料（下册）》载：1922年，白护卫发明了游泳用的脚蹼，此后在全世界广泛使用。
⑤白施恩（1903—1983），厦门鼓浪屿人。1929年毕业于北京协和医学院，后获美国纽约大学医学博士学位。他发明的"白氏培养基"被世界各国广泛采用，在"二战"中挽救了成千上万人的生命。其相继在上海海港检疫处、湖南湘雅医学院、南京中央大学、武汉大学、

广州岭南大学、厦门中山医学院任教授和院长，为我国培养了大批医学人才，为中国微生物学的发展作出了杰出贡献。

⑥周寿卿，又名周之桢，福建惠安人，中国油画先驱周廷旭之父。与哥哥周之德昆仲二人均为闽南职业牧师，属基督教伦敦差会。妻子白既然，是萃经堂主人白瑞安的三女儿。

⑦白格外，上海圣约翰大学毕业后在厦门大学教书。

⑧白和懿，福建活版印刷创始人白登弼的三女儿，1934年毕业于燕京大学家政系营养专业，毕业后留校工作。1941年12月赴美留学途中，因珍珠港事件，邮船被征用，阻滞马尼拉4年；抗战胜利后继续航程，到美国堪萨斯大学完成学业，获硕士学位。解放时为燕京大学家政系副教授。终身未嫁。

⑨龚洁:《白家别墅与白氏创业传奇》,《厦门图书馆声》总第75期，第9—12页。

人物评传

　　他是出身印刷世家的富家子弟，父兄在鼓浪屿创办萃经堂印务馆，首开福建活版印刷之先例；他是留洋海外的进步知识分子，传承白氏家族放眼看世界、敢为天下先的创业精神；他从民族大义出发，毅然中断学业，投笔从戎，请缨参战，成为"一战"的亲历者和奔涌时代洪流中的"弄潮儿"。

　　在民国初年的中国，白护卫是幸运的，其如同一束微光照亮了暗淡。他年轻激荡的生命、鲜活无悔的青春，不是忧伤、迷茫、庸碌、悲怆，而是善良、勇敢、无私、无所畏惧。开放民主的家风让他可以走遍天涯闯荡世界，去遥远的地方求学、参战、旅行、流浪，站在世界历史发展的十字路口，坦然面对肄业、辍学、分离、战争、死亡。他可以在鼓浪屿为自己设计一座洋楼，在学校发明游泳用的脚蹼，自由探索自己的兴趣，勇敢追求所热爱的生活，而不是被迫守着家业，在一座小岛上，碌碌无为地度过一生。

周廷旭（1903—1972），祖籍福建惠安，出生于鼓浪屿基督教牧师家庭，中国油画先驱。

周廷旭
画出新世界

当我进一步向前走，我越来越强烈地意识到，艺术既不是东方的也不是西方的，总有一天一定会出现新世界文明的艺术。为了这样的创造理想，作为一个画家，我希望能对此有所贡献。……艺术是表述人类心灵的通用语言。

——周廷旭《一个在欧洲的中国画家的展览》，《Monitor》杂志，1928 年 8 月

民国六年（1917） 丁巳 八月

父亲周寿卿

我的爷爷曾是惠安前清举人，我的伯父周之德①是厦门泰山堂牧师，1896年被派往汀州传教，父亲周寿卿接替伯父之位，被按立为厦门泰山堂牧师。

信奉基督让我和兄弟姐妹们在浓厚的中国传统文化熏陶之余，有机会接受良好的新式教育，我少年时求学于鼓浪屿教会学校即受益于此。父亲热心现代教育，1906年与友人创办了厦门女子师范学校，这是一所贵族女子学校，从英国聘请玛丽·卡琳老师来担任教务长，采用英国贵族教育模式，专门针对培养贤妻良母开设特色课程，如生物

周廷旭故居（晃岩路35号）

课、手工课，也很重视体育。学费比普通学校高出一倍有余，入学者皆名媛闺秀，鼓浪屿人称为"上女学"，即上等女子就读的学校。父亲颇具经商头脑，早年利用牧师身份帮助教友从教会买地、建房，积累了第一桶金，买下晃岩路35号和37号两栋别墅作为住宅。父亲通过学校和教会跻身鼓浪屿上流社会，建立起广泛的人际网络，在鼓浪屿投资、经商，也因此获得了丰厚的回报。父亲与蒋介石相交甚笃②，与宋耀如③更是好朋友，宋耀如于是成了我的教父。父亲积极支持孙中山的国民革命，加入同盟会，在新加坡创办《星洲晨报》，报名取"晨钟以醒痴迷之意"，宣传革命。

今年，我从鼓浪屿福民小学毕业，负笈北上，到英国伦敦差会在天津创办的新学书院④读书。

民国十三年（1924） 甲子 八月

中国奥运第一人

四年前，我从天津新学书院顺利毕业。当时教会学校中留学之风极盛，于是我前往美国波士顿，进入哈佛大学学习艺术史和考古，但没有产生兴趣，于是转入波士顿美术馆美术学院，师从爱尔文·霍夫曼（Irwin Hoffman）学习绘画。1923年，我前往法国巴黎国立高等美术学院（École Nationale Supérieure des Beaux-Arts de Pairs）学习油画。⑤就在我如饥似渴地在油画艺术殿堂遨游之际，我从哈佛大学擅自退学的事情传到了父亲耳中。在接到父亲不再提供生活费的最后通牒后，我不得不中断在巴黎国立高等美术学院的学业，前往英国投奔在伦敦就读的姐姐，借读于英国伦敦大学。我从小喜欢篮球运动，在厦门基督教青年会打过篮球。伦敦中区基督教青年会正好有一支完善的篮球队，我在这里打发时光，球技大有长进，没想到竟顺利入选了英国国家篮球队。1924年7月17日，我和英国国家篮球队一起，从伦敦维多利亚火车站乘火车赴巴黎参加第八届奥运会篮球比赛，赢得了铜奖。

民国二十七年（1938） 戊寅

周游世界 画尽人间春色

庆幸的是，父亲没有坚持勒令我改变学习美术的志向。1925年，我获得了英国王室赞助的皇家艺术学院奖学金，正式进入英国皇家艺术学院，接受严格、系统的西方绘画艺术教育。1926年，我被吸收为英国皇家艺术家协会预备会员，成为第一个获此殊荣的外国艺术家。为了艺术创作，我利用寒暑假遍游欧洲，在户外写生，在明媚的阳光下纵情作画，创作的作品屡屡获奖。这给了我很大鼓舞。1929年，我在伦敦克拉里奇画廊（Claridge Gallery）举办了第一次个人画展，玛丽女王率王室亲临赏光，并以二百五十英镑购画作一幅。画展获得巨大成功，作品很快销售一空，并以《约克郡风光》摘得英国皇家学院最具权威的金质奖章特纳奖（Turner Gold Medal）。正所谓"塞翁失马，焉知非福"，虽然从法国最高美术学府肄业，却在英国伦敦接受了五年完整的美术教育，奖学金和卖画的收入让我逐步摆脱了对家庭的经济依赖。1930年毕业后，我来到大英博物馆东方绘画和版画部工作，对中国画产生了浓厚兴趣，在著名东方艺术学家劳伦斯·本扬（Lawrence Binyor）的手下从事中国艺术研究。[6]一年后，我回到阔别了十余年的祖国，寻找自己血脉中的艺术之根。

艺术家可能是第一个教会人类通过学会欣赏同样的美来遵循同样的真理和正义的人——这样的想法是不是一种奢望？过去，我常常在美丽的神庙、静谧的松林中或者海边的沙滩上嬉戏，我一直想要好好地欣赏这大自然的极妙景色，并期望能够帮助其他人欣赏到。自从我有机会出去旅行，我在祖国到处漫游，以便从见到的名山大川、画作和建筑中领略中国最美的东西。以上这些促使我去研究艺术。我当时对艺术的历史和实践一无所知，除了中国书法（我认为那是真正的绘画）……我发现我无法从中国的艺术家那里学到我所期望的东西，正是这样的原因，驱使我走向西方。我最初的目的只是想学习西方艺术

周廷旭油画《乡村教堂》（1929）

的技巧，但是我发现值得我学的绝不止于此。在英格兰和欧洲大陆，更广阔的艺术视野让我认识到艺术真正的含义。当我进一步向前走，我越来越强烈地意识到，艺术既不是东方的也不是西方的，总有一天一定会出现基于新世界文明的艺术。为了这样的理想，作为一个画家，我希望能对此有所贡献。

经过几年西洋油画的学习，我获得了启发，把自幼耳濡目染的中国国画之美和独特的东方格调融入画作。鼓浪屿的美丽风景，天风、海涛、阳光、沙滩，一直在我的脑海里。东方和西方的文化在我身上留下不可磨灭的印记，也自然而然地并存于画作中。我喜爱旅行，并热衷于将途中美景收入画中。回国后，我携数年来游历世界过程中所画的心血之作，在北京和上海举办画展。虽是描绘外国风景，却总带着深深的中国印记，画中的房屋、弯弯曲曲的小路、蓝海银滩、渔港归帆，实际上都是我对童年记忆中故乡的怀念。我酷爱眼中的奇景、人生的快事，尝试用西洋技法描绘鼓浪屿的山、石、树、海，以画笔重建大自然。画家应当像园丁那样，在画面上按自己心中天堂的图样，描绘出质朴、纯净的世界，创造出美妙的园景。

日本发动侵华战争，迫使我再次离开家乡，在东南亚漂泊。1935年春，我在香港举办个人画展，并与九江名门千金张贻如小姐（Rhoda，宋子文妻妹）结婚。⑦折返欧洲，我们在法国和西班牙边境一个滨海小渔村托萨德马尔（Tossa de Mar）定居下来，却依然得不到安宁。西班牙内战迫使我辗转游历于欧亚大陆，寻觅纷乱战火下质朴乡村的片刻静谧与纯净。我以明亮温暖的色块和细腻含蓄的笔触创作出超出以往的作品。今年，我与妻子移民到远离战火的美国纽约。

尾声：1957年，在一次写生返程途中，周廷旭遭到两名美国青年攻击，身受重伤，健康状况恶化卧床多年，由一位美国白人护士安·巴雷特（Ann Baret）照顾，这位护士后来成为他的第二任妻子。1972年，

晚年周廷旭

周廷旭在美国康涅狄格州的格拉斯顿伯利去世，没有留下后代，画作散失各处。2003年华盛顿州州长骆家辉签署文件，把每年的2月14日定为全州的"周廷旭日"（Teng Hiok Chiu's Day），以表示对这位美籍华人艺术家的尊重。

注释：

①周之德（1856—1940），字捷三，福建惠安人，周寿卿之兄，英国伦敦会在厦门的第一位中国牧师。除了传教布道，还在振兴教育、倡导女学、救治病患、普及卫生等方面作出不少贡献。主持编著《闽南伦敦教会基督教史》，1934年由圣教书局出版。

②蒋介石曾在日记中写道，1919年3月7日，访周寿卿君，决意下午搭船，由港回沪也。

③宋耀如（1864—1918），又名宋嘉树，海南文昌人。中国基

督教传教士、企业家，积极支持孙中山领导的革命活动。夫人倪桂珍，育宋霭龄、宋庆龄、宋美龄、宋子文等六子女。

④ 天津新学书院，英文名称为 Tientsin Anglo-Chinese College。1902年，英国基督教伦敦差会利用中英庚子赔款董事会的资助在天津法租界创办。

⑤ 同一时期，中国留学生徐悲鸿和潘玉良也在此插班进修。

⑥ 劳伦斯·本扬时任大英博物馆东方绘画和版画部主任。他钦佩中国的艺术，认为中国画在本质上比西方绘画更真实。

⑦ 1935年元旦，周廷旭在哈里森总统号上偶遇胡适。两人同船南下，"我们同饭，同谈，不理余人。晚上与周君谈到深夜一点"。引自1935年元旦胡适日记。

人物评传

  他出身于文化积淀深厚的基督教大家族，家境殷实，爱好广泛，沐浴欧风美雨。在那个中国还没能正式参加奥运会的年代，成为第一个参加奥运会的中国人。他是画坛奇才、中国油画界的先驱，有着"中国马蒂斯"的美誉。他含蕴西方文化，却不忘记中国古老的传统，将东西方绘画艺术融会一体。他的画作《卢尔湖》曾被悬挂在宋美龄的卧室里。他吸收各种艺术成分促成自己的革新和个性表现，他被当时西方艺术界的精英所接受，成为他们中的一分子。

  胡适曾撰文《画出新世界》称赞："周廷旭的作品正式代表着同样精于西画的中国艺术家的成就。他并未汲汲想要融会贯通东西两方艺术而丧失自己的风格。他的目标纯粹，只想精研西方艺术技巧，从他获得的诸多奖品、奖牌及各项殊荣，证明他已达成目标。中国艺术之所以日渐式微，主要归咎于画技逐渐衰退，要想振兴中国艺术单靠艺术家的热诚是不够的，还要借助于他们专精的绘画技巧。像周廷旭这样的艺术家，将他们的黄金年华专注于研习绘画技巧与表达方式，并倾其所能创造不朽的作品。也许有朝一日，这些艺术家将蓦然发现,他们已握有重振祖国艺术雄风的才华。"

　　明快的色块交织着含义深远的留白,在西式的风景里蕴藏着一缕东方的乡愁。在鼓浪屿美景的启发下,他力求在中国传统艺术和西方现代艺术之间寻找一个平衡。遭逢国家内忧外患,他漂泊在异国,命途多舛,却用手中的画笔勾画着对故国的深情,用毕生的创作为这个世界留下了无数艺术瑰宝。

链接资料一

介绍西洋画家周廷旭君

瑞 芹

西洋画家周廷旭君,今夏由英回国后,住居北平,游览各胜地,如万寿山、南口长城,及山西等处,到处从事写生。最近由张家口返平,应万国美术会之请,定于本月二十七日起,在北京饭店,将其杰作风景油画三十余幅,开会展览一星期。周君并慨然捐助得意之作两幅,价值二三千圆,由美术会发印彩票,每张一元,现已售出二千余张,将于本月三十一日开彩,所得之款,由该会负责汇寄上海妥善之放赈机关,作赈济江淮等处灾民之用。按周君一九二〇年毕业于天津新学书院,在校时,以运动著称,篮球尤其特长。毕业后自费留美,初研究历史,继以对于西洋画有特别兴趣,改习美术。于一九二二年赴英,从英国著名画家薛克特及克劳生游,艺乃大进,被推为英国皇家美术学会及油画院会员(按中国人得选为该两会会员者,只周君一人),自一九二六至一九三〇四年中,屡次加入该两会所举行之有奖比赛,每次必得第一。去年在皇家油画院开展览会,英皇后莅临参观,甚推奖周君作品,与之握手,并以二百五十镑之代价,购其画一幅,当时伦敦各报,皆有纪载颂扬,此事实为中国美术界生色不少。周君年不过三十,福建厦门人,为人和蔼可亲,闻将于展览会闭幕后赴沪,或再往英伦。此次之会,诚一难得之机会,望本市之爱西洋画者，幸勿交臂失之。此次北京饭店鉴于周君有慈善之意，特将其楼下一部分房间充当陈列室，不收租费云。

——《北晨画报》第 1 卷第 42 期，1931 年 10 月 26 日

周廷旭油画《长城》（1931）

链接资料二

周廷旭先生（节选）
温源宁

  只有少数的中国人严肃认真地研究过西方艺术，周先生便是其中一个。像所有勤勤恳恳的学生那样，他明智地决定先学走，再学飞。他并没有试图以技巧或是构思的标新立异惊世骇俗，也没有用艺术圈内常被委婉地称为"个人癖好"的粗制滥造哗众取宠。

  周先生曾在美国、英国和巴黎学习多年，学习成绩非常出色。他曾经获得许多大奖，1926年的克雷斯维克奖和伦敦皇家学院1929年的特纳金质奖章，只是其中的两项。他同样也是受尊敬的先知，除了在他自己的国度。其所以如此，是因为周先生未能具有能说会道的禀赋。在中国，一个成功的艺术家，不仅要画得好，甚至更要说得好……要善于为自己的作品自吹自擂！

  如果有人问我周先生的画有什么特点，我就会回答：观察细致，画法灵巧。这样的特点，也许还不足以激发人们的热情。那又有什么关系？随着技法的日趋纯熟，他下笔会更加大胆，那时，为周先生的画而掀起热潮的时机就会来到。

——《中国评论周报》第43期，1934年10月25日

卢嘉锡（1915—2001），祖籍福建永定，出生于厦门，毕业于厦门大学化学系，获英国伦敦大学物理化学专业哲学博士学位。中国科学院院士，享誉中外的化学家、教育家，我国结构化学学科的开拓者与奠基人，曾任中国科学院院长、全国政协副主席、中国农工民主党主席等。叔父卢心启、卢文启为清末秀才，菽庄吟社重要吟侣。

卢嘉锡
追梦赤子心

> 中国历史上，科学技术曾对世界古代文明作出过卓越贡献，但近一个世纪因为外侵内患，这方面大大落伍。海峡两岸同胞如果能够携手，振兴中华科技事业将指日可待。
>
> ——卢嘉锡

民国十五年（1926）　　　　　　　　　　　　　　　　　丙寅　秋

跨海避祸　园留书种

　　吾家世居台湾台南府安平县赤崁楼前，自曾祖父以降，敦尚儒素，声华卓著。留种园是我的曾祖父卢振基①在台湾创立的家塾，并成为台南卢氏家族的灯号。曾祖父去世后，我的父亲卢东启②继承祖业，成为留种园的教书先生，收徒授课。我五岁正式入家塾，父亲取了古书中的"嘉天之锡"为我命名，意思是感谢上天的赏赐。父亲不仅执教有方，而且甚为严厉。在家中，他要求孩子们的言行必须合乎礼仪，举止不可没有规矩，鼓励引导我勤读好问，养成自强自立的品格。

　　我的两个叔父卢文启、卢心启在父亲的指导下考中秀才，他们作为菽庄吟社的骨干成员，名居"菽庄吟社十八子"之列。六叔卢心启娶了台湾雾峰林家之女、林祖密的妹妹林岫云为妻。在鼓浪屿这座小岛上，同样经受离乡之苦的台南留种园卢家与台北板桥林家结下文缘，与台中雾峰林家结下亲缘。

　　五年前，我的哥哥卢雨亭以第一名的成绩毕业于集美学校。因为是长子，他要协助父亲维持家计，所以留在母校任教，未能继续深造。今年，哥哥弃文从商，供职厦门商业银行，我进入商密小学读书。商密小学是厦门南洋商业同业公会刚刚创办的一所学校，因为我的四叔卢文启是同业公会顾问，学校校名又是我父亲拟定的，取"与南洋商业同业公会关系密切"之义，所以我在学费方面可以享受照顾。

　　北伐节节胜利，在这个秋高气爽的日子里，父亲带我和哥哥登上鼓浪屿日光岩，给我们讲起了家族的过往。

卢嘉锡旧居宁远楼（泉州路70号）[3]

父亲那张饱经沧桑仍坚毅不屈的脸上笼罩着一片浓厚的悲伤，他指着日光岩下郑成功当年操练水师的指挥台，慨叹说，民族英雄郑成功称得上是中国人中的优种。他当年从荷兰人手中收复台湾，闽粤一带不少人得以渡海到台湾岛上开垦谋生，安家立业。留种园卢氏，从祖先到台湾创业开始至如今已历经百年。1797年，你们十二岁的高祖父卢利忠跟随亲人从福建永定迁居台湾台南府，就住在当年郑成功接受荷兰人投降的赤崁楼附近。你们的高祖父卢利忠曾任台南府县衙师爷，为官清廉，有欧阳崇公之风，人们尊称他为"卢佛"。也许正是因为祖先积善成德，子孙才会科第蝉联不绝。谁曾料到，一百年后，他的儿孙又从台南回到了大陆。甲午海战一败，清政府跟日本签了卖国条约，台湾又成了被日本宰割的地狱，中国人受尽欺凌。你们的曾祖父卢振基一生淡泊，却从未敢忘记家国。成立"台湾民主国"无望后，他不愿做日本顺民，毅然放弃在台湾的殷实家业，手捧一瓮银圆，在六十八岁高龄带着长子卢宗煌一支，偷偷坐帆船渡海，九死一生，终于回到了厦门。那时，你们的祖父卢宗煌已卒于云林县学训导任内，你们祖母曾宽让是台南郡司马之女，她带着我、文启、心启和德璇兄妹四人跟随你们的曾祖父内渡厦门。

父亲接着说，我和你娘是从小订下的娃娃亲，当年日本人占领台湾，人心惶惶，我们在战乱之时匆忙成婚，不久就跟着你们曾祖父迁到大陆。我在内渡不久后回台料检家务，因日寇欺人太甚，强行砍掉我们祖上赴台开基时种下的"指甲花树"，我制止无果，急火攻心，几近失明，落下眼疾。

听父亲讲起卢氏家族经历的种种磨难，我第一次了解父亲心中深藏的仇恨和悲苦。

民国二十三年（1934） 甲戌 七月

家境贫寒　刻苦攻读

因为之前打下的旧学基础，在商密小学我插班进入六年级，只读了一年书，之后转入六叔卢心启任教的育才学社学习。六叔家境稍好，主动承担了我的全部学习费用。不料半年后，育才学社因宣传进步思想、校长黄幼垣先生为人耿直得罪了当局而被迫关闭。我又进入由卢家世交杨景文任校长的大同中学，插班读三年级。这样，我用两年半的时间读完小学和中学的全部课程，十三岁考入厦门大学预科，成为全校年纪最小的预科生。

大学四年中，我一直是陈嘉庚奖学金的获得者，与同学一起发起建立厦门大学化学会和算学会，并分别担任会长和副会长。1933年8月，父亲卢东启溘然长逝。父亲一向最疼爱我，他说我天资聪颖、禀赋最高，所以三兄弟中只有我得到全部亲友的资助，拥有上大学深造的机会。大哥雨亭收入不多，而且已有家小；弟弟万生不得不辍学做工，维持自己和母亲的生活；我单靠奖学金是无法支撑到毕业的，于是决定牺牲部分学习时间，半工半读，在省立厦门中学兼职教英文以补贴家用、维持学业。年初，学校来了一位化学老师，叫方锡畴[④]，他对我毫无保留地传授知识与经验，是我的良师益友。本月，我毕业留校担任化学系助教，同时兼任省立厦门中学数学老师。

卢嘉锡毕业照（1934）

成家立业　立志出国

　　1936年3月8日，恰好是民间流传的"百花生日"。这一天，是我与妻子吴逊玉成亲的日子。她的父亲在厦门太古洋行担任高级职员。她念完普通小学后，来到我父亲的私塾继续读书。在我出生之前，曾经有两位姐姐都不幸夭折，父母膝下无女，就收吴逊玉做了义女。她文章写得极好，常常帮父亲批改作业、辅导学生。我们两个可谓青梅竹马，不知不觉中倾心相爱了。

　　在晚清最后十余年里，四点五亿两白银的"庚子赔款"，给中国带来了深重的苦难。巨量资金流失之下，民族经济被压抑。每年赔款均分摊入省、入州县，丁粮加派、旧税愈重、新税愈多，中国社会的每一个人都承受了"庚子赔款"之苦。这种掠夺式的经济制裁，促成中国社会矛盾的进一步激化，也导致了武昌起义和清朝的灭亡。1926年年初，鉴于中方在"一战"中的表现和民国政府的力争，英国国会通过退还部分"庚子赔款"议案，这部分被退还的"庚子赔款"被用于中国向英国选派留学生等教育项目。成亲后，我对这种衣食无忧的生活并不满足，我想要争取公费留学，出国继续深造。

　　刚毕业那年，我第一次参加清华留美公费招生考试，因为专业不对口，没有被录取。今年，我获得了中英庚款公费生的报考资格，这回招考考的正是物理化学，我信心十足，考试成绩出来后，我虽然名列前茅，可是由于物理化学专业只取一名，我又一次落了榜。我再次尝到失败的滋味。我常常一个人坐在鼓浪屿的沙滩上，看着一群群海鸥在蔚蓝的海面上自由翱翔，心中溢满了沉重的苦涩，想起父亲一生的期待，想起自己十年寒窗苦读，想起妻子无微不至的关怀和热切的目光……涛声依旧，世事无常，难道自己真的无法跨越国门吗？

民国三十五年（1946）　　　　　　　　　　　丙戌　一月三日

负笈欧美　科学救国

　　1937年3月，我第三次奔赴考场，终于以独占鳌头的优异成绩，考取了第五届中英庚款公费生资格。消息传回厦门，老师、同学、亲友奔走相告，纷纷举杯欢庆。厦门大学化学会和算学会还专门为我举行了隆重的欢送会。

　　此时，厦门大学创办人陈嘉庚先生因海外的产业倒闭，无力再承担巨额的办学费用，于是他作出了一个重大决定：将私立厦门大学无偿捐给国家。1937年7月1日，国民政府教育部宣布厦门大学由私立改为国立。7月7日，卢沟桥事变，全面抗战爆发。日本帝国主义的隆

"厦大"算学会、化学会欢送卢嘉锡留英（1937年4月）

隆炮声震撼着中华大地，侵略者的铁蹄正在践踏无辜的血肉之躯和中华民族的尊严。8月17日，淞沪会战爆发第五天，我踌躇满志，怀着科学救国、洗刷国耻的信念告别亲友和妻儿，远涉重洋，奔赴伦敦，踏上了异国求学的漫漫征程。邮轮途经新加坡，在这里作短暂停靠。我前往怡和轩⑤拜会了仰慕已久的母校校主陈嘉庚先生。第一次见面，陈嘉庚先生给我留下了很深刻的印象。他反复谈论着兴办教育、培养人才的重要性，他是把"兴学育人"同民族振兴的事业紧紧地联系在一起的。

  我下定决心，一定要珍惜宝贵的学习机会，把国外的先进科技学到手，将来学成了，回国从事教育、科研，报效祖国。两年后，我的论文顺利通过答辩，提前获得伦敦大学哲学博士学位。此时的祖国兵荒马乱，正在经历战火的摧残，即使回去也于事无补。考虑再三，我

卢嘉锡一家（1946）

卢嘉锡题词

暂时打消了回国的念头。1939年秋，我来到美国加州理工学院作为客座研究员跟随鲍林教授⑥学习、工作。1944年，我应聘到华盛顿附近隶属于美国国防研究委员会第十三局的马里兰研究室工作。为了便于随时回国，我拒绝了美国当局要我参与原子弹研究工作的请求，而是选择了一般性的国防研究工作。

1945年秋，第二次世界大战宣告结束。得到祖国抗战胜利的消息，我立即辞去聘任，放弃优越的待遇和科研条件，迫不及待地搭乘当天的第一艘客货两用海轮，离开旧金山，踏上了漫漫归国之路。今天，我终于抵达厦门，与家人团聚。久别重逢，出国时只有半岁的儿子嵩岳，如今已经长成大孩子了。第一次听到孩子叫爸爸，我激动得热泪盈眶。当初离家时，母亲还健在，现在已经离世将近5年，是妻子代替我为老人送葬尽孝。生活对于任何人都非易事，我们必须有坚韧不拔的精神。八年全面抗战，八年苦读。八年磨一剑，霜刃未曾试。忍受骨肉分离之苦，海天孤雁，背井离乡，在海外刻苦钻研，默默积累，为的就是在祖国需要的时候，能够用所学来建设、报效祖国。如今，梦想终于成真，我受聘到母校，出任厦门大学化学系教授兼系主任。我要尽己所能，为祖国培养人才。

尾声：在厦门大学，卢嘉锡四处争取资金、搜集实验设备、网罗师资人才，在他的努力下，厦门大学化学系很快强势崛起。1955年卢嘉锡当选为中国科学院学部委员（院士），历任中国科学院院长、第三世界科学院副院长、第八届全国人大常委会副委员长。2001年在福州病逝，身后设立"卢嘉锡科学教育基金会"，鼓励科学创新、支持人才培养。子女遵照其遗愿，将他和妻子的骨灰合在一起，撒在厦门岛东南面的大海里，让他们背靠祖国大陆，遥望宝岛台湾，永远不再分开。

注释：

①卢振基（1829—1903），字立轩，晚自号四白山人。因家道渐殷转向诗书之道，淡泊名利，成为台南一带负有盛名的私塾先生。

②卢东启（1875—1933），字霞村，接掌"留种园"开塾授课。

③1938年厦门沦陷后，卢家举家迁到此处避难，卢嘉锡的叔叔卢文启在此开设"文启书塾"，卢嘉锡回国后任教厦门大学期间，曾在此居住。引自福建卢嘉锡科学教育基金会：《华夏赤子 科教巨擘卢嘉锡（上册）》，中央文献出版社，2017年，第5页。卢文启在自传中写道："吾避居鼓浪屿，设塾于泉州路以维持生计，足不履厦土者恒六年之久，虽敌伪采及虚声坚欲以教育局长相位置，再三诱胁终不为屈。"引自卢绍芳：《五代教育世家——留种园卢氏》，《炎黄纵横》2016年第5期。

④方锡畴（1900—1973），福建漳州人，幼读私塾，13岁离家到厦门鼓浪屿英华书院就读。1921年考入福州协和大学，毕业后赴美国爱荷华州立大学深造，先学生物，后改攻化学。妻子是鼓浪屿名医陈天恩的长女陈锦端。厦门大学化学实验课程没有现成的教材可供

使用，卢嘉锡在方锡畴教授指导下合作编写了《普通化学实验教程》，一直被厦门大学化学系延用。1988年，卢嘉锡为老师方锡畴撰题联语："在厦大学习四年级，初承教诲，谆谆指导，重视实验基本功夫，仿佛言犹在耳；离鹭岛工作卅余载，缅怀师道，循循善诱，培养问题解决能力，铭感言出由衷。"

⑤怡和轩是新加坡福建会馆所在地，也是陈嘉庚先生工作的地方。当时，陈嘉庚先生正在筹划成立"南侨总会"，工作和吃住都在怡和轩。

⑥鲍林教授（1901—1994），全名为莱纳斯·卡尔·鲍林（Linus Carl Pauling），美国著名化学家、量子化学和结构生物学的先驱者之一。1954年因在化学键方面的工作获得诺贝尔化学奖，1962年因反对核弹在地面测试的行动获得诺贝尔和平奖，成为获得不同诺贝尔奖项的两人之一。

人物评传

"留种园"卢氏家族世代耕耘，桃李满园。"我生长在厦门，我的父母来自台湾，海峡两岸都是我的故乡。"卢嘉锡勤奋耕耘，埋头苦读，满怀"科学救国"的热忱远赴欧美，学成报国，将毕生奉献给祖国的化学教育事业。化学家戴安邦先生1934年在《化学》杂志创刊号上写道："吾国之贫弱已臻极点。富国之策，虽不止一端，要在开辟天然资源，促进生产建设，发展国防工业，而待举百端，皆须化学家之努力。"卢嘉锡的研究涉及物理化学、结构化学、核化学和材料化学等多种学科领域，他是最早实际进行定量研究工作和首次成功分离出放射性高度浓缩物的中国化学家之一，是我国结构化学学科的开拓者和奠基人。他从厦门走向世界，走向科学研究事业的顶峰。

卢嘉锡去世后，2001年6月11日《人民日报》评论道：卢嘉锡同志的一生，是爱国的一生，奉献的一生，是为发展祖国的教育和科学事业献出全部智慧和精力的一生。他实事求是，光明磊落，学风严谨，豁达大度，平易近人，幽默风趣。他忠诚于国家和人民的事业，为科学研究竭智尽力，追求不懈，奋斗不息。他在晚年曾笔书"吾日三省吾身：为'四化'大局谋而不忠乎？与国内外同行们交流学术而乏创新乎？奖掖后进不落实乎？"以此自勉。他高尚的风范、优秀的品格，永远值得我们学习、尊敬和怀念。

链接资料

《我所认识的陈嘉庚》（节选）
卢嘉锡

　　第一次见面还给我留下很深印象的是，他反复谈论着兴办教育、培养人才的重要，他是把"兴学育人"同民族振兴的事业紧紧地联系在一起的。这曾引起我长期的思考：他为什么特别重视教育？

　　今天，当我们谈论"科教兴国"的时候，我们明白"教育"和"科技"都是"兴国"的重要支柱，因为除教育之外，科技在我国也已取得相当大的发展，特别是后者已成了"第一生产力"，可是在新中国成立以前，情形远非如此。由于中国在近代科学上的"空白"，逼得我们只能走出国门做西行取经的"唐僧"。像我这样在三十年代出国留学的大概属于第二代，第一、二代留学生的任务主要是把国外先进的科学技术搬回来，回国以后主要是当"教书匠"，把"搬"回来的东西传授给自己的学生，传给下一代。就我个人而言，是到六十年代以后才有条件专心致志地从事和组织科学研究的。用历史的眼光看，陈嘉庚当年强调教育，实际上也包括强调学习先进的科技知识，他认为"教育不振则实业不兴，国民之生计日绌。自非急起力追，难逃天演之淘汰"。这显然代表了那一时代最富有远见的中国进步人士的先进思想。

——《集美校友》1994年第4期

艺文创作

致爱妻吴逊玉

鹭江滔滔，
从容地奔涌向远方。
恰似我的少年岁月，
一去了永不回还。

这小岛曾有我的诗，我的梦，
我的童年，我的爱恋。
毁灭了的似绿水长流，
留住了的似青山还在。

八年没见面的相思，于今完结。
把一桩桩伤心旧事，从头细说。
成婚后与你告别，远渡重洋求学。
这八年来，换了几朝帝王，看了多少世态炎凉，孩子变了模样,更老了你和我人儿一双!
且牢牢记取今夜的中天明月!
只有那陈年的爆竹,越陈偏越响!

八年的相思刚才完结,
久别重逢的夫妻又匆匆分别。
昨夜灯前絮语,全不管天上月圆月缺。
今宵别后,便觉得这窗前明月,
格外清圆,格外亲切!
你该笑我,饱尝了作客情怀,别离滋味,
还逃不过这个时节!

(作者改编自胡适《从纽约省会回纽约市》《新婚杂诗》)

第二章 医者仁心

中国医术，源远流长，有世代传承相沿的世医和放弃科举转而济世的儒医。中西方医学在这座小岛上取长补短，融会贯通，医师们因此研制出众多具有奇效的中西合成药等灵验妙方，使鼓浪屿成为闽南医学的中心。郁约翰对鼓浪屿的西医发展产生了巨大影响。他不仅创办救世医院，还创办护士学校，培养出很多优秀的医学人才，陈天恩、黄大辟、叶友益日后都成为闽南名医。

那个年代，鼠疫是天灾，几乎是不治之症，人们对待鼠疫束手无策，林语堂的二姐、叔叔，陈天恩的侄子都因感染鼠疫而丧命，连身为医生的雷学渊和郁约翰也因救治病人感染鼠疫而亡。1904年的那场鼠疫让雷正中家族险遭灭顶之灾,雷家从此谈鼠疫色变,后人也不得再从医以防牵连家人。林语堂的恋人陈锦端却在这场鼠疫中死里逃生,在其父亲陈天恩的极力医治下转危为安。多年以后,吴瑞甫会通中西,总结出行之有效的鼠疫防治之法;伍乔年根据多年行医经验,总结出防治鼠疫的中药方,并刊登于报纸上,公之于众。林巧稚在小岛浓郁医学氛围的启蒙下,矢志学医,成为中国妇产科学的奠基人。乱世学医,这批悬壶济世的中西医师成为鼓浪屿上最早致富的中国人,他们资助革命,投资实业,捐助学校、医院,为这座小岛注入生机和活力。

陈天恩（1872—1954），名泽覃，福建南安人，西医医师。从鼓浪屿救世医院毕业后，在厦门开业行医，任厦门淘化公司、福建造纸股份有限公司董事长，厦门基督教青年会会长、董事等职，在旅菲侨胞和厦门士绅中颇有声望。

陈天恩
做一个郁公那样的人

> 我这个当时未到二十岁的贫困青年能够在我老师郁约翰处学医至今,他心地慈悲,爱我中国人,如同自己的生命。他每天教授学生医术,宣扬福音,管理医院,扶助教会,将上述工作作为自己的职责。他救人病苦,不论风雨,不论暮夜,毅然趋之。
>
> ——陈天恩《幼时蒙训得道回忆录》

清宣统二年（1910） 庚戌 四月十五日

乱世求生　走上从医之路

　　我的故乡南安县石井镇是民族英雄郑成功的故乡。彼时的村民都认为基督教是洋教，跟随着枪炮而来，来者不善，且基督教与中国传统礼教积习格格不入，是标新立异、大逆不道的"邪教"。信教者为天地所不容，甚至连累整个家族。由于伯祖父陈美强信仰基督，我们家族被迫从故乡迁出，来到晋江安海，我便在这里出生。五岁那年，母亲生了弟弟后，体虚生病，不治而亡，刚出生的小弟弟也随之夭折。治病和丧葬花光了家里的钱，一时间我们一无所有，家破人亡。父亲为了养活家中老小，独自赴厦门谋生，把我交托给祖母和伯祖父抚养。

　　母亲的死让我认识到，不计其数的中国人或死于无医，或死于庸医。在人生的岔路口，我抱着以医为天职、救死扶伤的信念，决心成为一名医生。

　　1889年，十八岁的我从鼓浪屿寻源中学毕业，来到漳州平和小溪的琯溪救世医院跟随郁约翰医生学医，得到他的谆谆教诲，学业精进。毕业后，为感谢恩师，我作为助手留在医院实习，分文不取。直到1895年郁约翰医生回美国述职，我离开小溪来到厦门独立行医，在大同路开设了自己的第一间诊所兼药房——寿世堂，主营内儿科。行医之余，我在竹树脚礼拜堂服务，受到教会的特殊照顾，我和妻子借住在竹树脚礼拜堂的楼上长达八年之久。诊所一天比一天兴旺发达[①]，最受欢迎的当数我总结临床经验、自主研发的中西合成药猪肚粉[②]，其推出市场后销路大开，盈利甚丰。

清宣统二年（1910） 庚戌 四月十五日

济世救人终不悔　却把他乡当故乡

鼠疫由香港、广东蔓延而传入厦门，每年被传染致死的人不计其数。四年前，长女陈锦端不幸染上鼠疫，一个星期内不省人事，幸好经过及时、有效的治疗好转康复。这一次就没有那么幸运了，几天前，我在漳州行医，郁约翰医生在救治病人时感染了鼠疫病毒，因为救治不及时而去世，成为我心中永远的痛。我的侄子陈希孟也在这场鼠疫中丧命。

今天下午6点，在血色残阳映照下的黄昏，伦敦公会教堂聚集了一千多人。他们从四面八方赶来，参加郁约翰医生的葬礼。遵照遗言，郁约翰医生被安葬于鼓浪屿传教士公墓，鼓浪屿成了他永久的故乡。

郁约翰的中国学生为其举办葬礼，墓碑左一为陈天恩（1910）

二十二年前，我的老师郁约翰带着医疗传教士的梦想与妻子远渡重洋来到厦门，先被派往漳州平和建立小溪医院，后来到鼓浪屿建立了救世医院，那是全省规模最大的西医医院。他在鼓浪屿生活了十二

厦门鼓浪屿救世医院（1902）

郁约翰医生乘坐人力车

年，这十二年中，他以传教士的身份回国募集基金创办医院和护士学校，是厦门西医教育的开拓者；他以医生的身份救治了数以万计的病人，完成各类手术七千多例；他以导师的身份培养了上百名医学人才；他以发明家的身份为救世医院设计了风力洗涤器；他以工程师的身份在岛上建造了多个混凝土贮水池，解决了洁净用水的问题。

医学界流传着这样一句名言："有时去治愈，常常去帮助，总是去安慰。"一名医生可以做的不仅仅是为患者解除病痛，同时也必须对病人报以深切理解和关怀。我打从心底里敬佩这个无私奉献的外国人。他不顾自己的性命，为患者诊治，以致自己被感染而病逝。他一生事主守道，存心操行，勤俭劳力，真可比得上我伯祖父和我父亲啊！

民国五年（1916）　　　　　　　　　　　　　　　　　丙辰　六月

革命救国成泡影　图强思变兴实业

行医有了一定的积蓄之后，我决定响应政府实业救国的号召。1906年，勃朗氏药房在当时可谓首屈一指，经营范围极广。除医药外，也经营棉布、洋酒、洋烟、罐头、化妆品、肥皂等进口百货。店主打算返回英国养老，我与殷雪圃、林良英、林嵩寿[3]、黄大辟等人集资合股，买下药房的店底，改名为福建药房[4]，店址迁至龙头路，继续经营西药，以断绝外人垄断厦门西药之患。[5]

杨格非[6]十六岁时成为基督徒，前往南洋谋生，做过饼店师傅，归国后进入救世医院管账。杨父常在冬日自酿酱油，杨格非因而习得酱油制作技术。1907 年，在福建药房，杨格非提出酱油产品为南洋短缺之货，若成立公司生产酱油，并将南洋缺乏的荔枝等水果制成罐头，应该大有销路。这一想法引起了聚谈的医生、教友们的共鸣，我们一拍即合，决定以股份合作的形式创办罐头公司。我与黄廷元、杨格非、林子达、黄大辟、廖悦发等人集股一万两千元，另向钱庄贷款三千银圆，以一万五千银圆的资本额注册成立厦门淘化公司，设厂于鼓浪屿内厝澳燕尾山麓。我投资一千五百银圆成为最大股东，担任公司董事长，杨格非任总经理。

厦门淘化公司仿外洋运作之法，制作各色罐头，如：水果、鸡、鸭、牛肉、鱼、虾等件，还制作酱油和酱豆腐，行销各埠。⑦到 1911 年股本已经增加至四万元，添置了全套自动化的制罐设备，由手工生产过渡到机械化生产，每年生产一千担水果罐头，两千五百担酱油和两千五百担咸豆腐。"白鹤"牌蔬菜罐头参加德国柏林万国卫生赛会获得头等奖，一时声名大噪，在厦门当地，乃至新加坡都很流行，之后产品由内销为主发展成外销为主，公司利润迅速增长，利润率约为百分之二百。⑧

淘化酱油商标

侨领黄乃裳

孙中山和我都是学西医出身并以行医为业，我选择了退而救民，以医保民，而孙中山却毅然选择投身革命，这令我钦佩不已。我在辛亥革命前追随孙中山，资助同盟会的活动。1913年，我在二次革命失败后逃往菲律宾。[9]1914年3月，黄乃裳被迫害入狱，我从菲律宾前往福州开展营救工作，7月黄终获释放。袁世凯去世之后，军阀混战，国家再次陷入四分五裂，革命救国的梦想破灭，我不再参与政治，以行医为副业，一心专注实业。

民国二十二年（1933）　　　　　　　　　　　　　　癸酉　十二月

建纸厂屡遭波折　兴实业难上加难

福建纸业一直停留在小规模原始手工生产阶段，从事生产者以副业居多。进口洋纸数量年年剧增，充斥国内市场，甚至连印有"抵制洋货"的传单都是外国货。我非常看好福建纸业市场，机械造纸一定具有巨大潜力，有利可图。我有意培养三子陈希庆赴欧美攻读相关专业并进行造纸工业研究。他1919年于清华大学毕业后，考取官费生，被选送到美国攻读实业化学。1923年福建实业厅颁发了《华侨回闽兴办实业奖励章程》，鼓励、支持华侨回闽兴办实业，并明确了奖励事项。1924年秋，希庆学成归国，原想前往闽西和闽北考察设厂，但正值革命军兴，治安不靖，内地设厂计划暂缓，遂在菲律宾招股设厂。待到1928年年底北伐结束，全国基本统一，局势安定，我决定退还股款，仍回福建设厂。

1929年爆发了世界性经济大危机，银价暴跌，东南亚的华侨纷纷开始汇款回国投资，为资本寻找出路。趁此良机，我开始筹组福建造纸股份有限公司。在海外募股时，得到了李清泉等闽籍侨商的大力赞助，菲侨投资所占比例接近百分之八十。1929年10月17日，我召集黄念忆、黄大辟、李清泉、黄奕住等股东在厦门召开第一次股东大会，正式成立"福建造纸股份有限公司"，我被推选为董事长，三子陈希庆担任总经理，董事为陈培锟[⑩]、黄念忆、黄大辟等人。1930年7月10日，经政府批准正式注册。希庆发明造纸新法，以附近取之不尽、经济实惠的老竹为主要原料，用新式机器生产出中国纸。1932年，国民财政、实业两部给予老竹制浆技术专利权，制纸新法被给予免缴纳捐税的极大优惠。几经周折，福建造纸股份有限公司终于在1932年3月17日正式开工造纸。

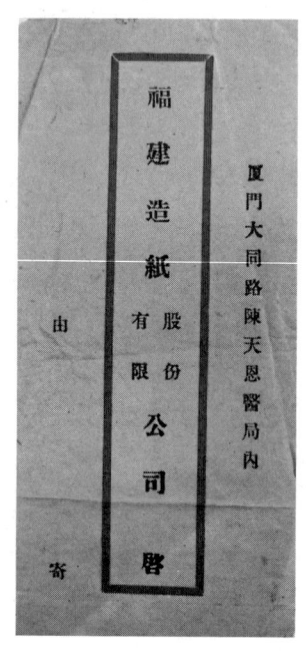

福建造纸股份有限公司信封

国内抵制洋货声浪甚高，洋纸短少，国产纸供不应求，行销广州、汕头、厦门各埠，外埠销售额占据了总销售额的百分之七十，成绩斐然。然而，过高的成本限制了利润，出品虽佳，销路虽畅，却无法盈利。上月，福建发生"闽变"，以福州为中心、沿闽江流域等军事上的卫要之区，皆遭兵灾之祸，造纸厂损失惨重。世界经济危机逐渐波及中国，各埠商业渐呈衰颓状态。又碰上日元暴跌，日本纸商趁机倾销。虽国人乐购国产纸，具有同情，奈时价所趋，造纸厂不得不亏本出售，数次陷入垂绝之境，濒于破产。[⑪]

尾声： 1954年，陈天恩在鼓浪屿家中病逝，埋葬于家乡的家族墓园怡怡堂山庄。

陈天恩别墅（鼓新路65号）

注释：

①《陈医师天恩家谱》载："先生（陈天恩）……在厦门开设寿世堂，以医术、医德著称，厦门当地和路过来厦门的很多病人都到过他的医馆诊治，医馆业务逐渐兴盛，为当地同业中的首位。"

② 全名为"陈天恩医师肚液消化散"，俗称猪肚粉。

③ 林嵩寿，别名绛秋，台北"林本源家族"林维德第三子，1898年由大陆回台掌管"林本源家族"财产，娶福州巨贾、合春行杨家之女杨晓织为妻，是民国著名金融家。

④ 福建药房，据《光绪三十二年农工商部奏准办理各类农场、公司事统计表》之《附件一·商类》称："福建药房股份有限公司，创办人高敬廷等，股本五万元，（1906年）八月十四日注册，总公司设在厦门鼓浪屿。"福建药房还在厦门、福州、上海设经销处，成为二十世纪初与屈臣氏大药房（A.S.Watson & Co.）和主利大药房（Whitfield & Co.）齐名的厦门西药大药房。

⑤ 调笔：《厦门早期的西医西药》，载厦门市政协文史资料委员

会、厦门总商会编《厦门工商史事》，厦门大学出版社，1997年，第132—134页。

⑥杨格非，又名杨就是，福建厦门人，马来西亚归侨，基督徒，曾任竹树堂长老。

⑦《商部令商会保护淘化公司》，《厦门日报》1908年12月20日。

⑧厦门市工商联档案：《厦门淘化大同酱油厂历史资料》，载林金枝、庄为玑编《近代华侨投资国内企业史资料选辑·福建卷》，福建人民出版社，1985年，第103页。

⑨很多书上对陈天恩的身份认定是"菲律宾华侨"，如林金枝写道："陈天恩……原是菲律宾归侨。"引自林金枝：《近代华侨投资国内企业概论》，厦门大学出版社，1988年，第219页。吴泰将陈天恩与李清泉一同列为"菲律宾华侨"，引自吴泰：《晋江华侨志》，上海人民出版社，1994年，第11页。陈天恩是厦门商务总会的重要成员，而厦门商务总会在"组织章则"中明确规定须是中国人在厦门开设商号才有资格选举成为会员，并且有外国国籍者不得为本会会员的规定。可见，陈天恩应该没有更改其中国国籍。虽然陈天恩出于政治流亡、战争避难、商务活动需要及探亲等原因多次旅菲，但都是迫于形势短暂停留，不曾真正在菲律宾定居。因此，陈天恩的身份应是福建本土企业家，而不是华侨商人。

⑩陈培锟（1877—1964），字韵珊，号岁寒居士、岁寒寮主人，福建闽县（今福州）人。清末翰林，毕业于日本政法大学，曾任厦门道道尹、厦门市政督办、福建省财政厅厅长、福建省政府代理主席。中华人民共和国成立后任福建省文史馆首任馆长。著有《海滨谈屑》《岁寒寮诗藏》等。

⑪福建省档案馆馆藏档案：《福建省政府与实业部共同投资福建造纸厂的电、福建造纸厂扩充计划书》，档案号0036-007-00723。

人物评传

　　他出生于剧变之中的近代中国，在时代的跌宕起伏和变幻莫测中，成为中国早期接受基督教的人。信仰基督给陈天恩带来接受西式教育的契机，并使他成长为厦门第一批西医，开设了中国人自己的西医诊所和药房。医圣张仲景曾说过："进则救世，退则救民；不能为良相，亦当为良医。"他是医术精湛的闽南名医，怀着以医为天职、救死扶伤的志向，悬壶六秩，"寿世"驰名；他是虔诚的华人基督徒，出任厦门基督教青年会首任会长，担任竹树堂长老五十余载；他是杰出的社会活动家，在厦门商会、市政所、参事会和戒毒所等政府机构任职，三十岁就享誉鹭岛，跻身厦门巨富名流；他是顺势而动的革命者，创办"演议团"支持辛亥革命，不惧艰险，敢为人先；他是眼光超前的爱国民族企业家，创办寿世堂诊所、福建药房、厦门淘化公司、福建造纸厂……，采用先进的生产技术和经营理念，积极与外资企业竞争，发展民族实业；他是热心公益的慈善家，出资捐助竹树脚礼拜堂、南安县金井乡礼拜堂，建立泽覃小学，筹建厦门中山医院，创办《禾山旬报》，在力所能及的领域承担起自己的社会责任，造福桑梓。他的一生充实多彩，传教、行医、从政、经商，在多个领域游刃有余，从基督徒到医生，到革命者，再到实业家，终其一生在医药救民、革命救国、经济富国、实业强国的道路上开拓探索。

链接资料一

陈天恩先生传略

（青年会义务领袖人物志之二）

　　陈泽罩先生，字天恩，籍隶安海，现年六十有四，厦门中华基督教会长老，业西医，名重一时。平日热心主道，惠爱青年，数十年如一日。先生自民元以来，历任厦门基督教青年会董事十二年，并任会长五载，热心会务，劳瘁不辞，对于经费捐输，尤为踊跃，名高会史，德重鹭门，遐迩咸钦。迨民十六，先生以年老事繁乞休，几经挽留，始获通过。惟以众望素孚，先生虽绝告退，翌年，其公子希佐先生，即膺董事之选，而继其热毅，贤乔梓之有造于艰难之厦会，实足钦焉。

——厦门青年会《同工》1935年第143期

链接资料二

在小岛团聚

我亲爱的小玛格丽特：

　　现在是周六下午，虽然才两点钟，爸爸已经做完了本周所有的工作。通常情况下，爸爸是很难得这么早就做完工作的。但是，本周只有很少令人担心的事情，所以我就可以比平常迟一点开始工作。现在我就可以坐下来给我的小姑娘写信，因为我知道，她收到这封信的时候将是她五岁的生日了……

　　我再次迫不及待地想见到你。等我回到家时，你都长成大姑娘了，我会认不出你来。但是，我们很快就会熟悉起来，然后我们就可以进城好好享受一下生活。我希望明年我可以回家,但是我还无法确定……

后记:一个病危的女病人送到了医院,我得工作至少两个小时。所以,最终我还是没能有机会休息一下。

爱你的爸爸
救世&威廉明娜医院
中国厦门,1910年4月6日

这封信写于郁约翰医生染上致命鼠疫的前两天。1910年4月15日,郁约翰医生因感染鼠疫离世,这封信直到他去世后才寄出。他的小女儿玛格丽特收到信的时候是5月19日,正是她的5岁生日。

为追随父亲的脚步,长大后的玛格丽特(Margaret Otte De Velder)来到美国归正教会驻华基地鼓浪屿传教,嫁给同样在闽南传教的李华德牧师(Rev.Walter De Velder)为妻。1940年1月4日,玛格丽特在鼓浪屿救世医院进行前置胎盘剖宫产手术,不幸难产逝于手术台上,被埋葬在鼓浪屿内厝澳路217号传教士公墓,长眠于父亲郁约翰的身旁,享年35岁。

玛格丽特　　　　青年郁约翰

黄廷元（1861—1936），原名熙农，字复初，祖籍福建翔安，以牙医起家，早年加入同盟会，积极投身革命事业，平生致力于创办地方实业及兴办教育、卫生等公益事业，是厦门报界元老、爱国实业家和社会活动家。

黄廷元

古道热肠　于这世间徜徉

欲成家国事，须读圣贤书。物我皆无尽，死生宁有殊。痴骨归大块，雄心还太虚。一场名利浮云外，百载光阴转瞬间。需尽人间子孙职，勿贻泉壤祖宗羞。

——黄廷元遗训

民国元年（1912） 壬子

简朴勤谨　牙医起家

　　我的家乡在厦门翔安马巷西炉村，有一年临近春节，因田里收成不好闹饥荒。大年初一早上，祖父黄超营只能翻寻有钱人家遗漏在田地里的小番薯煮汤充饥。他痛心疾首地发誓："以后黄家子孙，若能发迹致富，即便是顿顿能吃上山珍海味，新年的第一顿，都要喝一碗番薯汤，不忘祖先生计之艰难。如果生活富有，不可骄傲，须知人生幻变，随时可能变穷。如果生活潦倒，不可气馁，因为祖先曾经连番薯汤都没得喝，应该自强不息！"

　　不久，祖父只身到鼓浪屿打工，经济状况逐渐好转。清同治元年，祖母纪氏带着一家人来到鼓浪屿。父亲黄良成也进入厦门海防厅当差。在风光秀丽的小岛上，我度过了一段快乐的童年时光。

　　然而，天有不测风云。1864年，由于太平天国运动波及厦门，父亲黄良成不幸被俘入狱。后经多方努力，虽得以释放，但他因此失业，一蹶不振，终日无所事事，以赌博为业，将家中历年积蓄耗费殆尽，后被一场大病夺去了性命。年迈的祖父母饱尝白发人送黑发人之苦。父亲的不争气、不上进，祖父的吃苦耐劳和坚韧不拔，我看在眼里，记在心里。为减轻祖父的负担，我只读了两年私塾就到鼓浪屿一家中药店当雇员。我白天干活，晚上自学，工作之余，只要稍有闲暇，便争分夺秒，手不释卷，长年累月，获益良多。这般兢兢业业，让我逐渐有了一些积蓄，恰逢教会资助之机会，我便和陈天恩、林子达等好友一起赴台湾学医。我发现外国有钱人家都有一个专属家庭牙医，他们认为牙齿是一个人形象的重要组成部分，人的衰老与牙齿有很大的关系，所以几乎每个月都要检查、护理牙齿。因此，我决定研习牙科专业，学成后回到鼓浪屿在自家开办牙科诊所。由于是新兴行业，开业不久，门庭若市。三五年间，便发家致富，也带出几位高徒。我将行医所得投资实业，与友人合资创办厦门淘化公司，组建东方汽水公司、福建药房等，涉及多个领域，业务繁忙。

民国五年（1916）　　　　　　　　　　　　　　丙辰　十一月三日

激于时事　投身革命

我的居所因庭院里种有荔枝树，而被人称为荔枝宅。工作之余，我时常呼朋唤友，在这里品茶聊天，吟诗作对，弹琴赏月。1900年，经黄乃裳介绍，我加入中国同盟会。那时，外有列强侵略，内是一盘散沙，国事蜩螗，人心震动，正是岌岌可危的时候，我资助黄乃裳创办《福建日日新闻》，还参与创办《博文日报》《厦门日报》《鹭江日报》等报刊宣传革命，启迪民智，并将荔枝宅辟为革命活动的秘密场所。

天下兴亡，匹夫有责。1904年，美国政府向清政府提出续签《中美会订限禁来美华工保护寓美华人条约》，条约看似保护华人权利，实则是剥削和掠夺华工权益，激起全国各界人士的强烈抗议。厦门各界人士商讨成立厦门反美拒约协会，我被推举为副会长，领导厦门商界进行反美拒约爱国运动，捍卫广大华工的权利，鼓浪屿民众积极响应，割断悬挂在美国领事馆的美国国旗以示抗议。1905年，厦门商务总会决定领导民众开展抵制美货运动，我号召商民抵制美货，启事云："我政府甲午以来，兵力不支，内政未备，外交权日失日甚，国权所未及者，当以民权辅之，使美国人知我国未尝无人，后此不敢不以人类相齿事。"辛亥革命时，我汇款两千元给黄乃裳接济福州同盟会以响应武昌起义，捐七千两白银支援福建学生军炸弹队，出资一百银圆委托萃经堂秘密刊印邹容的《革命军》广为散发，与厦门同盟会同志策划光复厦门并在南洋华侨的大力支持下获得成功。厦门光复后，福建省政府授予我光复一等勋章，我被推举为厦门统制府民团部长和厦门总商会会董，奉调任福建省交通司路政科科长、省府高等顾问和省议会议员。

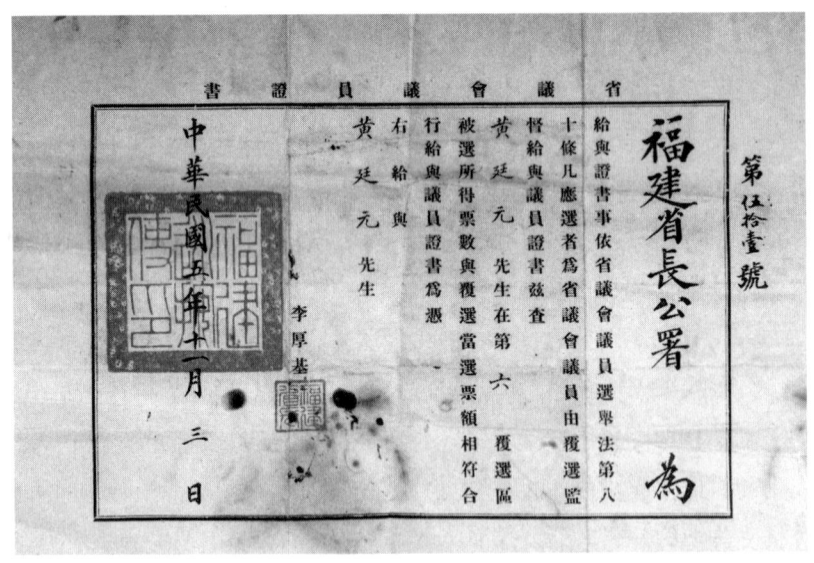

黄廷元的福建省议会议员证书（1916年11月3日）

民国十六年（1927）　　　　　　　　　　　　　　　　　　　　　丁卯　冬

淘化大同　实业救国

　　1918年9月，闽粤军阀混战，英领事托词防卫，令陆战队登陆，并在海后滩各巷口围筑砖墙，横断马路，安设铁门，并悬挂"大英租界地，闲杂人等不许乱进"等字样的界牌，界内竖杆升英国国旗。英商太古洋行在海滩前填海擅筑码头，拟建水泥栈桥。全市愤然。学界、教育界、商界联合呈文，请求政府速向英领事提出严正交涉，以保国权而平民愤。1920年，厦门五十七个群众团体联合组织"保全海后滩公民会"，抗争英国擅立界址，私扩租界，推举我和厦门教育会会长卢心启为代表赴京请愿。我们自厦而沪、由津至京，呼吁国内外各团体支援，提请外交部交涉，最终迫使英方撤除围墙，归还海后滩。1925年，"五卅运动"爆发，全国各地开展轰轰烈烈的收回租界斗争，厦鼓各界人士通过斗争使鼓浪屿工部局的华董增加到三名，我发起组织"华民公会"，邀请黄奕住、林尔嘉、黄仲训等厦鼓名流参加，取代华人纳税者会推举华董，会址即设在荔枝宅。

　　在厦门总商会任职期间，我兼任厦门淘化公司、厦漳嵩自来水公司、厦门电灯公司、漳州电灯公司、福建药房、江东制冰公司等多家企业董事。正当厦门淘化公司蒸蒸日上的时候，却发生了变故，由于股东之间的利害关系，矛盾逐渐尖锐起来，担任经理的杨格非与董事长陈天恩因为实际管理权的问题闹得很不愉快。[①] 杨格非带领一部分股东离开厦门淘化公司，与殷雪圃、郑柏年等教友筹办新的罐头公司——大同罐头食品公司，其经营的业务、产销品种与厦门淘化公司完全相同。返回集美创办制蚝罐头厂失败的陈嘉庚将制罐机器和锅炉等作价八千元入股大同，成为最大股东。一时间，两家罐头公司分庭抗礼，展开了激烈的竞争，利润开始微薄化。

在危难之际，我受命接任厦门淘化公司董事长之职，号召股东增资，购买了全套自动化制罐设备，聘请美国罐头制作技师克罗（Mr Kroch）为工程师，用铁罐取代易碎的陶罐，改进罐头食品生产工艺。1915年我应邀赴美国旧金山参加巴拿马万国博览会，厦门淘化公司的"宝塔"牌罐头一举斩获金质奖章。1922年，厦门淘化公司在浙江温州设立分厂，由林子达任经理。

虽然淘化、大同两家公司存在竞争关系，但毕竟创办人曾是伙伴，两家多次磋商合并，但终因分歧太大，未能成功。今年，爪哇华侨黄奕住之子黄钦书集资四十万银圆扩建厦门兆和酱油厂，将其改组为厦门兆和罐头食品股份有限公司。在新的竞争对手面前，我和大同公司董事长黄庆元②终于成功携手，将两家公司合并重组为厦门淘化

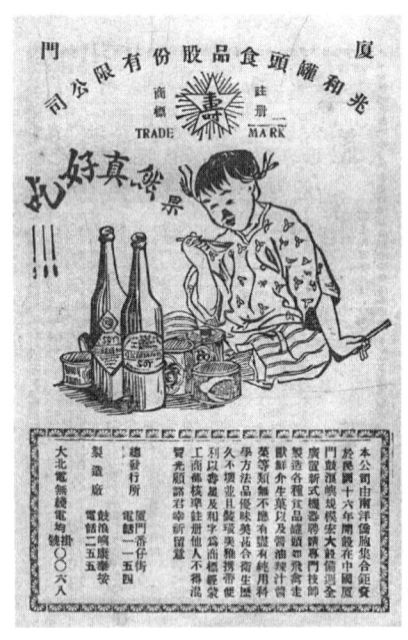

厦门兆和罐头食品股份
有限公司广告

厦门淘化大同罐头实业
股份有限公司广告

民国十九年（1930）　　　　　　　　　　　　　　　　　　　　　　庚午　五月

兴教助学　反哺桑梓

大同罐头实业股份有限公司。合并时，淘化有股本五十六万元，大同则有三十万元，又招新股十四万元，使公司股本总额增至一百万元，仍由我担任董事长，郑炳伦任总经理。合并后的厦门淘化大同罐头实业股份有限公司资金雄厚，设备先进，成为福建省规模最大的罐头厂，盈利颇丰。

幼时因为家贫而辍学，渴求知识的年纪却要为生活奔波，成为我此生的遗憾。我与黄庆元、黄仲训、黄奕住等商绅出资，兴建厦门江夏小学堂，并在鼓浪屿捐建黄氏家族私塾普育小学，出任江夏堂黄氏宗亲会首任会长。1924年，我广邀社会贤达发起创办大同中学，并出任董事长。

1905年废除科举，推行新式教育，陈宝琛[3]感到我国女学幼稚，乃邀集厦鼓名流士绅林庆纶、周之桢等为校董，发起创办女子学堂。1906年4月24日，中国人自办的厦门女子师范学校在鼓浪

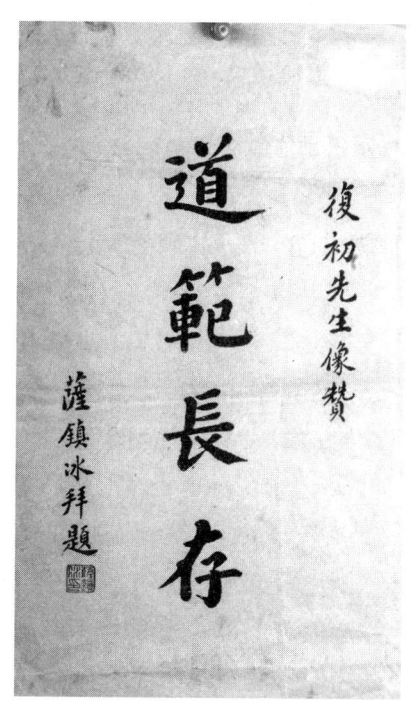

萨镇冰为黄廷元题词

第二章　医者仁心

厦门女子师范学校旧址（晃岩路37号）

屿大德记海滨成立，它依靠私人捐款、学费和捐赠基金的利息来维持开支。学校曾因经费困难，暂迁到周寿卿牧师位于港仔后的私宅继续办学，吸引了鼓浪屿、厦门以及漳州、泉州、莆田等地一批批有志女青年和名门闺秀前来就读。后来校址迁到四纵松宫保第，由我和林资铿担任董事长。1927年，学校因经费拮据再次面临停办的危险。我拜访鼓浪屿著名的爱国华侨、企业家黄奕住先生，设法筹款继续办学。他的女儿黄萱与我的孙女黄墨谷④是闺中密友，都是厦门女子师范学校的学生。黄奕住先生慨然同意承担该校每年一万银圆的日常经费，以维持办学。今年，黄奕住正式接办"女师"，在原址添建新校舍，扩大规模，兼办小学，并以其母亲的名字将学校更名为"慈勤女子中学"。⑤校主黄奕住聘请姻亲林尔嘉的四子林崇智⑥担任首任校长。林崇智曾留学日本，知识渊博，思想开明，很受学生欢迎。慈勤女子中学只招收女生，小学部男女生兼收，成为一所无差别面向所有人招生的平民学校。

林崇智夫妇

尾声： 1936年5月11日，黄廷元因高血压病逝于鼓浪屿，享年75岁。全面抗战期间，"淘化大同"内厝澳工厂用加工罐头的大锅煮粥施赈，为期数月，救济难民无数。1938年5月厦门沦陷后，"淘化大同"公司总部迁往香港，在黄廷元长子黄笃修[7]手中发扬光大。

注释：

① 杨格非在厦门淘化公司成立初期担任总经理职位，负责企业经营，他掌握制作酱油的技术，成为厦门淘化公司的核心人物，掌握公司实权。公司最大股东陈天恩对其缺乏信任，在经营方向与业务上二人存在分歧，其将亲信郑炳伦安排入管理高层，以排斥杨格非，牢握董事长实权，结果造成拆伙。

② 黄庆元（1869—1937），又名黄榜，字世金，祖籍福建泉州，出生于厦门，著名工商实业家。曾开设建源钱庄，创办建记行、建源行等。历任厦门参事会会长，厦门商务总会协理、会长，厦门市政会副会长，厦门"三堂"（慈善机构）董事及厦门鸿麓学校、厦门同文

中学董事长，厦门电灯电力股份有限公司董事长，厦门自来水公司副董事长，厦门淘化大同公司董事等。

③陈宝琛（1848—1935），字伯潜，号弢庵、陶庵、沧趣老人、听水老人，福建闽县（今福州）人。清朝末代帝师、内阁大学士兼礼部侍郎，创办全闽师范学堂（今福建师范大学），善诗画，工书法，著有《沧趣楼诗集》《沧趣楼文存》等。

④黄墨谷（1913—1998），名潜，字墨谷，福建厦门鼓浪屿人，中央文史研究馆馆员、著名学者、爱国民主人士，著有《李清照研究》、古典诗词集《谷音集》。

⑤关于厦门女子师范学校因为经费拮据，改组为慈勤女子中学的时间，有1921、1927和1929年三种说法。《厦门的租界》一书认为是1921年。菲律宾岷里拉中华商会出版委员会主编，黄晓沧编著：《菲律宾岷里拉中华商会三十周年纪念特刊》（1904—1933），民国二十五年（1936）铅印本中也认为是1921年。周秀鸾《黄奕住与慈勤女子中学》中记载是1927年。刘天佑《庄克昌老师事略》中记载是1929年。何丙仲在《一灯精舍随笔》中根据黄萱的回忆，认为是1929年年底。《民国〈厦门市志〉余稿》中记载："慈勤女子中学校,并附设高等小学校,创办于民国十九年五月间，校董黄奕住，校长林崇智。慈勤乃黄奕住之母之名，存追远之意。"根据《江声报》1934年5月11日第三版刊登的《慈勤校庆》一文中"鼓浪屿慈勤女子中小学校，昨举行四周年校庆"，可知慈勤女子中学正式成立于1930年5月10日。当时实际接办的情况应相当复杂，加上改组董事会、扩建校舍、校址搬迁等因素可知，黄奕住从1927年学校经费困难时即开始资助办学，1929年下半年至1930年5月间完成校董会改组和学校更名、注册等事宜，正式接办，成为校主。

⑥林崇智（1897—1996），林尔嘉第四子，毕业于日本东京帝国大学理科植物学系，曾任慈勤女子中学校长，10年后辞职，举家迁往上海，光复后返台，夫人为兴泉永道周莲之女周竹君。

⑦黄笃修（1914—1978），出生于鼓浪屿，历任香港、菲律宾、新加坡、马来西亚四地淘化大同公司的董事、经理。

人物评传

　　他是自强不息的爱国实业家，以一介牙医白手起家，投身民族实业，成为厦门工商界的翘楚；他是古道热肠的社会活动家，创办报纸，资助革命，抵制洋货，收回利权，兴办教育，为国为民。在他的调和下，淘化和大同两家罐头公司经过友好协商合并重组，强强联手，实力大增；在他的周旋下，厦门女子师范学校得以在慈勤女子中学的名义下继续开办，完成从贵族女子学校向平民学校的转变，惠及更多学子。

链接资料一

大同公司之由来

　　余卅九岁，为去冬我民国光复，极欲回梓，一为略尽国民一分子职责，拟在集美社创办制蚝厂，及集美小学校；一为出洋已近十年，思乡甚切，故拟于秋间言归。即在新加坡筹备制罐机器，及火炉等，计费七千余元，并函在日本友人，代雇一熟悉制海蚝罐头技师，月薪国币二百元，订冬间到厦。至蚝之罐头，余在新加坡曾买外国货运来试过，原质气味，虽不及生蚝之佳，然每枚比较集美出产尤大，余意其过于老大，若集美之蚝势必较佳。及至秋间回梓，冬末开制，则完全失败。其原因有二，集美之蚝在海中仅八九个月，不耐高热度，煮久缩小约存十分之六七，形体大变，此其一。而该技师亦乏经验，试制仅十余天，多已变臭，此其二。以此完全失败。后乃闻外国罐头蚝，其蚝身在海中年余或两年，达相当老大，乃能耐高火度，而不变其形体，盖火度不高，则易变臭也。计亏损四千余元。乃将各机器估八千元，与厦门友人合伙招股份公司，名曰大同罐头食品公司，余入股约五分之一。

——陈嘉庚《个人企业追忆》，1913年

链接资料二

民族实业举步维艰

公牍：呈省政府，据厦门淘化大同罐头公司董事长黄廷元，呈为公司出品所需原料以盐为大宗，恳转部准予所用盐斤减税等，请察核转咨核办由。

呈为转呈事：案据厦门淘化大同罐头股份有限公司董事长黄廷元呈称，窃敝公司在厦门设厂制造罐头食品，所有出品以罐头酱菜为大宗，十分之九销售南洋群岛，每年需盐在二万担左右，年来盐税叠增敝公司出品成本过重，销路日短，用盐额数亦因之递减。查香港、新嘉（加）坡等处，食盐每担售价只八角至一元而已，敝公司在厦门购买盐斤每担须纳正税二元附税一元六角，今又附税三角，再加盐本统计每担须四元五角，两相比较，每担食盐价格实差四倍以上。且敝公司出品所需原料以盐为大宗，盐税加增，成本奇重，销路日减，年来日本所制罐头在南洋一带甚为畅销，其原因实敝公司成本奇重，故难与外货争衡，非蒙政府格外体恤，减轻税率，终必销路日短，难以维持。为此恳请钧厅将情代为转请财政部、福建省政府及稽核所格外体恤，对于敝公司所用盐斤，准予减轻税率，以维实业，深感公便。

等情据此：查该公司所称盐税增加成本奇重，致销路日减各节尚属实在情形，可否酌予减轻税率，以维实业之处？除批示外，理合具文呈请钧府察核，转咨财政部核示祗遵，实为公便。

谨呈

（民国）二十年（1931）八月十五日

叶友益（1877—1966），祖籍福建平和，闽南第一位华人牧师叶汉章先生之女，与林语堂的大姐林瑞珠一样，同为鼓浪屿救世医院院长郁约翰博士的嫡传女弟子。于鼓浪屿救世医院附设的医科学校毕业后，在鼓浪屿开业行医，从事西医儿科病症的治疗工作，是中国近代最早的一批女西医之一，被鼓浪屿人称为"叶姑娘"。

叶友益
女人的勋章

> 我们国家的女性已被遗忘了数百年,她们被完全排除在整个文明社会之外。由于缺乏女医生为其治病,许多妇女命丧黄泉。尽管数年前福建省已经建立了专为妇孺服务的教会医院,但远远无法满足人们的需要。因此我强烈渴望学习医学,尽己之能帮助和拯救我的姐妹脱离苦海。
>
> ——《美以美教会第二十二届福州妇女会议正式纪要》,1906年

民国元年（1912） 壬子 六月

父亲叶汉章

今年9月，厦门教会即将迎来教会自治五十周年的纪念活动，决定由父亲叶汉章主持。然而，父亲没有等到那一天。前几日，他走完了八十年的人生历程，被安葬于鼓浪屿华人基督教信徒墓园。

我的父亲叶汉章1832年出生在漳州平和小溪，年少时被一从事木材生意的叶姓商人收养。当时打马字牧师刚从美国神学院毕业，来到厦门传教，租住在叶家店铺的隔壁。父亲经常与打马字接触，逐渐被基督教吸引，立志要成为上帝的儿女，但是由于中西方文化的隔阂和信仰的差异，他的长辈极力阻拦他信奉基督。

1853年厦门爆发了小刀会起义，动乱中叶家遭到洗劫，因而破产，流落街头。打马字见此情形，立即把他们安顿在自己住宅的一楼，并提供生活所需。叶家人从打马字的善行中看到了基督的大爱，深受感动。后来，不仅父亲受洗归主，全家都开始信奉基督。

本地传教之工作的确需要本地出身、受过教育的人士来担任，始能克服传教的障碍。父亲一生历尽艰辛，一贫如洗，早年不幸身患重病，侥幸病愈。其热心奉献，任劳任怨，将劫后余生完全奉献给上帝，作为"活祭"为主所用。三十一岁时父亲即被按立为竹树堂牧师，为中国教会自养自聘牧师之第一人。

父亲在竹树堂侍奉十八年，他熟悉厦门风土人情，不仅讲道深受信徒欢迎，还关心信徒生活，经常给予帮助，因而受到信徒的信赖和敬佩。1872年，父亲应台湾教会邀请，横渡台湾海峡来到台湾打狗地区巡回宣教。他用闽南语讲道，结合当地人喜闻乐见的民间故事，大大消除了文化隔阂，使台湾人更深入地理解基督教的教义。

1883年，父亲接受教会指派，离开竹树堂前往漳州平和小溪教会工作。虽然农村条件艰苦，父亲却乐意在家乡传播福音，兢兢业业，恪尽职守。几年时间在小溪地区创办了数十家教会，信徒众多，福音广布。初到平和的几年间，我的三个哥哥和两个弟弟不幸相继亡故。父亲虽然身心蒙受巨大的戕害和打击，但仍坚持在外宣教，我和三姐、六妹帮母亲做些缝纫工作，贴补家用。

　　他在五十余载的宣教生涯中，足迹遍及闽、台两地，将福音传给闽南乡亲。[①]

中国自立教会首任华人牧师叶汉章

民国元年（1912）　　　　　　　　　　　　　　　　　　壬子　六月

立志攻读医学

　　起初，国人对西方事物并不了解，疑惑极多。就医疗事业而言，闽南人中误会传教士是借着医疗工作作恶的人，多不胜数，令医疗事业几陷困窘。由教会培训出来的华人西医，终究是中国人，遭遇的猜忌相对较少，正好减少了这方面的困难。

　　在中国传统社会，受制于"男女授受不亲"的固有观念，男人可以外出，女人则被局限在家中。虽然上层阶级的中国女性很少在街上或是公开场合中出现，但人们倒是经常可以在寺庙中遇见她们。[②] 正如寡妇宁可自杀也要保全名节，有许多女子宁死"不就男医"，尤其是妇产科，许多女子拒绝接受内诊。因而，女医生的存在对于中国妇女来说是极为重要的。我们国家的女性已被遗忘了数百年，她们被完全排除在整个文明社会之外。由于缺乏女医生为其治病，许多妇女命丧黄泉。尽管数年前福建省已经建立了专为妇孺服务的教会医院，但远远无法满足人们的需要。因此我强烈渴望学习医学，尽己之能帮助和拯救我的姐妹脱离苦海。

　　1893年，我进入基督教会设在平和小溪的救世医院，跟随郁约翰医生学习。1907年，为进一步深造，我到厦门鼓浪屿救世医院附设的医科学校学习，主修西法接生。

民国二十七年（1938）　　　　　　　　　　　　戊寅　十二月

从医生涯

　　从学校毕业后，我和三姐叶顺理在鼓浪屿泉州路14号开设仁寿药房挂牌行医，主治妇产科、小儿科及内科各种病症。1928年，有了一定的积蓄，我在海坛路17号购地建房，建成后搬到楼上居住，在一楼行医，改名寿龄药房。厦门沦陷，妹妹叶亮彩在厦门的药房被迫关门，她只好从厦门搬到鼓浪屿与我一起居住、行医。当此之时，溺婴、缠足、早婚、纳妾之风依然盛行，新旧思想交替之下，妇女解放的呼声渐高，社会对于妇女无法独立从事某一职业之成见亦渐消除。我们姐妹立志行医，独身不嫁，奉献终生。今年，为改善就医条件，我将海坛路的房子卖给和尚伯开设碾米作坊，在附近的中华路24号购地建房③，同样一楼作为诊所，楼上居住。我根据多年行医经验，针对不同群体的常见疾病，配制出一系列中西结合的中成药，比如专治小儿消化不良的"猪肚散"、调理脾胃的"补脾丸"、调理妇女气血的"调经丸"、治疗寒热病的"疟疾丸"、治疗外伤的"黑药膏"，求医者络绎不绝。

　　尾声： 叶友益姐妹行医之余在教会侍奉，1948年，叶友益任鼓浪屿福音堂长老，叶亮彩任竹树堂长老，两姐妹终身未婚，却培养出一个庞大的叶氏家族。叶友益收养亡故的二哥的儿子叶克宽和四哥的女儿叶金枝为自己的子女，叶克宽娶三姐叶顺理的女儿李淑义为妻，两人也都成为医生。

叶友益医寓（中华路24号）

注释：

① 林至诚牧师在《平和基督教会史略》中写道：叶汉章牧师"温温恭人，守成善道，竹杖芒鞋，旬宣福音"。

② 美国长老会传教士约翰·尼维思（John Nevius）的太太海伦·尼维思（Helen Nevius）于1853年抵达宁波，观察到中国女性只有当她们要去寺庙时，才可以踏出家门。引自 Helln S.C.Nevius, *Our Life in China* (Robert Carter and Brothers, 1881), pp.57-58.

③ 叶友益在鼓浪屿的房产购置情况，参见陈全忠：《鼓浪屿著名女医师叶友益》，载鼓浪屿申报世界文化遗产系列丛书编委会编《鼓浪屿文史资料（下册）》，第80页。

人物评传

　　她出生于基督教家庭，其父叶汉章为厦门竹树脚礼拜堂第一位华人牧师。在兄弟亡故的情况下，她终生未婚，无私地收养、培育兄长遗孤成才。她宅心仁术，平和慈祥，对学徒循循善诱，使求学者深受教益。她医术精湛，苦心钻研，留给后人若干有效的药方。她医德高尚，遇贫苦患者乐于施诊赠药，一生救死扶伤，恩泽广布，治愈病例难以估算。

　　李小江在《历史、史学与性别》中写道："能长久改变女性命运的主要有两件事，教育和职业。教育唤醒了女人的自主意识，不仅可能使女人具备独立谋生的能力，更能使其具备独立自主的意志，而职业则可以使独立自主成为现实，这是现代女性在整体面貌和个人个体命运中与传统女人判然有别之处。"叶友益带领自己的姐妹矢志不渝地研习西医，带领家族成员投身医界，不仅谋得自身独立，还利用所学担当起家族中兴之责任；她敢为人先，冲破传统观念和封建习俗的束缚，书写了一段迥异于传统女性的人生华章，成为近代职业女性的先行者和拓荒人。

链接资料

种德宫的注生娘娘（节选，略有改动）

鼓浪屿上的种德宫，除了供奉保生大帝吴夲，还供奉另外一位女性俗神注生娘娘。注生娘娘俗名陈靖姑，是闽北民间的一位巫女，传说她24岁时以有孕之身为民祈雨而死，其灵魂重生，赴闾山学习救产扶胎之法，成为福建民间所崇奉的救生护产、保佑生育的神灵，也被民间称为注生娘娘、临水夫人。

陈靖姑的保育职能使她广受妇女的崇信，影响范围越来越广，其信仰向北经闽东、闽北往浙江南部方向发展，向东南则横渡大海向台湾与东南亚地区传播。在朝廷的扶持与推广下，陈靖姑被粉饰为孝女，其出生与成长过程也被笼罩上了佛教与道教色彩，最后从闽北地区的地方神灵转化为道家神灵。

种德宫中注生娘娘的诞辰日是三月二十日。这一天，鼓浪屿上家中有产妇、小孩的女信众都会到种德宫祭拜注生娘娘，祈求女神保佑产妇及孩子平安。种德宫也要为注生娘娘准备鲜花、化妆盒、胭脂等女性贡品。还要蒸红蛋，买来儿童爽身粉或其他物品，送给前来祭拜的妇女儿童。

——周彪《中西并存——鼓浪屿上的多种信仰》

林巧稚（1901—1983），福建厦门人，中国妇产科学的主要开拓者、奠基人之一，毕业于北京协和医科大学，获医学博士学位，是北京协和医院第一位中国籍妇产科主任及第一批中国科学院学部委员（院士）中唯一的女性。主编《家庭卫生顾问》《家庭育儿大全》《妇科肿瘤》等。

林巧稚

少有人走的路

　　帝国主义的侵略，封建军阀的暴虐，地主和买办资产阶级的剥削，使中国人民深受苦难。我出于对祖国同胞的同情，抱着"仁慈博爱"的"理想"，一心想做个"救世济人"的医生。所以，尽管当时妇女备受压迫和歧视，我却不顾人们冷嘲热讽，一味埋头钻研医术，自我奋斗。

——林巧稚《更好地为人民服务》

民国二年（1913）　　　　　　　　　　　　　　　癸丑　九月

学医的苗头：幼年丧母种下学医的种子

我出生在一个基督教家庭。①我的父亲林良英年少时跟着祖父远走南洋谋生。在新加坡，祖父外出做苦工，把父亲送进英国人开办的基督教会学堂。后来，祖父因患象皮腿症病死异乡，把父亲托付给好友关照，父亲被收为养子，继续读书以完成学业。父亲十九岁那年，受养父之命，回到厦门禾山看望守着家业独居多年的养母，并在养母的张罗下成亲。成家后，父亲带着我的母亲来到鼓浪屿定居，靠教书和翻译维持生计。

林巧稚故居小八卦楼（晃岩路47号）

过去岛上没有学校，男孩子上学要到厦门，女孩子则大多不读书。我所受的启蒙教育，可以说是从教会活动开始的。五岁那年，我进了英国长老会牧师娘韦爱莉创办的幼稚园。一天，台风袭击了鼓浪屿，天色晦暗，风雨大作，体弱多病的母亲在这一天溘然长逝。她是个普通的、不识字的女人。母亲去世后，家里的日子十分艰难，父亲的身体和精力在迅速衰退。大姐款稚早已出嫁；大哥振明[2]在厦门上学，迫于生计退了学，回到鼓浪屿与父亲一道支撑这个家。两年后，大哥振明结婚，父亲又娶了继母，继母接连生了几个孩子，家里的负担更重了。

在鼓浪屿升旗山下，坐落着一幢两层的米黄色的楼房，这就是厦门女子师范学校。在鼓浪屿，中国人自己办的学校不多，女校更少。辛亥革命前夕，中国牧师周寿卿向海外华侨和国内开明绅士发起募捐，筹建了这所学堂。如今，我进入厦门女子师范学校读书，一心想做个救世济人的医生。母亲是因宫颈癌去世的，在怀我的时候，此病已逐渐形成，她死于女人的疾病。也许，从那时起，学医的种子就在我心中悄悄萌芽。

民国八年（1919）　　　　　　　　　　　　　　　　　　己未　夏

榜样的力量：做一个卡琳老师那样的女子

一个夏日的上午，在一堂手工课上，我正双手灵活地飞针挑线，全神贯注地钩织着一个黑色的发网。"好巧的手啊，将来当个医生倒是挺合适！"卡琳老师说。

玛丽·卡琳老师是厦门女子师范学校创办人兼校长周寿卿从英国聘来的，担任教务长。她的未婚夫英俊多情，第一次世界大战中应征入伍，就在战争结束的前夕，阵亡在西班牙的战壕中。从那以后，卡琳老师决定献身基督，不再婚嫁，远赴他乡来到鼓浪屿执教。她憎恶战争，希望世界和平，希望所有的孩子都能幸福地成长。她喜欢鼓浪屿宁静的生活，倾心这里四季如春的气候和淳朴的乡野民风，享受这里如蜂蜜般甜美而透明的充沛阳光。她和那些花天酒地的洋人官员、阔商不同，她从不愿在酒吧、舞厅里消磨时光。学校给了她一个单人房间，晚上她总是守着孤灯给学生批改作业、准备教案。每逢看到老师窗口闪亮的灯光，我的心里就充满敬意。

今年，我从厦门女子师范学校毕业并留校任教。我在这所学校从小学读到高中。家里的孩子太多，没有安静的空间。放学后，我喜欢待在学校。在教室做完作业后，我常常凭靠在窗前，静静地看海。卡琳老师是我无话不谈的好朋友，她对我说："你如果想知道人是怎么生的，又是怎么死的，你以后学医就知道了。""只要有爱，你再也不会感到孤单、害怕。"

学生时代的林巧稚（中）

卡琳老师是我青年时代的榜样。在此之前，我只看到自己身边的许多女人，她们或许有不同的遭遇，却有着相似的人生。姑娘时代挑选婆家准备嫁人，出嫁后侍奉公婆、丈夫，生养孩子，她们所有的事情都是围着男人转，一辈子也走不出自家的宅院。而卡琳老师却让我看到，一个女子凭着自己的学识和信仰，同样可以安身立命，即使远离故土和亲人，也可以活得独立而有尊严。她对信仰执着，待人接物谦和有礼，她的生活方式和她的为人，在潜移默化中影响着我。新文化运动正在全国蓬勃兴起，"反对旧道德，提倡新道德"的口号使我深受鼓舞。"女子无才便是德"，女人只能依附于男人，这不也是一种旧道德吗？卡琳老师告诉我："那种贤妻良母，不是新时代女性的标准。女人也不应当事事求人，事事听命于人。要想不求人，就要经济独立，事业上作出成就。"

民国九年（1920）　　　　　　　　　　　　　　　　　　　庚申　夏

艰难的选择：这是一条少有人走的路

还没毕业，我就开始在学校兼职，每月有两块银圆的收入。毕业后，被续聘为初中英语教师，每月薪金也增加为四块银圆。一毕业就留校教书，这让许多人羡慕不已。可是，我想继续求学。从小成绩优异、英语出色，父亲和大哥不止一次说过，我是个读书的苗子，应当送我出国去念书。可是，到我高中毕业时，父亲却不再提起这个话题。我知道，家里没有能力供我出国留学。继母和父亲结婚后，接连生了六个子女。全家二十来口人，全靠父亲和大哥两个人的收入，父兄的负担很重，去年年底刚刚忍痛卖掉居住多年的小八卦楼。③

暑假的时候，大哥高中的一个同学从美国留学回国，来鼓浪屿玩，和大哥聊天，说到了北京协和医学院。他告诉大哥，美国洛克菲勒基金会在北京办了一家亚洲最好的医学院，师资力量雄厚，教学设备先进，培养出来的学生也是一流的，毕业后还可以获得美国纽约州立大学的博士学位。这个学校的毕业文凭，美国的医院都承认，只要拿到就有了在世界各国行医的资格。

卡琳老师也告诉我，协和医学院正在准备招生，全国一共招二十五人，7月份考试。这是洛克菲勒基金会在中国办的学校，如果能考上这所学校，不用出国，就和留学一样。卡琳老师说，你是我见过的最好的学生，你应该接受更完整的教育。在这样的人生大事上，你要去争取。

十八岁的我站在人生的十字路口，编织着理想的花环。最令我神往的，当然是出国留学。不是想去镀金，也不是为将来能找一个好伴侣。我要求学问，成为一个技术专家。这是我的夙愿啊！为了死去的妈妈，我要去学医！如果说，这个孩提时代油然萌生的志向，当年还只是一个朦胧的幻影，那么，随着年龄和学识的增长，它现在在我面前变得越发清晰。这次"协和"招生，是我唯一的机会和出路。

然而，严峻的现实摆在面前。父亲今年已经五十七岁，多子女的负累使他显得衰老而疲惫。父亲的高血压症越来越严重，工作越来越不顺利，家境每况愈下。我任教的收入虽说不多，也减轻了家里的负担。一旦考上"协和"，就意味着需要家里为我负担八年高昂的学费。弟弟妹妹、侄儿侄女正是上学读书需要花钱的时候。母亲生病期间，把家里的大部分积蓄花光了。母亲去世后，大哥就弃学经商，做点小生意帮助父亲维持开支。虽然大哥现在也算成家立业了，但看到同学从美国拿了博士学位回来，风风光光的，心里肯定不好受。如果不是为了家里，他也可以上学深造，体面地生活，不用每天起早贪黑地为生活奔波。我心疼大哥，想替大哥减轻一点负担。但是，想到自己十几年来勤奋苦读，梦想着长大当医生，现在却连大学都不能上，又委屈得想哭。

如果不能继续求学，以后的命运清晰可见，给我找个好人家，等着嫁人，然后相夫教子，延续着一代代女人大致相同的人生。我不想这样度过自己的一生。女孩子要有一技之长，将来才能自立自强，自由坦荡，受人尊重。大哥觉得，自己不能上大学已是个遗憾，现在不能让妹妹再有这种遗憾；如果妹妹能上大学，有出息，也就弥补了自己的遗憾了。卡琳老师说服了父亲，大哥也在我人生的重大关口给了我坚实的支持。

民国十年（1921）　　　　　　　　　　　　　　　辛酉　八月

考场救学友：拿自己的命运开玩笑？

我从小在鼓浪屿长大。站在岛上望远方，四周一片海茫茫。我对海那边的世界充满向往。这个夏天注定不同寻常，我就要从鼓浪屿启程了，这是一条驶向远方的路。

7月下旬，我和女伴余琼英一起搭载一艘英国太古公司的客轮，到上海参加协和医学院的考试。考英语科目时，由于天气酷热，余琼英中暑晕倒在考场。我没有多想，放下笔，上前急救，结果耽误了最有把握的英语考试。

回到家，我心里很难过。此次考试对自己意义重大，学医是自己从小树立的志向，盼望已久，机会难得，现在却功亏一篑。如果是败在自己的水平不佳上，也还怨不得别人，可我却因救人而耽误了考试，总觉得心痛、不甘。一切都在不期然中发生，一切都容不得考虑。

考试的意外，让我第一次尝到了失败的滋味。这一救人，至少损失了三十分，我料定，严格得近于苛刻的协和医学院必定不会录取自己了。想到家人支持自己考"协和"已是不易，这次考砸，以后恐怕再也不敢说要再考了。而当医生的愿望，是从小就点在自己心头的明灯，难道就要熄灭了吗？梦想总是遥不可及，是不是应该放弃？我只能祈祷。

原以为自己会落榜，谁知一个月后却收到了协和医学院的录取通知书。

欢迎你成为协和的成员。你在考场救人的出色表现、爱心和沉着，是一个医生的优良品质。相信你将来能成为一名合格的医生，祝贺你！

原来，因为我在应对突发状况时展现出的英语交流能力、舍己为人的精神和镇定自若的素质，再加上在考试中完成的题目全部获得了高分，引起了校方注意，最终被破格录取。好事多磨，我终于得偿所愿。也许这是命运的钥匙，在重要的时刻来开启我的智慧和决心。人有时真是逃不过命运的安排啊！

民国十年（1921）　　　　　　　　　　　　　　辛酉　九月十九日

学海苦竞舟：咬定青山不放松

我怀着"不为良相，当为良医"的愿望以及对"协和"的仰慕，不顾一切困难，离开家乡福建来到北方。初秋的北京分外美丽，胡同里不像平日那样尘土飞扬。街上开张的店铺生动如画，来回兜售的小贩和乞丐的叫喊，听起来也很和谐，出殡队伍和迎亲队伍展示着其铺陈庞大的设计。透过明朗的空气，远处的西山山色如黛，近处的景山则点缀着玲珑小亭，还有皇城那巨大的城门，金色屋顶的紫禁城。与这些相比毫不逊色的是，绿色琉璃屋顶的豫王府，那是我们新的医学院和医院。今天，协和医学院落成典礼和新生入学典礼同时举行。

1906年，英美在北京的六个教会团体联合创办了协和医学堂，清朝慈禧太后及官员也捐赠了白银两万多两用于办学。这就是北京协和医科大学的前身。

1914年春，美国洛克菲勒基金会成立驻华医社来华考察。1915年，驻华医社与六个教会团体订立合同，接收了协和医学校的房产，并提供维持费和建筑费，同时对学校进行改组，定名为私立北京协和医科大学，宗旨是提倡医学、公共卫生及造就医师，培养医学教员，获美国纽约州立大学认可立案。为了扩大办学规模，驻华医社买下与协和医学校毗邻的豫王府作为新校址，破土重建，到今年9月刚刚全部竣工。

"协和"的学费很高，如果得不到奖学金，一年的学费和生活费需四百元。在"协和"，七十五分的考试成绩才算及格。一门主课不及格者，留级；两门主课不及格者，就得离开这里另找出路。我物理、化学两门主课基础全无，从头学起，又岂是一日之功。尽管压力很大，但我没有慌乱，没有选择退却。我相信，所有的难关其目的都是检验和挑选，低头认输从来就不是我的性格。我在心里给自己确立了目标，不左顾右盼，不怨天尤人，用全部课余时间，补修中学物理、化学。我是个认准目标就不回头的人。每次有人跟我说我做不到一件事，我就要证明他们是错的。别人考一百分，我不甘心考九十九；别人连续拍一千下皮球，我要拍一千零一下。就像当初在厦门女子师范学校，人家说我个子矮，不适合打篮球，我偏不服气。越说我不行，我越是要证明。球场就在那里，篮筐就在那里，进不进球全在自己。认准一个目标，然后朝着这个目标全力以赴地行进，这才符合我的心性。知耻而后勇，我决心以自己扎扎实实的行动，打破世俗对女人的偏见。

民国十八年（1929） 己巳 六月十二日

文海奖学金：来之不易的荣誉

下午5时，在协和医学院的小礼堂里，举行了隆重的毕业典礼和颁奖仪式。

医学院院长郑重宣布："本届文海奖学金获得者，为林巧稚博士。"在一片掌声中，我被引上讲台，接受院长亲自授予的证书。上面用英文写着：

亲爱的林博士：

非常高兴能授予你文海奖四百元支票一张。

我祝贺你因在医学本科的学习中取得成功而获此殊荣，并衷心祝愿你成为医学界的一位未来成员。

文海奖学金，是协和医学院毕业生的最高荣誉。它是以文海这位外籍教会医生的名字命名的。文海为创建协和医科大学与协和医院，作出了很大贡献。为了纪念他，学校把他住过的楼，命名为文海楼，把他捐献的一笔钱作为奖学金。文海奖学金每年评选一次，授予本院本科学生在五年学习期间考试成绩累积分数最高者。按规定，每届毕业生中只有一人能够领取。八年寒窗，在这场长跑比赛中，有人退缩落伍，有人半途而废，有人被淘汰出局。入学时，全班二十五名同学；三年预科学习结束时，只有十九人升入本科；而如今，仅剩下十六人取得毕业证书。

我凝视着手中的证书，心潮起伏不平。我激动得时而高高举起证书，时而向台上台下的老师、同学鞠躬还礼。我心中充满自豪的感情，不仅为自己，更是为女性。尽管妇女备受压迫和歧视，我却不顾人们的冷嘲热讽，一味埋头钻研医术，自我奋斗。我终于用自己努力奋斗的成果让人们看到了：女人，并不比男人笨；女人，照样可以领先；女人，也登上了这光荣的授奖台！

仍记得三年前，一封"父病危速归"的加急电报，把我催回了家乡。父亲得的是脑出血，等我回到家里的时候，他已经不会说话了。农历六月十二日，父亲与世长辞，享年六十二岁。想着父亲的抚育之恩，我不由得泪如雨下，痛哭失声。

处理完父亲的丧事，大哥振明告诉我："阿爸临终时，留下了一千元的股票，给你做上学费用。这点钱当然是不够用的。你放心吧，好好念书，阿兄绝不让你半途而废。"

我知道，大哥肩上的担子也相当重。那时，兄弟们早已分了家。二哥带着他的家小，搬到了厦门城外的禾山江头。三哥、二姐都去了新加坡。继母和她所生的子女单过。大哥一家则迁到了鼓浪屿龙头街一幢两层的灰白色小楼。楼下是福建药房，楼上由大哥一家居住。这里原来是外国人办的汽水和人造冰厂。后来，外国人走了，就由中国人接办，成立了一个股份公司，更名为东方汽水厂。工厂主要做冰块，供渔民、军舰、酒吧间或住户作冷藏之用，同时还制造汽水、冰棍，批发供应市面。

大哥、大嫂供养着祖母和外祖母。守寡的大姐款稚以及她的孩子们也住在他家。他们自己已经有八个孩子，还要供我上学，怎么能宽裕呢？我后来才知道，大哥让他高中毕业的儿子林嘉通暂不升高等学校，先到菲律宾的一家银行当了练习生。大嫂卖掉娘家陪送的金镯子，为我筹措学费。

大哥、大嫂的品格，令我终生难以忘怀！

民国二十四年（1935） 乙亥 七月

不谈婚嫁：怀着非凡的爱做平凡的事

毕业后，我接受"协和"的聘书留院工作，聘书上写着：

兹聘请林巧稚女士任协和医院妇产科助理住院医师。聘期一年，月薪五十元。聘任期间，凡因结婚、怀孕、生育者，作自动解除聘约论。

本月，我成为协和医院妇产科的主治医师兼协和医学院妇产科系讲师。随着我独立工作的开始，林家的重心渐渐北移，很多福建的家人和朋友也来到北京生活。为了减轻大哥的负担,我把大姐款稚接到了北平,与我一起居住。大哥振明的几个孩子都来到北平读书,我为侄儿、侄女们承担学费,尽力资助。大侄女林瑜铿、大侄子林嘉通、二侄女林碧铿、三侄女林懿铿先后从燕京大学毕业,如今都成为教师。有的和我住在一起,有的节假日来看我。

今年,我搬到了乃兹府。这是一个小小的四合院,同住的还有毕业于燕京大学家政系的两位姑娘:俞锡璇和白和懿,她们正在协和营养室进修学习。白和懿是鼓浪屿人,俞锡璇的母亲是福建人,因此,她们和我住在一起格外亲密。我们几个人聚在一起,谈天说笑,有时候也会谈起嫁人的话题。

我从小爱唱歌,爱弹琴,爱演剧,爱运动,爱看外国小说,我希望生活丰富多彩,充满友谊和阳光。有的长夜,只能独自走过;有的苦痛,只有自己懂得。在这远离故土的北国,我何尝不希望有个家庭,多么想在寒冷的冬夜,一家人围着火炉谈天,享受爱情的甜蜜、家庭的温馨。我要是结了婚,当然就要生孩子,培养、教育孩子,关心、照顾丈夫,操持家务。可是,现在工作这么忙,肯定不能做好这一切,如若这样,能算一个合格的母亲和妻子吗?反过来,如果我把时间都花在家庭上,那我还有什么精力去管产妇和病人?那样,我能算一个称职的大夫吗?家庭和事业,二者不能兼得,只能挑选一个。要专心致志地干事业,就得把给家庭的时间让出来。我深深眷恋着的,是崇高的医学事业。从此,我关紧心门,潜心在妇产科学的世界里,寻找自己的幸福和欢乐。我愿将这有限的青春和生命,倾注在祖国的医学事业中。

民国二十九年（1940） 庚辰 冬

月是故乡明：我不能离开我的祖国

去年，我到美国芝加哥医学院进修。身在异邦，我时时刻刻想念着祖国。我是鼓浪屿的女儿，我常常在梦中回到故乡的大海边，那海面真辽阔，那海水真蓝、真美……我想念风景秀丽的故乡，想念沦陷了的古都北平，想念我的病人、我的亲友，还想念家乡的饭菜。我时常在异国的寒夜里思念家乡，吟唱这首苏格兰民歌《可爱的家》。

纵然游遍美丽的宫殿，享尽富贵荣华，
但是无论我在哪里，都怀恋我的家。
好像天上降临的声音，向我亲切召唤，
我走遍海角天涯，总想念我的家。

当我漫步在荒野上，凝望天边的月亮，
好像看见我的母亲，把爱儿思念。
她正站在茅屋门前，也望着月亮，
那家门前的鲜花，我再也看不见。

离开家乡的流浪人，一切都不会动我心，
只要让我能回到，我简陋的家园。
那些听我召唤的小鸟，快飞回我跟前，
让我重温平静的生活，比一切都香甜。

我的家啊，可爱的家，
我走遍海角天涯，总想念我的家！

林巧稚纪念馆（复兴路102-1号）

鼓浪屿毓园的林巧稚雕像

中国大地上依然弥漫着战火，不少人动员我留在美国，但我不愿在祖国患难之时离开她。我是一个中国人，一个中国的大夫，我不能离开灾难深重的祖国，不能离开需要救治的父老乡亲！医学可以无国界，医生却不能没有祖国啊！

我结束了在美国的进修，回到祖国，回到日夜思念的故乡——鼓浪屿。哪儿也没有自己的家乡美，哪儿也没有在自己的家里舒适自在。故乡的一切都使我感到亲切。一家人难得团聚，有说不完的话题。

满目疮痍的故乡，惨不忍睹。由于战争，商船和渔船减少，人造冰用户不多，大哥振明的汽水厂生意萧条，濒临倒闭。二哥振炎的岳父是侨居菲律宾的一个布商，给了二哥一大笔钱，在江头建了两层楼房，开了百货店和汽车行，但好端端的楼房却被日本人扔下的燃烧弹化为一片灰烬。

尾声：林巧稚给故乡的亲属按月寄钱接济，从不间断，直至去世。晚年林巧稚不顾病魔缠身，抱病完成五十五万字的巨著《妇科肿瘤》。1983年4月22日，林巧稚病逝于北京，享年82岁，她留下遗嘱：平生积蓄捐幼儿园、托儿所；将骨灰撒在故乡鼓浪屿周围的海面上。

注释：

①关于林巧稚的出生地目前仍存在争议。大部分书上认为鼓浪屿小八卦楼是林巧稚的出生地，根据林巧稚侄子林嘉禾口述，林巧稚的出生地在马来西亚，6岁时才来到鼓浪屿读书。

②林振明，鼓浪屿东方汽水厂总经理。

③关于小八卦楼，很多人认为是林巧稚父亲林良英租来的，并无产权。根据林巧稚侄子林嘉禾口述："我祖父（林良英）是通过修

建亚细亚火油池，还有承包修建开元路后，才赚到了不少钱，拿了一部分钱出来，添置了这座小八卦楼。"引自林嘉禾、林晓玲：《林巧稚及其家族》，厦门大学出版社，2022年，第18页。厦门第一条马路开元路始建于1920年12月，1924年建成，购买小八卦楼与承建开元路无关。根据小八卦楼的地契，小八卦楼应是林良英所建，1919年11月由林良英卖给郭春秧。1935年郭春秧在台北淡水去世，其子郭双龙派代理人郭汉宗将此楼卖给中南银行。1939年，小八卦楼以四万两千元被出让给李民兴置业公司。

人物评传

她是鼓浪屿的伟大女儿，出身于基督教家庭，一生奉行着"爱人如己"的教义，心里总装着别人，在决定自己命运的考试中舍己救人；她是民国花木兰，在男性主导的校园里，不甘示弱，刻苦学习，蝉联全校第一。在贫穷落后的旧中国，她忍辱负重，远渡重洋，留学海外；在面对巨大的诱惑时，不忘初心，赤子思归，坚持回来报效祖国。

她在协和医学院的历史上创下了多个第一，以第一名的成绩成为当届"文海奖学金"唯一获得者，第一位毕业留院的中国女医生，第一位中国籍女主任……踏平底布鞋，着素布旗袍，挽中式发髻，这位八闽才女医技练达，医德高尚，不论病人贫穷还是富贵，都一视同仁，用博爱的胸怀和温暖的双手铺就绿色的生命之路。她是世人心目中的"生命天使"，一生亲自接生了5万多个婴儿，被誉为"万婴之母"。她没有自己的儿女，却是世界上最伟大的"母亲"。她愿意一辈子做值班医生，把一生都献给祖国的妇产事业，直到病重弥留之际，还断断续续地喊："快！快！拿产钳来！产钳……"

著名作家冰心的三个孩子都由林巧稚接生，冰心在《我的同班》中写道："L女士是闽南人，皮肤很黑，眼睛很大，说话做事，敏捷了当，有和男人一样的思路……她的敏捷的双手，又接下了成千累百的中华民族的孩童。她不但引他们出世，还指导他们的父母，在有限的食物里找出无限的滋养料。她正在造就无数的将来的民族战士！"

"救危济难是医生的天职，我能见死不救吗？"世间难寻林巧稚，她的言行具有洞穿时空的力量。追悼会上的遗像两旁垂下4.5米高的幛联，上面写着："创妇产事业，拓道、奠基、宏图、奋斗，奉献九窍丹心，春蚕丝吐尽，静悄悄长眠去；谋母儿健康，救死、扶伤、党业、民生，笑染千万白发，蜡炬泪成灰，光熠熠照人间。"她用平凡铸就伟大，用一生成就永恒。

链接资料

《打开协和窗户看祖国》（节选）
林巧稚

过去30多年，我从"协和"窗内看祖国，炮声愈响，我把窗户关得愈紧。这一回，什么动力叫我自觉自愿地打开"协和"的窗户，看见了我们可爱的祖国呢？

1921年我怀着"不为良相，当为良医"的愿望以及对"协和"的羡慕，不顾一切困难，离开家乡福建，到了北方，考进"协和"，很为得意。30年前一个女学生从厦门到北京"协和"，不是一件小事。从第一天起，我就怕念不好书被刷掉，所以死读书。唯一的目的就是要每年考试及格，毕了业，成为一个高级的技术家。

1929年毕业后，留校工作。"七七"事变爆发，多少爱国志士为了抗日抛弃了一切，离开北平。我呢，坚持在"协和"继续工作。"协和"就是我的唯一的小世界、小国家。

1941年12月8日，日本侵略者占领"协和"，我初步感觉到个人生活离不开国家。在沦陷时期尝到亡国奴的滋味，日夜盼望抗日胜利。胜利消息传来，欢欣鼓舞，满腔热情地决心为祖国服务。

但在很短时间内，国民党政府的腐败，使我对这个政府完全失掉信心，对祖国的复兴灰心失望。

1948年回"协和"妇产科工作，对政治不闻不问，一心一意从医、教书。

解放以后，我对人民政府也采取怀疑观望的态度，认为哪一个政府都是一样的，换换门面而已。我们学技术的干脆离开政治远一点好。但是，我从"协和"窗里也看到解放军纪律严明，有高度的爱国精神，能吃苦耐劳；我看到短时间内物价平稳，交通迅速恢复，到处都在建设，人民事业不断发展。从这一连串的事实，我开始认识这个政府与从前的政府不同，是为人民做事的政府。

……就是这真理感动了我，唤醒了我，使我打开了30多年关紧的窗户，伸出头去歌唱"我们亲爱的祖国，从今走向繁荣富强"。我决心更好地为人民服务，为广大人民谋幸福。

"协和"的窗户打开了，竖起了毛泽东时代的五星红旗，"协和"的工作人员全都站起来了。我们为祖国伟大的进步感到光荣骄傲。

——《人民日报》1952年9月27日

谢宝三（1868—1943），又名宝山，字树斋，自号苦恼子，福建闽侯人。清末秀才，废除科举后弃儒从医，著名中医师，鼓浪屿四大名医之一。

谢宝三
妙手回春苦恼子

但愿苍生皆无病,庭前寒梅香气来。

——谢宝三

宣统三年（1911） 辛亥 秋

弃儒从医　赴厦谋生

闽侯谢氏文风浓厚、家教严谨，世代从医。我幼年时入村中私塾念书识字，求学数载，青年时潜心研读"四书五经"，著八股文章，历经县、府初试，再数年，过院试获生员功名，以期能金榜题名光耀门楣。然清朝末年国力渐衰且科举取士之路已显黯淡，故决定弃儒学医，钻研中医诊疗之道以谋生。

祖父谢登亮为闽侯县名医，往上数代亦良医善出并著书传承。我从《伤寒论》《金匮要略方论》《黄帝内经》等中医典籍入手，继而涉猎历代名医医案、医话，辅以祖传中医著作，循序渐进，在临床实践中苦学成医，在闽侯县城一带救死扶伤，造福乡人。

1894年春，我只身离开故乡前往厦门，风餐露宿，艰辛跋涉，沿途为人治病换得诊金补贴路费，辗转数月，得入厦门城。我起先在关仔内养真宫路旁摆案诊病兼代写信函，略有结余后，在大同路同英布店附近开设回春堂药店坐堂诊病，诊疗对象多为城中平民及南洋侨眷。我专攻中医内科，擅长伤寒、湿热诸症及疑难杂症的治疗。辩证施诊，自制祖传丹膏丸散以授患者，治疗怪病屡有奇效，验方无数。我曾用自制的"急救回春丹"救治溺水休克者，其服药后即刻复苏。来厦数年，声誉渐起，泉、漳、厦三地的患者多慕名求治，门庭若市。

宣统三年（1911）　　　　　　　　　　　　　　　　　辛亥　秋

梅香墨迹　小隐山房

今年金秋，革命军兴，我欲在鼓浪屿购置房产以避动乱，故将一手创办的回春堂药店转让给他人经营，于鼓浪屿商业街购置房屋一幢，并向当局申请以"谢宝三医寓"为名对外开诊行医。寓所门诊时间为每天上午8时到午后1时，号金为银圆一角，午后3时至晚上8时，号金加倍；外出应诊，诊金为银圆一圆，近地隔水处为银圆五圆；而亲友就诊者，各类诊金减半收取；对于生活贫困者，则不收取号金及诊金。

医寓位于小巷尽头之台阶上，其间散落有参天巨榕数株，闹中取静，颇有古人"小隐山川以避世"之雅，故以"小隐山房"称之。闲暇之余，我亦常与龚植[①]、施健庵[②]、李禧[③]等好友吟诗作赋、泼墨挥毫。

吴瑞甫是我志同道合的良师益友，我请龚显禧[④]代笔赋诗一首为吴瑞甫祝寿。

寿星高耀鹭江湄，菩萨心肠松鹤姿。
施济自宏仁者术，不为良相为良医。
声华早岁久钦迟，轼辙齐名盛一时。
独出绪余传后起，风流儒雅是吾师。

民国十七年（1928） 戊辰 秋

石头石头　镇兹家宅

自国民政府颁布医师条例以后，凡开业行医，都须申请医师执照。今获厦门公安局授予的行医执照，被允许在寓所内存放少量禁物以为药引。何志华[⑤]别名石头，在我寓所巷口对面的协源堂药铺跟随黄贯舍学医。今秋，何志华复拜我为师，学习中医内科，并商议将协源堂药铺改为龙华堂药房，邀请我坐堂诊病。在龙华堂药房坐诊期间，对于一些手头拮据的病患，我允其先行取药治病，所需药费由我按月与龙华堂药房代结，待日后再行缴补清算。

我医寓的庭院内墙根处，有三颗太湖石，乃因病患拖欠诊金和药费日久，心生愧疚，将家中之石搬来相抵。凡人皆有难处，夺人之爱更是不该，我本不愿收取，但原主态度坚决，且令其运回更是颇费周章，故接受之余再予若干银圆补之。

收"石头"为徒弟，接石头入庭院，这座小隐山房与石头的缘分不浅呐！

民国二十六年（1937） 丁丑 冬

医者仁术　济时医局

闽南之地湿气甚重，春、秋两季更是疾病高发之期，我与诸医师共商接济贫苦患者、施治赠药的办法，此善举颇得富商黄仲训等挚友的赞赏，并酌情给予资助，商定在春、秋两季于我医寓内开设济时医局，邀请诸医师拨冗共诊，贫苦患者可持该医局所出具的处方到指定的药房取药，此举受到社会人士的广泛好评。1933年10月13日，鼓浪屿黄家渡码头失火延烧至毗邻的锦祥街，毁屋二百余间，千余人无处栖身，济时医局积极收治病患，共助其渡过难关。

黄家渡码头火灾火势正旺时从船上所摄（《商报画刊》1933年汇编）

经年累月，医治厦鼓两地的官吏、文人、商贾无数，我亦受到不少褒奖、馈赠。海军将领蒋拯[6]题赠"良医"匾额；思明县知事来玉林[7]授予"触手成春"匾额；富商黄仲训为感念治愈之恩，题写"铁镜"相赠，寓意医术高明若镜，照见铁夷病源。今年，我被厦门华侨银行聘请为特约医师。

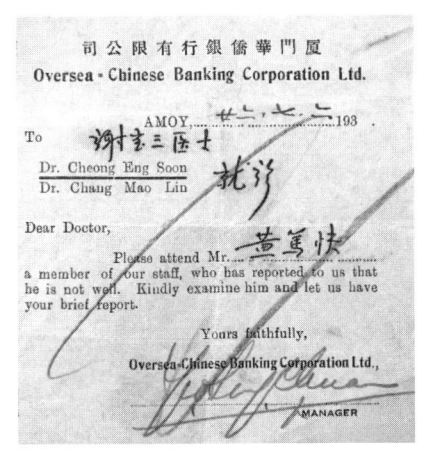

谢宝三医生的厦门华侨银行诊单
（1933年7月2日）

我亦积极投身于厦门市政建设和社会服务，先后当选为鼓浪屿工商会执行委员及鼓浪屿华人议事会议员。另外，还参与洪晓春㉘等社会贤达倡办的厦门老人会，每逢周日或重大喜庆之日，相邀登临狮山中岩寺品茗远眺，以娱晚年。

民国二十六年（1937） 丁丑 冬

起死回生 历劫复归

前不久，我应邀前往龙海为患者陈明雄诊治，因交通不便，辗转耗费大半天才赶到其家中。病人已不省人事，四肢冰冷，心跳、呼吸均停止，家属正在为他准备后事。但我并未放弃，急询之前所具之药方，见汤药尚温而未灌服之，即用手触诊，发现其余温尚存，且按压其腹部时，患者有微弱蹙眉之状，断定此时为"尸厥"，而非真死也。遂将几撮鸦片膏加入前医所出之药汤煎溶后，强行撬开牙关灌服，并反复推拿患者胸腹部，终于出现"起死回生"之迹象。

过量吸食鸦片即可为毒瘾，而少剂量依方入药用之，则有麻痹、镇静之功效，加入上述汤剂则可加强药效。万幸的是，患者闭息时间未曾过长，否则亦无法施治也。

此事虽令我名声大噪，却也为我惹上了大麻烦。过后数月，亦有隔水病患家属焦急请诊，引我轻舟而渡，至三丘田外海域时，将我绑架至大船上，迎风扬帆而去。原来，我被盘踞于龙海打石坑的"烘炉寨"强人所掳，他们此番行动并非图财，而是其匪首身染重病，设此法将我"请"去诊治。

至星夜时分，家人见我未归大为惶恐，此后数日亦杳无音信，未曾有人前来投送"赎金书"。庆幸的是这伙强人还算讲信义，药到病除之后将我送回家中。虽有惊无险，但经此一遭，亦颇生感慨。

尾声：民国32年（1943）农历八月初八，谢宝三先生在其寓所内无疾而终，享年75岁。其留有各类医书一匣，并有《谢宝三医案》传世。弥留之际他留下遗言："入殓后，所用棺椁需用大漆反复刷涂密封，停放于医寓正堂，待子逢源返厦时，方可入葬！"然因时局混乱且南洋日寇横行，其子谢逢源先生从1938年避祸南洋后就未曾再归。1945年厦门光复后，当局恐此举不利于卫生防疫，命其家人择日将其安葬于鼓浪屿美华后山之上，完成其归葬于莽莽青山之夙愿。

注释：

① 龚植（1869—1943），字樵生，号亦楼，福建晋江人，著名藏书家龚显曾第四子。1896年迁居鼓浪屿，从事诗文书画创作，近代厦门著名诗人、书画家、金石家，菽庄吟社主要吟侣之一，龚云环兄长。著有《如愚别馆诗存》《亦楼印存》等。

② 施健庵（1874—1956），原名施乾，字至华，号健庵，福建晋江人，清末举人，在菲律宾马尼拉创办华文报纸《警铎新闻》并任总编辑，兼任马尼拉华侨中西学校第二任校长。回国后曾任晋江衙口中心小学首任校长、泉州劝学所所长、福建暨南局局长，晚年定居厦门鼓浪屿，为菽庄吟侣。

③ 李禧（1883—1964），字绣伊，号小谷，福建厦门人。毕业于福建师范学堂。善书法，工诗文，曾任厦门竞存小学校长、厦门（思明）教育会副会长、厦门图书馆馆长等职。民国时期主编《厦门市志》，著有《紫燕金鱼室笔记》《梦梅花馆诗钞》等。

④ 龚显禧（1876—1944），字绍庭，号颂眉，福建晋江人，清末

举人，菽庄吟社主要吟侣之一。曾应清朝首位驻菲律宾总领事陈纲的聘请，出任马尼拉华侨中西学校首任校长。曾为直隶州知州，后来应林尔嘉之请，返回厦门创办厦门德律风电话公司。

⑤何志华（1911—1993），福建惠安人，出生于厦门鼓浪屿，中医内科医师。

⑥蒋拯（1865—1931），字印秋，福建晋安人，曾任厦门海军总司令，1919年应邀为黄仲训瞰青别墅题刻"汪波千顷"。

⑦来玉林，别号彦士，浙江人，曾任思明县知事、思明县县长和厦门道尹，主持成立"厦门市政会"对厦门进行城市改造。

⑧洪晓春（1865—1953），名鸿儒，号悔庵，福建同安人。热心教育和公益事业，是厦门工商界的领袖人物。曾任厦门市商会总理、会长，厦门教育会会长，厦门市政会会长等职，对厦门市政建设作出巨大贡献。中华人民共和国成立后任福建省人民政府委员、福建省工商业联合会筹委会主任。

人物评传

　　他是清末秀才，摒弃科举，继承祖业，苦学成医，乱世谋生；他是鼓浪屿四大名医之一，行医数十载，医者仁术，医德载道，被人们亲切地称为"福州仙"；他不仅精于岐黄之术，还工于书法，长于诗赋，交游甚广，与厦鼓两地的官吏、文人诗词唱和，与商贾巨富往来频繁，与方外僧师过从甚密；他妙手回春，救治生命无数，却早已看淡生死，自号"苦恼子"，"生来常带苦恼，终日煅身石火。而今撒手言归，方知依然故我"是他为自己的一生写就的挽诗。

链接资料

鼓浪屿药店多于米店

　　……中西药铺计五十余家，其多竟超过于米店。最近仍有增无减，营业亦皆不恶。西药途规模较宏者如救世医院、博家医院及最近鼓浪屿医院扩大组织之平民医院等。私人所设医院，每日多有数十元收入。某医院开业仅一二年，现在自建洋楼一座，值二万余元，可知利之厚矣。中药一途，较著者为福林春、益寿春、平民药铺等，每日门市可兑（售）四十余元，其他一二十元或十余元不等。中医之最老者为李家麒、谢宝三，次则黄思藻、黄弈田等。

——《江声报》1935年10月7日第3版

伍乔年（1876—1950s），福建晋江人，字秀生，著名中医师。光绪二十八年（1902）壬寅补科副举人。后习医，旅居菲律宾，担任菲律宾岛红疗医院院长，晚年定居鼓浪屿。

伍乔年
行医任教为渡人

相无人我缘随在，笔有春秋志未灰。

——伍乔年《菊农初度即事》

民国十一年（1922）　　　　　　　　　　　　　　　　　　壬戌

南渡北归　行医任教

　　和大多数读书人一样，我最初选择了科举之路，光绪庚子年是三年一度的乡试年份，因为八国联军攻占北京，清廷便下令推迟到辛丑年。然《辛丑条约》虽成，但局势未靖，直到壬寅才补行庚子、辛丑的正科及恩科并科乡试，我中了福建壬寅科乡试副举人，然丁未参加礼部主持的会试落选。① 入仕无望，遂专注于中医。我与地方名医多有交游，创仁寿社，购诵《灵枢》《素问》《伤寒论》等方书。我喜欢研究新医术，凡有发明者，必加考察，融会贯通，因此为人治病往往有奇效，被泉州医学研究会推举为会长。

　　1917年，我远渡菲律宾马尼拉，从事中医工作。菲律宾地属热带，海外侨民易积湿热之气，以中药治之，无不应手。中医在菲律宾的迅速发展，引起了美国殖民当局的警觉，于是下令取缔中医技师挂牌行医的资格。经过菲岛中医界据理力争，美国殖民当局允许中医技师向当局申请行医执照，以备注册在案，并规定中医技师只能为华侨病患服务。为了更好地服务海外侨民，推动中医发展，我倡导创办旅菲中华医学会。经过菲律宾中医界的不懈努力，旅菲中华医学会终于在1921年10月间获得美国殖民当局的批准，成功注册，不久前正式成立。

　　行医之余，我对当地的华侨教育事业亦相当关注。1919年，我曾受邀为《菲律宾华侨教育丛刊》② 作序：

　　　《学记》曰："师严然后道尊。"又曰："师道立则善人多。"是教育贵得师也。侨菲群公，热心教育，英声茂实，蜚驰海甸。中西学堂之缔构，仅七八年间，浩瀚炜煌，规模大备，居之者逸，知为之者劳焉。考欧美学校，教授管理之外尤重训练、尤重服从。师道贵严，中外同轨。且训首有恒，课重操行，一校而数善备焉。严为法古救时之本。舍此不足言教育矣。近稔学风讥讪严师，弁髦秩序，雕章缛采，置言成范，独其浅焉者已。③

启明女学由旅菲华侨陈光纯④创办，是泉州第一所由华侨创办的女子学校。陈光纯在菲经商期间，目睹中国被西方列强蹂躏宰割之悲惨，国人深受侨居地统治者歧视、压迫的痛苦，亟盼祖国能早日繁荣富强。他认为：中国之落后，在于文化之落后；文化之落后，在于教育与科学的落后。只有发展教育，振兴实业，方能救国救民于水火。1921年，他决定将刚落成本拟自己居住的住宅改为校区，独力创办起启明女学。今年，在他教育救国理想的感召下，我欣然接受邀请，回到家乡这所学校担任国文教员，同时受聘晋江中医公会担任董事。家乡动乱，很多人迁居治安良好之鼓浪屿。我用数年海外行医之积蓄在鼓浪屿购地，拆旧厝，筑新宅。

民国二十二年（1933） 癸酉 四月三十日

志同道合 喜结连理

不久前，我再次返回菲律宾行医，加入红疗医会，担任菲律宾岛红疗医院院长。

今日，小女伍玉璇与菲律宾侨领詹孟杉⑤之公子詹金铭在鼓浪屿

伍玉璇女士与詹金铭先生在鼓浪屿新婚丽影（《商报画刊》1933年汇编）

詹成发铁业商行广告

成婚。詹孟杉与我同乡，幼时因为家贫，只读了两年私塾便辍学，帮助父亲经营小商品维持生计。十九岁那年他跟随同乡赴菲律宾马尼拉谋生，最初只是在小商号里当学徒，学习了一些经商之道后便离开商号，在马尼拉布市设店贩卖布匹，经营杂货。那时，大量华侨移居菲律宾从事农业垦殖和开发，这就需要大量的铁器作为生产工具。詹孟杉看准时机，转行做起了铁器生意，开办"詹成发铁业商行"。经过多年的诚信经营，积资过万。1917年，有了一定的积蓄之后，詹孟杉携资回梓，营建家宅，落成后返菲。不久之后，泉州发生政变，家乡遭兵灾匪祸蹂躏，其眷属逃祸至鼓浪屿，于是詹孟杉在鼓浪屿购置土地，建成桂圆别墅，取"富贵圆满"之意。幼年失学的痛苦，让詹孟杉十分重视教育。他时常给家乡的学校捐款，用以建设校舍，

桂圆别墅（福建路19号）

并被推举为永宁竞新女学旅菲董事会主席。桂圆别墅附近的养元小学扩建时地盘不够，他就捐出别墅前面的枇杷园，给学校作为操场用地。

民国三十七年（1948）　　　　　　　　　　　　戊子　二月二十三日

告老还乡　定居鼓屿

詹孟杉多年连任菲律宾华侨铁业公会会长及马尼拉中华商会董事。1942年1月8日，日军占领马尼拉，詹孟杉及杨启泰[6]等四十二位侨领,因为带头发动侨胞捐资捐物支持祖国抗战,拒绝为敌效劳而被捕入狱,受尽折磨。1945年日本战败,詹孟杉出狱,不久后去世。

屿还依依在,风平两两归。红尘游子遍,白发故人稀。叶落归根,去年闰二月,我从菲律宾返回鼓浪屿定居,颐养天年。适逢次媳、三媳俱生男。诗曰:

月闰刚逢二孙男,更得双喜忘衰耋。
多病墓庐拜扫迟,言旋亟喜儿孙随。
弟昆此际聚欢会,知否干戈历尽危。
憔悴因伤久别离,梅残竹瘦见增悲。
风流耆旧二三友,笑约待看全盛时。

伍乔年别墅(港后路18号)

我总结多年行医经验,编写了指导人们应时调养身体的《自编四时六气新伏病证歌》。"四时"指春、夏、秋、冬四个季节;"六气"指不同季节出现的风、寒、暑、湿、燥、火等影响身体健康的六种

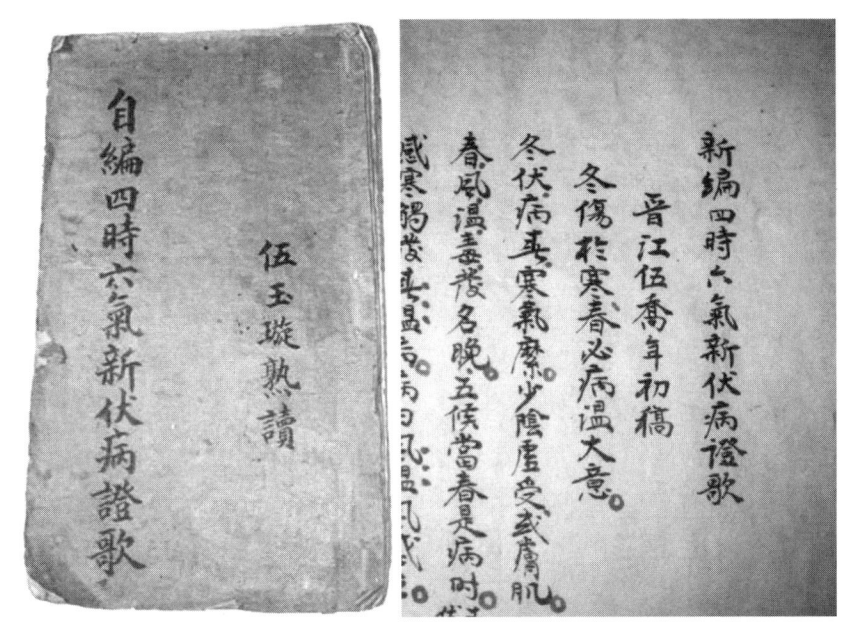

伍乔年《自编四时六气新伏病症歌》封面及首页

因素。

  鼠疫是厦门历史上的一大祸害。厦门的鼠疫以1887年至1910年最为严重。1922年至1937年，厦门也经常出现因鼠疫死亡的报告。1946年4月起，鼠疫在厦门再次流行起来。医学界已有磺胺药物可以对付鼠疫，但此类药物均依赖进口，不仅价格昂贵，而且货源奇缺，一般百姓难以问津。于是，我根据多年的行医经验，通过报纸向外界公布了治疗鼠疫的外涂和内服两个验方，以供医生和病人参考。这两个验方所用药材都很常见，普通民众也消费得起。

名医伍乔年介绍鼠疫验方

  儒医伍乔年，精研中国医学。旅菲多年，负有盛名。近返鼓养老，因见报载本省鼠疫复有发现，本其经验，列举该病外涂、内服两验方，以供医病家参考，兹志如下：

名医伍乔年介绍鼠疫验方（1948年2月23日《江声报》）

治鼠疫核外涂良方：羊不挨瓢（俗名火巷刺，去皮取瓢）、酒糟（如无，用隔宿粥）、生盐，三味同槌，频涂核处。

治鼠疫症内服良方（原名活血解毒汤）：桃仁八钱（去皮尖打碎），红花五钱，生地五钱，连翘三钱，赤芍三钱，绵茵陈二钱（原本柴胡，现无正者，去柴胡加茵陈），葛根二钱，甘草二钱，当归钱半，川朴一钱，水三杯煮取一杯半，渣再煮服，约二时一服，不愈再追服。

尾声： 伍乔年与妻子伍林香育有四子一女，子侄多从医。1950年妻子在鼓浪屿去世后，伍乔年在自家院子里修墓刻碑。20世纪50年代末伍乔年去世后与妻子合葬。

注释：

①"壬寅中副举，丁未试礼部，报罢。"引自《伍乔年小传（会员传记之四）》，《红疗医报》1926年第17期。

②《菲律宾华侨教育丛刊》于1917年6月创刊，1919年2月出版了第二期，由上海商务印书馆代印。

③节选自伍乔年:《序言三》,《菲律宾华侨教育丛刊》1919年第2期。内容略有改动。

④ 陈光纯（1852—1925），自幼往菲，仁义经商，逐渐发迹而成马尼拉富商。积极参与发起组织泉州华侨公会。主张兴办教育，发展科技以拯救中华民族，并在侨社广为宣传，创办岷里拉华侨小学。民国7年（1918）回国定居，先后在泉州创办启明中学、启明女校和西隅小学，为泉州华侨办学之典范。

⑤ 詹孟杉（1891—1945），福建永宁人，菲律宾华侨铁业公会会长，菲律宾侨领。有的书上说伍乔年是詹孟杉的岳父，其实是错误的，伍乔年只有一个女儿，与詹孟杉的儿子詹金铭在鼓浪屿结婚，两人是姻翁而非翁婿。

⑥ 杨启泰（1898—1983），福建海澄人，菲律宾侨领。青年时到菲律宾马尼拉，后继承其父的瑞隆兴铁公司，勤奋经营致富。1928年，出任菲律宾华侨教育会会长。20世纪40年代初，倡办菲律宾中正中学，任校董事长达40年。曾任菲律宾华侨各界抗敌后援会副主席、主席，南洋华侨筹赈祖国难民总会副主席，菲律宾华侨救济复兴委员会主席等。

人物评传

　　他是前清举人,在没落乱世弃儒从医,研创新医术,声名播八闽,成为一代名医;他是硕彦名儒,为文俊秀,书法杰出,关注华人教育,回到家乡兴学重教,培养人才。梁启超曾说过:"天下事业无所谓大小,只要在自己责任内尽自己力量做去,便是第一等人物。"他喜欢钻研、创新医术,以中药治病屡见奇效,海外侨民咸视若救星,乃创设中华医学会,将海外中医事业发扬光大。他是济世良医,留下调养保健之传世医书,研发对抗瘟症之良药验方,并公开药方普度众生。

链接资料

《江声报》

《江声报》是厦门解放之前创办时间最长的民办报纸，报头由孙中山亲笔题写。民国7年11月21日创刊，董事长许卓然，社长周彬川，经理杨廷秀，主笔陈三郎。社址初设厦门泰山口，不久迁至思明东路。《江声报》设有外勤访员（记者），在福州、漳州、泉州等地设特约记者，在闽南各县设特约通讯员，因此能及时刊登本埠和外地消息，加上版面活泼，铅字新颖，很受读者欢迎。创刊初期，发行量即有1200份以上。20世纪30年代初，厦门报业竞争激烈，为争取读者，《江声报》在全省率先做到每日出版，以后还随报赠送晚报《厦门大报》，因此发行量大幅度上升，最多时有5000多份。《江声报》宣称以"为老百姓说公道话"为办报宗旨，经常对时局发表评论，笔锋犀利，矛头直指最高统治者，当局十分恼怒。民国19年5月28日，国民党右派指使流氓将报社董事长许卓然暗杀。民国27年5月厦门沦陷，《江声报》迁往泉州。10月，在泉州恢复出版。后因地方势力的阻扰，加上日机经常前来狂轰滥炸，报纸印刷、发行均很困难，于是在翌年夏天宣布停刊。直至抗日战争胜利，报社才迁回厦门，民国34年12月21日复刊。1949年10月厦门解放后，《江声报》以新的面目、新的内容继续出版。1952年元旦与中共厦门市委机关报《厦门日报》合并。合并后每周仍出一张4开的《江声报》，主要面向海外发行。1956年6月，厦门侨务局主办的《鹭风报》创刊后，《江声报》停刊。

——《厦门市志》

吴瑞甫（1872—1952），名锡璜，字瑞甫，号黼堂，别署孚塘，世居同安，祖辈七代咸以医名。著名中医学家和教育家，著述宏丰，主编《同安县志》。长期在厦门行医，医迹远及新加坡，曾任新加坡中国医学会主席。在会通中西医学、培养中医人才、推动中医发展上作出了重大贡献。

吴瑞甫

熔铸中西为一炉

> 固不愿徒学西法者，有鄙夷中法之思；尤不愿专习中医者，有尊中抑西之见。总期取彼之长，以补我之短。
>
> ——吴瑞甫

民国九年（1920） 庚申 冬

继承祖业研岐黄　举人避世为良医

延陵吴氏，世居同安，祖辈七代，咸以医名。父亲筠谷公医名素著，开拓利源，并善持家。余出生于富蓄之家，少习举子业，年十五通十三经，擅诗律文学，十九岁名列诸生第一，二十岁为廪生。父亲嘱余行医为吾家世业，自明迄清，相沿已久，不宜中断；辞章之学，无补于世，训余习医，俾世代衣钵，相传勿替，谨志之不敢忘。奉命以来，日惟兢兢，恐不称职。是稍有获利，即广置医籍，所批阅医书有千余本。余二十四岁在同安医寓行医，朝夕精研岐黄家言，无间寒暑。三十一岁举孝廉，任广西候补知县。稍后，父亲病温热，遍延名医无一识者，寻以误药变症弃世。彼时清廷腐败无能，外侮频仍，国势日蹙，余无意仕途，遂放弃广西候补知县资格，继承祖业，与友人在中山路开设新华药局，坐堂门诊。良医功同于良相，今不做官而从医，能为振兴祖国医学聊尽绵力，亦是人生一大快事。

行医之余，我加入同盟会，任同安青年自治会会长。辛亥革命前夕，我策动清军官兵起义，当革命军兵临同安县城时，率绅众开北城门迎接，主持同安光复仪式。去年，因揭露同安柳县长贪污劣迹，我屡遭迫害，被迫背井离乡，流亡上海，在上海同安会馆行医、评注医籍。今年，我从沪返厦，任厦门回春庐医院院长，潜心著述；在开元路开医寓"退补斋"，斋名取《左传》所载"进思尽忠，退思补过"之义。

民国十四年（1925）　　　　　　　　　　　　　　　　乙丑　二月

中西互参勇进取　防治鼠疫有新招

　　厦门五方杂处，各种文化相争并存。西风东渐，余波荡漾，侵及医林，此又神农以后四千余年以来未有之奇变。洋派医有好处，亦有坏处。国医有谬误处，亦有精到处。有鉴于此，医者应重在求学问，增阅历，长经验。互相攻讦，甚无谓也。近以西人医术日新月异，从师访道，弥益勤勉。凡有译本，不惜善价购求，朝夕考稽，必求得其所以然而后已。我把行医之外的所有闲暇、精力花在整理、评注中医传统典籍上。撷其要旨，识其精华，弃其糟粕，深入浅出，博采百家，融会新知，并根据多年临床所得真知，将西医借助器械仪表"辨病"的长处与中医望闻问切、辨证论治的传统相结合，于微妙中掺以微妙，于精细中更求精细。

　　钻研中西医籍，乃知中西医学，有宗旨悬歧者，有名词不同而理法并无差别者，二者可参互考证，以会其通。德无常师，取善为师。世界无论何学术，苟极深研几，自有独到之处。中、西医不必有分门别户之见，亦不必有尊中抑西之心。凡我同志须抱保存国粹之心，急起直追，虚怀采纳，博古通今，讲求秘法，删古籍之繁芜，吸中西各学说之精华。尤愿习国医者，既勤求古训，亦濡染新知。凡谬误者，正之；精粹者，开发之；有明效大验者，表彰之；与新学说可互相参订者，沟通之；唯此国医方可进步。

　　学术随国运之强弱而兴废。国弱则虽有至粹至美之学术，犹不免为人轻侮。我医界而能痛自猛省，切实研求，以中医而用中药，俟国势盛强而后必有为全世界信用之一日。吾国医学虽非由科学而来，而经验之宏，药品之多，为五洲冠。西药固速效而失之剧烈，若不当，害亦随之。如金鸡纳霜为治疗疟疾特效药，但是也有服之而变痢疾，百药不效之后患，须用小柴胡汤治疗疟疾方有效。我曾经治愈过多位经西医诊治认定无法痊愈的病人。1917年秋，鼓浪屿有一位妇女，患热性传染病，曾请一位洋医诊治，用铁酒、鸡那酒、牛肉汁等，谓须补身至四礼拜方有望痊愈。后请我来治疗，用减味复脉汤加知母，三天就痊愈了。考天时之变，察脏腑之偏，此中医所长也。而西医之较精于中国者，曰手术、曰切开术、曰卫生、曰消毒法、曰检查霉菌、曰注射，此皆我国医者所宜注意学习之事也。说取其长，理取其足，方取其效。无论中西，能收伟效，便是良法良药。

　　古时闭关而治，人民老死不相往来，所谓传染病者，仅只一乡一邑。近世交通便捷，铁路、轮船，往来如织，虽数万里之遥，传染病蔓延甚易。商业愈殷盛，交通愈便捷，疫毒传布之机会愈增。③厦门鼠疫流行，每隔几年爆发一次，西医对之基本上没有太多行之有效的方法，我国仍多按照传统的防疫方法如清洁卫生、药物预防及迁徙避疫等应对疫情，但鼠疫酷烈，收效甚微。我在回春庐医院期间，汲取西方科学隔离、防护的理念和做法，研究、总结出鼠疫防治三法：一预防，二消毒，三救济。在预防方面，有养猫、捕鼠、贮藏食物、杀灭衣虱及跳蚤、安置死鼠等法。另外，凡鼠疫发生，无论何处，皆宜隔绝行人来往，迁道以避为宜。疫地人家，勿庆吊宴集宾客，庶免陷入危险。预防之外，还有四种消毒方法：一为硫黄熏蒸法，二为臭水洒地法，三为日光消毒法，四为皮肤消毒法。①在救济方面应及时，危症初起时将四五剂辟秽解毒汤剂合煎熬膏，及服随愈。若迟半日药必加倍，迟一日必加两倍。

民国二十一年（1932）　　　　　　　　　　　　　　　壬申　七月

振兴国粹办医校　熔铸中西为一炉

　　世人对中医的误会深矣。英华中学黄教员谓曰："中药为草根树皮，出自村野，鳞介蛇虫陈腐霉蚛，取以入药，细菌丛生，岂能治病？"殊不知中药煎剂，已于水中煮沸，复合之方，君焉知其中无杀菌能力耶？行政院院长汪精卫指责中医言阴阳五行，不懂解剖，在科学上实无根据；至国药全无分析，治病效能渺茫。主张凡属中医应一律不许开业，全国中药店也应限令歇业。其对于国医既未尝涉其藩篱，亦未曾经试验，直门外汉而已，何能知其中之奥妙所在？

　　近今社会所以不信仰中医者，以医非自学堂传授而来。中国的传统医学从巫医开始，经过一代又一代中医学家的实践、提升，经历了数千年的磨砺、进化，成为科学与愚昧混杂、真知与荒谬并存的复杂、庞大的体系。中医之落后，亦与社会制度不良、风气不佳有关。我国聪明才俊之士习医者殊少，而市井无学之辈为糊口计，稍识几味药物，略读几方歌诀，便公然自命为医，甚至目不识丁，亦厕身医林。问以伤寒之病变如何，茫然不识；问以杂症之病根何在，亦无以应。我厦医界药界，知识之浅，学术之疏，品流之杂，信用之轻，医风之陋，故步自封之萎靡不振，哀哉！此种医药界，欲其不受天演之淘汰，其可得耶！

　　近则五洲通市，东西洋各医者力争上游；而我国犹疲玩如故，拘泥故常如故，无怪为西医所轻视。当此医道不振之际，苟非兴倡医学教育，培养后继人才，切实为民众扶危救厄，祖国医学定难取信图存，必如日落西山之概！倘犹不急自振拔，从事改进，危亡之机，间不容发，愿我医界三思之，我药界三思之。为今之计，舍医校医报，并无整理之方法，亦无与舶来品抗衡之余地，且无以唤醒国人。[②]

中医要有地位，首先要提升自己。1929年"三一七"国医运动后，我在厦埠医学会二楼创办厦门医学传习所，以理论与实践相结合，对本埠的开业中医进行全面培训，晚间授课，白天实习。欲使已习医之人，经验愈加丰富，以精益求精。凡经传习所培训成绩优良者，即发给开业执照。本月，我以厦门国医支馆、厦埠医学会、厦门中医公会的名义发起创办厦门国医专门学校，并报请中央国医馆备案，大力培养中医后继人才。厦门商会会长洪鸿儒任董事长，黄奕住为董事，资助医校经费。我自任校长，每天清晨至中午，在退补斋坐堂；下午出诊，每星期安排二三日下午到医校讲课；晚上返家编纂各科讲义教材，编辑《厦门医药传习所月刊》《国医旬刊》及《厦门医药》月刊等稿件，有时深夜需出急诊。为昌明医术，利益人群，我献出家藏秘本和多年搜罗的医籍善本，筹建厦门国医图书馆，经点滴积累，规模不断扩大。

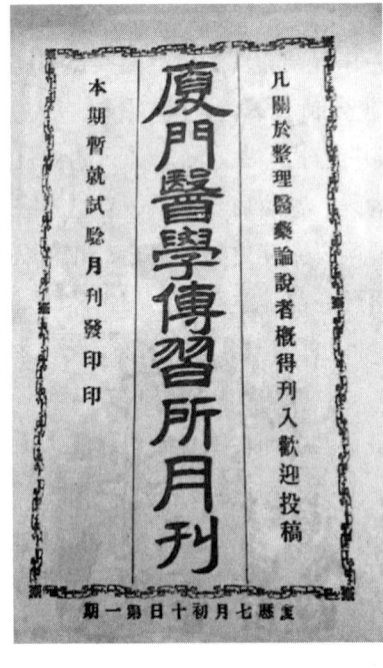

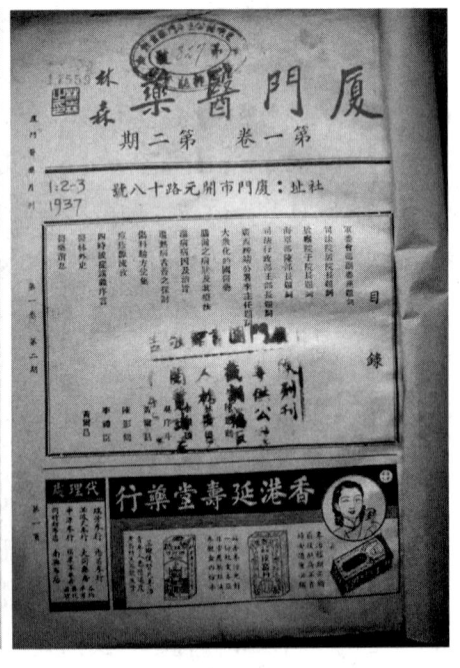

《厦门医学传习所月刊》　　　　《厦门医药》月刊

| 民国三十一年（1942） | 壬午　六月 |

年近古稀失爱子　避难星洲志不歇

　　民国廿六年，日寇占厦门，厦市被炸，地方惊惶万状，纷纷迁徙，市上屋宇倾颓计百余所，乡村及炮台附近炸毁尤多。余于民国廿七年正月即搬移鼓浪屿。越四月而日寇登陆，奸淫掳劫，靡所不至，洵厄运也。余在鼓虽幸免于难，然日寇闻余生平严谨，颇有声闾里，先迫余任维持会会长，余不就。旋欲任余以海军秘书，余婉辞却之。最后由日议会议决，再欲任余以市长，余倘不就决派兵拘掳。有知者为余言，余于秘密中先搭英安徽轮赴星洲，得脱险。越三日，果派干员及军士二名、通译一名，到余寓搜查。余于第五日抵达星洲。追维往事，有感而作。③

　　余今在新加坡同安会馆设诊所行医，自撰一联藏头诗悬挂馆中："同气相求，安澜共庆。会逢其适，馆舍生春。""仁心"乃医家最基本的要求。家境清贫者不论医资，病家有痛方求于吾，若自恃以至怠慢，何为医也！有一新加坡富豪患肝部肿瘤，经治疗痊愈后，向我求购贵重补药。在一般医生看来，此为赚钱之良机。我只告诉他：多吃萝卜，便是补药。行医之余，我将厦门国医专门学校办学经验实践

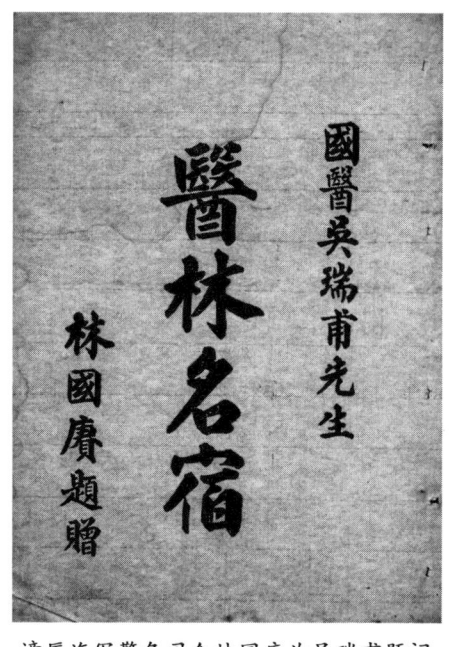

漳厦海军警备司令林国庚为吴瑞甫题词

于新加坡。我主编《医粹》《医统》《医经先声》等杂志，编著诊断学、身体学、八大传染病、卫生学、杂病学、儿科学、妇科学等讲义，筹建星洲国医专门学校和医学图书馆，从事教学和研究工作，培养中医人才。可惜厦门国医图书馆毁于战火，所藏书籍散失无存。太平洋战争爆发后，日军大举南侵，东南亚几无净土。新加坡沦陷后，由于华人的顽强抵抗，日军大肆屠杀爱国志士，爱子吴树谭亦惨遭杀害。悲愤之余，更加坚定我为振兴中华国粹而奋斗之决心。长孙启祥颇有习医之志，因为其母阻拦，未能继承家学，殊以为憾。时局动荡，暂且偷安度日，无法回乡，特写信复之。

启祥长孙知悉：

　　近有人来言汝母嘱其到叻后向余言，谓余须速归。一则汝祖妈尚未归土，汝五叔公年老行走不便；一则厦门业产纷如乱丝，须回家整理；一则汝等余当再任教督之责。今均明了，亦属当务之急，自应一一施行。但比近今世界，无一片干净土，大家值此时局，能得偷安过日，便是大大福气，否则生者且无法照顾，何论死者。现海面船舶危险万状，英国商轮艾波号经中水雷沉没，搭客及办事人等，一概死亡，何从来往。即云厦门业产纠纷，汝得收税，随便的收。纵虽难收，亦看破就是。但若有人照契，汝可言寄在余处。惟明三借契，从前有收回否？余前屡次询及竟未照复。今者世界纷纷，无论何地方，大家都看破，无从处理，亦无从计较也。教儿

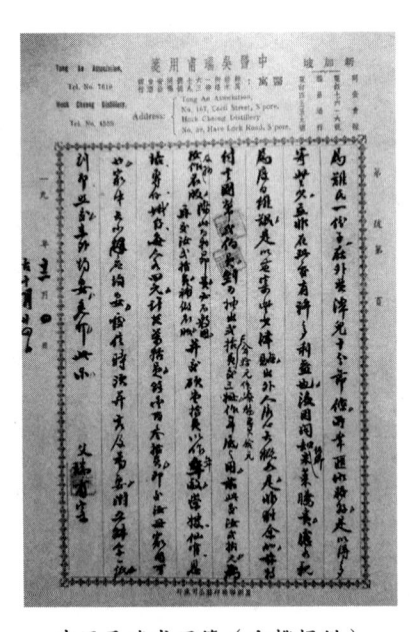

中医吴瑞甫用笺（白桦提供）

孙一节，余年虽老，无时敢忘，特水途辽远，阻碍甚多，老人断无冒险之理，即冒险安抵家乡，衣食亦为发生问题。在外洋街衢亦稍平靖，生意尚在，不堪设想。厦壮丁兵操，自十余岁至三十五岁，限制颇严，值此时机，亦国民应尽之天职，甚已抽入义勇队且有作常备军者，民间风气大开，殊好现象，特其母或妻不免涕泣，乃妇人之见，此无足怪也。此间防务尽量整理，移家回国者颇多。余亦不贪恋久居，稍有时机，亦即速返，可免介此，顺由中国银行付其港币八十一元洋角正，到即照收。以十元交汝三姆婆，以十元交汝五叔公，余归家用。不知将来局面如何？令人难测。甚恐海面封锁，则将来银信必觉困难。余每提前备寄，正为此故。

此达 孚塘 叻示
民国三十一年（1942）六月二号复信[4]

尾声：抗战胜利后，吴瑞甫原希望回厦门定居，为祖国中医事业再献余力，无奈年迈体衰，力不从心，于1952年终老星洲。

注释：

[1] 吴锡璜：《鼠疫消弭及疗法》，《医学杂志》1925年第26期，第51—55页；吴瑞甫：《论鼠疫之预防及其疗法》，《绍兴医药月报》1925年第5期，第83—85页；吴文清：《近代中医防治重大疫病史》，博士学位论文，中国中医研究院，2005年，第49—50页。

[2] 吴瑞甫：《敬告我厦各医药界》，《国医旬刊》1934年第1卷第2期，第1页。

[3] 厦门图书馆编：《厦门轶事》，厦门大学出版社，2004年，第329—330页。

[4] 吴锡璜：《吴瑞甫家书（外一种）》，厦门大学出版社，2018年，第7—8页。略有改动。

人物评传

他秉承先业，悬壶济世，举人从医，实乃闽南第一人。他一生倾心弘扬中医学，精研东西洋医学医理，深稽博考，不遗余力。他努力革新祖国医学，突破故常，融会新知，评注医籍，著述宏丰。在中医教育得不到政府支持的社会环境下，他废寝忘食，呕心沥血，自筹资金，延聘师资，编印教材，主持教务。他坚持会通中西的办学理念，艰辛办学，培养出一批中医人才，他们也成了厦门及至闽南中医事业的中坚力量。

"单方一味挽沉疴，起死回生救危躯。"他一生怀着对中医这一国粹的热爱，在异国他乡仍不辞劳苦，勤奋治学，严谨诊疗，扶危救厄。吴瑞甫集行医、办学、办刊、著书立说于一身，其学识与治效俱臻炉火纯青。他为振兴国粹，会通中西医学，为推动近代中医理论与实践的发展作出了重大贡献。

链接资料

吴瑞甫师近将归国，赋诗送别，即次镜湖先生原韵并序
吴再炎

师与余相处十余载，厦岛沦陷，师避居鼓浪屿，余适返梓省亲。复数月后，余则由南安诣鼓岛，悉师健在，即造谒，师愕然曰："余年耄矣，未能执干戈以卫社稷，当此之时，青年人宜自爱重，以固国家之元气，汝何重践此暴日垂涎之地乎？盍宜远离为要。"余则

以欲南来绘画筹赈，聊尽国民一份之责相告，师于是欣然为余作序。当暴日在厦欲设立海关、至船中检查之翌日，余蒙师之勉，即毅然离鼓赴港。嗣后来星，承厦门公会诸同人，邀请参加星华书画联合展览筹赈大会，以悉数收入充作赈款，而师于越时亦因暴日强迫其主政不屈，逃难来星洲，相见之下，不觉默然。越两年，星洲失守，师复与余朝夕相处，均以国家民族为前提，暴日必败相警戒。其世兄树潭君被检证失踪，师亦泰然处之，高风亮节，于斯益彰矣。光复后，余能以几根傲骨相慰故人者，皆师之陶冶也。今师欲返国，诸友人皆赋诗饯行，余焉能无动于衷？因成俚句敬乞。

　　小铁民、心影、得先、允之、冰人、云声、警予、载灵、洁夫、亦周、青蜂诸道长赐政。

　　遁迹驻星洲，人居最上流。高风钦晚节，明月证前修。

　　竹翠筠偏劲，梅香韵更遒。倦游思返国，大着满行舟。

　　（师别号肖筠，言其节气也。其祖芳泰公，由晋江移住同安，购梅山山地族葬，地灵人杰，数代书香，所著医籍及编纂《同安县志》，有声于海内外，非偶然也。）

　　劫运急重开，轰声动地来。谋生方出走，随处悉悲哀。

　　海立风逾黑，阴凝日易霾。是谁甘祸首，转瞬便成灰。

　　尽有灵光在，声名远播中。文章追子固，医术胜元戎。

　　人老心非老，时穷道不穷。还期大国手，调燮洽尧雍。

　　矍铄是翁者，归与正予期。为医原世业，行道足钦迟。

　　岛噫应同慨，天伦享所思。家山供啸傲，何地不相宜。

第三章 商业浪潮

早在清末的时候，人们就意识到，在外邦生意做得再好，仍免不了受到各种歧视、压迫和不公正待遇。强国之道除了兵战，还有商战。且非富无以保邦，非强无以保富。海外华侨巨商虽去国而怀乡，抱着实业救国的理念纷纷归国投资，在国家积贫积弱、内忧外患的背景下，努力修补这个满目疮痍的国家，缩小着中国与世界的差距。

　　军阀混战，土匪纷起，华侨们在故乡无法安居，只好远走他乡。鸦片战争后，厦门成为对外通商口岸，也成为东南亚华侨进出国门的枢纽。鼓浪屿公共租界被视作"世外桃源"，相对安定的环境吸引大批闽南籍华侨纷纷卜居此地。甲午割台，大批台湾移民也内渡定居鼓浪屿。黄秀烺四十岁衣锦还乡，辗转成为此地居民；黄仲训也弃泉而迁居于鼓；黄奕住挟资归国，定居厦门鼓浪屿。20世纪初，厦门开始近现代化的城市建设。华侨巨富归来后，兴建房屋，发展金融，赞助革命，兴办教育，修缮古迹，排解械斗，修路筑堤，协助市政开辟，供水发电，创办公共事业。林尔嘉的到来，菽庄吟社的兴起，使这座小岛充满了诗情画意和文人情怀。黄奕住的到来，让岛上面貌大为改观。林尔嘉与黄奕住这两位鼓浪屿巨富，一个在岛上仰望星空吟诗作对，一个在岛上脚踏实地大兴土木，出世与入世，胆魄与情怀，他们改变了鼓浪屿精神和物质层面的风貌，让这个小岛出类拔萃，与众不同。他们在纷繁乱世中搏击和守望，打造出一片世外桃源般的人间乐土。1908年，厦门商务总会第一届总理林尔嘉创办了厦门第一家电话公司，1921年转由黄奕住接办。1909年林尔嘉召集厦门商人共同发起筹建漳厦铁路，后因种种原因停顿，1926年后黄奕住续建漳厦铁路。姻翁二人接力进行厦门市政建设。自来水、电灯、电话的使用，让鼓浪屿早一步迈入现代化文明。

1937年，厦门海外华侨公会在《呈福建省政府文》中说："查厦岛自开辟马路，改良新市区，旅外华侨不惜以多年勤劳累积之金钱，返回投资，重金购买地皮，建筑新式房屋，繁荣市区，提高厦岛地位。虽政府提出有方，如非华侨热心桑梓，踊跃投资，则建设新厦门恐非易事。"能力越大，责任越大，他们引领时代，共同点亮鼓浪屿的市政之光。

黄奕住（1868—1945），小名阿住，福建南安人，印尼"四大糖王"之一，"一战"后携巨资回国，定居厦门鼓浪屿，投资实业、创办银行、开发房地产、兴办教育，曾当选厦门市政会会长、厦门市总商会会长、鼓浪屿工部局华人董事等。著名的爱国华侨企业家、银行家和社会活动家。

黄奕住
爱拼才会赢

念吾侨民苦异国苛法久矣，若不思为父母之邦图其富强，徒坐拥浮赀，非丈夫也！

——黄奕住

民国八年（1919） 己未 四月

忆往昔艰苦备尝　营糖业险中求利

　　我家世为南安楼霞乡人，业农。作为长子，父亲黄则华对我寄予厚望，送我去私塾读书，盼望我能早日支撑家业，光宗耀祖。然而我八岁时，兵乱迭起，生存日益艰难，家里一贫如洗，经常无米下锅。母亲萧娇娘好强，曾经在锅里放一瓢水空煮，让邻里看见炊烟袅袅，以为在做饭。在这种境况下，二弟刚出生便被送给一个远房亲戚做儿子，妹妹被送给一户农家做童养媳，我辍学与父亲一起务农，负担起养家的责任，踏上曾祖父、祖父、父亲走过的路。但父亲却不愿我沿着先人这条始终不见天日的路继续走下去，遂让我跟随伯父黄伯顺学理发。

　　因为家贫，邻居若是丢了鸡，便怀疑是我家偷的，到我家寻找。父母受了这种侮辱，极为气愤，他们希望我有朝一日能致富，能出人头地，不再因为贫穷而受气。十六岁那年，为一豪绅理发修面时他突然咳嗽，我猝不及防，手中剃刀微伤其鬓角，我赶紧赔礼道歉，豪绅却不依不饶，大发雷霆，扬言日后要找我算账。我自知招惹不起，又怕连累父母，只好到外乡去避祸。闻南洋有群岛，物产丰饶，家乡父老商贾其间，率以起其家。吾曾慷慨语人曰："彼能往，吾亦能往，事在人为耳。"于是，我下决心去南洋闯荡，父亲喜吾能自奋，破釜沉舟卖了祖传的一丘田，得钱三十六元，为我筹得下南洋的盘缠。1885年春，我跟随同乡人搭乘黄仲涵家族的木帆船从厦门起航[①]，抵达新加坡后，依然以剃头为生，一年所得仅够偿还船费。因为生意不好，我辗转棉兰、苏门答腊，到达爪哇三宝垄。[②]

　　在多年的理发过程中，我发现三宝垄商业发达，经营商业有较多的赚钱机会，华侨中的富户大都是经商起家的。理发这个行当，无论是在南安，还是在南洋，一辈子也发不了财。我背井离乡，千辛万苦来此打拼，难道只是糊个口吗？一天，我为老华侨魏嘉寿③理发时，谈到想放弃理发，改行做商贩。魏嘉寿也是从做小本买卖起家的，他支持我的想法，并借给我5盾④做本钱。为了表明改行的决心，我带了剃发工具来到海边，用破布包裹投沉大海，发愤赌咒不再做剃发工作。

初事负贩，自力以食，久之习其语言，谙其民情土俗，察其地宜蔗，乃专营糖业，历三十年，虽间有折阅，而旋蹶旋兴。至1917年世界大战，遇德国潜水艇出现，打断海路，交通断绝，糖不能运出，价格大跌。糖市停摆，公司亦被拖至将近破产，幸得其他华侨的信任和帮助才勉强渡过难关。天无绝人之路。1918年11月11日，我在前往新加坡的客轮上，从收音机里听到德国投降并与协约国签订和议的消息，立即买票返回三宝垄，公司再次绝处逢生。待到"一战"结束，物价大起，糖价更有升无跌。至海船通达，价竟一日数升，我争取时机，全力以赴，与黄仲涵、郭春秧⑤等友人携手左右三宝垄糖价⑥，并影响新加坡和香港地区的糖市，大宗收进输出，日入万盾，财富迅速膨胀。

荷印殖民政府眼红我们的财富，一方面出台政策对华人加收重税，限制、打击和排挤华侨糖商，明目张胆掠夺华商的财产；另一方面引诱、拉拢和逼迫华商加入荷兰国籍。日本有强大国力支持，为了迅速扩张在爪哇的经济实力，也极力拉拢富有华侨加入日本国籍，以享受减税政策。

| 民国八年（1919） | 己未　十二月二十八日 |

出没波涛三万里　乘风长谣归故国

　　创业维艰，守成匪易，祖国不富强，海外华侨寄人篱下，处处受制于人。税率苛刻，辛苦经营所得尽充外库，徒劳无功，稍有不慎便倾家荡产，陷于困境。吾为中华民国之国民，安能忍辱受人苛禁，托人宇下，隶人国籍者乎？且我国地大物博，建设易为功，昀昀禹甸，宁非乐土？天下事在人为耳！与其在国外伤财受气，不如在有生之年，携资回国，兴办实业，造福桑梓，为父母之邦图富强。

　　余久客炎荒，历时三十余载，亦华侨中艰苦备尝者也。携资回国经营事业，增进祖国国家、社会凡百事业之进行，实华侨应尽职务。我结束棉兰、巨港、北加浪岸等地的生意，收缩在爪哇的产业，抽调资金两千三百万美元⑦经各种渠道汇返国内。回国途经新加坡时，我邀约林文庆等好友创办华侨银行，投资入股四十万叻币。⑧

　　今年4月28日，余由三宝垄到厦，因吾南地方未靖，惊恐时作，迎家慈萧太夫人就养于鼓浪屿，遂卜居焉。6月12日，为家慈七秩晋四寿辰，请来两个戏班唱对台戏，给所有来看戏的穷人施舍红水银圆。阖厦官绅、商学各界合撰寿文，分具寿幛，并登堂祝福者不下五百人，颇极一时之盛。余向林尔嘉购买了鼓浪屿晃岩路的中德记洋行红砖楼⑨作为临时住所，因局促难以满足生活之需，又购进红砖楼南面的一片旷地和吴家园楼房一座以及北面由教会办的明道女学之楼房，8月12日开始兴建南、北两楼。9月12日，余由厦搭"海鸿"轮赴香港，此行欲游历上海、日本、小吕宋⑩，并调查商务。12月1日，由日本赴小吕宋，慨该地无华人银行，金融之权独掌于外邦银行，我华侨皆仰外人鼻息，利源外溢，损失甚巨。因就小吕宋之中华商会召集华侨开会，与李清泉等好友谋组中兴银行，以挽回权利。余首先认股一百万元，以为之倡。诸华侨极形踊跃，一日之间，认股达六百万元，该行遂以告成焉，我被推举为该行董事。今日由香港返厦，筹划在厦门开设黄日兴银庄[11]，以与南洋群岛通呼吸。

| 民国十年（1921） | 辛酉　六月五日 |

尽孝心兴学营宅　兴实业创办银行

1919年8月，我向周寿卿买下鼓浪屿田尾路17号洋楼，扩建小花园与观海台，取名"观海别墅"[12]，并筑堤砌墙，填海扩地，打算沿海滨造桥，与港仔后菽庄花园的"四十四桥"相连，借此便于和姻瓮林尔嘉来往。"亲家桥"的建造遭到大北电报局的阻挠，我和林尔嘉协力与外国人打官司，据理力争。1920年8月14日，家慈仙逝。痛念二

观海别墅（田尾路17号）

厦门中南银行利息计算标准
（《厦门周报》1934年）

亲劳苦之日多，享甘旨之日少，涕不可收，其时即放灵设奠。吊者不仅厦中之官绅商学，及苏、浙、闽之长官与诸好友，函电纷驰，因汇成哀挽录一册，以志不忘。查是年未回国以前，余在东南亚等埠以巨款捐助各学校，因而得蒙黎元洪[13]大总统题赠"敬教劝学"四字匾额一方。母亲生前深以我幼年失学为憾，临终嘱咐我到家乡办所学校，让贫困的农家孩子能上学读书。9月15日，遵先慈遗命，设立斗南学校于南安楼霞故乡，使乡中子弟得求学之区，为青年学子略尽吾情，亦弥吾缺憾焉。

"一战"期间经历了糖价的大起大落，我体会到金融业的厉害，特别是1917年，华侨糖商遇到困难，遭到荷兰银行资本的掣肘和刁难，遂决定利用华侨资本创办中国人自己的银行。我在海外克勤克俭，数十年努力不息，如今稍有成就，便想了我心愿，遂我初志。树高千丈叶落归根，我侨商眷怀祖国，为报恩联袂来归，举办实业。实业之举办，必恃资金为转输，而转输之枢纽，要以银行为首务。故集合同志，倡议创设中南银行。[14]今日，中南银行创立会在上海召开，董事会推举余为董事长。

中南银行旧址（龙头路100号）

民国十六年（1927） 丁卯 八月三十一日

收利权扬眉吐气　苦周旋铁路梦断

　　余经商多年，每每特别留意于讯息。厦门作为重要的通商口岸，商业繁盛，电话设备却陈旧落后。亲家林尔嘉见我热心实业，将一手创办的厦门德律风公司[15]以十万元的价格转让给我。日本人川北德广（Kawakita）在鼓浪屿开设川北电话公司[16]，厦门、鼓浪屿两公司因国际关系，不便合作，以致一水之隔不能通话。为收回电话主权、便利通讯起见，我函托鼓浪屿工部局居中接洽，颇费周折，最后以两万三千二百五十元收购川北电话公司，遂得敷设海线通话，承包工程者为美国开洛公司。1924年元旦，厦鼓海线实现通话。余在中南银行鼓浪屿办事处隔壁设立商办厦门电话股份有限公司鼓浪屿接线站，由培训后的青年女学生任接线生，接线灵敏，要求新装电话者超过千户。

南、北楼完工后，家眷迁入南、北楼居住，我从上海邀请裕泰建筑公司拆掉中德记红砖楼，精心设计、兴建中西合璧之中楼，造价高达十万元，为鼓浪屿最为豪华之别墅。1925年8月15日，中楼落成，巍巍峨峨，气象万千，甚合我意。三个月后，菊花怒放之时，余柬请厦鼓中西人士赏菊并参观中楼，到者五百余人，摄影以留念。

黄家花园中楼

1926年3月15日，菲岛华侨发起救乡运动，开临时大会于鼓浪屿。漳厦铁路，建设至今，形存实亡，旧股东皆以前次损失太甚不愿增资，余提议续办漳厦铁路接抵龙岩，以利交通。强邻虎视眈眈，垂涎已久。倘再不着手进行，诚恐越俎代庖者大有人在，此同人之所由夙夜彷徨不能自已者也。天下兴亡，匹夫有责。人之欲善，谁不如我？况以所集之资本，兴有利之事业，既可开发富源，振兴实业；又可便利交通，增进文化；更可挽回利权，以救危亡；而于个人之投资，则子母相权，日进无量，一举而四善备，吾人何乐而不为？路权、矿权为国人所共有，庶几实业之兴，确为公众之利益，而救乡之义，得于大白于天下。佥谓敷设铁路为救乡根本要图，即经全体通过并公推筹备委员十一人，以余为主席，遂设筹备处于鼓浪屿黄家花园。9月13日，余偕陈培锟厅长谒见五省联军总司令孙传芳，提及续办漳厦铁路并议开采龙岩地区的矿产，孙司令极表赞成，即备文咨交通、农商两部核办。10月12日领到北洋政府交通、农商两部特准公文。此行为漳厦铁路事，周旋于北京及上海，计费去一万五千余元。1926年11月北伐军入闽，接着孙传芳北京民国政府垮台，南京国民政府不承认北京民国政府已批准的成案，原议被迫取消。后因闽局多变，阻碍重重，漳龙路矿计划落空。

1927年5月12日，南京中央政府来电，委余为福建省政府委员兼建设厅厅长，上海各报均有登载。余以国基甫定，而吾闽秩序尚未十分井然，故不敢就职，而致电敬辞焉。6月12日，蒋介石[17]总司令来电劝购二五库券，余即认购十万元。8月29日，为先慈出殡，执绋者不仅厦鼓之官绅商学社团，即泉南之亲朋好友，亦不辞跋涉而来，计千余人，颇极一时之盛。今日，将先慈安葬于鼓浪屿东山顶自建之花园。

| 民国二十七年（1938） | 戊寅 四月 |

竭涓埃未酬所志　感时事枉自嗟呀

　　1929年3月1日，余由香港回厦，左手及足忽然麻木，施以按摩，少愈，晚七时再次复发，遂不能举动矣。3月2日晚到厦，即请吴瑞甫诊视。据云，系平素身体强健，血量过多，以致运动后脑筋出血而有此疾，其治法为宜凉平肝、熄风通便云云。自是之后，每日进以凉润药品两剂，奏效甚速，十余日之间，已能起立，甫一月，已可扶杖而行矣。此一月中，远近各界人士，或亲临慰问，或函电垂询，殆无虚日，余心亦深为感之。4月1日，摄影遍赠亲朋，以慰系念，自此以后，余在静养中，遂少出门酬应也。静养期间，组建黄聚德堂房地产股份有限公司管理厦鼓地产。祸不单行，四子黄浴沂[18]在上海被绑架并监禁五十二日之久，付十万赎金后，虽幸得逃出，但精神大

商办厦门自来水股份有限公司股票

受震惊，1930年7月回到鼓浪屿休养身心。

为了改善居民用水，我发起筹办厦门自来水股份有限公司，经多年努力始建成远东第一水厂，惠及厦鼓两岸，业务蒸蒸日上。然市上特殊分子，每每偷水欠资，蛮不讲理。官厅不独不依法取缔，且机关衙门亦多有用水而不给价者。此种损失恒在百分之二十五以上，预定利益难以达到，勉力支撑。公司每年须纳款巨万，电灯、电话两公司亦是如此。1930年，省府给厦门商会摊派巨额经费三十万元，数目太巨难以筹措，竟由公安局直接分摊到户缴收，余个人被摊派五万元，自来水公司、电灯公司、黄日兴银庄皆被摊派巨款。1934年上巳节，我在黄家花园举办了规模空前的游园修禊[19]。目下行业不景气，前途未可乐观，自顾年近古稀，亟宜休息，1934年8月余将黄日兴银庄收盘，停止对外交易，存款凡三百余万，一一清偿，不使客户受毫发之损。

民国二十三年（1934）上巳节厦鼓名流在黄家花园集会（龚书鑫提供）

日寇步步紧逼，今自鼓浪屿避兵至上海租界。余绝不加入外国籍，依赖外人。吾无意时髦，共赴国难，何惧之有？岳飞"还我河山"，血红四字，精诚威严，墨舞心声，流芳千古。

尾声：1945年6月5日，抗战胜利前夕，黄奕住病逝于上海寓所，享年78岁。1946年12月1日，子孙遵照遗嘱护其灵柩归葬于厦门鼓浪屿九层塔之麓。"文革"中，子孙被"造反派"逼迫掘毁其坟墓。

黄奕住先生讣告书

注释：

① 据黄仲伟致黄萱函（1992年4月27日）。

② 三宝垄（Semarang）又被译为"史玛琅"，华侨简称其为"垄川"。"三宝垄"是地道的中国名字，源于明朝七下西洋的三宝太监郑和。三宝垄是印度尼西亚仅次于泗水、雅加达的第三大港，成为爪哇岛内外贸易，特别是中爪哇各种土特产品的主要集散地。

③ 魏嘉寿（Goei Keh Sioe），在1904年成立的中华会馆第一届董事会中，魏嘉寿任顾问。从1914年的一份华人捐款名单中可知，他在当时华人富有者行列中居前10名。引自赵德馨、马长伟：《黄奕住传》，厦门大学出版社，2019，第16页。

④ 盾是货币单位Guilden的译名，为荷兰所用货币。或译作"荷盾"。

⑤ 郭春秧（1859—1935），又名祯祥，福建海澄人，曾投资开发鼓浪屿，著名华侨企业家，印尼"四大糖王"之一。

⑥ "一战"期间，三宝垄华侨糖商为了应付危机，相互协作，于1918年8月25日组织成立"华商糖局"，共同促进华商糖业的对外贸易和发展，打破荷兰资本的垄断。其间，黄奕住（日兴行）、黄仲涵（建源公司）、郭春秧（锦茂栈）和张盛隆（昌隆栈）成为印尼最著名的四大糖商（亦称"四大糖王"）。

⑦ 关于黄奕住带回国的钱究竟有多少，众说纷纭。黄奕住的老伙计黄则盘1964年回忆道："1920年抽调资金约合美金二千数百万汇入祖国。"留下1000余万盾，供三宝垄、泗水、雅加达等处继续经营。关国煊所写《黄奕住》谓：1919年4月，"以战后荷印政府对华侨征取重税，先后将棉兰、巨港、北加浪等地生意结束，抽调资金2300万美元汇返国内，并定居厦门鼓浪屿"。成家在《中南银行创办人黄奕住》一文中说："抽调资金2800万美元回祖国。"黄奕住的秘书叶子郁告诉其后人："（黄奕住）曾汇寄3000万盾（合6000多万银圆）到厦门。"黄笃奕、张镇世、叶更新的《黄奕住先生生平事迹》一文谓：

黄奕住归国时携带之款折中国银币4000多万元。赵德馨、马长伟在《黄奕住传》中根据黄奕住的遗嘱及继承人所得估算，1919年黄奕住拥有资产价值不少于8000万元，其中包括其回国后头6年在国内投资的2000多万元。孙立川、朱南在《黄奕住大传》中写道："1919年，黄奕住出洋三十四年，带回国内资金四千万元，是携资回国最多的华侨。"

⑧叻币（Straits dollar），是在英殖民地时期，由海峡殖民地政府所发行的流通于马来西亚、新加坡和文莱等地区的货币。因为在马来语中实叻（selat）为"海峡"的意思，故华人将其俗称为"叻币"。

⑨此楼原是厦门英资德记洋行大班助手的住宅，楼房主人离厦回国时，将它卖给林尔嘉。1919年3月，林尔嘉将其卖给黄奕住。

⑩小吕宋：即今马尼拉，为菲律宾共和国首都。马尼拉以前又被称为岷里拉。

⑪黄日兴银庄于1920年4月8日开业，其资金之巨，为厦门各银庄之冠。

⑫黄奕住曾在观海别墅招待过许多中外客人。1928年夏天，英国约克公爵随英国军舰到厦门访问，黄奕住与厦门海军官员在观海别墅设宴招待。约克公爵1936年12月11日继承英国王位，号称乔治六世，即英国女皇伊丽莎白之父。

⑬黎元洪（1864—1928），原名秉经，字宋卿，湖北黄陂人，故称"黎黄陂"，中华民国第一任副总统、第二任大总统。

⑭1921年，黄奕住在上海成立中南银行，这是近代海外华侨回国投资创办的最大企业。1922年，中南银行在厦门设立分行，并在鼓浪屿设立办事处（现龙头路100号）。中南银行厦门分行开办时行址设在厦门市港仔口街3号（现镇邦路），后迁至中山路，1938年5月厦门沦陷后迁往鼓浪屿营业。厦门分行承担中南银行在整个华南及南洋侨汇的业务。

⑮厦门德律风公司：清光绪三十年（1904），林尔嘉在厦门寮仔后投入资本2万元创办了中国最早的民营电话公司，业务范围限于厦门市区。"德律风"是英文电话（telephone）的音译。

⑯川北电话公司创办于1912年，办事处位于鼓浪屿中华路12号，业务范围限于鼓浪屿。

⑰蒋介石（1887—1975），字中正，浙江奉化人，时任广州国民政府军事委员会主席，国民党中央组织部部长、军人部部长，国民革命军总司令，北伐军总司令等职。

⑱黄浴沂，为黄奕住第三子，养子，时任中南银行副总经理。

⑲修禊是源于周代的一种古老习俗，即农历三月上旬"巳日"这天，人们相约到水边沐浴，借以除灾去邪，古俗称为"祓禊"；后来文人饮酒赋诗的集会，也被称为修禊。

人物评传

闽南流行着一句话："要想富，就学黄奕住。"他来自乡野，是一位深受剥削、压榨而无以为生的中国农民，被迫出洋谋生，经历困苦、屈辱和磨难，凭借过人的胆略和见识，抓住千载难逢的机遇，经过几十年的艰苦奋斗，苦心经营，从一位剃头匠、肩挑小贩而成为印尼糖王、著名的爱国华侨企业家和社会活动家，打造了草根逆袭成为银行家的神话。每一次破釜沉舟、置之死地而后生的冒险都让黄奕住的资本迅速扩张。

苏大山在《南安黄奕住先生墓志铭》中写道："君真健者今人豪，但凭七尺涉波涛，金豆撮拾充囊橐，乘风长谣归故国。"1919年，当东南亚的富商在犹豫不决是否回国投资时，他毅然决然携资回到鼓浪屿，支援祖国及家乡各项建设事业，热心教育、慈善，不落人后。他敏锐地发现商机并雷厉风行地付诸行动，投资房地产、民生事业、金融保险，均获得巨大成功，成为中国工商界和金融界的翘楚。他创办银行以扶助华侨工商，创办厦门之自来水公司以重卫生，协助厦门市区之开发以便交通，收回鼓浪屿日人电话权以尊国体，独修泉州开元寺东塔以存古迹，倡建厦门江夏堂大宗以联族谊，捐助南北善举以恤穷民，地方家国事无不竭力为之。

黄奕住谦抑为怀，迭受政府大绶宝光、嘉禾章之褒，厦门总商会、市政会之正、副会长之聘，鼓浪屿工部局华人董事之职，而院部之以顾问、委员征聘者，皆逊谢之。他坚持做一个独立的商人，历尽磨难，仍赤胆忠心，临终不忘教诲子孙言忠信，行笃敬，忠于祖国，亦指定专款，俾能继续贡献人群。

链接资料一

黄弈住与周寿卿因请求偿还租金事件上诉案

（民国）二十二年（1933）十月十二日民事第四庭判决（上字第八六六号）

上诉人：黄弈住，年四十一岁，住福建厦门鼓浪屿。

被上诉人：周寿卿，年龄未详，住福建厦门鼓浪屿港仔后。

右（上）当事人间请求偿还租金事件，上诉人对于中华民国二十二年四月六日福建高等法院第一分院第二审更审判决提起上诉，本院判决如左（下）：

主文：上诉驳回，第三审诉讼费由上诉人负担。

理由：按第三人与债务人订立契约，承担债务者一经债权人承认，对于债权人即生效力。本件被上诉人（周寿卿）向上诉人（黄弈住）承租店屋开张大新旅社，嗣于民国十六年间将大新旅社出顶与梁海余，改名为大东旅社。其大新旅社所欠上诉人租金大洋一千九百五十元亦拨归大东旅社店东梁海余照付。当由被上诉人于民国十六年九月一号写立拨单一纸，内载"祈拨付黄弈住（即上诉人）大洋一千九百五十元"字样。该拨单曾经梁海余承认盖章，交与上诉人收执为据，并已由上诉人向梁海余支取大洋五百元。兹上诉人复向被上诉人诉追余欠租金一千四百五十元，本院前以本件事实真相究竟若何，原审未予调查审认，发回更审原审于此次更审结果。依据上项拨单及支付情形，并被上诉人与梁海余因另案债务涉讼之判决，认两造讼争之债务（即讼争余欠租金一千四百五十元）业经移转于梁海余，已为上诉人所承认，而以黄木荣之证言为不足

第三章 商业浪潮 281

采信，将上诉人在第一审对于被上诉人之请求判予驳回，委无不当，上诉论旨殊无足采。

据上论结：本件上诉为无理由，依民事诉讼法第四百四十八条、第四百十五条、第八十一条判决如主文。

中华民国最高法院关于"黄奕住与周寿卿因
请求偿还租金事件上诉案"的民事判决书

链接资料二

籍民偷电　雇日人取缔　电灯公司营业　仍仅收支相抵

　　本市电灯公司，为便利取缔籍民偷用电力，去年春，曾请由驻厦日本领事，转请台湾总督府，派日人三沟文八来厦，在该公司常川办理籍民偷电事件。同时，自来水公司对三沟文八，亦为同样之雇请。三沟上午在自来公司办公，下午及夜间则在电灯公司。据电灯公司负责人言，自三沟受任嘱托以来，去年一年间，籍民偷电事件共办理二百九十余起，已结束者一百七十余起，而全市偷电事件，去年共破获七百余起，（籍民在内）已结束者合共三百余起。厦门偷电之多，实占全国第一位云。又查电灯公司二十四年营业收入总数四十余万元，支出相抵，与二十三年比较，相差无几云。

——《江声报》1936年2月11日

《江声报》1936年2月11日报道

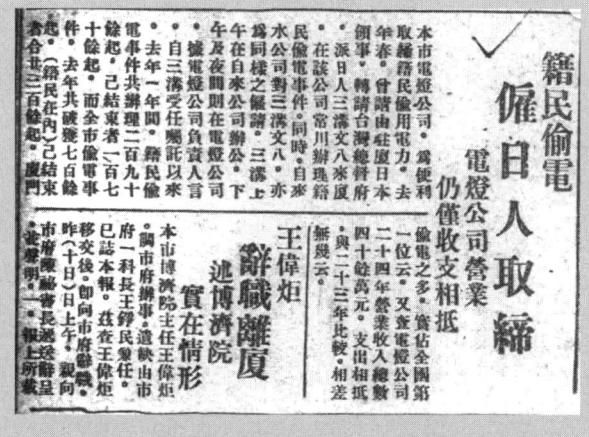

林尔嘉（1875—1951），字叔臧，别名眉寿，号尊生，晚年号百忍老人。原名陈石子，是厦门抗英名将、振威将军陈胜元五子陈宗美的嫡长子，6岁时被过继给台湾板桥林家。甲午割台后携眷内渡，寓居厦门鼓浪屿。组织"菽庄吟社"，刊印《菽庄丛书》。热心教育、兴办实业，乐善好施，历任厦门保商局总办兼商务总会总理、厦门市政会会长、鼓浪屿公共租界工部局董事会华人董事等职。

林尔嘉

一杯敬故乡　一杯敬远方

暮年历劫人尤瘦，一字题糕句已酬。还我河山偿我愿，登临更上几层楼。

——林尔嘉《乙酉重阳登春申江上二十一层楼酒家感赋》

民国元年（1912） 壬子 九月

海上桃源避劫尘　自别故园几经秋

　　我原本姓陈，名石子，是福建水师中军参将、江南福山总兵、振威将军陈胜元①第五子陈宗美的嫡生长子。台湾的漳泉两大势力经常发生械斗，严重影响治安。我的祖父陈胜元多次奉命赴台平乱，结识了板桥林国华并成为挚友，将三女许配给林国华次子林维源②，厦门溪岸陈家与台北板桥林家遂结成姻亲。林维源继承祖业，捐资兴台，通过运作政商关系取得特许经营权，在樟脑、茶叶、地产等领域获巨利。因在平乱与土地清丈中表现杰出，参与地方建设著有功绩，累官至台湾抚垦大臣、太仆寺正卿，赐二品顶戴花翎、侍郎衔。可惜树大招风，林维源长子怀训8岁时遭土匪绑架不甚坠崖身亡。生父宗美为化解姐姐（即林维源的太太，我的姑姑）愁苦，将我过继给台湾板桥林家，改名尔嘉，别名眉寿，字叔臧。那一年我六岁。

　　1893年，父亲林维源仿照盛宣怀③苏州留园建成全台最大的私人园邸板桥花园，富丽堂皇，闻名遐迩，成为台湾政商名流的会集之地。未曾想，两年之后，

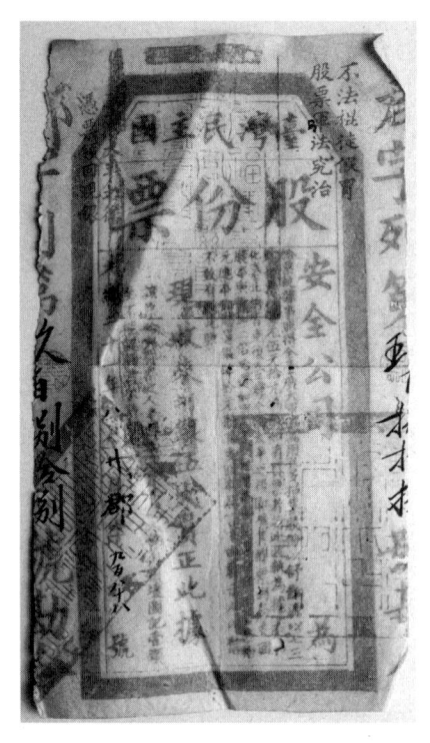

"台湾民主国"股份票（1895）

清政府签《马关条约》，割台湾给日本。全台悲愤，成立"台湾民主国"，推台湾巡抚唐景崧④为"总统"，时任督办全台团防大臣的父亲为"议长"，决心死守台湾，积极抗日。不料，唐景崧携巨款化装私逃厦门。1895年6月25日夜，父亲保台自立无望，宁愿损失万亩良田也誓死不当亡国奴，奉旨内渡厦门。

经历了战乱和磨难，父亲来到鼓浪屿鹿礁路⑤，颇为低调，一面遥控台湾的产业经营，一面调整在大陆的商业布局。内渡之时，父亲的兄长林维让⑥和弟弟林维德⑦都已过世，家族成年子嗣只有我一人。父亲深感林家人丁单薄，到鼓浪屿后接连生了祖寿、柏寿和松寿。1898年松寿出生之后，父亲将林家产业调查清楚，分成三房头六记号，大房拥有两记，二房三记，三房一记。夭折的哥哥怀训与我的财产合并为一记，即训眉记。台湾总督府派遣民政长官后藤新平⑧登门造访，威逼利诱，游说父亲回台。父亲为了保住在台产业，令三房留在台湾加入日本籍。1905年6月16日，父亲林维源去世，我三十而立，已是七个儿子的父亲，接掌林家庞大的产业，并接任父亲职务，受命任厦门保商局总办兼厦门商务总会总理。

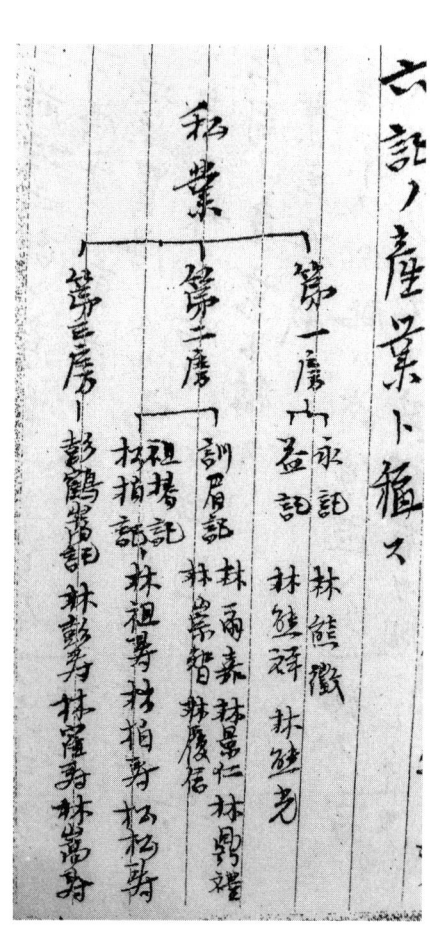

板桥林家产业分割

林尔嘉与家人（1905）

三房林彭寿⑨代理家政期间，恣意动用巨额公款，引起各房强烈不满和争议，决议分家析产，由各房分产自管，家族矛盾日渐酝酿，以至激化。三房怂恿我三个弟弟及庶母离厦去台，利用祖寿、松寿的名义进行收租、转移财产和贷款等活动，我和大房林熊征⑩联手将三房告上法庭。本月，由台北厅长井村大吉出面解决分家问题，达成家事和解。

民国九年（1920） 庚申 九月二十六日

板桥莫问当年事　重起楼台做主人

不以实业为政治之资，则政治几何能淑；不以政治为实业之盾，则实业几何能兴。在厦门保商局总办兼商务总会总理任内，我主持制定《土地买卖章程》《华洋交易规约》，革除陋规苛例，推动华侨对外贸易，振兴商务。我继承父亲创办的厦门保商局信用合作银行[11]，投资恒吉号、中华银行和台湾银行厦门分行；投身民族实业，在漳州兴办广福实业公司、龙溪垦牧公司，进行农业技术改革；参与泉州电气公司和泉安汽车公司的投资。1907年，因风气未开，厦门商务总会设立的电器通用公司业务无法开展，我投资三十万元创办厦门德律风电话公司。1909年，厦门商务总会参加漳厦铁路募股，我被聘为福建全省矿务议员，襄助姻亲陈宝琛督办漳厦铁路，举凡测绘、丈量、借款、征地、执行等皆亲为规划，经费负担实逾半数；后因铁路国有之诏，损失甚巨。及夏，清廷任命我为度支部审议员，参与整理币制；同年秋，赴沪参加大清银行审议会，在海上看见日舰十余艘喷涛吐浪，所经之处，渔船随即翻覆。国势推移，天禄将终，若言国强，非兴练海军不可。遂拜折慨捐四十万银圆增置舰艇[12]，兴练海军。清政府赐侍郎衔，赏二品顶戴，召京陛见，从优录用。我绝意仕途，没有赴京。

民国初建，军阀混战，我维持厦门秩序，市肆无惊，化解闽省独立危机，被大总统授予三等嘉禾章。1914年，我倡议购十万元公债，故厦门一埠债额最多，晋授二等嘉禾章。我被推举为福建谘议局议员，继又获选为中华民国参议院候补委员，皆托病辞谢不就。顾念华民荣辱利害，唯任鼓浪屿工部局华人董事与福建暨南局[13]顾问。1915年，我应许世英聘任福建省行政讨论会会长，主持起草《福建省宪法草案大纲》，被授予二等大绶文虎章、宝光嘉禾章。

今年，厦门市政会成立，因我担任鼓浪屿工部局唯一华人董事多年，故受聘担任会长，负责规划统筹厦门旧城改造工程，开辟马路，兴建新式楼房。因规章不详、审议拖拉、拆迁受阻、款项不足等多方干扰，工程进展缓慢。吾国侨商对于各项实业时有所创立，然或阻于组织之艰难，或病于文法之繁密，或经理非人，往往资本虚掷。夫财政者，一国之命脉，盈绌之机，盛衰随之关系至巨焉。今欲图补救之策，除敷衍之弊，故联合王敬祥[14]、张鸿南[15]、林文庆、施光铭[16]等华侨发起创设实业讨论会，起草《创设实业讨论会意见书》，汇集人才，联合商团，以研究实业推行办法并联合全国商界，互相疏通事情，以增进共同利益为宗旨。果能如此，则中国民族工商业有望焉。

林尔嘉所获嘉禾勋章

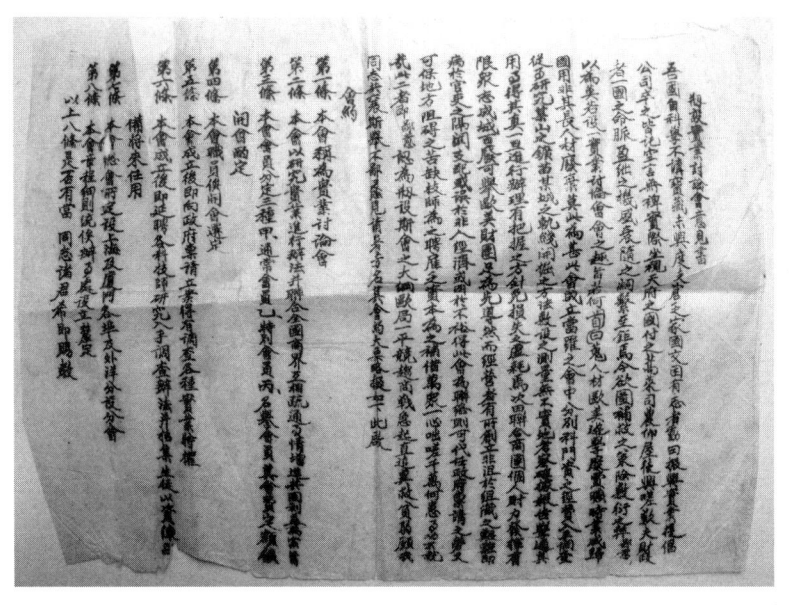

创设实业讨论会意见书

民国十二年（1923）   癸亥 冬

我辈疏慵非避世　此间安乐且称窝

1913年10月8日，仿板桥林家花园，取谐音兴建的菽庄花园落成，以园藏海，以海拓园，以石补山，以洞藏天，妙趣横生。余特题筑园小记刻于石上：

余家台北故居曰板桥别墅，饶有亭台池馆之胜。少时读书其中，见树木荫翳，听时鸟变声，则欣然乐之。乙未内渡，侨居鼓浪屿，东望故园，辄萦梦寐。癸丑孟秋，余于屿之南得一地焉，剪榛莽，平粪壤，因其地势，辟为小园，手自经营，重九落成，名曰菽庄，以小字

第三章　商业浪潮　291

菽庄花园题记　　　　　　　　　　　菽庄花园（港仔后路7号）

叔臧谐音也。当春秋佳日，登高望远，海天一色，杳乎无极。斯园虽小，而余得以俯仰瞻眺，咏叹流连于山水间，亦可谓自适其适者矣。

1914年7月，我号召文友，组菽庄吟社，怀念林园岁月。

卷帘一色海天清，静里从容是物情。
潮水也知人世变，去来时作不平鸣。

——《甲寅菽庄口占》

1915年2月4日晚，二子刚义[17]在小楼做化学实验时引起爆炸，小楼被烧毁。我重建小楼，并在大楼与小楼之间建一座五层塔式别墅，因外墙立面呈八边形而取名"八角楼"，华贵浪漫，联廊接通大小楼，形成S形楼群。1923年，余扩建林氏府花园，是以为记。

余以癸丑之岁，庀菽庄，累石补山，支桥藏海，位置适本天然，经营瞬历十年稔。念余家小楼之旁，旧有小屋数间，爰及亭池，其隙

菽莊吟社七夕吟詩活動通知

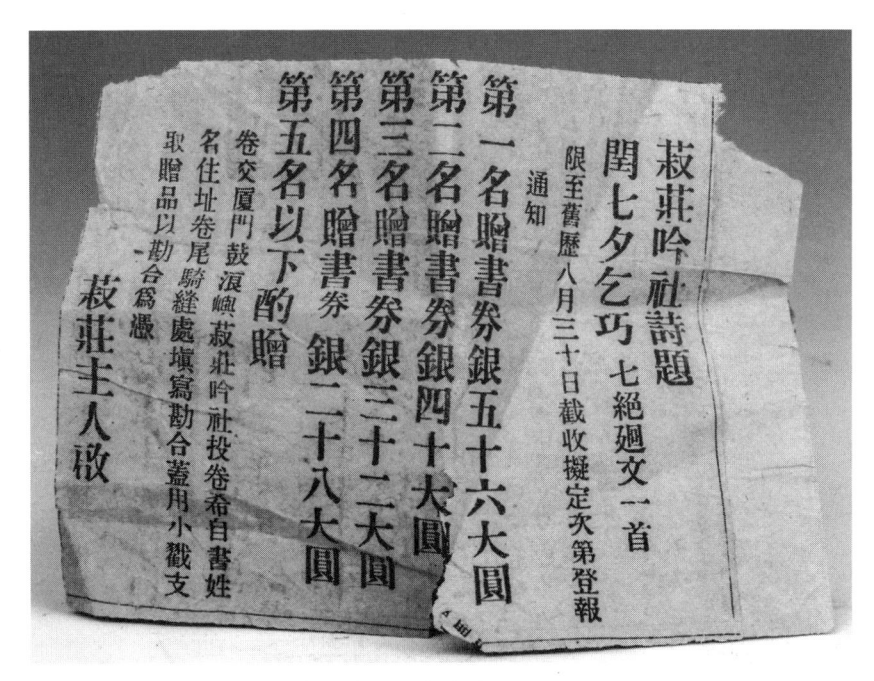

林氏府（鹿礁路 11—19 号）

林尔嘉（前排右一）在林氏府宴请外国友人

地杂莳花木，蔚然深茂，绿荫满地，时闻鸟声，余闲时恒徘徊其中，或汲泉瀹茗、消夏纳凉，或焚香下帘、买春听雨，虽不及菽庄之天空海阔，足以游目骋怀，而幽静则逾之。复就楼旁小屋，拓地数弓，开户延爽，即竣，以园中多植紫藤，因以紫藤簃名之。簃之左为桂齐，为玉兰室。簃之右回廊曲榭，翼然其中者，为荔亭。余少读书板桥别墅，极园亭之胜，惜远隔海外，不获身履其地，沧桑载易，重起楼台，菽庄之作，盖有不胜怀旧之感焉。菽庄距余家里余，春秋佳日，虽辄巾车往游，或偕吟侣啸咏其中，足为余精神之所寄也。在昔庾子山之赋小园，刘梦得之铭陋室，知天下至乐有真，地固不在大，古人之言，殆不我欺也欤？

新开辟的后花园称壶天，人因呼我为壶公。余多年为财富、名利所累，然终究一事无成，积劳成疾，方知世事之不可为，故辞去鼓浪屿工部局华人董事之职，欲出国游历，觅医调治。

民国十八年（1929）　　　　　　　　　　己巳　十二月

片帆我欲乘风去　此身尤健已心灰

　　1924年秋，一切准备妥当后，余先赴日本，后至欧洲诸国游历，现静养于瑞士阿罗萨（Arosa）。此地距中国五万里，风景绝佳，有"世界乐土""欧洲公园"之称，山之高者，距地约六千尺，积雪终年不消，极奇观也。

　　十年前，我向思明县政府申领海滩使用权，并向鼓浪屿工部局领取执照，建成沿海滩扩展之四十四桥。海关税务司以"蔽其眺望"为由，迭次提出非法要求，横加干涉，屡有骚扰。鼓浪屿上洋人横行霸道，我们中国人不能再忍气吞声，任由洋人予取予求，肆意凌辱践踏。1922年，我诉讼至鼓浪屿工部局，并向思明县法院起诉，据理力争，痛斥夏礼威[⑱]的野蛮行径。为此，我派六子克恭和七子志宽赴英国剑桥大学专攻法律，决心把这场官司长期打下去，为国人争一口

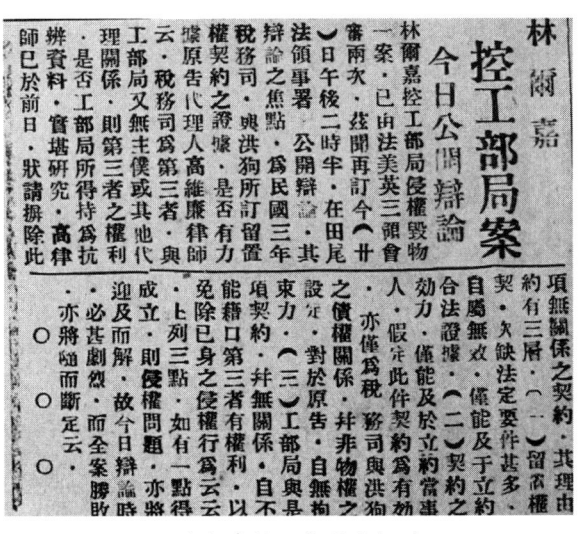

林尔嘉控工部局案报道

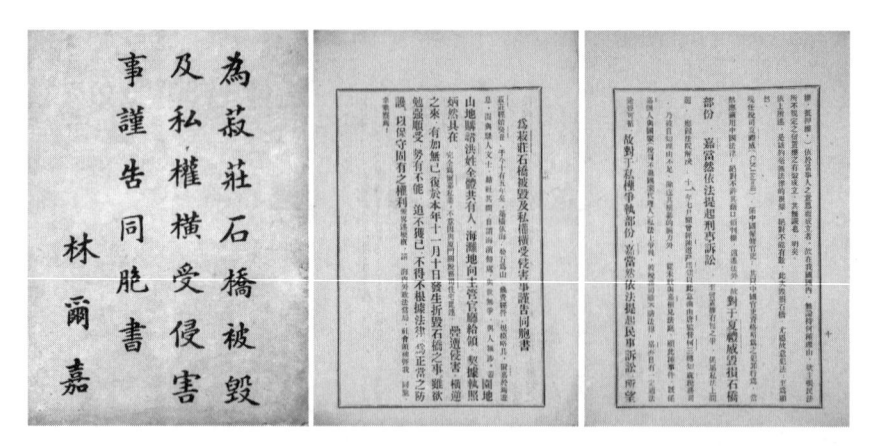

为菽庄石桥被毁及私权横受侵害事谨告同胞书（1929）

气。上月，在瑞士听闻菽庄石桥再遭损毁，我重金聘请英籍律师高威廉[19]，向思明地方法院提起诉讼，并拟具《为菽庄石桥被毁及私权横受侵害事谨告同胞书》，印成单行本（以下为节选，略有改动），向社会各界广为散发。

菽庄经始癸丑，于今十有五年矣。筑桥依海，叠石为山，几费经营，规模略具，尔嘉于焉游息，闲与骚人文士，结社其间，自谓海滨僻处，与世无争，与人无涉。盖园地山地购诸洪姓全体共有人，海滩地向主管官厅给领，契据执照炳然俱在，完全为尔嘉私业。不意因与厦门关税务司住宅毗连，叠遭侵害，横逆之来，有加无已。复于本年十一月十日发生折毁石桥之事。虽欲勉强顺受，势有不能，迫不获已，不得不根据法律，为正当之防护，以保守固有之权利……现任税务司夏礼威系中国雇佣官吏，其以中国官吏资格所为之犯罪行为，当然应适用中国法律，绝对不许其借口领事裁判权，逍遥法外。故对于夏礼威损毁石桥部分，嘉当然依法提起刑事诉讼；对于私权争执部分，嘉当然依法提起民事诉讼。所望法曹当局、社会人士主持公道，无令以洋员凭借权势欺侮同胞，以后我国人民亦庶免受此种种之凌虐也。

久羁异域，不免乡愁，余寄语鼓浪屿菽庄吟侣云："青松白雪无情物，红豆春风有所思，六千尺山五年客，朝朝暮暮数归期。"不多时，收到吟侣和韵促归："古雪六千尺绝顶，秋人五万里相思。东西流水成今日，万壑朝宗无尽期。"情不能自持，遂理归装。

民国二十七年（1938） 戊寅

沧桑过后烽烟起　满目河山事已非

海外养疴七年，其间自日本而法国，而瑞士，而英国，而德国，而挪威，而瑞典，无一不游。此番归来，顺道游历南洋群岛、香港、广东等处。唯尚留长孙在法读书。归来鼓寓，物换人非，我因年老，不欲再事跋涉，故修葺园林，探亲访友，吟酬唱和。重阳还就菊，百感对东篱；回首远游日，羁身异国悲。1931年6月，镇日于西湖各景游玩，12月返厦，我在菽庄花园刻石题记：

岁在甲子，园居寡欢；天贶航海，自东徂西；飙轮电激，揽胜瀛寰；寒暑七更，然后返屿；入宫不见，三径就荒；断桥流水，弥增感叹；嗣作漰游，夏出秋归；亟命鸠工，从事修葺；旧观以复，摩崖记之。

——辛未冬日　尔嘉

我投资实业，入股漳州龙溪电灯电力股份有限公司、福建造纸股份有限公司、福建程漳轻便铁路股份有限公司、漳浮长途汽车始兴公

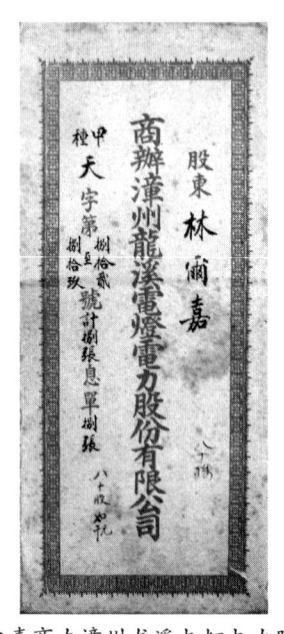

林尔嘉商办漳州龙溪电灯电力股份有限公司分红票据

漳浮长途汽车始兴公司票据（1935年2月11日）

司等。国内形势日趋紧张，1935年福建省政府建设厅密令：各公司不得加入外股或将股票财产抵押于外国籍民，否则股票概作无效。

1936年2月，余登日光岩，题延平公园：

为惜花起早，扶筇来此间。雄心怀故垒，海气逼重关。
舟趁春潮急，诗题古石顽。眼看风景好，无恙旧江山。

去年7月避暑庐山时，全面抗战爆发，避暑无奈成避乱，我感慨万千，赋诗一首：

年年未消夏，匡庐无所营；虽居在空谷，时闻风鹤声；
内讧幸既弭，外寇何纵横！卧薪日已久，民苦不聊生；
背城拼一战，不为城下盟！匹夫知有责，举国欲皆兵！

愧我桑榆景，未能事远征！时不容高卧，安得效渊明！
寄语壶天客，在山泉水清；黄龙待痛饮，啸侣歌太平。

——《丁丑新历七月七日倭寇侵犯卢沟桥感赋寄壶天醉客》

多少次重起楼台，营造无数别业、壶天；多少次背井离乡，数不清的颠沛流离。匝地战尘游子泪，暮春归梦杜鹃魂。得失相忘即塞翁，沧桑历劫卅年中。今年辗转避难香港，百感交集，登太平山题：

河山破碎劫余身，无计还乡百感新。
过眼烟云犹入梦，多情风月转伤神。
海滨久住如迁客，陌路相逢尽故人。
避世而今何处好，桃源渔父已迷津。

——《客中书感》

尾声：1937年日寇全面入侵，林尔嘉离开鼓浪屿，赴港转沪避难，八年无宁日。1946年林尔嘉策杖还乡，携眷返回台北板桥故居。1951年林应友人请赏菊，途中偶感风寒，因哮喘旧病复发辞世，享年77岁，葬于台北林本源家族墓园。

注释：

①陈胜元（1797—1853），字建珍，号晓亭，福建同安人，清朝将领。鸦片战争中，他英勇抗敌，数次击退进犯厦门海域的英军，战功卓著。由行伍历官福建参将。捕洋盗有功，累擢江南福山镇总兵。镇压太平天国起义军时，中炮落水而亡，追封提督衔，予骑都尉世职，谥号"刚勇"。

②林维源（1840—1905），字时甫，号冏卿，清末名士。祖辈从福建龙溪县（今漳州）迁往台北淡水枋桥（今新北板桥），数代经营后，

至林维源时期，成为台湾首富家族。中法战争时，支持刘铭传抗击法国侵略，协助清廷开发建设台湾，官至太仆寺正卿，赐二品侍郎衔。台湾割让给日本后，举家内渡定居厦门鼓浪屿。

③盛宣怀（1844—1916），字杏荪，江苏常州人，清末官员，秀才出身，官办商人、买办，洋务派代表人物，著名的政治家、企业家和慈善家，被誉为"中国实业之父""中国商父""中国高等教育之父"。

④唐景崧（1842—1903），字维卿，广西灌阳人，同治年间进士。曾任台湾布政使、台湾巡抚。著有《请缨日记》等。

⑤1895年，林维源先从英国船长手中买下一幢英式别墅，为"大楼"；又在旁边兴建一幢西班牙式建筑，为"小楼"。

⑥林维让（1818—1878），字巽甫，林维源之兄。曾与林维源赴厦门从学于陈南金。

⑦林维德，乃福建海澄叶化成之子，过继给林家，为林维源之弟。

⑧后藤新平（1857—1929），日本明治、大正、昭和三朝重臣、政治家，殖民扩张主义头目。时任台湾总督府民政长官。

⑨林维源返回厦门后，林家在台产业由林维德长子林彭寿经营。因林彭寿早逝，由其弟林鹤寿继任。

⑩林熊征(1888—1946)，原名庆纶，字薇阁，号肇权，出生于板桥，是活跃于日本统治时期的台湾银行家兼慈善家，板桥林家的成员。曾任台湾省商会理事长，创办华南银行。

⑪为当时厦门21家钱庄中资本额最高者。

⑫传说慈禧太后挪用林尔嘉兴练海军的捐款修建颐和园庆祝六十大寿，为无稽之谈。更没有慈禧太后赏赐给林尔嘉十七件乾隆时期的精美玉器之事。据记载，光绪二十年（1894）慈禧六十大寿，用银七百万两，户部拨银四百万两，各省、官等报销，其中以个人名义进奉最多的为林尔嘉之父、太仆寺正卿林维源的三万两。

⑬福建暨南局：1899年，清政府准福建省巡抚之请，成立厦门保商局，作为与海外华侨联络的非官方机构。中华民国成立后，华侨

议员林骆存、张旗等人致电福建都督孙道仁，要求"永远撤除保商局，另立真正护侨机关，为侨民谋利益"。政务院批准于民国元年（1912）8月在厦门成立福建暨南局，这是中国最早的侨务行政机关。

⑭王敬祥（1872—1922），福建金门人，日本神户侨领，与孙中山交往甚密。林尔嘉次子林刚义与五子林履信分别与王敬祥的两个女儿王臻治、王宝英成婚。

⑮张鸿南（1860—1921），字耀轩，广东梅县人，商人、银行家、甲必丹（即侨民首领），与其兄张煜南（1851—1911）同为印尼著名华侨企业家和侨领。他们投资兴建了中国近代史上第一条华侨资本经营的商办铁路——潮汕铁路。林尔嘉长子林景仁娶张煜南之女张福英为妻。

⑯施光铭（1866—1921），别名光从，字昭庆，福建晋江人。曾任华侨善举公所总理，华侨教育会副会长，马尼拉中华商会第四、五、十、十一、十二、十三届会长等。

⑰林刚义（1894—1979），字眉生，林尔嘉次子，毕业于神户高等工业学校，曾任交通部谘议，夫人为神户侨领王敬祥之女王臻治。

⑱夏礼威（C.N.Holwill），又译作侯礼威，美国人，厦门海关税务司，1929年10月28日到任，1932年1月22日离任。

⑲高威廉（1903—1956），又名提摩太，别号慧莲，原籍海澄（今厦门海沧），出生于漳州一个西医家庭，上海东吴大学法学学士，持有司法部发给的律师证书。1928年，高威廉回到厦门，在中山路开设高威廉律师法律事务所，加入思明律师公会。林尔嘉重金聘请英籍律师高威廉据理力争，一直上诉至福建高等法院，夏礼威自知理亏，不敢对簿公堂，拒不出庭，亦未提出辩诉。1931年5月7日，双方到厦门关监督署签约划定界限，长达十年的官司最终以庭外调解结案。高威廉因此案名声大噪，遂受厦门大学校长林文庆聘请，兼任厦门大学法科讲师。

人物评传

　　林尔嘉生长于极盛时期的板桥林家，锦衣玉食，既贵且富。乙未割台，随父内渡，从此两岸音讯远隔，鸿沟难渡，多少往事欲说还休！板桥林家白手起家，靠着政商两栖、义利合一的家风，发展成为台湾首富家族。板桥林家的到来，为清末贫穷的厦门注入生机和活力。林维源为了保全家族财产，主动进奉白银三万两为慈禧太后祝寿，与日本人柔中带刚、虚与委蛇地周旋。林尔嘉效仿祖辈慨然向清廷捐输，大清却无可挽回地走向末路；与北洋政府亲近，乐善好施，热心公益，开风气之先，却遇军阀连年混战，北伐事起，事无可为；与日本人刻意保持距离，面对外强入侵，采取现实主义的避世态度，仍在战争中无奈经历奔波流离之苦、家财散失之悲、暮年丧子之痛。

　　林尔嘉是富商，又是地方官员，为实现自己的政治抱负和兴国理想，数次捐赠财产，发展地方实业。为鼓浪屿华人居民争取合法权利，为厦门第一波城市改造贡献力量。家国已然残破，生活依然飞驰。面对社会动荡和人生跌宕，林尔嘉试图在入世和出世之间寻找生活的平衡点，于是他在几近不惑之年，决定打造一座花园，行乐及时随所适，招邀名士过江来，悠游风月，纵情山水，诗酒趁年华。杨士鹏为菽庄听潮楼撰写楹联曰："缩海为园戛戛造成一胜地，爱诗若命年年作主大吟坛。"林尔嘉是一位造园家，藏海补山的菽庄花园，是他藏台湾于海内，补祖国之山河的殷殷期盼；他还是一位爱国诗人，带着满腔悲愤和对河山光复的期盼，在菽庄花园的晨岚朝露和夜夜笙歌中，感怀国弱民屏的悲凉，在桃源胜境中吟诗度日纾解胸中郁闷,追寻归隐避世中的片刻安稳。菽庄吟社是林尔嘉文化抗日、倡导共御外辱的平台,寄托了闽台文人对故土的怀念与一片爱国热忱。

　　林尔嘉渴望安逸的生活,可生活并不如其所愿。惆怅东篱话板桥,临窗南望思菽庄。觞咏年年忆故园,一事无成怕问年。他精心营建了一个又一个心灵家园,却要不断面对昔日壶公变寓公的窘境;他环游世界却依然找不到归途,走遍大江南北却难回故乡;他仿佛终其一生都在逃离,都在怀念故园、追寻童年的梦。林尔嘉历经政权变换,看遍政治动荡,始终能明辨是非,世事皆浊我独清,这份从容和清醒,让灵魂不再无处安放。

菽庄花园林尔嘉雕像

链接资料

黄奕住致林尔嘉信

菽庄亲家大鉴：

　　昨承翰示，对于中南董事以居外邦，相去万里，不肯屈就，谦让未遑，至堪钦佩。弟当日选举亦知亲家现正屏除世事静养为怀，本不当以此奉扰，但念令三郎已允出为互助。若是亲家以客居外国有不便之处，尽可由此改选。令三郎以承其乏，因其将来既要在沪，殊为最合也。令三郎经已到厦，所有各事曾与他接商，希勿为介。至桑梓情形以言，厦地则安谧（谧）如恒。虽前月传有渤海舰来袭，深夜互相炮击，然仅一时惊惶，该舰自退去，秩序仍复平靖。若论全国局面，则南方军事自蒋氏再举北伐以来，联阎（锡山）结冯（玉祥），步步进展，惜因日本出兵济南，意存阻挠，竟与南军冲突。蒋氏主张退让，乃日本兵得寸进尺，屠杀交涉员蔡公时，炮伤济南无辜人

黄奕住致林尔嘉信（1928）

民，为状至惨，损失甚巨。现济南政治仍属日方操纵，我国民受此侮辱，当然愤不可遏。所幸蒋氏及国民政府要人亟抱忍辱持重之宗旨，令全国民众力取镇静态度，以促成统一，事方有济。据日来电讯，奉张已率部出关，且谓张氏本人及其部将吴俊升等，乘车欲出关时被爆客掷炸，吴当场毙命，张生死未卜云云。其北京已被南军领管，统一之期不难实现。意或南军既克北京，谅能从此先整内部，以窥敌方之能否投诚，然后再事进行也。当斯统一期近，则全局将次革新，必无复如前之纷扰。弟为国民份子，诚不禁馨香顶祝。

　　亲家远适异域，怡养天和，实属避嚣快事，然我国倘能从此渐趋于升平气象，尤望欢然回国，共享斯乐。念兹在兹。切盼！远驾把晤匪遥，用先布臆，即颂旅绥。

念弟黄奕住
（民国）十七年（1928）六月十一日

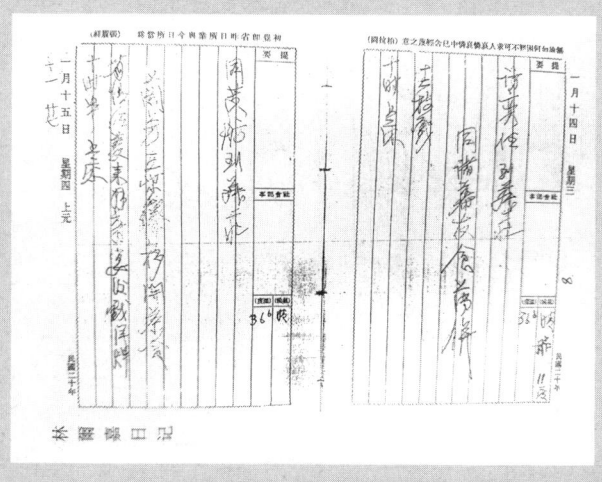

林尔嘉日记（1931）

龚云环（1874—1926），字蕙香，福建晋江人，生于书香世家，清翰林院编修龚显曾之女，爱国诗人林尔嘉的夫人。

龚云环

腹有诗书气自华

积卤夜明千灶月,丽礁朝散万家灯。一窗残炷诗声浅,半岭疏星海气间。

——龚云环

| 民国三年（1914） 甲寅 六月十一日（农历五月十八日）

富贵美满好姻缘

　　我出生于晋江翰林世家，自幼受家庭熏陶，饱读诗书。台湾板桥林家早年从福建龙溪县赴台湾淡水区垦殖，由经商起家，历代捐官赐位，再从政稳固家业，富甲一方。因没有科举之才，常被时人讥笑。板桥林家渴望提高家族文教水平，于是重视中国传统文化教育，礼贤下士，礼聘吕世宜①、苏大山②、我的叔父龚显鹤③等硕彦名儒执教家中。漳泉械斗由来已久，作为一方望族的板桥林家想通过与泉州人士联姻消弭隔阂。据说林家曾有一位私塾老师提议，林家已经很富有了，应该与书香门第联姻，改良血脉基因，翰林之女龚云环是不错的人选。据算命先生说，林尔嘉要娶比他年长一岁的女子为妻。我们两人的生辰八字刚好匹配，天赐良缘，于是就定下了这门亲事。1892年冬，我从泉州晋江嫁到台湾板桥林家。林尔嘉自幼受到传统文化的熏陶，遍览经史，通晓诗赋，学识广博，国学功底深厚。我们志趣相投，恩爱有加，婚后接连生下长子景仁④和次子刚义。1895年割台，我正怀着三子鼎礼⑤，随全家内渡，定居厦门鼓浪屿。弃台内渡时，林尔嘉为如何帮助父亲处置在台庞大的家业深感忧虑，我告诫他："富贵身外物耳，若心安、身安，虽荆布也乐也！"1905年，清廷褒奖四品京堂，召林尔嘉入京条陈利弊，我劝阻他："时事不可为矣，是不可以已乎！"尔嘉遂不赴京。分家后，他拥有约

吕世宜隶书
《松风减扇》书轴

四百万两白银的巨额财产，但他做官乏术，爱国无门，对官场的黑暗极为不满，淡薄仕途，生出退归林泉之意。

在鼓浪屿，我们精心设计营建菽庄花园，园中的一石一墙、一花一木，皆经过刻意经营、巧思布置，呈现峰回路转之趣、藏海补山之奇。园中筑有眉寿堂、蕙香室，以我们两人的字命名，以供起居。

今日在林氏府举办林尔嘉和我的四十双寿大典，大门外车水马龙，宾客盈门；府内大楼正厅张灯结彩，高朋满座。我们育有五子二女，长子景仁、次子刚义、三子鼎礼都已授室成家，今春喜得长孙林桐，三世同堂。儿女和宾客们一一上前祝寿，敬献贺礼贺词[6]。景仁是唯一从小未入学堂接受过正规教育的孩子，由我亲自督学，聘请进士施士洁[7]担任家庭教师，因此他学贯中西，中国文学的基础极佳。林尔嘉创菽庄吟社，景仁创菽庄钟社，父子文脉相承，往来皆德行贞绝、道术通明之士，兴雅集盛会，以诗酒遣怀。

林尔嘉龚云环夫妇在菽庄花园

民国五年（1916） 丙辰 十一月十六日

爱书如命嗜藏书

爱书之人往往视藏书为人生乐事。父亲龚显曾[⑧]极喜读书，亦极好聚书。在京师时，每得秘册，虽典衣减飧，勿恤也。积书三万余卷，藏于家中亦园的薇花吟馆。胞兄龚植幼承庭训，备受熏陶，擅长书法、绘画、篆刻、作诗，平日亦勤于聚书，加上继承父亲遗藏，共得藏书七万卷，其中宋元明善本四万余卷。

汲古书屋是林家在板桥花园的藏书楼，仿明代毛子晋之汲古阁而命名，为林家子弟读书之所，曾请吕世宜选购古籍善本、金石书画藏于其中，收藏图书数万卷，其中不乏宋元善本。菽庄花园的顽石山房乃是仿照台北板桥花园汲古书屋而建。林尔嘉原名陈石子，以"顽石点头悟道"之典故自比"顽石"，希望通过勤奋攻读得以悟道。林尔嘉继承前辈遗风，不仅好读书、嗜藏书，而且喜刻书，经常耗资出书，收藏图书上万册于顽石山房，除了乙未内渡带回的部分珍贵金石奇书，还有外文图书资料，内容涉及各学科门类。

我来到鼓浪屿后，晋江龚氏家族亲眷陆续迁往鼓浪屿定居，多以执教、编书为生。堂叔龚显鹏（字伯抟）、龚显灿[⑨]、龚显禧、龚显鹤，胞兄龚植、龚煦为林尔嘉的入幕之宾，协助主持诗社。林尔嘉高薪聘请堂叔龚显禧回厦门创办德律风电话公司。堂叔龚显祚[⑩]应邀来德律风电话公司担任法务和掌柜，后应同乡好友黄仲训邀约，举家入住瞰青别墅，编辑、校点黄氏瞰青别墅藏书。[⑪]

今日，林氏府隆重举行丙辰银婚庆典。余夫妇结婚二十五周年，亲友多以诗文相赠，刻有银婚帐词一集。

龚显祚像（龚书鑫提供）

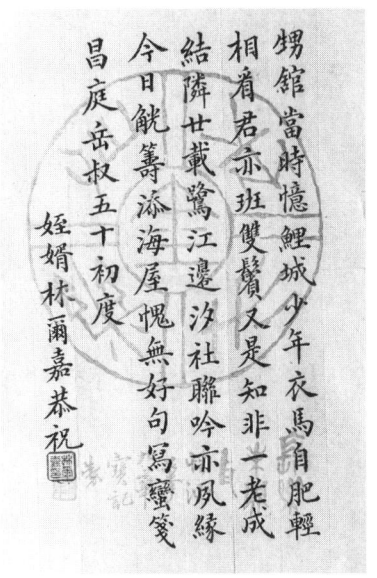

林尔嘉恭祝岳叔龚显祚五十初度
（龚书鑫提供）

甥馆当时忆鲤城　少年衣马自肥轻
相看君亦班双鬓　又是知非一老成
结邻廿载鹭江边　汐社联吟亦凤缘
今日觥筹添海屋　愧无好句写蛮笺
昌辰岳叔五十初度
姪婿林尔嘉恭祝

林尔嘉夫妇银婚宴集图（1916）

第三章　商业浪潮　311

双星银汉彩云张，锦柱弹来瑟韵长。
梅阁传春添绣线，莱陔戏彩助新妆。
琼箫艳谱双声调，紫绶荣分五色章。
廿四年前今夜月，团圆第一照鸳鸯。

——龚显禧《贺叔臧先生银婚》

锦瑟初调廿五弦，洞房回首忆华年。
沧桑历劫情弥笃，黻佩辞荣眷似仙。
桂树满垂秋后子，梅花爱取岁寒缘。
宵来双照银蟾影，三百回经次月圆。

——周殿薰《菽庄主人银婚帐词》

民国八年（1919） 己未

举案齐眉喜唱和

夫君受到西方文化影响，为人开明不俗。他反对女子无才便是德，认为改造社会当自家庭始，女学之宜兴不亚于男校。他在鼓浪屿乌埭角创办华侨女子学校，自任总理兼校长，亲执教鞭。我们平日里感情和睦，相敬如宾，闲暇时常共漫步于菽庄花园，评花量竹，吟诗互和，其间所得佳句，聘人刻于石上。

北宋著名书法家蔡襄楷书《万安桥[12]记》碑以文字精练、书法遒

龚云环在菽庄花园

劲、刻工精致之"三绝"举世闻名,史称"三绝碑"。

泉州万安渡石桥,始造于皇祐五年四月庚寅,以嘉祐四年十二月辛未讫功。累趾于渊,酾水为四十七道,梁空以行。其长三千六百尺,广丈有五尺,翼以扶栏,如其长之数而两之,靡金钱一千四百万,求诸施者。渡实支海,去舟而徒,易危而安,民莫不利,职其事庐锡、王寔、许忠、浮图义波、宗善等十有五人。既成,太守莆阳蔡襄为之合乐宴饮而落之。明年秋,蒙召还京,道繇是出,因纪所作,勒于岸左。

四十四桥落成之际,我集万安桥碑字作诗刻石,作为尔嘉四十四初度贺礼。

第三章 商业浪潮 313

四十四桥纪落成,梁空支海渡人行。

扶栏万丈水千尺,乐事年年长月明。

尾声:1924年秋初,林尔嘉园居寡欢,且积劳成疾,患肺病(初期)赴日就医。1926年同样患肺病(晚期)的龚云环亦赴日本治疗,未能治愈而逝于日本,终年52岁。林家订制红漆棺材运往日本,盛殓后运回鼓浪屿菽庄花园后山停放。1936年,林尔嘉在菽庄花园面海山坡上建息亭作为夫人的衣冠冢,与夫人同看日出日落,共听大海涛声,永不寂寞。1988年,龚云环骨灰被移葬于菽庄花园内息亭,后人立碑刻"林龚云环夫人寝域"。

菽庄花园息亭

注释：

① 吕世宜（1784—1855），字可合，号西村，晚年号不翁，福建金门西村人，幼年移居厦门。吕世宜博学多闻，对文字学、训诂学、音韵学、书法与金石颇有研究。以书法名扬四方，也因此应聘到台湾板桥林家，教导林家子弟。著有《爱吾庐笔记》《爱吾庐文钞》《古今文字通释》等，留下大量篆隶书法作品。2006年发现其墓葬在厦门云顶岩大厝山。

② 苏大山（1869—1957），又名有洲，字荪蒲、君藻，福建晋江人，清末贡生，曾参加中国同盟会，任厦门教育会会长，创办崇实学校。为菽庄吟侣、藏书家，著有《红兰馆诗抄》传世。

③ 龚显鹤(1871—1920)，字仲翎，号云史，福建晋江人，晚清举人，民国初期曾任泉州商会会长兼教育会长。

④ 林景仁（1893—1940），字健人，号小眉，林尔嘉长子，诗人，著有《东宁草》等诗集，夫人为印尼侨领张煜南（榕轩）之女张福英。

⑤ 林鼎礼（1895—1972），字铭三，林尔嘉第三子。英国剑桥大学经济科毕业，回国后受聘担任厦门同文中学校长、中南银行常务董事等，夫人为福建都督孙道仁之女孙慧琼。

⑥ 后刻有《菽庄主人四十寿言》一集。

⑦ 施士洁（1856—1922），字沄舫，晚号耐公，原籍福建晋江，台湾台南人，清光绪三年（1877）进士，曾官工部郎中、马巷厅通判，与丘逢甲、许南英合称"台湾诗坛三巨擘"。甲午割台后积极参加抗日保台运动，失败后寄寓鼓浪屿林尔嘉家。为菽庄吟侣，著有《后苏龛合集》等。

⑧ 龚显曾（1841—1885），字毓沂，号咏樵，曾号盭薇公子，福建晋江人，清同治二年（1863）进士，授翰林编修，曾任詹事府赞善，组织桐荫吟社，工诗文，著有《温陵诗纪》《薇花吟馆诗存》《亦园脞牍》等。

⑨龚显灿（1861—1930），字幼笙、仲谦，福建晋江人。清光绪年间邑庠生，1916年担任福建暨南局首任局长，为菽庄吟侣。

⑩龚显祚（1886—1958），字昌庭，号赞皇，福建晋江人，毕业于京师法政学堂，中华人民共和国成立后任福建省文史馆馆员。

⑪龚显祚一家入住瞰青别墅编书一事，来源于龚书鑫口述录音。鼓浪屿三处大的民国私家藏书都与龚氏家族有着深厚渊源。龚氏亦园藏书因家道中落、兵火虫蚀而毁散迨尽；菽庄花园顽石山房藏书由林尔嘉三姨太高瑞珠捐献给鼓浪屿中山图书馆，化私藏为公用；黄氏瞰青别墅藏书日据时期曾流入伪厦门特别市市立图书馆，后下落不明。关于三处私家藏书的详情，参见陈峰：《厦门藏书史略》，厦门大学出版社，2021年，第102—109页。

⑫万安桥，又名洛阳桥，位于福建泉州东郊的洛阳江上，由蔡襄主持建造。宋皇祐五年（1053）始建，嘉祐四年（1059）完工，是中国现存最早的梁式石桥，与北京卢沟桥、河北赵州桥、广东广济桥并称为中国古代四大名桥。

人物评传

龚云环出生于"一门八文魁、三代两翰林"的书香之家，自幼读诗研经，喜文翰，能诗文，书法颇佳。蔡谷仁在《菽庄先生云环夫人五十寿言》中曰："德配龚夫人，咏樵赞善之女。娴礼教而工于诗。自来嫔后，迄今三十余年，与先生无一违言。先生姬侍满前，夫人皆善视之，视庶出如己。"她谨守妇道，德容天授，慈孝性成，动止皆依礼法，奉事姑嫜，克尽厥职，对家人友善宽厚，对贫者周助抚恤。她是清末才女，在鼓浪屿留下了唯一出自女性之手的题刻，缔结婚姻，让林、龚两个家族在鼓浪屿这座小岛上深度合作，创作出传统诗词文学的巅峰佳作。

链接资料

婚姻里的诗情画意

　　林尔嘉是个非常懂得生活情趣的人，妻妾的生日、结婚纪念日必有庆祝，相当有仪式感，是"民国暖男"一枚。林尔嘉同时也是个怀旧、伤逝之人，自己和夫人们的生日寿诞、结婚纪念日，总免不了情不自禁赋诗，以追忆、纪念似水年华。

　　1920年，林尔嘉在《庚申菽庄咏菊》一诗中回忆银婚庆典的场面：

　　几度宾朋就菊来，新霜已近未齐开。
　　隔江山色当篱见，拍岸涛声似鼓催。
　　帘影双偎饶俪福，帐词合奏逞仙才。
　　愿花长好人长寿，看月圆千二百回。

　　1941年11月16日结婚五十周年金婚纪念，林尔嘉在上海召集儿孙团聚，想到夫人已仙逝十五年，人间天上，百感交集：

愿作鸳鸯不羡仙，天长地久好姻缘。
那堪回首蓬莱岛，记取生离死别年。
赢得儿孙卅二人，客中重话洞房春。
入宫不见今何世，炊白醒来莫怆神。

1944年5月18日，林尔嘉在《甲申五月十八日七十生日感赋》中追忆夫人龚云环：

两见沧桑刹那间，烽烟尘劫几回看。
生灵涂炭空千古，世界棋枰局已残。
唱随值得记当年，共祝银婚仙侣期。
扶桑分手成长别，客路伤吟潘岳诗。

黄秀烺（1859—1925），字猷炳，福建晋江人，清末一品忠宪大夫，菲律宾富侨，1899年回国定居厦门鼓浪屿，开设"炳记"商行，积极参与家乡建设和社会公益事业。

黄秀烺

慎终追远　文墨流芳

异日百岁之后,归骨于此,吾子孙祭于斯,厝于斯,奠幽宫于斯,绵绵延延,守而不失,几乎古人族葬之制矣。嗟乎!风水之说,吾乡人惑之甚矣。余之为此,将使后世之子孙念祖宗经画之勤,其毋惑于形家者言而冀别葬,以徼福者哉!

——黄猷炳《古檗山庄家茔记》

清光绪三十三年（1907）　　　　　　　　　　　　　　丁未　冬

家道中落下南洋　不惑之年归故里

　　我出生在晋江深沪镇，明嘉靖年间，先祖从晋江东石镇徙居此地。我幼时父母双亡，生活艰难，读书未卒业，壮岁投笔，随二哥秉猷经商往来于浙江宁波、广东香江等地，舟行遍南北。后二哥殁于客地，我扶柩回乡安葬，家道渐落，于是发愤图强，南渡菲律宾，在同乡米店中当记账员。因为勤谨诚厚，聪明干练，深得林老板器重，为我提供资金，支持我从事商业活动。我留心讯息，苦心经营，每每赢利数倍，更为老板信任，遂与我合资共营较大之商行，生意更加兴隆。我们欢洽无间，亲如一家。老板临终时，将他与菲妇所生孤子托付与我。因其自幼受宠溺，及至长大，性情骄僻，经常闯祸，数次被传入狱，却屡教不改。其父逝世后，更为放纵，有一次竟惹下大祸难逃罪责。我不忘托孤重任，极力奔走营救，方脱其难，使林家免于家破财散。出狱后，我加以开导、教育，他终于悔悟，对我敬之若父，并跟随我认真经商。

　　清末政府为了鼓励华侨回国，专门在沿海各地设立保商局，为归国华侨服务。1899年，闽浙总督许应骙[①]奏请设立厦门保商局，清廷准其所请，诏曰："闽民出洋者，多籍隶漳泉，以厦门为孔道。此向闽人不忘故土，偶一归来，则关卡苛求，族邻诈扰，以致闻风裹足，殊非国家怀保小民之意。着准其于厦门设保商局，遴选公正绅董，妥为办理。凡有出洋回籍之人，均令赴局报名，即为之照料还乡。倘仍有各项扰累情事，准受害之人禀局，立予查办，以资保护，而慰商民。"此后，又谕令沿海各省推广福建之例，委任公正绅士办理此事。去国怀乡日久，我携资回国，荣归故里，在家乡晋江深沪西井仔置建业产，建造宅院。因需要继续发展菲律宾的生意，我前往厦门，托庇因是外国租界而较为安宁的鼓浪屿，购三层红砖楼以居。今年，我投资五万银圆，在厦门开设"炳记"商行，兼营钱庄、侨批及进出口贸易；以信用笃著，业务范围迅速拓展，获利甚丰。

红砖楼（福建路44号，今李传别宅）

民国元年（1912） 壬子 冬

狐死首丘百年计　华表千年一鹤归

　　檗谷村是族人的祖籍地，黄氏宗祠也在这里。明末宰相黄景昉[②]很满意檗谷这块风水宝地，美其名为"古檗山庄"，并题诗曰："本是覆釜墩，化作掞天笔。风动涛浪惊，疑是蛟龙出。"我族自宋绍兴年间有进士讳龙公官于龙溪，爱檗谷山水，自号檗谷逸叟，于是在此地安家，是为本支始迁之祖。其后子孙繁衍，分居玉湖、永康二乡，与檗谷并峙为三。自族葬不行，其贫者缺祭扫，及陵谷变迁，先坟多不可复识，祭扫之礼往往缺焉。其富者惑于形家言者，往往停丧择地，或争茔械斗，以希冀不可知之富贵，种种流弊，不可胜言。海通以来，泉漳人士多商于南洋，富而归者，营置田宅之外，亦致力于造茔，以为报亲之道，宜尔。然往往以风水故，酿私斗，起讼狱，因而辱身荡产，视故国为畏途者有之。每每怃然伤之，思仿古人族葬之法，而苦未竟其志也。吾欲效周礼族葬，心又向往西洋茔域之风格，企求富而不囿于俗。

　　今年，我出资重修檗谷村黄氏宗祠，在檗谷村营建墓园。我从"炳记"商行中抽拨二十五万银圆，向村民购地数十亩，船载白银从厦门运到东石港上岸，几乎动用全村劳力挑运；为使墓园绵绵延延，守而不失，我将所购每块土地的地契税号、契约号、价款等内容，都刻在石碑上。我希望叶落归根，子孙有祖可循。

民国九年（1920）　　　　　　　　　　　　　　　　　　　　　　　　　　　庚申

慎终追远念祖德　古檗山庄永流芳

为使世世子孙祭扫团聚，情愫常通，睦族归宗，吾就其地势，手自经营，为之界画，以定其封；为之昭穆，以别其序。环以墙垣，植以花木，伐石庀材，亲营兆域，既遵循传统丧葬礼制，又融合西方建筑艺术，名曰"古檗山庄"，志不忘所自也。历经数年，中西合璧之古檗山庄终告竣工。1917年，庄园落成之际，我撰写《古檗山庄家茔记》与《古檗山庄家茔图说》分送给海内外知己好友，函请他们赠文赐墨。我将收到的题字撰文刊刻于石，嵌入墓园建筑构件中。

檗谷乡在晋江县治南门外十都，乡以古多檗树故名。距县治七十余里，山水佳胜。茔域在乡之左，近傍宗祠，灵源踞其颠，钵岩俯其背，玉湖、石井萦带其前。东望沪江，南揖东石，西抗安平镇，北倚南天寺，形势天然。其地纵横四十丈，绕以回栏围墙，墙以外沟水环抱。署山门曰"黄氏檗庄"。历数级入山门，有一外庭，循庭行数十武，是为古檗山庄。石柱屹立，式如华表，镌字于上。自山庄陟三级，有一内庭，庭之内有池，作半月形，广十八丈，翼以低栏，植荷花其中。由此路分而两之，陟阶五级为广庭，横二十丈，纵四丈有奇，自庭而上为坟。所画其地段长十八丈，宽二十二丈，居中葬者以昭穆为序，旁为妾媵及殇者瘞所。四周环植桂树，外有土岸回绕，高数尺，阔丈余，杂植松、桐各树。树以下为草坡，沿草埔至围墙，遍种柏树千株。中辟一径，左通檗荫楼，古梅翠柏，清香浓荫，为登陟憩息之所。右通景庵，庵上高耸如尖峰，四壁石刻名人题咏。从景庵而下百余武，有石门名曰"景行"，门以内有一小室，颜曰"瞻远山居"，为守冢人住焉。自门左循池而行，曰"息庐"，以备旅榇归葬暂时停柩于此。工事竣，既别为之图，并粗述形势，俾后有所考焉。

——《古檗山庄家茔图说》③

古檗山庄檗荫楼

黃氏古檗山莊記

爾嘉少時讀周禮飄歎古人族葬所以立法者至良而美私心欲仿其遺意親營營宅之所年少志謬思有所樹立歲月不遽益以喪亂卒卒焉未遑及也余友黃君秀娘出示其所作古檗山莊記余讀而善之以為是有合於古族葬之意者黃君為余言壯歲游海外見西人塋城鏊然棋然心焉識之比年息影歸來日周歷谼嶽之巔始得地晉江縣南之檗谷鄉君之先世實居於此所謂古檗山莊是也其地之形勝君自記詳矣余獨思時局日夔陵谷有不可知吾鄉人輒惑於形家者言甲爭而乙競彼攘而此奪異時將有如西人公塋之制私家不得別葬者然則君之此舉寧惟為一身一世計耶余感君之先得我心故為之記以抒余之風懷亦將以矯夫習俗之敝焉丁巳二月龍溪林爾嘉記

林尔嘉题古檗山庄

我倡导村民破除旧俗，出资修建村落通往庄园的跑马大道，疏浚乡里的水渠沟道，从菲律宾运来大批龙眼树和优良的粟种，号召村民种树绿化。因乐善好施，治乱有功，我连得大总统两次褒匾和嘉禾勋章。我将"热心公益""急公好义"两块石刻匾额悬挂于庄园"景庵"和"檗荫楼"堂内，还邀请清末文武状元题书。山门匾额"黄氏檗庄"，为清光绪年间状元、南京临时政府实业总长张謇的手笔；柱联"仰峙吴山俯环石井，远承檗谷近接松庵"，为清武状元、福建护军使黄培松所书；正门匾额"古檗山庄"，则为清末帝师陈宝琛题写。

海天堂构（福建路34、38、42号黄秀烺家族别墅）

尾声： 1925 年，黄秀烺病逝于鼓浪屿，享年 66 岁。其子孙族人遵其遗嘱，扶柩将其归葬于"古檗山庄"，以遂其生前夙愿。参加安葬仪式的各方人士有上千人，盛况空前。1932 年 5 月，后人将园内石刻拓印结集，名曰《古檗山庄题咏集》，分赠亲友。

注释：

①许应骙（1832—1903），字筠庵，广州番禺人，清末大臣。官至礼部尚书、闽浙总督等。著有《谕折汇存》《许尚书奏议》等。与李鸿章等清末名臣同朝为官。许广平为其孙女。

②黄景昉（1596—1662），字太稚（穉），号东厓（崖），明末晋江东石人。官至文渊阁大学士、太子少保，一生著述宏富。

③引自《古檗山庄题咏集》，线装本，1932 年 5 月，厦门市博物馆藏。

人物评传

　　他是下南洋谋生的千万华侨之佼佼者，在亲友的提携下，经过二十余年艰苦奋斗，历尽坎坷之后终成巨富。宗族的内聚力是国民道德的基础，在西方工业文明的影响下，他兼收并蓄，倡导中国传统文化，抵制恶俗陋习，企图用西方先进文明改造家乡，引领新风尚。他心系桑梓，平息械斗，赈济灾民，极尽仁义，被清政府诰封为一品中宪大夫；投资实业，提倡国货，资助孙中山领导的辛亥革命。另外，他还出资调解晋江、泉州村民封建械斗和安海地区的海事纠纷，独修檗谷村黄氏宗祠和泉州开元寺西塔，捐资兴建江夏堂和厦门第一所近代学校——同文书院办公楼。为发展故乡的交通事业，他与邱允衡等人发起筹建泉州至东石的轻便铁路，与林尔嘉等人合资创办福建第一条铁路——漳厦铁路，与陈清机等人合资修建福建第一条公路——泉安公路，与黄奕住等人投资修建厦门轮渡码头……他为家乡公益事业所作出的贡献，赢得了社会广泛的赞誉，各界名贤惠赐墨宝，以示推崇和敬重。在军阀混战的民国初年，他携资回国卜居鼓浪屿、救国救乡的行为为诸多华侨所效仿。他重视宗族，固本求新，苦心营建的仿西周族葬式墓园影响深远。

链接资料

古檗山庄题咏

唾弃形家说，清森檗荫楼。生原敦孝弟，死亦共春秋。
大地群阳战，仁心旅骨收。使君重风义，家国泪横流。

——黄炎培（民国）六年（1917）十月题古檗山庄图

既得地拓而广之，为族葬之制，即以乡名名之，曰古檗山庄。浯之垣之封之树之，为规条而泐之，其为事重本源、明昭穆、符古法、破俗忌，均可为人取法……区区僻远之地，黄君善用之。上足以彰先德，下足以贻孙谋，其仁其智均非寻常商贾所能及。

——厦门周殿薰撰

黄氏猷炳，其学问经验必素为宗族乡党所禽服，而人言无间者也，故有创举而无阻挠，经营积年大功告竣，帖说绘图征文海内，奇欤美哉，功在宗祀矣……此举其有益于宗族者固多，而有益于乡党者尤远，社会教育之前途其有赖乎，因亟志之以嘉其成。

——福建督军兼省长李厚基题

黄仲训（1876—1951），号铁夷，原籍福建南安，清末秀才，房地产开发商。越中华侨首富黄秀荣（文华）之子，与三弟黄仲赞接掌父亲遗产，经营"黄荣远堂"，被称为"房地产大王"。

黄仲训

此地有人常寄傲

出没波涛三万里，笑谈古今几千年。

——黄仲训

民国二年（1913） 癸丑 十月十日

忆父辈越南创业　拓荒地眼光独具

黄文华像

我的父亲黄文华出生于泉州南安，幼年父母双亡，家甚贫，于是弃文从商，跟人来到厦门嘉禾里文藻社①学习做生意，弱冠之年跟随同乡黄少涛前往越南谋生。1871年归国娶我的母亲郑氏，旋即返回越南，此后经常往返于两地之间。母亲为鹭江名医郑法汉之女，十七岁嫁给父亲，勤俭持家十余年，朝夕劬事，措置井井，累资数十万。1876年，父亲在越中著有声望，申请取得法国国籍，才将母亲一同接往越南。父亲因善观时变、计盈亏，法国人大为推服，乐与共事，雇他经营典当行。法国老板病故托孤，将典当行及幼子一并托付于他。他不负重托，将典当行打理得有声有色，栽培老板遗孤成才。由于父亲与法国人建立起亲密联系，法国人授予他经营典当专利权，在西贡堤岸陆续开设了十三家典当行，汇聚起庞大的财富。

曾有一法国商人经商失败，一时周转不灵，濒临破产，父亲慷慨解囊助其渡过难关。这位法国朋友滴水之恩，涌泉相报，感激之余将开辟新商埠的土地开发计划透露给他。越中有地曰厚芳兰②者，纵横十余万尺，久荒不治，无人问津。父亲知其为日后商贾扼要之区，意欲得之。母亲也极力劝说父亲促成此事："人弃我取，大利必归。"于是，1896年，父亲成立黄文华置业公司，在此广购地皮，开拓荒地，久之而气象一变，车阗马骤，铁轨四通。法国人建设南北越铁路，中央车站就定在堤岸市郊，政府宣布在此开辟新商业区，地价飙升。父亲有计划、有步骤地开发地产，他将一部分地皮转手卖出，以所得资金建筑商店和住屋，再高价卖出，逐级经营，所建出租房屋有数百座，规模不断扩大；经营未能十之一二，岁率所息不下十余万，铢积寸累，资财由数十万而增到数百万以至千万，成为越中华侨首富。

1898年，我考中同安县秀才，拨入泉州府学成为增生。父亲慕泉州文风朴素，士大夫多长厚君子，有邹鲁风，令我择仁买宅，在泉州新门街建造洋楼两座，为他日养老计。本想一鼓作气赴乡试，入仕途一展身手，不料1900年风云突变，八国联军攻入北京，时局动荡，乡试中断，清王朝的统治摇摇欲坠。在这种情况下，我放弃科举，遵父命赴越南协助父亲经商。一年后，父亲在越南逝世，我遵嘱将其灵柩运回泉州西关外南安石坑③安葬。我们兄弟四人，大哥黄仲谟幼年过继给伯父更名伯图，少时往越南助父经商，中年早逝。所遗两子，长子名庆初，次子名庆祥，绝不肯加入法国国籍。四弟仲评尚年幼。父亲去世后，资产由我和三弟仲讃合力打理。父亲所遗除大宗房地产外，还有典当行十三间和银行存款数百万元。为了保护家族资产，我和三弟、四弟都加入了法国国籍。

经过十几年的打拼，我决定携资回国。民国初建，政局甫定，我与弟仲讃各捐资一万元用作军饷，今获国民政府二等银色奖章褒奖。

黄仲训像

黄仲训别墅（中华路10、12号）

我以祖父黄荣远的名字为堂号，以一百二十万银圆为"黄荣远堂"注册资金，在厦门和泉州广置楼屋，开发房地产，并将母亲接到鼓浪屿中华路的家中居住。

| 民国八年（1919） | 己未　三月 |

避动乱迁居鼓屿　筑新亭遥思兄弟

1915年，母亲殁于鼓浪屿，我从鹭江扶丧归泉停柩，1917年正月初八葬母亲于西关外南安石坑之麓，与先父兆域相去二百武，入土为安。泉州军阀统治，土匪横行，绑票勒赎日有所闻，故惧而迁居厦门鼓浪屿。我在鼓浪屿泉州路新建别墅两栋，将黄荣远堂公司办事处迁至此处。

同住鼓浪屿的宗兄黄秀烺在家乡南安仿古族葬之制精心营建古檗山庄，我甚是羡慕，在南安父母茔墓附近之翠屏山购入大片土地，预与舍弟仲讚合营家族墓园④，后来因时局混乱，得罪了当地民团而作罢。

虽避居鼓浪屿，而泉州匪徒仍想法勒索，侦知我母亲葬在泉州西门外石坑村，乘夜发掘，将母亲头颅取去，索价数千元取赎。但头骨真假殊难辨认，因母亲生时曾请牙医盛九昌补齿，拔齿后牙还留在家中，乃将赎回头颅托医生与所存后牙对合，结果数次交来都系假冒，然已花费不少，而真骨终未找到，我对此恨之入骨，却束手无策。后友人劝告，土匪绑票累及枯骨，如果以金钱取赎，此风一长，必贻祸

黄仲训题古檗山庄（1917年8月）

厚芳兰馆内黄仲训题刻"不诃" 　　厚芳兰馆内黄仲训题刻"屹顽"

日光岩厚芳兰馆

泉壤，后患不堪设想。我方领悟，不再言赎。

公司在鼓浪屿买下多处地皮和房产，于田尾风景区开发洋楼十数座，专供洋人租用。我始终墨守古训，勤俭持家，居处简陋，自奉甚薄，一直住在中华路旧居，日渐拥挤。我陆续买下日光岩下两万平方米的荒地，打算营造一处可以与菽庄花园媲美的私家园林。我在日光岩寺⑤一侧建造厚芳兰馆，以纪念父亲在越南创业的艰辛。厚芳兰馆依山石而建，馆里花岗岩石没有挖去，形成山石在室内的独特景

瞰青别墅（永春路71号）

观。我兴建瞰青别墅，通过天桥连通依山修建的瞰青园，并在我购买的地界周围修建制堞式城墙，广交文人雅士，雕琢摩崖石刻，精心营造一片园地。我邀约文友诗酒唱和，在此乱世中独享清幽。好友吴钟善[6]诗云：

别墅于今说瞰青，巍然楼阁短长亭。
主人亦自耽风雅，白石新磨待勒铭。

我也在瞰青园的石壁上题刻：

小拓园亭傍晃岩，峰回路转石巉巉。
登高放眼江天外，无限青山落日衔。

每逢佳节倍思亲，我和三弟仲讚深知父辈越南创业的艰辛和守成

第三章　商业浪潮　339

之不易，彼往此来不稍宽假，聚少离多，忆别未久，宛似数秋。

远而亭为忆余弟仲讃所建，去年秋落成，赋此志感：

小筑新亭号远而，断章取义本风诗。乐邱结伴先营窟（乐邱在南安翠屏山），磐石铭勋当纪碑（同理先业，弟多勤劳）。一枕梦魂萦海外，万家灯火瞰江湄。相思只合栽棠棣，留待君来话别离。

另于亭柱上刻联二副：

嵌石一亭，临水居然可月；
层峦百尺，插天直许栖云。

与君相约退闲，喜此地襟山带水，大好青春赏雨，白日看云，匿迹鹭滨销岁月；

笑我凤称不慧，幸随缘衣税食租，翛然与世无争，于人无忤，寄身蜗角阅沧桑。

瞰青别墅室内屏风

瞰青园远而亭（1929）

　　国内军阀混战连年不息，如同同胞兄弟手足相残，不知何时各方政治力量能够放下争端、握手言和、紧密团结、一致对外？国家前途命运不可预见。今春三月，陈培锟赴约来访，感怀时事，作赋铭刻之：

　　杜陵归陆浑，苦吟忆弟诗。海宇值丧乱，人事伤乖离……孔怀诵棣华，筑亭名远而。阋墙与御侮，此意谁深知。燃箕急煎豆，视此能无悲（时南北战祸尚亟）……我来正春末，风日相融怡。良会不可忽，河清终有时。愿君千万寿，荆树开连枝。

民国十七年（1928）　　　　　　　　　　戊辰　一月二日

题古迹圈地风波　惹官司人言可畏

　　1922年，我在泉州力主拆旧街，建马路，大兴土木，将新门街改建为仲训街，支持泉州新城市运动，因当地商民强烈反对作罢。1924年，受好友圆瑛法师[7]之邀，我以紫云黄氏后裔的身份，与黄奕住、黄秀烺等捐资重修泉州开元寺，与三弟仲赞一起出资修建法堂。

　　商圣范蠡[8]是我非常崇拜的一位商人，功成名就之后归隐于乱世，有超越常人的大智慧。1925年冬，我在厚芳兰馆观景台之上修建蠡亭，视野极佳，隔岸静观云海波澜，在亭柱上题词一首：

频年未靖烽烟，回首故国河山只兹干净；
今夕且谈风月，笑指隔江钟火无此幽清；
何处鼓声填滚滚，来从沧海远；
隔邻钟韵逸悠悠，响彻水云深。

　　十年前，我发现在日光岩古寨门旁，不少石头上有人工开凿的孔洞，应该是郑成功当年操练水师、安营扎寨留下的遗迹，于是重修水操台遗址，题刻"郑延平水操台故址"字迹，以表敬仰英雄，为山林点缀佳趣。不想却给自己惹上麻烦和官司。厦鼓社团认为郑成功遗迹属于文物古迹，不该被我圈入私家花园。有人疑我侵占公地，赴思明县公署调查，发现我只有四宗会印地契，与实占地盘相差甚远，一时群议沸腾。鼓浪屿华民议事会于是以创设公园、保护古迹之初衷，成立延平公园筹备会，发起收回日光岩郑成功遗址、筹建延平公园的运动，对我提出控告。厦门的报纸也跟着纷纷抨击我侵占公地。

郑延平水操台故址题刻

厚芳兰馆蠡亭

其实瞰青园地均经先后给价向各业主承租，契券计十一宗，四至凿而有据，已会印四宗，民国七年以后陆续所租七宗地界由于闽局屡有变迁而未及会印，致引起各社团之误会。实际上本地居民拥有不动产契据而未投税者亦十有六七。我在瞰青园内插上法国国旗，本想寻求治外法权的庇护，不想却引起鼓浪屿居民的公愤。我请法国领事花嫩芬向中国政府外交部驻厦门交涉员刘光谦[9]提出交涉，没有效果，只好邀请在鼓浪屿颇有名望的好友黄奕住、林寄凡[10]等出面调停。

日光岩公地狭而形长，周围仅三亩，与瞰青园界址和郭春秧别墅、刘瑞山旷地毗连。据闻延平公园筹备会曾托人向刘君商量买地用以扩建公园，不料刘君借机抬高价格，三亩多地要卖四万银圆，要建公园似属不宜。为了顺应社会舆论，也为了纪念英雄，几经磋商后我作出让步，将瞰青园内水操台故址及避暑洞后坟地捐出，并捐资修建延平公园，界地风波由此平息。

民国二十三年（1934） 甲戌

修码头填海造陆　抄经书为弟祈福

1928年，我投资十万银圆买下通商局旧码头及大片旷地，填平大片海滩，本拟兴建商业街，因沙层太厚，索性围海筑堤改建成黄家渡码头。1933年10月13日，黄家渡失火，延烧至锦祥街，毁屋200余间，千余人无家可归，损失惨重。

弟弟仲讚沉静内敛，在越南管理家族内部财务，我负责对外关系，我们互相配合，将家族事业发扬光大。1931年，当家人举行仪式

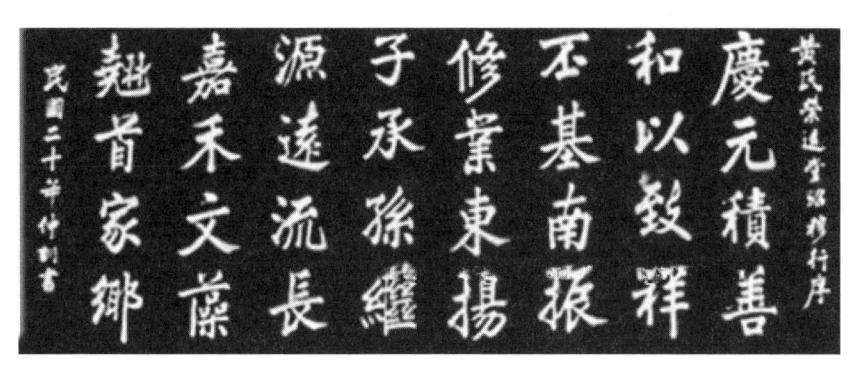

黄仲训手书牌匾（1931）

庆祝我和弟弟仲赞的年龄加起来一百岁时，我手书牌匾：

庆元积善，和以致祥。丕基南振，修业东扬。
子承孙继，源远流长。嘉禾文藻，翘首家乡。

仲赞在越南病重，我手书《道德经》[①]为胞弟祈福。为拓展公司

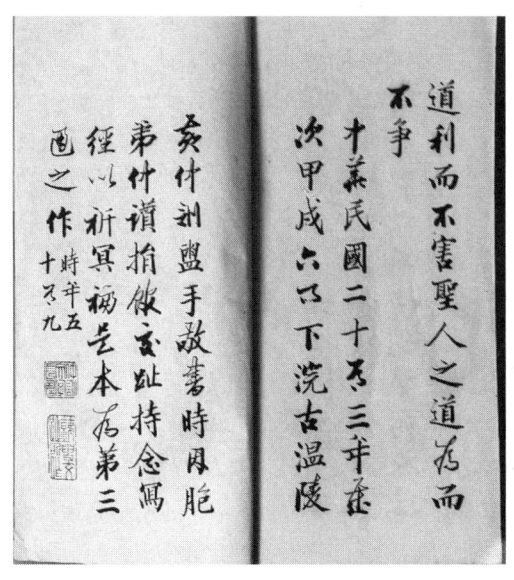

黄仲训手书《道德经》为胞弟祈福（白桦提供）

第三章　商业浪潮　345

业务，我买下福建路32号别墅[12]，改建翻修，预备将黄荣远堂办事处乔迁新址。

尾声：全面抗战爆发后，厦门沦陷，黄仲训退往越南躲避战祸，不料几年之后越南也被日军占领。日本人多次动员黄仲训出任伪职，他坚辞不就，1942年被日军关押，受尽折磨。日军投降后，黄仲训重获自由，身心交瘁，1951年[13]在越南病逝，埋葬于西贡附近的家族墓园"息园"。黄仲训去世后，由其第六子担任家族总理之职，公司业务曾一度拓展。20世纪50年代，黄仲训家族在越南的房产悉被没收，子孙逃往法、美各地，黄荣远堂公司正式迁往法国巴黎，越南典当世家不复存在。

黄仲讃（左）、黄仲训（中）、黄仲评（右）三兄弟合影（1931）

黄荣远堂（福建路32号）

注释：

①今厦门思明文灶。

②厚芳兰：地名，位于今越南胡志明第一郡，即凤山寺、明德中学附近。

③位于今泉州新门街附近。

④翠屏山墓地现仍存高大望柱，上刻对联："枕双阳带双溪，山明水秀真如画；生同胞死同穴，地久天长永弟兄。"引自梁春光：《厦门鼓浪屿有关黄仲训的诗联题刻》，《闽南》2021年第1期。

⑤日光岩寺：位于鼓浪屿制高点日光岩脚下，始建于明正德年间，初名"莲花庵"，是一个以一块巨石为顶修建的天然石洞，俗称"一片瓦"。明万历十四年（1586）重建，因供奉"东方药师佛三圣"中的"日光菩萨"，故更名为日光岩寺。日光岩在明代称"岩仔山"，因"日

光岩寺"而得名。相传 1641 年，郑成功来到晃岩，看到这里的景色胜过日本的日光山，便把"晃"字拆开，称之为日光岩，此为谣传。

⑥吴钟善（1879—1935），字元甫，号顽陀，别号桐南居士、守砚庵主，福建晋江人，与伍乔年为福建壬寅科乡试同榜副举人，其父吴鲁是福建最后一个状元，1911 年曾寓居鼓浪屿。著有《守砚庵诗稿》等。

⑦圆瑛法师（1878—1953），法号宏悟，别号韬光，又号一吼堂主人、三求堂主人，福建古田人，近代佛教领袖。1929 年与太虚法师共同发起成立中国佛教会，并连续数届当选主席，一生为团结全国佛教徒、促进和平作出了巨大贡献。

⑧范蠡（前 536—前 448），字少伯，楚国宛地三户（今河南南阳淅川）人。春秋末期政治家、军事家、谋略家、经济学家和道家学者，越国相国、上将军。曾献策扶助越王勾践复国，兴越灭吴，功成身退，经商致富，天下称陶朱公。著《范蠡》兵法二篇，今佚。

⑨刘光谦，别号伯襄，1922—1938 年任南京国民政府外交部厦门交涉员。厦门交涉署成立于 1913 年，署址设在鼓浪屿梨仔园附近，现复兴路 77 号。

⑩林寄凡，福建闽县（今福州）人，曾任福建省政府委员。厦门沦陷期间任鼓浪屿"了闲别墅"负责人兼中医师。

⑪1935 年，黄仲训手书《道德经》由上海中华书局影印出版。

⑫此前流传的 1937 年黄仲训海上豪赌赢别墅系谣传。施光铭已于 1921 年去世，根据曾谋耀提供的地契，施光铭别墅抵押给中兴银行后由菲律宾华侨吴苟来购得，1934 年，吴苟来又将其卖给黄荣远堂公司，并非黄仲训与施光铭之间的个人交易。

⑬关于黄仲训的卒年，有 1942、1951、1953、1956 等多种说法。根据黄仲训孙女黄园镜的朋友提供的资料，黄仲训生于 1876 年 4 月 4 日，卒于 1953 年 9 月 29 日，享年 76 岁。此说法自相矛盾。古人

惯用虚岁纪年，按现有资料1915年黄仲训40岁，1934年59岁，若黄仲训享年76岁，则其去世于1951年。根据越南方面的资料可知，由于黄仲训父母葬在家乡南安屡遭盗扰，于是当1934年黄仲讚在越南去世时，黄仲训在西贡选择了一块约5公顷的土地作为家族墓地，将兄弟安葬在这里。1951年黄仲训去世，1961年黄仲评去世，分别埋葬于此家族墓园。

人物评传

　　他出生于旧式大家族，家族的兴盛始于父亲黄文华。贵人知遇，老板托孤，典当起家，越南发迹；友人报恩，置厚芳兰，经营地产，富甲一方。"为之于二十年之前，收效于二十年之后，拓此百世不敝之业，何其识之远也！"黄文华一次倾尽所有的冒险，奠定了黄荣远堂家族"地产大王"的百年基业。

　　他嗜好读书，心中藏着文人梦，经营房地产是继承家族事业，守住家业的保障。他秉承父业，经营的黄荣远堂地产公司业务遍布越南、法国、英国和中国上海、香港、厦门、台湾等地，身家逾千万。他年少得志，做文人文采飞扬，做商人眼光独到，年纪轻轻就兼具才华与财富，衣锦还乡荣归故里。他侠肝义胆，有着读书人的济世情怀和民族气节。他渴望功成名就之后归隐田园，吟诗作赋，采菊东篱，这是千百年来中国士大夫的梦想。

　　虽然时局将一个向往成为名士的少年磨炼成投机商人，虽然在泉州改建新门街和修建翠屏山家族墓园的梦想遇阻未能实现，虽然在日光岩隔岸独享清幽的美梦也因界地公案留下无奈缺憾，但他也曾金榜题名、耀祖荣宗，也曾运筹帷幄、驰骋商界，也曾魂牵故里、热心公益。"此地有人常寄傲，问天假我几何年"，瞰青别墅门柱上的对联是黄仲训历尽世事沧桑、"弹指一挥间"的感叹和"一笑以视之"的洒脱，其文人风雅和傲骨可见一斑。

时光匆匆，时局易变，一位热爱桑梓、慷慨捐输的爱国华侨最后逃难越南，客死异乡，人生也留下了诸多遗憾。这就是一代地产大亨的激荡人生，功过是非自由后来人评说。

雄才伟业扬中外，浩气英风贯古今。

一代豪杰从此逝，长使英雄泪沾襟。

链接资料

寄祝黄仲训四十初度　时客越南（节选）

乙卯（1915），许南英遥寄诗文为黄仲训庆祝四十寿辰："弱冠一衿登首选，中年万贯满腰缠。平生嗜好惟文墨，若论青紫何难得？不辞泛海学陶朱，自愿输边同卜式。造福无量惠祖乡，奇人干济侠人肠。"

——许南英《窥园留草》

许经权（1890—1956），福建晋江人，菲律宾华侨，富商。

许经权
诚以致富报桑梓

对人以诚信，人不欺我；对事以诚信，事无不成。

——冯玉祥

| 民国六年（1917） | 丁巳 冬 |

好运气成就的辉煌——"三B"烟厂

　　我的父亲许志长年少家贫，十六岁就下南洋到菲律宾谋生，在街头摆摊卖米，做小本生意。其时，族亲许孝鸣开设泉和号，已经是小吕宋数一数二的大商人，担任小吕宋中华商务局总会董事兼会务整理股主任、会长秘书。西班牙人嫉妒他的财富，对华人产业征收重税。父亲娶当地女子为妻，可以享受许多特权，得以免税。在许孝鸣的大力扶持下，父亲由行商到坐贾，从手卷纸烟发展到机制卷烟，创办了菲律宾第一家华人纸烟厂——泉庆烟厂有限公司。19世纪末，美国与西班牙为争夺菲律宾而大动干戈。西班牙战败，又不甘心就此罢手，有谣言说，西班牙人为报复美国，在卷烟中掺入毒素。一时间，西班牙制造的卷烟无人敢买，父亲泉庆烟厂的卷烟顿时成为抢手货，被称为"三B"烟厂[①]，生意大好，日进斗金。正当事业红火之时，跟他一起白手起家的妻子不幸去世，父亲安顿好烟厂的事务后，返回晋江老家续娶家乡女子蔡究，也就是我的母亲为妻。我出生那年，父亲在家乡檀林捐建私塾"养兰山馆"[②]。逢初一、十五，父亲经常施赈给邻乡贫苦人家，来者不仅可以领到一个银圆，还能饱餐一顿。

　　我九岁随父亲到菲律宾马尼拉学习经商，学会了英语、西班牙语；十三岁任泉庆公司司库，参与烟厂的财务管理；十八岁时，父亲把烟厂交给我，回到家乡晋江檀林养老，安度晚年。在父母的

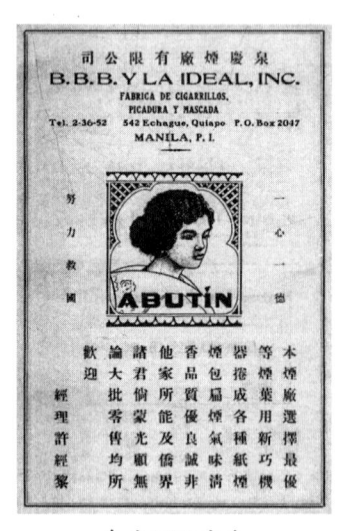

泉庆烟厂广告

安排下，我回乡与前清进士蔡枢南③的次女蔡红绫成亲，成家立业。

在檀林举行婚礼后，我返回菲律宾升任泉庆公司总经理，公司在我的精心经营下，信誉卓著，业务蒸蒸日上。前不久，父亲去世，我回家乡奔父丧，料理后事。我担心家乡治安不靖，将母亲接到菲律宾孝敬供养，想让母亲过好日子。可是，母亲过惯了闽南生活，不习惯菲律宾的水土，又失去了操着闽南话的乡亲，住不上几个月就闹着要回晋江老家，令我左右为难。

民国十五年（1926）　　　　　　　　　　　　　　　丙寅

尽人子之孝的遗憾——番婆楼

由于家乡治安不靖，很多同乡华侨都在鼓浪屿购地建房，在厦门投资实业。无可奈何之下，我想到一个折中的办法：将母亲接到鼓浪屿养老。因为靠近老家，风土人情、语言习俗等都很相近，母亲在这里不会不适应；鼓浪屿交通便利，经济繁荣，相对安全，无论生意还是家庭都可以兼顾。

1920年，在鼓浪屿离杨家园不远的地方，章永顺医生新建一座三层带花园洋楼"钻石楼"，因墙体角柱及窗户上镶嵌洁白的鹅

许经权母亲蔡究

钻石楼（鼓山路7号）

番婆楼（安海路36号）

卵石，阳光照射时似晶莹的钻石闪闪发亮而得名。我购得钻石楼，举家迁往鼓浪屿定居。因不够居住，后来又有了番婆楼[④]。番婆楼门楼顶上两边有两只金丝鸟衔着铜钱以示富贵，两扇铁门中央均置福字，一正一反，寓意进出有福。每层四面均环绕着西式外廊，整体布局则符合中国传统建筑的中轴对称。

这次，我从菲律宾赶回鼓浪屿奔母丧。番婆楼翻新建好后，原想让母亲住得宽敞些，然而新楼建成两年后，母亲溘然长逝，最终也未住进番婆楼。

民国二十六年（1937）　　　　　　　　　　　　　　　　　　　　丁丑

诚以致富的坚守——中菲汇兑信托局

我在家乡创办溪安汽车公司、永安酱油公司、顺庆银庄、德舆地产公司、唐山船务公司等，业务涉及金融、地产、食品、运输等多个领域。我捐资兴建谭林街、修葺万安桥和溪安公路，担任鼓浪屿电灯公司、救世医院、鼓浪屿医院的董事和厦门群惠小学的校董。本来，我购"钻石楼"、建"番婆楼"，是想在鼓浪屿安居乐业的，无奈1937年全面抗战爆发，迫于形势只好举家迁往菲律宾。

1918年我在厦门开美南信局，专为菲律宾华侨代送信件与汇款，后来被三家代理商拖欠大概七万美金。我出钱还清债务，才结束了业务。顺庆银庄创办后，由于用人不当，导致很多放款无法收回，我只好没收了一些不值钱的地产。去菲律宾之前，我从马尼拉把积蓄多年的国币三十多万元汇回厦门，清理客户存款，派人挨家挨户把钱款送到客户手中。商人靠信誉行走天下，送款上门的义举使我赢得了中国银行厦门分行行长黄伯权的信任，今年我在菲律宾顺利创办中菲汇兑信托局，即得益于黄伯权的大力支持。

民国三十年（1941）　　　　　　　　　　　　　　　　　　　　辛巳

门当户对的婚姻——名门联姻

今年，我的六女儿许晴霞与厦门天一楼主人吴文屋的七公子吴炎生在马尼拉喜结连理。我的亲家吴文屋靠着拾金不昧的诚信品质，从一穷二白之家发展到如今三百多人的富家大族，为人令我敬佩。

1894年，同安石浔村遇荒年，吴清体、吴文屋兄弟手攥三枚铜板来到厦门谋生，在码头上做苦力，后来攒钱买了条小舢板，以在厦鼓之间摇双桨船摆渡为生。一日，他们摆渡一荷兰人到鼓浪屿，人送走后，两兄弟发现客人遗落了一个皮箱，内有很多银圆、证件和票据，遂停渡在码头等待。直至日落时分，荷兰人找来，遂交还失物，遗落之物一件不少。此人正是亚细亚火油公司派来闽南开办分公司之人，因为包内的文件及其重要，荷兰人感激不尽，后来便介绍这两个诚实的年轻人代理公司业务，教其做生意。两兄弟意外获得代理权，从摇橹工变成了生意人，在鹭江道成立合福庆商行，专门代理亚细亚汽油、火柴、蜡烛等生活必需品。这些"洋货"很畅销，生意越做越大，兄弟二人从亚细亚火油公司的闽南总代理发展到荷兰渣华轮船公司厦门总代理，还有了自己的码头。他们由此积累了大量财富，成为闻名遐迩的富商。

尾声：因救济抗日志士，许经权于 1941 年 9 月被日本人拘捕 17 日。直到 1956 年 9 月病逝马尼拉，许经权再也没有回到鼓浪屿居住。高堂华屋、深宅大院终成客居。

注释：

① "三 B"烟厂：西班牙语 Bueno 好、Bonito 美、Barrato 便宜之意。

② "养兰山馆"是檀林村中由华侨捐建的第二座私塾，第一所私塾是由旅菲华侨许逊沁捐建的"绿野山房"。

③ 蔡枢南，讳仲辉，字寿星，号莲汀，福建晋江人，寄籍台湾彰化，清末进士，任户部主事。

④ 番婆楼曾经作为美南信局鼓浪屿分支机构的驻所，引自《许经权先生归天纪念册》，第 2 页。

人物评传

　　他是出身豪门的富二代，父亲的卷烟厂因好机遇而生，为他创下基业；他是富甲一方的闽南商人，耳濡目染，子承父志，也乐意周济穷苦，乐善好施，服务桑梓，造福乡里。虽然少时随父经商海外，但是许经权仍然深爱着中华文化，谨守孝悌，诚毅忠正，深知民族大义。

　　孟子曰："爱人者，人恒爱之；助人者，人恒助之。"作为一个成功商人，他的人生也有遗憾。好运与厄运相伴而生，得意与失意交替循环，得意时帮帮别人，失意时请别人帮帮，人生起起落落，福祸相依。做生意如同做人，恪守诚信不仅为他赢得好名声，而且给他带来机会和好运气。正是靠着诚实做人、坚守信用，他的生意越做越大，即使遇到了危机，也可以化险为夷，遇难重生。一心为母亲尽孝道而遗憾母亲未入住的番婆楼，因诚信而得以顺利开办的中菲汇兑信托局，因看重诚信品质而与吴氏家族结合的名门联姻，都是以德立身的见证。

链接资料

誉满鹭江

厦门首任市长兼思明县县长许友超评价许经权曰："其治事也谨，其约己也严，故人皆敬之。"厦门文化名人对这位侨界名绅都以中华诗歌、书法之美，誉其风雅，赞其品行。特别是当时在中山路有一条小巷名为广平巷，这条小巷出了三位杰出的人物：虞愚、苏警予、谢云声，人称"广平三杰"，他们也都有诗赋题赠许经权。如虞愚"凤有高梧鹤有松，偶来江外寄行踪。花枝满院空啼鸟，尘塌无人忆卧龙"；苏警予"白云还忆去年春，冷雨杨花踏作尘。十二桥头弦管散，可怜尤有荡舟人"；谢云声"送秋人尚为花忙，唤客同倾花下觞。四角烧灯中列炬，枝枝花上发光芒"。

卓全成（1894—1980），祖籍福建南安，生于漳州，居住在鼓浪屿，同英布店老板，积极支持教育和慈善事业。

卓全成
同英布店的经营之道

> 无论同英布店赢利多少,卓家居则一宅,食则定量,全部家用都从我的薪水里开销。总的一个精神,能节约的就不让随意浪费。
>
> ——卓全成

| 民国二年（1913） | 癸丑 |

创业经过

卓家早年世代以角梳手工业为生。我的祖父从祖籍地南安迁居漳州，继续经营角梳。同治三年十月，太平军李世贤占领漳州，祖父逃离漳州，所积薄产也在战乱中损失殆尽，我的一个叔父也于战乱中散失，不知所终。不久祖父去世，我父卓长福再回到漳州，无以为生，乃充人之学徒，因其刻苦耐劳，为老板所赏识。不久，即被提拔为"家长"，也就是老板的助手（相当于经理）。

稍后，我父亲自图进取，摆小摊于街市，营苏广杂货；而立之年略有积累，则赁屋开设同兴杂货店，以零售杂货为主，颇有获利。我们兄弟因年纪太小，未能助理店务，遂雇用学徒两三人[①]。除经营杂货店外，父亲还分出部分资金与人合营布店。

漳州当时还没有开设银行，一般人有闲散的资金，都寄存在比较殷实的商户生息。同兴经营顺利，守信用，得以吸收社会上大量闲散资金。但由于我的父亲"好大喜功"，急于建置产业、扩大规模、修建房屋，耗资过多导致资金周转不灵，存户索款经常碰到银根紧张难以应付的情况，因此决定在厦门开设分店，一则维持存户信用，二则努力奋斗，希望进展。

1903年，父亲迁居厦门，凑一千银圆"店底"起家，租赁林尔嘉位于闹市中心竹仔街的店屋，经营绸布和杂货，取名同英布店。因地处中心地带，加上信誉良好，赊货经营，故买卖发达，经五六年苦心经营，还清债务，购入数屋。我是家中第三子，十三岁入同英当学徒，经几年锻炼，胜任店务。今年，我父认为夙愿已偿，遂萌生退休之念，准备将同英收盘不干，甚至已将"店底"卖与淘化大同公司。

我们兄弟三人已成年，大哥德成为西医，在漳州开"兆生药房"，二哥绵成为美商"美孚洋行"经理。我们一直认为生意还是好做，收盘未免可惜，遂坚持继续经营。但"店底"已顶给淘化大同公司并且已经收了定金，经过朋友调解，以加倍偿还收回"店底"，继续开张，由我担任经理。

民国二十一年（1932） 壬申

同英布店的经营之道

我做老板不久，就碰上了好运气。1914年7月底第一次欧战爆发，为同英带来了意外的利润。同英进口英国德建金鸡纳霜丸，老人牌、鹰牌牛奶膏和绍昌肥皂，并和福建药房、尚志堂联合起来包销，避免竞争。欧战发生时，由西欧输入的洋货成倍地涨价了。由于外汇汇水跌价，办了押汇，只需交百分之二十货款，等货到了，剩下的百分之八十货款又因汇水跌价就赚了钱。往往是货还在运输途中，这里货价就涨了几成，英国棉布、哔叽以及其他洋货品甚至成倍地涨价。如一瓶一斤装德国染料由六七角钱涨到六十元。这一年单洋货涨价，就为同英增加了一万余元的利润，使同英的基础更加牢固。

到1927年，同英全部改营布匹。同英布店向来以诚信经营著称，不短尺少寸，不以次充好，不讨价还价。为了打造同英布店货真价实、真不二价的牌号，我和二哥精心设计了一种中英双语的广告单，上面除了经营范围、联系电话等信息，还有醒目的"同英布店，真不二价"字样，客人买布的时候将广告单用作包装纸，把布包起来，在

同英布店广告

同英布店广告：真不二价

方便顾客的同时起到宣传作用。不久，阴丹士林出世，同英获得了福建总代理的权利。我督导营业员笑脸相迎，针对不同客户介绍不同产品；推荐可称为"王牌"的流行货色和款式，如英国羽莎、罗绒、高突棉、阴丹士林、日本线绢等。在二楼设置样品室，展示当季流行的服装款式供顾客挑选；还设有加工场，客人可现场量体裁衣。每逢节庆或换季之前，开发推出新产品供顾客选择，可以挂账赊货，布匹卖到最后一截常常打折或赠送。

同英布店还联合同业，组织了永（春）泉（州）厦（门）水途保险公司、漳（州）（石）码厦（门）棉布途保险公司，每家资本额五六万元，由我任董事长。凡是内地客户向同英采货或赊销的，一般都会投保，采货员还可抽取佣金。保险公司每年年终结算，按股分红，获利不少。

军阀混战期间，军队变化很大。这个军阀倒台，那个军阀上台，土匪有时也改编成政府军，军队制服不断换色。这就需要向市场订制大批军服、被单。同英承揽了不少生意。跟军阀做生意最怕的就是军阀失败了，到期不来提货，资金就要受积压，所以一般规模较小的店家都不大敢承担这种风险。同英因为货色齐全，资金周转灵活，而且自己在楼上就设有成衣加工厂，交货迅捷，承做军服的业务每批都可获利几百元。

为了避免国民政府的苛捐杂税和军阀官吏的敲诈勒索，1930年，同英用大哥卓德成的名义向葡萄牙领事馆买了一张籍牌，加入葡萄牙籍，同英的招牌改为葡商同英洋行，参加葡萄牙商会。洋行可以不纳厘金[②]，还可直接向外商厂家进货，获货物报关提取之便，成本低、品类全、款式新，在同行业竞争中处于优势。

同英布店靠着童叟无欺的诚信经营、于无声处的广告宣传、物美价廉的品质保证、量身定做的周到服务、灵活多变的营销手段，赢得了顾客的信任和青睐。随着生意越来越好，同英布店实行批、零兼营，批发业务拓展到闽、粤两省。每年年关，市场上总不免会碰到有些同行因周转不灵，而不得不忍痛低价拍卖存货的事。同英资金雄厚，这些便宜货很自然地吃进来，有时货价仅及成本的六七成左右。

同英布店位于商业荟萃的三角地带，又靠近码头，地点极为优越。但店屋是向林尔嘉租赁的，没有保障。碰巧林尔嘉向殷雪圃借款，以同英店屋为抵押。契约期满，林尔嘉没法按期偿还本利，遂交割与殷雪圃为业。我以高于市价一万六千多元的价格向殷雪圃洽商买了过来。后来左邻右舍，如著名的崇茂茶庄、施仁玉香店、建寅布店、广福昌绸缎店，以及福瑞昌、观音亭等五六个店面，都在他们经营失利或政府修建马路无法改建时，由我收购。经过两次改建，店面扩充了五六倍，同英布店进入鼎盛时期。

| 民国二十一年（1932） | 壬申 |

支持教育　热心公益

我对社会慈善事业极力支持。1928年，厦门爆发收回租界、争回电灯权的运动，鼓浪屿工部局出于无奈，以公开招标的形式决定英商电灯公司的经营权。1929年，我与友人组成的华人商团中标，将鼓浪屿英商电灯公司改组为鼓浪屿中华电汽有限公司[③]。1930年前后，华侨竞相汇款回国，在厦门形成房地产投资热潮，地皮价格突飞猛涨。我出资一万元与朋友合办大厦公司，并任董事，投资填筑浮屿海滩，填好后地价翻了好几倍。1930年，许春草发起的中国婢女救拔团经费紧张。我引进织布机数架捐赠婢女收容院，教导院生学会织布，并代包销，将收入悉数交与许春草，作为收容院的维持费，以减轻许春草的债务。许春草所办事业，我无条件赞成。因为他所作所为，都在追求公平正义，体现了大爱至上、慈悲为怀的广阔胸襟。

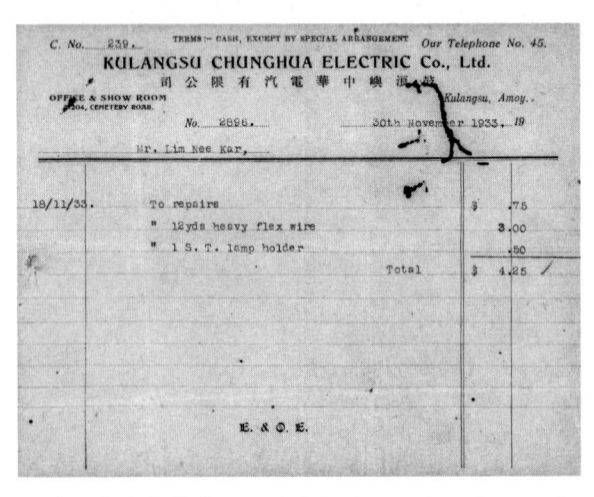

鼓浪屿中华电汽有限公司票据（1933年9月30日）

民国三十八年（1949）　　　　　　　　　　己丑　九月二十八日

勤以致富　俭以养家

厦门沦陷期间，同英存货损失了一半，约二十万元，但另一个机会又来了。日本人的残酷统治，真是到了民不聊生、饿殍遍野的地步。许多中小资产者坐吃山空，纷纷破产，不得不变卖房地，以作逃往他地的川资。因为卖的人多，买进者少，房地产的价格一落千丈，甚至跌到不及原来造价的十分之一。同英为了避免货币贬值的损失，先后买进房产三十七座。虽然损失了二十万元，但因为把资金转移到房地产上，不但资产保住了，而且还增加了资产的实值。

1937年，我选择在鼓浪屿上偏僻的一角营造居所。居所优雅、宁静、低调，尽量不引人注意，关起门来过自己的小日子。我的夫人陈水莲是怀德幼稚园老师，我们原本有十二个孩子，第四个儿子一岁多的时候不幸夭折了，我将三子卓仁禧的生日改为1931年2月12日，用来纪念他。

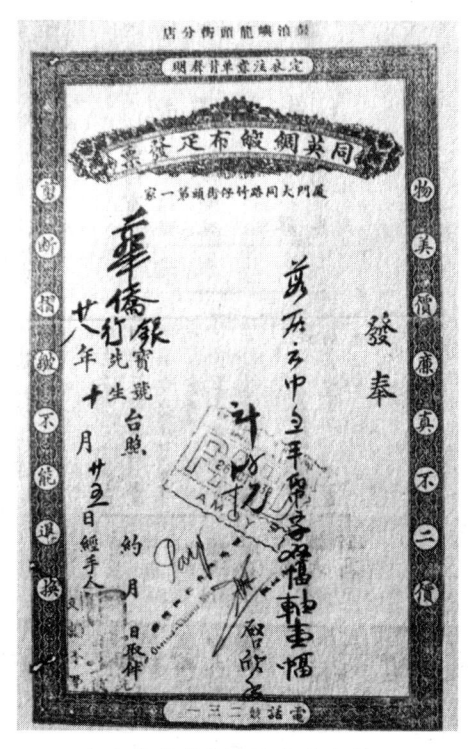

同英布店鼓浪屿分店发票
（1939年10月25日）

同英布店除我以外，没有自家亲人在里面，所以我日夜操劳，平时住在店里，与店员过同样的生活，亲身经营管理，五十年如一日，什么都要管到。由于长年站柜台，我双腿浮肿，得了静脉曲张。我每周只回家住两天，每天清晨，固定有一小时的读书时间。我平日里忙于生意，夫人负责管家，把每个孩子都调教得知礼好学。家就像学校，吃饭要摇铃，只要听到铃声，孩子们就各自从自己的房间出来吃饭。家里充满了孩子们的歌声与琴声，欢笑声与读书声。

同英布店实行家店分离的管理模式。无论同英布店赢利多少，卓家居则一宅，食则定量，全部家用都从我的薪水里开销。年终的红利用来扩大经营或投资房产，积累下不少产业。我兄弟向店里支钱，也只能是在各自分得的纯利项下支取，大家都不能把家费当作企业的费用。企业费用开支、账簿设置也有比较完备的一套制度。总的一个精神，能节约的就不让随意浪费。由于这个规定，再加上我以身作则坚持下来，才使同英能够不断扩大经营。大哥卓德成是西医，早年在漳

同英厝（鸡山路12号）

州开"兆生药房",后来在鼓浪屿复兴路住宅内开设卓德成诊所主治内科。二哥卓绵成是美商美孚洋行即三达洋行的经理兼鼓浪屿中华电气有限公司董事长。他在鼓浪屿买下东濒鹭江的一栋两层半小楼,开办海滨旅社,供社会上层人士及外国水兵住宿、餐饮、娱乐。因为海滨旅社优越的地理位置,涨潮时海水漫堤,小艇可直接驶进东门,交通、保卫条件很好。1949年4月15日下午,宋子文偕夫人张乐怡从台湾坐专机到厦门,秘密住进海滨旅社,部署如何将黄金运往台湾。今天,国民政府海军第二舰队司令李世甲中将,在海滨旅社主持了侵厦日军海军中将原田清一的投降仪式。

历经多年战乱、政权更迭和恶性通货膨胀的浩劫,无数中小工商业者濒于破产,我也无日不提心吊胆,唯恐横祸临门。同英在这种恶劣的环境下,侥幸年年都有获利,卓氏家族历年积累下来的资产仍有一百二十五万银圆。其中同英布店存货市值约二十五万银圆;鼓浪屿房产四十二幢估值五十万银圆,厦门市区房产二十一幢估值三十二万

侵厦日军投降签字处旧址(鹿礁路2号,原海滨旅社)

银圆，漳州房产十六幢估值十六万银圆，上海房产一幢估值二万银圆。财富对于卓家的孩子来说，只意味着有受教育的保证，而与奢侈享受无关。我经常告诫孩子们：无论什么时候，你们都要诚实，不说假话；你们每个人必须靠自己，努力读书，要积极上进，去找事做。

尾声： 在卓全成优良家风的熏陶下，卓家人才辈出。其长子卓仁松获菲律宾大学农学硕士，任福建农学院教授；次子卓仁声是著名的建筑力学专家，曾任三峡工程顾问；三子卓仁禧任武汉大学教授，是新中国自己培养的第一代科学家、高分子化学家，是中国科学院化学部院士。

注释：

①学徒的待遇是供给伙食及理发钱，年薪一般为一吊钱，即一千文，领到五六吊钱的是大伙计。

②厘金即厘捐，是旧中国的一种额外商业税。按原定税率值百抽一，百分之一为一厘，所以称厘金。在全国通行后，不仅课税对象广，税率也极不一致，且不限于百分之一。

③根据陈亚元先生收集的票据可知，鼓浪屿华人接办电灯公司之初，集资成立"鼓浪屿中华电汽有限公司"，在1935年9月之前改名为"鼓浪屿中华电气有限公司"。

人物评传

　　他是厦门卓越的民族资本家，他一手打造的同英布店，作为厦门曾经最大的绸布商行之一，以"真不二价"享誉闽粤。他一辈子奉行以诚待人、以诚经商的信条，财源滚滚仍勤恳经营置业，积累下家财万贯。俭故能广，诚以自立，慨于捐赠，热心公益。

　　清代理学家朱柏庐在《朱子家训》中写道："一粥一饭，当思来之不易；半丝半缕，恒念物力维艰。"卓氏家族俭于家用、严于家教、低调优雅、内敛庄重的淳朴家风，成为一种传之深远的精神，深深地影响着后世子女，成就了一个由富而贵、人才辈出的卓氏家族。

第四章 革命风云

"华侨是革命之母。"中国的民主革命思想，是孕育于华侨社会的。从太平天国时期的闽南小刀会起义，到辛亥革命、二次革命、护法运动、福建事变，闽南华侨都积极响应，扮演了重要角色。民国时期，军阀混战，乡族械斗迭起、政权频繁更迭、日本加紧南侵，国内民主革命风起云涌，鼓浪屿成为闽南革命党人开展革命活动的重要基地。华侨的命运与祖国息息相关。闽南华侨深感海外孤儿前途坎坷，处境艰辛，热切盼望祖国的统一富强，千方百计地推行救乡运动：一方面在于拯救家乡，振兴福建；另一方面则是想方设法，想为南洋闽侨留下一条后路。李清泉甚至在抗争西文簿记法案的危难关头，设想了"撤侨计划"：一旦菲岛不能立足，就撤侨回国发展。1919年，陈炯明为了扩张实力，强行将闽南军缴械改编，林祖密交涉无效，转而推动"全闽自治"运动。1920年，林祖密在鼓浪屿和归侨黄奕住、林尔嘉等倡导组织了"福建自治研究会"。1925年，菲律宾华侨李清泉发起组织"南洋闽侨救乡会"，翌年在鼓浪屿召开南洋各属华侨代表大会，共同商议救乡事宜，呼吁请十九路军入闽"拯救桑梓"，肃清匪患。十九路军入闽后，镇压了闽南军阀陈国辉、高为国等部，改组了福建地方政府，邀请海外华侨共同参政。1933年11月，十九路军发动"闽变"，通电"反对卖国的南京政府"，宣布成立"中华共和国人民革命政府"。但不久"闽变"失败，闽南华侨的"救乡"理想也随之破灭。全面抗战爆发后，闽南华侨毁家纾难，纷纷投身抗日救亡运动，汇聚成源源不断的清泉滋润着战火下的焦土，他们的家国情怀和赤子之心成为苦难岁月中最闪耀的记忆。

林祖密（1878—1925），原名资铿，字季商，祖籍福建平和，台湾彰化人，甲午战争后随父内渡，定居厦门鼓浪屿。台湾雾峰林家林朝栋之子，实业家，反日爱国的革命志士。追随孙中山革命，被孙中山先生亲自委任为闽南军司令和大本营参议兼侍从武官。

林祖密

舍富贵而革命

有国才有台，爱台先爱国。

——林祖密

民国二年（1913） 癸丑 十一月十八日

世代忠勇报国恩　亡台遗恨永铭记

我祖籍福建平和，先祖林石赴台中彰化开荒拓土，历险垦殖，勤耕不辍，经营数年终成地方望族。他赈济灾荒，威望日隆，被推选为大里杙林氏族长。族人林爽文勾结天地会势力叛变举事，清廷震怒。平叛动乱后，先祖林石受到株连，家产被抄封，病死狱中。不久，年仅二十二岁的林石之子林逊暴病去世，留下儿子林甲寅跟着母亲黄氏迁居更偏远的雾峰垦殖。孤儿寡母经过数年经营，家业渐兴，再次崛起成为一方巨富。

曾祖父林定邦是林甲寅之子，在调解族人之间争斗时被误杀。我的祖父林文察因报杀父之仇入狱，却因缘际会驱逐小刀会，阻挡太平军，屡建军功，官至福建陆路提督。1864年，祖父战死在漳州万松关，被敌人用"点天灯"的极刑活活烧死，尸骨无存。清廷为表率祖父血战捐躯的忠勇，追赠其"太子少保衔"，拨银修建宫保第专祠，供人凭吊。

父亲林朝栋世袭骑都尉，官至兵部郎中。法军进犯台湾时，刘铭传任台湾首任巡抚，父亲林朝栋临危受命，率领栋字军在基隆狮球岭支援清军，并多次击退法军。母亲杨水萍变卖家产，亲率六千乡勇前往苗栗助夫剿敌，因成功解救被围困的栋字军，受册封为一品夫人。父亲抗法有功，被清廷委以重任，钦加二品顶戴，赐穿黄马褂，授全台樟脑专卖权和中部山线及海线开垦权，统领全台营务。父亲全力协助刘铭传发展农、商，畅通交通，推行新政。1893年，父亲以"宫保第"为主体，扩建并建成园林式宅邸"莱园"，林家盛极一时。

雾峰林家一直以"力田习武"为训，开基展业，有两件宝贝世代传承。一个是经营生财之道，另一个就是强身健体的武术功夫。甲午战败，1895年签《马关条约》，割让台湾予日本。父亲统领栋字军据守台中，因抗日无望，愤而举家内渡。我坚决支持父亲的决定，宁舍富贵也绝不做亡国奴。大哥资钟早年病逝，二哥资铨、四弟资锵则留在台湾治理家产。内渡后父亲被朝廷任命为泉州副统兵，两谏朝廷上奏收复台湾无门，辞官隐居厦门经营樟脑事业。1898年，四弟林资锵病故，父亲命我和五弟林资镳回台治理家业，转入日籍。1904年，父亲饮恨而终。父亲说："台湾是我任内丧失的，但愿我的后人能收复这汉土之邦。"我借赴大陆为父亲奔丧之机，变卖台湾大部分家产回到大陆，世袭骑都尉，捐官取得候补道台名位。我在鼓浪屿三丘田买下一座富丽豪华的西式大饭店，是为红楼，又在红楼旁边兴建乌楼，合称宫保第，精心装饰后不亚于林维源在鼓浪屿的新府和旧府，外人称林公馆。1908年农历九月七日为母亲六十寿辰，我在鼓浪屿宫保第为母亲隆重举办祝寿礼，特奉请施士洁为上宾撰写寿序祝贺，灯烛辉

宫保第（鼓新路67、69号）

煌，车马喧哗，演唱梨园数天。

　　1910年，我返台处理产业，暗中资助抗日义军。日本当局以我有排日之嫌，将我扣留。直至今年1月，我才得以携眷数十人及资金返回厦门，致力于发展实业，成立华封疏河公司、龙溪轻便铁路公司及龙岩煤矿公司。厦门的排日情绪浓厚，身为日籍人士，虽受工部局保护，却连生意都没得做。我前往鼓浪屿的日本领事馆办理注销日本籍手续，屡遭阻碍，几经周折。今日，我终于获国民政府内务部发给的"许字第一号"复籍执照，脱离日籍，正式取得中华民国国籍。自乙未割台以来，台湾士民内渡者正式取得中华民国国籍者，我是第一人。我颇引以为豪。我改名林祖密，寓"亲密祖国"之意。由于改籍，林家在台湾的产业遭到侵吞和没收，所遗财产不及原来的十分之一。我并不后悔，大汉之民，何能因财富而受辱于倭奴。

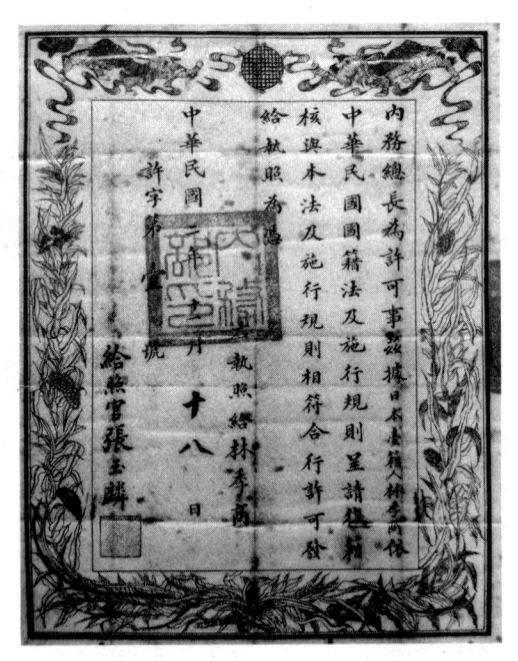

林季商恢复中华民国国籍许可执照（1913年11月18日）

民国八年（1919）　　　　　　　　　己未　十二月三十一日

疏财招兵遭排挤　有名无实军司令

政局动荡，国事纷纭。四年前，袁世凯窃国称帝，背叛共和，篡国殃民，弃义为诈。国且不国，更何有台？我参加中华革命党，义无反顾投身孙中山先生领导的民主革命，为的是早日收复台湾。

中华革命党纸质公债

孙中山先生非常看重福建民军的力量，认为只有联合民军，才能取得福建战场的胜利，因而在援闽粤军入闽前，孙中山先生即派我回闽联络民军，举义响应。我召集漳泉革命志士，于鼓浪屿宫保第寓所组织中华革命党的秘密机关，商讨打倒袁世凯与铲除北洋军阀大计，筹划建立一支闽南革命军，支持护法运动。五弟林资镳从台湾汇

第四章　革命风云　383

资金总计数十万元接济军需。去年1月6日，孙中山先生以大元帅名义任命我为闽南军司令，领少将衔，负责指挥闽南的军事行动。去年4月2日，北洋军阀福建督军李厚基部厦门镇守使唐国谟突然包围林公馆逮捕我，后经鼓浪屿工部局调解方得救脱险。不久，我指挥闽南军收复永春、德化、莆田、仙游、永安、安溪、大田等七县，开辟了国民革命的闽南根据地。闽南军四处出击，牵制了大量北洋军，援闽粤军陈炯明①部得以顺利进军长汀、漳州等地，建立了以漳州为中心的闽南护法区。李厚基部腹背受敌，被迫退出福建。

闽南的政治局势异常复杂，派系斗争此起彼伏。由于陈炯明粤军与方声涛②靖国军系统之间的矛盾，民军与粤军相互冲突的事件接连不断发生。陈炯明投机革命，表面上追随孙中山先生，暗地里却扩充自己的势力，图霸全闽半壁，不仅不扶持闽南友军，且大肆排挤、掣

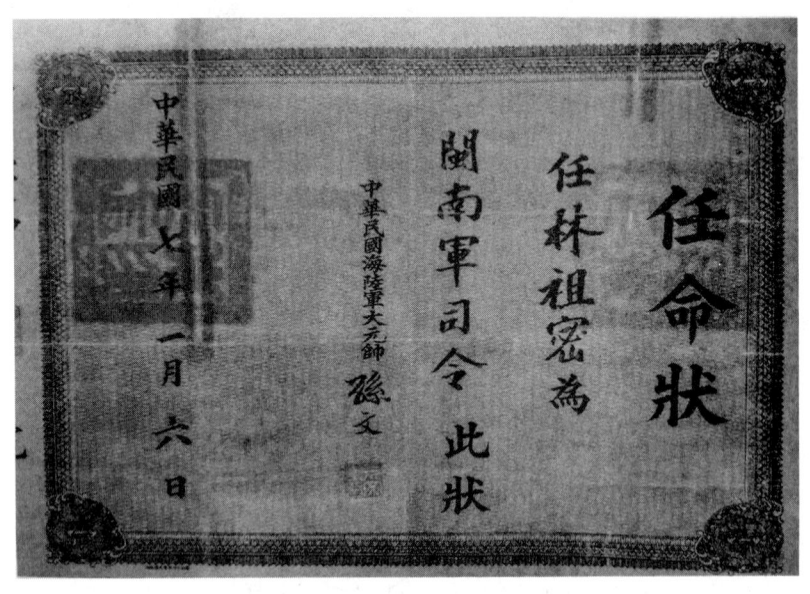

林祖密任命状（1918年1月6日）

肘、蚕食和收编民军。鉴于闽南军官兵大多是乡间民勇，缺乏军事骨干，我筹集资金，招收社会进步青年，在漳州利用文昌宫创办"随营学校"，从厦门海关聘请外籍军官负责军事训练，培养优秀的军事指挥人才。陈炯明对我百般刁难，甚至拘禁我，妄想吞并闽南军队伍，武装割据一方。今年6月，陈炯明下令撤销闽南军随营学校，派兵包围我移设在漳州华安的闽南军司令部，强行收缴全部军械，更换各级军官。境遇如我者还有蒋中正。在驻守福建的广东军里，缺乏群众基础及人脉的蒋中正备受排挤，相当孤立，慢慢成为一个没有实权的光杆司令。6月11日，蒋中正从漳州接蒋纬国母子来到鼓浪屿避居，借住在我府上，我们倾心交谈，互诉胸怀，一样的心境让我们结下了深厚的友谊。我写下《出山境遇》专函致孙中山先生，报告了我们在政治局势复杂的闽南所遭受到的不公正待遇和郁闷。

林祖密着戎装在鼓浪屿"宫保第"留影

原闽南军司令，系受孙大元帅亲任令，归总司令部节制者，陈炯明竟而嫌忌，取消闽南军司令改作粤军第二预备队司令。陈炯明无故惨杀闽南军第一路司令林元、第七统领部第一营营长林玉书，力保无效，枪支被缴两百余杆。限定收编六营调漳训练。拘获筹饷委员，扣押给养，军需处刁难领款，令做苦工，日加鞭挞，逼使士兵逃亡。将闽南军改编之军队设计逼走，所空兵额，即由陈炯光③招募惠州士兵代替。屡次向总部交涉概置之不理。受任以来，自耗家资十五万有奇，运动福建全省警备队及厦门两炮台，届时回应，召集闽南民军起义，今遇陈炯明，真是一言难尽！

6月25日，我再次致专函给租住在上海法租界的孙中山先生陈报军情。

中山总裁钧座：

敬陈者，蒙惠尊影，拜瞻之下，恍接光仪。天不祚闽，外寇未销，内讧竟炽，箕燃豆泣，痛何可言！我公一视同仁，主持公道，俯任仲连之责，冀调廉蔺之欢。徐君④南来，询悉起居万福，并谈悉洪猷硕画，日进无疆，国统存亡，千钧一发。此日之中流砥柱，众共瞩公，况祖密素荷垂青，能不向云天而翘企耶？

此次闽祸，谁曲谁直，当在鉴中。既蒙派员调停，双方定可就绪。祖密近适请假回里，当与徐君同赴内地，疏通意见，宣扬威命，俾息阋墙之忿，以完护法之功。至祖密作毁家之子文，效绝裾之温峤，确遵钧命，服从竞公。自归节制以还，对于闽军之擘画，固不敢居其辅助之功，对于粤队之经营，何敢稍犯违抗之咎？讵有何开罪，夺我职权。军械既迫缴收，军官亦裁换殆尽，去往不得，进退两难。伏望我公始终善全，即行谕饬竞公，发还所收枪械，回复有功将领，并待遇所部士兵，须与粤军同等，是所切恳。专肃，敬叩伟安。

林祖密谨启

六月二十五日

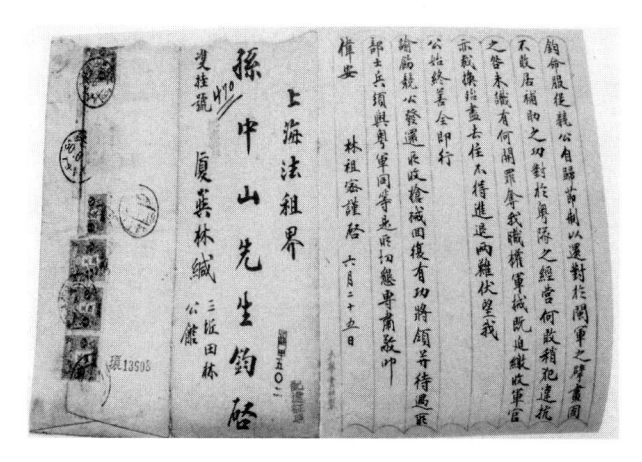

林祖密自鼓浪屿林公馆寄给孙中山的双挂号信（1919年6月30日）

7月，收到孙中山先生的复函。

来函诸悉。文自去粤来沪已及一年。沪闽远隔，使问未通，对于闽中情形，诸多隔膜。接读来书，殊深恼闷。前年足下担任闽事，来就商略，时适竞存统兵援闽，文以兵谋贵于统一，乃嘱足下与竞存接洽。今据来书所述，当即转告竞存，嘱其妥为处置。至贵部与竞存既有直接关系，一切问题亦不难迳商了结也。

耑此布覆。即候近祉！

致福建林祖密书
七月十三日

然而，远水难解近渴。自耗家资数万元组建起来的闽南军终遭陈炯明解散、收编，我被调任为粤军第二预备队司令，隶属陈炯明管辖。今天，军政府陆军部第二百一十八号令授予我陆军少将军衔，同一天被授衔的，还有蒋中正和陈炯光等人，陈炯明派系的实力并未因

第四章 革命风云 387

为内讧而削弱。军中无实权，理想无法实现，我不得不暂回林公馆，致力于"全闽自治"运动。

民国十三年（1924）　　　　　　　　　　　　　　　　　　　甲子　冬

参加革命屡赴险　实业救国兴水利

1921年冬，孙中山先生率军入桂，调我任大元帅府参军、大本营参议兼侍从武官，随军参赞戎机。1922年6月16日，陈炯明叛变，派兵炮轰总统府，孙中山先生避难永丰舰。我带兵护驾，被陈炯明拘禁于广州，后来在部下营救下逃脱。回闽后，我被省长林森[⑤]任命为福建水利局局长。1923年2月，北洋军阀孙传芳部入闽，操纵福建军政大权，林森辞职。我无意仕途，亦去职归隐鼓浪屿，继续在闽南经营实业，为孙中山先生的革命事业提供财政支持。

我在南靖径口置田九百多亩创办南靖垦牧公司，投资六万元创办郭坑后港林场，投资七万元开办漳平梅花坑煤矿公司。为了开发龙岩、漳平煤矿，使闽西煤炭能运至闽南，我筹组华封疏河公司，请来香港工程师疏凿九龙江北溪河道，派人回台湾购买炸药和器材疏浚河道，费时两年终于畅通。我耗资二十多万银圆开辟了九龙江北溪至新圩全长二十五公里的内河航道及程溪至漳州的轻便铁路。资金紧缺时，我将林公馆抵押出去。

1924年10月，孙中山通令各地讨贼军一律改为建国军。我出任闽南建国军高级参议，令第一、第二混成旅与张贞部协力进袭驻守漳州之北洋军阀张毅部，被其视为眼中钉，几次图谋害我而未得逞。

尾声： 1925年8月24日，北洋军阀师长张毅探知林祖密前往华封疏河公司，令营长张溪泉诱捕林祖密，敲诈勒索不成，将其带到荒山杀害，时年48岁。

注释：

① 陈炯明（1878—1933），幼名捷，字赞三，又字月楼、竞存，广东海丰县白町乡人。粤系军事将领，中华民国时期军政代表人物之一。

② 方声涛（1885—1934），字韵松，福建侯官（今福州）人，中国同盟会会员，曾参加二次革命、护国运动、护法运动，历任福建民军总司令、福建省政务委员会委员兼军事厅厅长、代理福建省主席等职。

③ 陈炯光（1880—1923），广东海丰县白町乡人，陈炯明堂弟。

④ 徐君即徐瑞霖，受孙中山先生委派前往闽南调解内讧，曾将详情专函报告孙中山。

⑤ 林森（1868—1943），原名林天波，字长仁，号子超、青芝老人，福建闽县（今福州）人，中国同盟会会员。历任福建省省长、国民政府主席、国民政府立法院院长等。

人物评传

　　他生于台中富室，集政、军、农、商势力于一体而兴旺百余年的知名望族，其族人或平乱有功，或抗侮树勋，世代忠勇，军功显赫；他生具爱国忠忱，捐资台湾抗日义军，成为台胞"恢复中国国籍第一人"；他是威名赫赫的闽南军司令，在时代洪流中不负使命担当，追随孙中山先生投身轰轰烈烈的国民革命，疏财招兵，统领义师，转战闽、粤。

　　丘念台形容林祖密："体精干，性刚果，眼奕奕有英气。擅国技，善射击。方正少嗜好，惟善游猎、习字。戎马之余，又从事实业建设。"林祖密将军一生"只知有国、不知有家"，国难当头，以实业救国，致力水利，开发矿藏，以济民生；为革命募集资金，竭尽全力支持革命，亦为桑梓筹资抗灾，兴办社会事业，倾家荡产也在所不惜。人固有一死，或重于泰山，或轻于鸿毛。他死得轰轰烈烈，为家族带来荣光，死得其所。他在军阀肆虐的乱世不幸遇害，他那种舍生忘死、一心追求革命的大义，宁舍万贯家产、不愿做亡国奴的民族气节，他秉持的"国比家大，有国才有家"的信念深深地影响着林氏后人，千秋万世，英魂永在。

链接资料

忠烈永式

丘念台评价林祖密一生事迹说："革命不难，舍富贵而革命为难；舍富贵而革命不难，能审国族、辨忠节而舍富贵以革命为尤难。台湾林祖密者，盖能此尤难者也。"1965年，在国民党中央党部举行的表彰会上，林祖密被授予"忠烈永式"巨匾，由林家后代接受追赠，匾额被悬挂在台湾雾峰林家宫保第院中。匾文写道："祖密同志，生台中富室，具爱国忠忱，民初参加革命，统率义师，转战粤、闽。致力水利，以济民生。军阀肆虐，不幸遇害。追怀义烈，殊勘痛念。爰赠匾额以示旌扬。"

艺文创作

英雄恨
——咏林祖密

别梦依稀回雾峰，故园习武慈母怜。
犹记先父亡台恨，国难当头誓与还。
人间春色阅览尽，富贵之家忠勇传。
呕心沥血兴实业，保台卫国家财散。
大志未酬饮恨终，遍地英雄下夕烟。
出师未捷身先死，长使英雄泪满襟。
为有牺牲多壮志，敢教日月换新天。
铁血丹心忠烈魂，千秋功罪任评说。

郭玲瑜（1897—1980），福建厦门人，林祖密第三房太太，林正亨的母亲。

郭玲瑜
读书是一个美丽的梦

民国元年（1912） 壬子 冬

异想天开读书梦　随遇而安庭院深

　　我祖上是满洲正黄旗，当年随军队南下打到福建，便留在福建做官，定居下来。父母很重视子女的教育，女孩子也照样可以上学读书。我就读于陈嘉庚创办的厦门集美师范专科学校。一天，我到鼓浪屿林公馆找同学林双兰和林双英[①]玩，正巧碰上了赋闲在家的林资铿。我被看中，他很快就托人上门提亲。

　　林资铿大我十几岁，已经有了四个儿女。我没有拒绝，但提出三个条件：第一，我高中毕业后要到英国剑桥大学继续读书；第二，要明媒正娶，我决不当身份不明的小老婆；第三，终生代我照顾两个年幼的弟弟长大成人。我原本不想这么早就结婚，想用提出的三个条件吓退他，但没想到林资铿毫不犹豫、痛快地全部答应了。

　　今年，在鼓浪屿成婚之后，我住进三丘田林公馆。雾峰林家是台中名门望族，1895年割台后内渡厦门，途经彰化港，杨嫦娥的父亲作为守港官员接待，婆婆杨水萍为林资铿与杨嫦娥定下婚事，来到厦门成亲。两年后，资铿奉父命回台湾协助二哥林资铨打理林家在雾峰的产业，娶了二房陈雪瑜。自从嫁入林家，我迅速适应了林家的各种规矩。每天早上，我早早起床与大姐、二姐一道去给婆婆请安。丈夫公务繁忙，难得一见。在雾峰林家的深宅大院之内，各房太太们不必亲自做家务，主要职责是协助婆婆杨水萍操持家事、整理账目，监督佣人们干活及教育子女，高兴的时候会做些轻微的女红来打发时间，偶尔也在院内玩牌、化妆或进行宗教祭祀，可以依照自己的喜好享受乐趣。踏步越户槛，一室灯火明；堂上有老母，问安大厅中；手足二三人，华衣俱相迎；女仆取我物，子侄为洗尘。这就是林家妇女的日常生活起居。婚后不久，我就怀孕了，上学之事也成了一个美丽而遥远的梦。

民国四年（1915）　　　　　　　　　　　　　　　　　　乙卯　八月

一入侯门深似海　杀身殉夫守贞节

也许，从答应嫁入林家的那一刻起，我的命运就注定了，怀孕生孩子就没有间断。今天，我生下了儿子。三年之内为林家生下一儿一女，丈夫非常高兴。他多年来南征北战奔波操劳，希望自己的子孙们今后的生活事事顺利万事亨通，为儿子取名正亨②。儿子的出生让我在林家有了一席之地，也让我感觉扬眉吐气。虽然资铿没有食言，担负起替我照顾两个幼弟的任务，也愿意出资送我出国深造，可是我却不忍心扔下孩子去读书了。既然已经有了孩子，那就安心居家过日子，把孩子养大。

在林公馆，我陆续听闻了林家的故事。丈夫在五个兄弟中排行第三，却是婆婆杨水萍的长子，林家产业的继承人。婆婆杨水萍出身名门望族，其父杨至深是早期到台湾拓荒的企业家。她嫁给公公林朝栋后，尽管拥有一切正房的权益，也得到了无比的信任和宠爱，但许多年里她并不快乐。因为林朝栋的两个妾室都给林家生下了儿子，而她却一直未能生育儿子。直到成婚十二年后，婆婆终于生下资铿，心口的石头才算落了地。1904年4月14日，公公林朝栋在上海去世，当天，他的侧室，年轻貌美的吴氏自尽为夫殉葬了。这个在林朝栋晚年一直陪在他身边的女子，如此刚烈决绝，恪守贞洁，受到当时社会的称赞和推崇。

清朝末年,台湾学子中举后,都想娶雾峰林家的小姐提高自己的社会地位。割台时发起成立"台湾民主国"的爱国诗人丘逢甲[3]中举时,林家已无小姐可娶,只好娶个已故小姐的牌位,娶了公公林朝栋死去的妹妹的灵牌。因为钦佩林家的威望,来自台湾大户人家的杨小姐与大哥林资锽订婚。刚定亲完聘,还未举行婚礼,十六岁的林资锽不幸被一场疾病夺走了生命。这让还未过门的杨小姐陷入悲痛之中,借着去林家奔丧的机会在林家住下。为转移痛苦,杨小姐将精神寄托在吃斋念佛上。从此她除了每天礼节性地看望公婆外,大门不出二门不迈。杨小姐坚信自己是林家的人,恪守妇道,不再与任何外人接触,以证明自己对丈夫的忠贞。虽未与大哥成婚,但一直生活在林家为大哥守贞节的杨小姐,直到公公林朝栋举家内迁时,为了能留在死去的丈夫身边,请求家人将她与亡夫的牌位葬在一起,自缢身亡。杨小姐的贴身丫鬟也陪女主人上吊自尽。她在自己的命运里安守人伦,只为不负一场纸上的婚约。

| 民国十六年(1927) | 丁卯 |

一夜之间大厦倾　将军之殇话凄凉

自从丈夫加入中华革命党,林公馆成了革命党人的活动据点和闽南军大本营。为节省开支,全家人不分主仆老幼,日夜为闽南革命军将士缝制军衣和子弹袋等军需用品。我知道丈夫是做大事的人,他承载着林氏家族复兴的重任。我倾尽全力支持丈夫的革命活动,使他不必为家庭琐事分心，有足够的时间和精力参与革命，全无后顾之忧。然而，丈夫纳妾的脚步一直没有停下。1923年12月，他在漳州经营华对疏河公司时又娶了年仅十四岁的六房李碧瑜。丈夫对我的爱并没有因为我的付出而多一些，他不断在追求更年轻的姑娘。见到李碧瑜的那一刻，我仿佛看到了当年的我，那个单纯青涩、向往美好生活的女学生。我的理想逐渐湮灭，在大家庭复杂微妙的人际关系中，我被培养成清心寡欲之人。我知道，该如何保持沉默，如何观察和聆听这个世界，人生本来就是一场梦。

两年前，收到丈夫被杀的消息，我当场晕过去，不敢相信这是真的。丈夫去世后，身后遗有九子七女，都还在读书的年纪，红楼作为

林祖密（中）与三夫人郭玲瑜（右）、六夫人李碧瑜（左）合影及照片背面纪事（1923年12月16日）

抵押给了债主，生活陷入困境。我只好带着子女离开鼓浪屿，投奔台湾的雾峰林家去了。

如今，长子林正传替父亲报了仇。可是他在追击张毅的时候不幸触雷，被炸坏了双眼，从此也失去了光明。

民国三十四年（1945）　　　　　　　　　　　　乙酉　十一月

自古虎父无犬子　抗日报国志不歇

今收到儿子正亨从云南寄来的亲笔信④，我泪如雨下。当初儿子不辞而别上了战场，让我担惊受怕，饱受思念之苦。我哭干了眼泪，陷入绝望之中，以为此生再也见不到儿子。九年未见，我的儿子已经长大成人，锤炼成为作战勇敢的抗日英雄，不愧是雾峰林家的后代。自古忠孝不能两全，我不怪他。正亨这些年南征北战，吃了太多的苦，所幸九死一生，就要回来团聚，我竟喜极而泣，这一天盼了太久、太久……

林正亨戎装照

亲爱的母亲：

我以一半兴奋、一半悲伤的心绪写这封信给你，记起自南京别后已是九个年头。这漫长的征战中，以前我曾在湖南写一封信寄表姐处转交给你；民国三十一年我回漳州的时候，又寄一封信及相片由四哥处转寄，这两封信我都不敢相信能寄到。我们时时在想念你，也曾流了不少思亲的眼泪。我们想象你老人家也一定为你烽火中的儿女焦愁，你那油黑的双鬓也随着时光变为苍霜。现在战争是胜利了，故乡也已经收复，你要为你作战九年的儿女光荣而骄傲。我在枪林弹雨中蒙你老人家一生善良的福泽，在百死中庆获生返，我感谢你的福荫。

三十三年，因为湖南衡阳的失守，我毅然别了临产的宝珠，投进军政部远征军到缅甸作战，那时我任步兵团指挥连连长。今年春，由缅北战到缅中，日军望风败北。儿因土人助日军为逆，沿途杀戮过多。三月底在缅中，战争最后一役，追击败退的日军，遭到逆袭，儿不幸受重伤十六处，出血过多，当时昏死过去，幸救治迅速。在缅甸医院治疗四个月，动两次手术，痛苦自不待言，8月间转印度治疗，9月中才算痊愈。但是双手因伤了筋无法治疗，成半残废，幸右手尚可以执笔作书。

在这神圣的战争中，我可算尽了责任。台湾收复，父亲的遗志可算达到了。要是有知，一定会大笑于九泉。我的残废不算什么，国家能获得胜利强盛，故乡同胞能获得光明和自由，我个人粉身碎骨也是值得。

请母亲不要为我残废而悲伤，应该为家族的光荣来欢笑。你并没有为林家白白地教养了我，我现在成了林家第一勇敢和光荣的人物。

回顾这悲惨的战争，我现在忏悔我在缅甸杀人过多，日本人和缅甸人至少要遗下数十个孤儿寡母。我虽然已得着报酬，但梦中常常听得到人类临死的惨呼和叹息。战争是可诅咒的，我希望我的儿子不要经历我这辈的不幸，杀人和被杀都是痛苦的。

我目前的生活还算好，国家非常优待出国远征受伤归来的将士，衣食住都算满意。我还能做事，有前途，不愿在这休养院里吃一辈子。我已经健康了，只元气还没恢复，不必记挂。你老人家的晚景一定能获光荣和幸福的。好！这是我生平给你老人家最长的一封信，用来庆祝国家的胜利和故乡的收复，以及安慰你老人家九年来日夜悬念异乡烽火中儿女的心。好，再谈。祝你老人家福寿康宁。

> 远别不孝的儿子正亨叩书
> 民国三十四年十月三十日

尾声：林正亨回台后不久，即被叛徒出卖关押，蒋介石以"匪谍罪"亲自下令处决，葬于台湾雾峰。郭玲瑜晚年随儿女生活于中国台北、印尼、日本等地，享年83岁。

郭玲瑜与儿女们

注释：

① 林双兰和林双英分别为林祖密的长女、次女。

② 林正亨（1915—1950），字克忍，著名爱国志士林祖密将军第五子，"雾峰林家"的第八代传人。

③ 丘逢甲（1864—1912），字仙根、吉甫，号蛰庵，又号仲阏，台湾彰化人。近代台湾著名爱国诗人，著有《岭云海日楼诗钞》等。

④ 王颖：《雾峰林家：台湾第一家族绝世传奇》，九州出版社，2009年，第247—250页。

人物评传

　　她是接受新式学堂教育的女学生，却在新旧交替的年代嫁入旧式大家族成为姨太太。她知书达理，秀外慧中，对婆婆孝敬有加，为丈夫分忧解难；纵然饱读诗书，精明能干，亦逃不出家族宅院的一方天地。梭罗在《种子的信念》中说："一个人怎么看待自己，决定了此人的命运，指向了他的归宿。我们的展望也这样，当更好的思想注入其中，它便光明起来。不管你的生命多么卑微，你要勇敢地面对生活，不用逃避，更不要用恶语诅咒它。"无论是官宦人家的千金小姐，还是新式学堂的女大学生，在封建大家族里，都没有选择的权利，不能反抗，也无处逃避，一切都被认为是命中注定的。丈夫的喜怒哀乐、兴衰荣辱就是她们的命运、她们的人生。飞来横祸打乱了林家既有的生活秩序，也改变了家族的命运走向。

链接资料

给妈妈的绝笔信

　　妈妈，你一生好强，希望孩子们都能做有用的人，我们理解你的苦心，因为这一点，我们都奋勉着。尤其是我，想到父亲的壮志和诸兄的不幸，我必须承担起双重的责任，所以我踏上了父亲的道路——苦难与牺牲。这是崇高的品行和无比的光荣。妈妈您用不着悲伤，也不用为我担忧，生要为责任艰苦牺牲奋斗，死是我们完成了责任……吾等皆时代不幸之牺牲者耳。

——1950年1月30日林正亨刑前绝笔

艺文创作

闺　怨
——叹郭玲瑜

秋木凄凄秋草黄，云霞送我入闺房。
多情自古空余恨，好梦由来最断肠。
父兮母兮难相见，山高路远水泱泱。
离宫幽室空且旷，委曲求全心回徨。
三分春色二分愁，凉宵残月照斜阳。
芳树寂寞花自落，春山一路鸟空啼。
门外无人问落花，绿荫冉冉遍天涯。
世事茫茫难自料，不道惆怅黯神伤。

许春草（1874—1960），祖籍福建安溪，出生于厦门。建筑师，社会活动家。发起成立厦门建筑总工会、中国婢女救拔团、厦门抗日救国会等组织，曾任福建讨贼军总指挥。

许春草

爱人如爱己

不与魔鬼结盟，不与罪恶击掌，向养婢的恶魔宣战。为救最小的一个婢女，我们愿牺牲最高的代价。

——许春草

民国十年（1921） 辛酉

乱世求生　抱团取暖——厦门建筑总工会

我出身寒微，家道艰辛。六岁那年，南洋英商开发公司到闽南招募华工，我的父亲被骗到南洋作"猪仔"，从此一去不复返，渺无音讯。为了生活，母亲为人做衣服，纳鞋底。十二岁时，为了养活生病的母亲，争取多赚几个钱，我由鞋铺学徒改行当泥水徒工，第一次踏上鼓浪屿，开始了我的建筑生涯。

鼓浪屿上聚集了大量西方传教士，我跟着工程队来岛上修建教堂、学校和医院。眼见当时建筑工地和我同龄的一些徒工，受到工头各式各样的虐待，心怀不平，我们就以桃园结义的形式结拜，一人受到不平待遇，全体出面"计较"，互相支援，维护正义。从那以后，我领会到群众力量的作用，继续发展拜把兄弟，组成一支在社会上为人民打抱不平的力量。

厦门建筑总工会银质徽章
（蒋治提供）

几十年过去了，我自学设计绘图和施工管理，由小工升大工，大工升师傅，很快就谙熟建筑行业的运作，二十多岁时便开始承包工程，一步步成为厦门建筑行业的佼佼者。我年轻时期的拜把兄弟，基本上都当了建筑师傅，有的是包工者，这些人手下，都有数以百计的工人关系。1918年，为了反抗资本家的压迫，厦门建筑工会通过这种关系创建起来，在鼓浪屿龙头路正式挂牌，我被公推为厦门建筑工会的会长。今年，孙中山先生指示将厦门建筑工会更名为"厦门建筑总工会"，和广州建筑总工会同一规格，并修改了章程。这是一个工头与工人的混合体，会训是："有公愤而无私仇。"改名易帜后，厦门建筑总工会发展迅速，如今已有九个分会，会员八千多人。厦门建筑总工会会员亲如兄弟，同心协力为人们打抱不平，为社会做事，不计较个人恩仇，成为厦门最大的民众团体和厦门群众爱国运动的主要力量。

民国十四年（1925） 乙丑 三月十二日

救国救民 投身革命——中华革命党和福建讨贼军

我自幼痛恨洋人，对这些外国传教士十分反感，对所谓教会亦全无认识，以为外国人到中国来目的在于强迫通商，夺取领土，借口传教，实行侵略。但是，一位华人牧师改变了我对基督的看法。多年以后，这位牧师将自己的外甥女张舜华许配与我。他告诉我，中国有一位改革家孙中山先生。他看到清朝政府腐败，国势衰弱，一再受到列强的欺压凌辱，因此他发起革新运动。我对孙中山先生非常仰慕。当时的中国已经到了亡国边缘，而像孙中山先生这样的人正是救国救民的理想领袖。孙中山先生一心想推翻清朝政府，建立一个"民有、民治、民享"的人民政权，这使我下定决心一生追随孙先生的热情更加高涨，而这个人民政权的精神，是林肯[①]所概括的。我非常欣赏林肯的诚实与仁慈。林肯为解放黑奴，挽救联邦免于分裂，发动内战，实在出于不得已。但是他在内战中，能够做到对个人全无仇恨，对人民满怀热爱，对真理彻底坚持，是极不容易的。

1907年，经由黄乃裳引荐，我加入中国同盟会，主持同盟会在闽南一带的事务，利用几个厦门和鼓浪屿的礼拜堂和教会学校为据点，宣传革命、组织活动及举行秘密会议。辛亥革命爆发后，我亲率革命部队，进攻清政府的厦门"提督衙门"，攻占清政府在厦门的权力中心。与此同时，我和孙中山先生的友谊也日益加深。

1915年，袁世凯称帝，孙中山先生在日本组织"中华革命党"，声讨袁世凯，任命我为中华革命党闽南党务主任。倒袁革命结束后，孙中山先生鉴于中华革命党内部的复杂情况，宣告取消中华革命党，停止武装斗争。这些武装部队，在孙先生领导下，加以教育引导，固然可以为革命效力，但民军队伍成员复杂，领导人物多数是乌合之众，以革命为升官发财的阶梯，事实上对革命的意义毫无所知。如陈国辉、叶定国之流，失去革命的正确领导，流为散匪，为害地方。

1921年，应孙先生之召，我前往广州。孙先生委托我在厦门设立中国国民党联络站，发展党员，并着手发展武装力量以备北伐。后来广州发生政变，陈炯明背叛革命，炮击总统府，孙先生在避难的永丰舰上亲笔写下委任状，委任我为福建讨贼军总指挥，组织武装讨伐陈炯明，尽快夺取厦门。我在福建各地进行组军工作，一共成立九路讨贼军。在厦门以建筑工会的工友为基础，组织成立福建讨贼军第一路。在福州以小舅子张圣才②发展、争取的学生军为基础，组织成立福建讨贼军第二路。闽南、闽西等其他地区分别成立讨贼军，各得番号。隶属福建讨贼军总指挥部的武装，总计有二万人左右。因驻地分散，各路讨贼军一时不能成军，对包抄陈炯明后方，仍无法很好地发挥作用。福建讨贼军收场之后，在闽南数县尚有上千武装，没有全部解散。讨贼军总司令林祖密主张收编民军，与我因为保留或遣散民军问题意见有分歧而分道扬镳。我典尽卖空自己历年积下来的微薄的家当，说服一些华侨同志，筹足几万元现金，用来遣散奉孙中山先生命令解散的内地民军，免得这些流寇习气浓厚的武装流落民间贻害百姓。

今天，我一生最敬重的孙中山先生去世了。国民党内部争权夺利，陷入派系纷争。③从今往后，我不再参与武装革命。

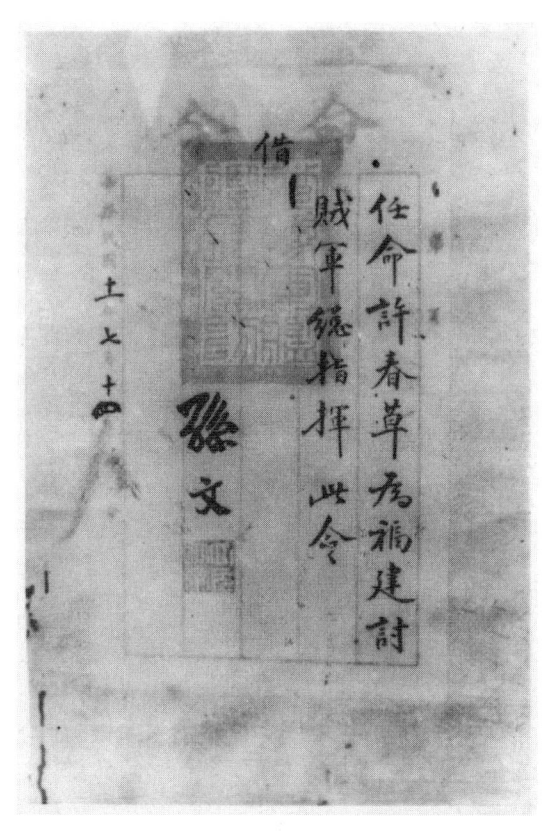

福建讨贼军总指挥任命状（1922年7月14日，泓莹提供）

民国十九年（1930）　　　　　　　　　　庚午　一月三十日

因为懂得　所以慈悲——向养婢的恶魔宣战

　　中国养婢之风，流传甚久，恶俗迷人，积弊难返。闽南男人在海外打拼，留下妻儿老小看家守厝，蓄养婢女逐渐成为一种风气。大户人家把穷人的女儿，从七八岁买进来当牛做马，百般虐待，甚至迫害致残、致死。有幸活到一定年龄，不是收留为妾，便是贩卖为娼，生活十分痛苦。

　　记得我幼小的时候，母亲常常叫我送东西给我的一个亲戚，在她的家中，我看见一个婢女，是被拐徒从兴化诱到厦门发卖的。一个十岁的小女孩儿，可怜她背父离母，孤身落在举目无亲的他乡，没有兄爱，没有姊惜，天天又得如牛似马的来替素不相识的主人家干活，稍为不慎，便吃藤条。我到这亲戚家中，没有一次不看见这可怜的小婢女挨打。有一天她送东西到我家中来，母亲看见她面黑目暗，双颊泪痕，问她所为何事，她把衣服脱开给我们看，可怜呵，遍体鳞伤，黑一块，青一块，几乎找不出一方寸完好的皮肉！呵，是亦人子也，有父母，有兄姊，人心何忍哉！

　　后来我搬家到海岸，在我的邻舍又有一个养婢的人家，这家主妇手生得太细软了，天天提起竹板来打婢女，觉得吃亏，所以她把棉花扎在竹板的一端，当了把柄，以后打婢女，可以起码几百板，手不发痛。但是她知道我时常干涉人家虐婢的事情，所以每打婢女，总要预先斥令该婢不得声张，然后下手。这么一来，每回婢女被打，我只能够听见一种喉底里格格的声音，除外再没有了。这家婢女每晚非到二点钟，不准休息，白天瞌睡，做事格外不能清楚，所以挨打的次数，比吃饭还要多几回。

看见人家虐待婢女的残酷,几乎要使我们怀疑人这种东西,真是豺狼虎豹变成的了。何止苦刑罢了,就是活活地把一个婢女打死,在中国也算极平常不过的事呢……残酷的情形,更为可伤!五年前,在鼓浪屿乌埭角,某家的太太,把她的婢女打死了。后来事情被发觉,工部局带医生一同到山上开棺验尸,竟发现这死了之婢女的口,上下颌张着约有二寸六分的距离。结局查明,这婢女未死之前,被该太太和一个佣妇压在一条竹马上,颈子靠着竹马,再用布条把颈子与竹马

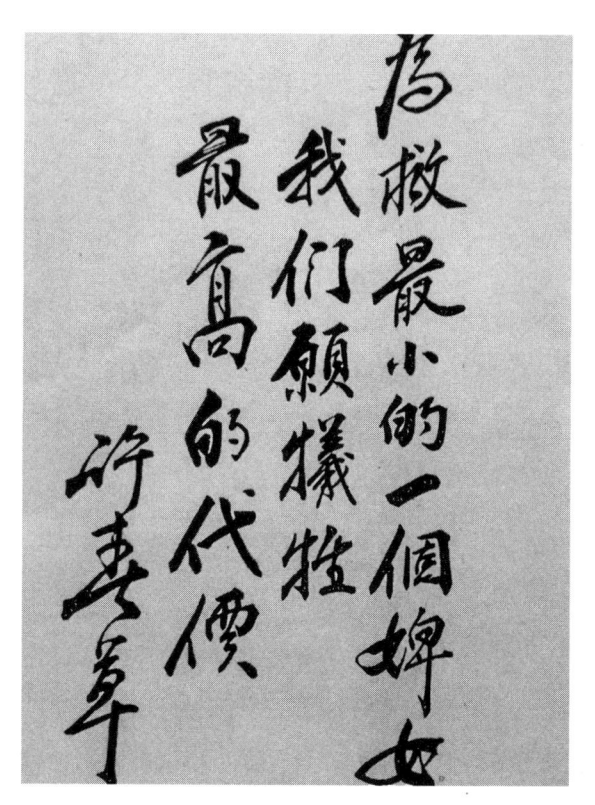

许春草题词

捆在一起，活活地缠死了。

婢女被殴打的皮鞭声，悲惨的哀号声，声声刺耳。同是天涯沦落人。因为懂得，所以慈悲。因为曾经历过，所以感同身受。我从小立下志愿，有朝一日，我有了力量，首先就要解放婢女，如同林肯解放黑奴。出于对生命的怜悯和同情，今日，我在鼓浪屿笔架山观彩石召开群众大会，控诉蓄养婢女的罪恶，倡议成立"中国婢女救拔团"解救婢女，一班的同志们便确立了救拔婢女的心愿。

民国二十四年（1935） 乙亥 十月四日

伸张正义　爱人如己——中国婢女救拔团

在重重困难之下，1930年10月4日，中国第一个婢女救拔团暨收容院（Kulangsu Slave Refuge）在鼓浪屿正式挂牌成立。宗旨是挽救遭受虐待、迫害的婢女，伸张正义，反对封建的奴婢制度。由于能蓄养婢女的家庭都非富即贵，救拔团在婢女投靠后还会把来历登报公示，这对于社会上层人士来说，无疑比损失钱财更难接受。因此，救拔团刚刚成立三个星期，麻烦就找上门来了——漳厦海军警备司令部副官王经的婢女逃来寻求庇护，我照章收容，第二天报纸一出，引起全城轰动。这名副官是时任警备司令林国赓的外甥，与我数次交涉无果后，直接要派陆战军队来抢人。我召集数百名工人手持棍棒保卫救拔团。王经只得灰头土脸地通过会审公堂照会工部局，控告许春草诱拐婢女，囚禁于收容院；威胁如不交还婢女，休想再踏足厦门岛一步。我听后哈哈一笑，仍是照常往来厦鼓之间。

漳厦海军警备司令部旧照

　　还有一次，借助日本势力在厦门横行霸道的台湾流氓头子林滚的一个婢女也逃来寻求庇护。林滚立即报告日本领事馆，请他们出面要人，日本领事馆让林滚先礼后兵，林滚就派人前来说情："林滚先生认为您创立中国婢女救拔团是好事，但现在把他的婢女抓去，又登报宣传，让他丢了面子，您知道他是有帮派势力的人，万一酿成事端，不就是第二个台吴械斗④么？如果能把婢女还回去，林滚先生愿意向婢女救拔团捐助一笔经费。"我回复道："你们这些话正符合一句俗话，叫'威逼利诱'。我如果怕威胁，就不敢宣言解放婢女；我如果可以受人收买，早就是一个百万富翁了。我愿意林滚先生首先动手。"林滚只得自动收兵。

　　这毕竟是件吃力不讨好的事，几乎没有人敢站出来支持我。1930年，是我一生经济最穷困的时期之一。养婢之家，尽是富户，加上政

婢女收容院旧址（原德国领事馆）

府威胁，无法向外募捐，于是我只好借债来维持这项事业。

婢女救拔团虽然面对官僚和富户的双重压力，却也得到社会上一些有良心有识见人士的资助。教友卓全成先生是厦门同英布店的老板，他主动引进织布机数架捐赠收容院，教导婢女学会织布，并代包销，将收入再交给我，作为收容院的经费，减轻了我的债务。鼓浪屿救世医院为难女检查身体，免费医治伤病，不辞劳苦为收容院难女服务。因为投奔的婢女日益增多，原有的收容院不够居住，我们乃设法向德国驻上海总领事馆租来鼓浪屿上德国领事署的旧址。这是一座大洋楼，四围广植花木，庭院内有大树数百株。此后请求收容的婢女愈来愈多，而婢主们也不像从前那般，那么凶猛地向我们要人。万事开头难，随着中国婢女救拔团影响渐大，得到社会各方面越来越多的认可，鼓浪屿工部局也转变了起初的敌对态度，在经济上给予支持。再加上社会上一些宗教团体和其他社会团体及个人的捐款，大大减轻了我的经济负担。一年、二年……现在是第五年。五年来，我们解救了

许春草与中国婢女救拔团婢女收容院院生合影

一百几十个婢女，除约四十人已由本团代为主持婚礼外，其余住在收容院的还有九十人左右。每次看见这一大群女孩，我心中都有无限的感想。为了她们的自由，我被法院传讯过，被党政要人攻击过，被一班"太太"们咒骂过；除此之外，还要为她们的衣食住问题奔走、筹借，有时心中未免非常郁闷。但，她们现在这么活泼地欢跳着，本来是鸠形鹄面，是蓬头跣足，操劳如牛马，挨打如木砧，而现在已和女学生完全一样：会唱诗，会写字，会运动。看到这些，我心里的愉快，真是不可言喻，和那些所受的亏负一比，那真是算不得什么了。⑤

民国二十五年（1936）　　　　　　　　　　　　　　　　　　　　　丙子

思想觉醒　群众抗日——厦门抗日救国会

这些年，我在鼓浪屿全力经营建筑公司，并致力于维护公平正义的民众运动。对付外国侵略者，有钱出钱，有力出力，无钱无力出命。我出命。只有动员全国人民同仇敌忾，团结抗日，才能挽救国家的命运。于是，"九一八"事件发生后，1931年11月初，全国第一个公开挂牌的群众抗日组织"厦门抗日救国会"，在厦门建筑总工会的大力支持下成立。为了扩大反日活动的规模，与社会各界反日活动互相呼应，我通过厦门抗日救国会联络闽南各地反日团体和人士，成立"闽南二十二县抗日团体联合会"，设会址于厦门建筑总工会；创办抗日新闻社，出版《救国月刊》，交流各地抗日运动经验。

我为教会服务，不辞劳苦，不求报酬，闽南有几个礼拜堂是我经营的建筑公司义务施工的。这些建筑物基础坚固、用料良好，几十年稳固如新。事实上，我为人家建造房屋，都诚实无欺，保证质量，房屋使用多年仍然巍然矗立，如同新造，没有发生过建筑事故。

笔架山屋基是我多年前出价买的一块荒山坡地，这里视角宽广，直面大海。在此地，我亲自设计、建造住宅，选用闽南特有的花岗岩作墙基、墙柱和廊柱，有意保留花岗岩的荒面，加以清水红砖勾缝造屋，天然朴实、粗犷厚实。直到两年前，住宅⑥终于落成，西洋与闽南风格融合，外形颇似西式洋楼，实际上内部结构却是中国民居。再漂亮的建筑设计，终归是要给人住的，还要住得舒服。这才是建筑与

许春草住宅春草堂（笔山路17号）

人的关系，以及建筑存在的意义之一。

无论所做的事是国家大事，还是服务社会及帮助个人的平常事，我都以人间正道和天下正义为准绳。人民反对暴政，不必向政府备案。孙中山先生反对袁世凯，我就没有听说他去向袁世凯备过案。中国婢女救拔团和厦门抗日救国会这两个人民团体，因为我拒绝向腐朽虚弱的政府登记备案，被当时的官员当作反政府团体，不断通令解散。我为维持这两个人民组织的独立，为了公平正义，天天站在被告的席位，同反对者作斗争。

尾声： 抗战军兴，许春草遭日寇通缉，避难南洋，继续宣传抗日。1960年，许春草先生逝世，享年86岁。他有个理想，就是祈盼正义如大水滔滔，公平如江河滚滚，畅流无阻在神州大地之上。今日祖国山河正如其所愿。

注释：

①林肯（1809—1865），全名亚伯拉罕·林肯（Abraham Lincoln），美国第16任总统，政治家。在任期间主导废除了美国黑人奴隶制。

②张圣才（1903—2002），福建集美人，毕业于福建协和大学，曾担任《思明日报》总编辑，也是双十中学创办者。抗战爆发后，张圣才曾担任军统厦鼓特别组组长，从事抗日活动。

③5个月后，一心做实业的福建讨贼军总司令林祖密被民军杀害。此说法和林祖密篇尾声里所写的其被害原因并不矛盾。当时的北洋军阀采取收编民军及杂牌军的做法扩充军队，民军摇身一变就成了正规军。

④台吴械斗：又称台吴事件，指1923年9月18日在厦门码头由日籍台湾人与石浔吴姓保卫团成员发生扭打引发的大规模武装冲突，冲突持续三个多月。

⑤1939年，日内瓦国际联盟的"反对奴隶制度组织"前来鼓浪屿考察，对中国婢女救拔团给予充分肯定，救拔团名噪一时。直到1941年鼓浪屿沦陷，救拔团被日寇强行解散。

⑥1992年，许春草之子许伍权将其父所建的住宅定名为"春草堂"，并建了一个中西合璧的门楼，将刻有"春草堂"三字的青石雕嵌于其上，以纪念其父许春草。

人物评传

　　他是草根出身的建筑工程师，却因诚实正直、义胆侠骨吸引了一众忠实的追随者，白手起家创办了厦门最大的建筑公司，在建筑行业赢得一席之地，在社会大动荡的历史进程中打开一番天地；他是孙中山先生亲自委任的福建讨贼军总指挥，顺应时代潮流加入同盟会，参与中华革命党，捐款支持民主革命事业，参加历次反对帝国主义侵略的群众运动；他是一位敢作敢为的社会活动家，目光如炬、眼光超前，在溺婴泛滥的时代能够同情、解救婢女，让她们重获新生；他能够一辈子坚持自己的政治理想和是非观念，在历年政治漩涡中处变不惊，既不盲目激进，也不趋炎附势，为推动时代浪潮奋力拼搏；他一世虔诚，富有正义感和同情心，危难之中挺身而出，舍身助人，提倡人人平等，为追求和平和自由不懈努力，在爱与暴力革命中徘徊。同一时期，一位叫"甘地"的印度教教徒，正在印度发起"非暴力不合作"运动。

　　许春草名如其人，小草卑微，却有着顽强的生命力，生生不息，繁衍蔓延，绿草如茵。黄獻说："许春草是有大将风度的人，他是要做大事的。"他不是默默无闻的小草，而是野火烧不尽的离离春草。春草蓬勃生长，既是对生命和自由的礼赞，更是岁月中不能被忘却的爱与坚韧。他爱人如己，为人民、为社会、为国家做出不少贡献，侠义的风骨柔情和浓烈的家国情怀见证着小岛一代人的惬意芬芳。

链接资料一

中国婢女救拔团成立宣言（节选，略有改动）

人类社会，诚多悲哀残酷之事件，然问此众多悲哀残酷事件中，尚有甚于婢女制度之悚动肝胆者乎？自由者，人生绝对不可让与之权利也，婢女制度存在之一日，乃有千万无辜女子，生息于锁链牢狱之中，仰首兴嗟，终其身无闻自由为何物；是婢女制度公然剥夺我千万同胞姊妹之人权也。亲子爱情，出自天性，婢女制度存在之一日，乃有为父母者，坐视所爱骨肉，沦为人家牛马，生杀由人，莫能拔助；是婢女制度寸寸撕裂为父母者之心肠也。凡人莫不惜生而恶死，不幸堕落婢女之槛，其生命遂不复为己；炮烙之，鞭挞之，缢杀之，活埋之，一唯人主之好恶，哀鸣不足减其刑，狂号不能救其死；是婢女制度强置千万女子于惨目惊心、万劫不复之绝境也。

婢女是人类，彼当享有生存之权利！婢女是国民，彼当享有人权之保障！剥夺人类之生存权利者，是人群之盗贼；破坏人权之保障者，是民众之死仇。革命成功矣，举凡人群之盗贼，民众之死仇，均应肃清灭绝，方足以保国家之安全。何物奶奶，何物太太，持何特权，具何心肝，独敢倒行逆施，私设牢狱，羁禁千万女子而支配其生存之权利，操纵其人权之自由，可不受公理人道法律之裁制！咄尔养婢恶魔，民众之死仇，人群之盗贼，中国婢女救拔团与尔为敌矣！

中国婢女救拔团谨以赤心至诚，宣言于我父老兄姊之前曰：婢女制度一日不推翻，虐杀婢女之事一日不能免。即于吾人发刊本文之此时此刻，亦不知多少无辜弱女，方辗转呻吟于鞭棰刀剪之下也。吾人基于人类自由平等之原则，要求婢女之解放，一息尚存，誓当竭最后之力量，为婢女争自由，为人权谋保障。婢制一日不推翻，本团之奋斗一日不能息。

本团创设婢女收容院，乃所以安置一切逃难之婢女。婢女投院，本团决牺牲一切，绝对保障其自由，并与以教育上职业上之训练。无论谁何，凭借何种势力，希图夺回投院之婢女，吾人愿出血与命为该婢女救赎之代价；血未尽，命未亡，誓不许一投院婢女再失其已得之自由也。

　　今本团出筹备之营垒，而入血战之沙场矣。言乎时间，本团当负责推翻中国四千余年根深蒂固之婢制；言乎空间，本团当负责救拔千万朝不保夕之同胞。任重途远，恶敌当前，我父老兄姊将何以援助天理人道之孤军耶？成立之初，略抒所志，唯我父老兄姊共鉴之。

1930年10月4日

链接资料二

收容院院歌

凡女同胞热血沸腾，竭力斗争女界平等。
唤醒人群畜婢恶制，努力破除以雪毒流。
中国婢制施行已久，许多女子被迫杀死。
愿吾国民竭图振救，救拔婢女人生大道。
幸有仁者牺牲一切，奋不顾身尽量救济。
把吾婢女出火坑中，共得平等同受教育。
愿吾国民实行实施，大公为义待人如己。
如果婢制完全消灭，中国必然造成自强。

——《中国婢女救拔团第六周年纪念》

艺文创作

小小的草
——咏许春草

小小的草 志气不小
梦想比海更远比天还高
邪恶改变不了我的信仰
泪水淹没不了我的骄傲

小小的草 迎风飘摇
风雨之中 任我逍遥
狂风暴雨之中挺直了腰
风吹雨打之后依然不倒

小小的草 站稳了脚
容颜不改 青春不老
动荡的大地之上落地生根
苦难的时代之中不屈不挠

小小的草 心在燃烧
千秋万世 独领风骚
生命在滚滚洪流中匆匆交替
岁月在沧海桑田里绵延荣耀

李清泉（1888—1940），原名李回全，福建晋江人，菲律宾华侨巨商，被称为"木材大王"。李清泉还创办了菲律宾第一家华侨金融机构——中兴银行，并创办在马尼拉极富声望的华文报纸《华侨商报》和《新闻日报》。曾任马尼拉中华商会会长、菲律宾华侨国难后援会主席、南侨总会副主席等，是当时南洋最有影响力的爱国侨领之一。

李清泉
团结就是力量

捐十万美元给祖国抚养难童。

——李清泉遗言

民国八年（1919） 己未 八月四日

传承父业　立足商界

　　1898年之后，美国代替西班牙成为菲律宾新的宗主国，菲律宾经济发展迎来新的契机。以往，菲律宾华侨因民族隔阂、语言不通而备受歧视、排斥，在政治经济领域受到诸多竞争和限制。在此形势之下，为华侨争取权益、维护同胞利益的马尼拉中华商会应运成立。今年，我被推举为马尼拉中华商会会长，正式接了邱允衡、施光铭等老一辈侨领的班。巴黎和会损害中国主权，出卖山东权益，今日，我拒绝出席"菲律宾庆祝第一次世界大战胜利大会"，并通电政府反对出卖民族利益。

　　我的祖辈历尝艰辛出海谋生。当年，曾祖父李寿岩与三位族亲从晋江石圳村一道前往菲律宾谋生，同行的四人中只有曾祖父一人幸运抵达目的地。到我父亲李昭以和叔父李昭北这一辈，李家已经略积薄产，成为村里的首富。

　　虽曾遭受火灾，但是父亲和叔父苦心协力重整旗鼓，有志竟成，创办了成美木业公司，经营木材零售业。十二岁那年，父亲送我到创办不久的厦门同文书院读书。两年后，我随父亲赴菲律宾学习经商。为解除父亲不懂英语而连连吃亏上当之苦，我白天在锯木厂当学徒，晚上自学英语。父亲见我勤学上进，不惜重金送我到香港圣约瑟书院（Saint Joseph's College）深造，学习企业经营管理和国际商贸知识。当时的香港总督弥敦[①]只有四十多岁，是英国皇家工程师，他对建设香港雄心勃勃。在他的经营下，香港从一个小渔村逐步转变成为一个现代化的国际都市。香港的电信、交通、银行金融、填海造地等现代化建设和经济发展对我产生了强烈的刺激，我感觉自己已触摸到时代前进的脉搏。

十七岁时，父亲令我返回菲律宾，主持厂务。菲律宾有着丰富的木材资源，在祖辈沿用下来的手工生产方式之下，没有得到很好的开发。我决定投资创办大规模的现代化企业。可是巨额资金从何而来呢？香港的经验让我注意到地皮的价值。菲律宾正在开展大规模的经济建设，人口增加，需要住房，也不会跳出地皮增价的规律。我几经勘查，相中了马尼拉范伦那一段数百公顷的地皮，业主索价四万比索，我没有还价，只提出要求分期付款。四万比索在当时是一笔巨款，所以交易很快就达成了。父亲和叔父都赞同我的计划，马上把成美木业公司能集中的资金全部拿出来，凑足七千比索作为首付。成交契约签署后，我以土地为抵押向美国花旗银行贷款十二万比索。

这次筹集资金的成功做法独树一帜，获得父亲和叔父的信赖，他们把苦心经营了一辈子的成美木业公司交给我经营管理。我以这笔贷款作为资本，进口现代化大型锯木机器，改手工业生产为机械生产，迅速扩大生产规模，成立福泉木厂和李清泉父子有限公司，木材制品不仅畅销菲律宾，还大量出口国际市场。

当然，每一个决定都不是轻易作出的，我跟父亲也经常经历唇枪舌剑。有一次，我们在某个商务的决策上意见相左，发生了争执。我的父亲一时气恼，随手抄起一根木棍，沿街追打我。这时候，一个市警局任职的美国警官恰好路过，以为有人打架，便上来干涉，欲扣留我的父亲。我立即用英语向那位美

李清泉父子有限公司广告

国警官讲明事实真相，跟他解释说，按中国的传统习俗，父亲打儿子是天经地义的家常事，何况，我还对父亲有所顶撞。没想到这次因祸得福，还跟这位美国警官交上了朋友，后来他为我的商务活动提供了不少帮助。

第一次世界大战的爆发刺激了木材的市场需求，数年之间，我经过多次扩张，创建了一个从造林、伐木、制材、加工、销售到出口的联合经营体系，资本总额达一千一百万比索。

其实，我没有超人的才能，只是肯想。对一个问题，必先细细去想，由这一角度，想到另一角度。深沉周详地想下去，想了好几个来回。人家没有想到的，我可能先想到了，想到了就去做，仅此而已。

民国十五年（1926） 丙寅 十一月

实业救乡　避居鼓浪

辛亥革命那年，我奉母命回乡与邻村的颜敕小姐成亲，第二年长子李世杰出生，此后我经常往返于马尼拉与晋江之间。自1915年李厚基入闽，军阀割据，兵匪交扰，家乡百业毁颓，民生凋敝。兵灾匪患使很多海外华侨有家难归，母亲妻儿待在家乡实在让我放心不下，我不得不将家人迁居到相对安定的鼓浪屿避祸。

第一次世界大战之后，菲律宾经济飞速发展，在大力发展家族传统木业的基础上，我还扩大经营领域，先后投资制药业、制铝业、油漆业、金融业等其他行业。为了摆脱殖民当局在金融、信贷方面对华人的限制，1920年7月20日，在好友黄奕住的鼎力支持下，我创办了菲律宾第一个华侨金融机构——中兴银行，任董事长兼总经理，注册资本一千万元。由于服务周全、信誉良好，中兴银行迅速博得广大华侨的信赖，业务不断发展，成为菲律宾最有影响力的银行之一。

1921年2月，歧视华侨、限制华侨工商业发展的法案——西文簿记法案，竟被菲律宾国会通过了。该法案规定，华侨工商业户记账不准用中文，必须用英文、西班牙文或菲律宾文，违者处一万比索以下罚款或两年以下监禁。法案颁布后，在菲律宾华侨之间引起轩然大波。得悉消息，我马上向美驻菲总督哈里森提出异议，又派人员到美国向美国总统和美国国会请求干预此案。美国当时新上任的总统哈定因此派出代表团到菲律宾考察此事。接着，我发动华侨再掀抗议浪潮，动员南洋各地华侨社团予以声援，菲律宾华侨团结一致，经过多年抗争，终于迫使菲律宾政府取消这个法案，获得最终胜利。

与此同时，厦门的经济开发和建设也如火如荼。经过在欧美

中兴银行广告

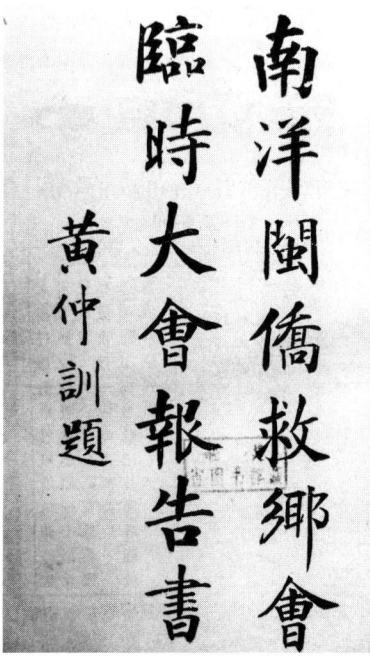

黄仲训题字（1926）

国家、日本、中国多地的游历考察，我决定辞去马尼拉商会会长职务，将投资的重心转向厦门。

早在1920年10月17日，我就邀约林尔嘉、黄奕住、黄仲训等好友和好友黄秀烺等菲律宾华侨在鼓浪屿叶寿堂别墅召开华侨座谈会，为集思广益、策长治久安之计，酝酿以自治为目的的救乡运动，开发闽南，建设新福建。1926年3月15日，我作为议长召集闽侨在鼓浪屿策进俱乐部召开南洋闽侨救乡会临时大会，商讨救乡事宜。会议持续半月之久，经过多次商讨，商定了两条基本路线：消弭匪患和实业救国。合群众之资本，谋教育之振兴、交通之便利、实业之发展，则大好河山，悉成乐土。改善民生，振兴实业，则民众不必迫于生计铤而走险流为匪盗。欲发展吾闽之实业，开辟吾闽之富源，以及便利行旅、开通风气，则修筑全省道路，实为今日之急务，亦救乡治标之要图。对于此次会议，各家传媒争相报道，声势浩大。

本月，国民革命军出师北伐，从广东攻入福建，政局混乱，铁路筹建计划再次夭折，殊为可惜。应蒋介石请求，我返回菲律宾为北伐军筹募军饷，捐资十三万银圆，代募短期救国公债一百多万元，以期早日实现南北统一。

民国二十年（1931） 辛未 十二月

日寇入侵 海堤危机

今年真是个多事之秋，坏消息频传。

年初，我接到来自厦门的消息，鹭江道筑堤工程又出了问题，要停工。我急忙放下手中的工作赶回厦门。

四年前,我与叔父李昭北投资一百九十万银圆,共同创办李民兴置业公司,学习香港中区填海造堤、修筑码头,投资厦门房地产,参与厦门市政建设。填海筑堤,是为了沿堤兴建比上海、香港更现代化的高层百货大楼,专门经营商业;同时附设配套的码头、仓库和加工厂,方便装卸货物。

起初,鹭江道筑堤工程以每平方丈八百银圆的造价包给广东一家建筑公司承建,但因技术失误,先后两次完工的海堤经不起风浪冲击,均出现全段崩塌,导致工程不能如期完工。无奈之下,我增资十二万银圆,专程赶赴荷兰考察,聘请荷兰池港建筑公司承建,每平方丈造价高达两千银圆。

"九一八"事变后,日军大举入侵中国,东北沦陷的消息传到南洋,我立即发起成立菲律宾华侨国难后援会并出任主席,动员华侨共同抵制日货,募捐筹款支援东北义勇军抗战。同时通电美国等国,呼吁国际舆论制止日本的侵华行径。

民国二十一年(1932)　　　　　　　　　　壬申　十二月二十三日

捐机助战　铲除匪患

淞沪抗战爆发后,菲律宾华侨纷纷响应,捐款助战。截至1932年9月,菲律宾华侨国难后援会汇交蔡廷锴②达八十万美元,汇交东北马占山抗日军费达四十万美元,并捐出二十万美元交福建省作为国防建设资金。受世界经济危机的影响,菲律宾经济正值萧条时期,华侨零售业深受打击，很多华侨劳工面临失业。但在此境况下，菲律宾华侨还是踊跃捐款。抵制日货使华商蒙受重大损失，付出了高昂代价，但是他们出于爱国和正义，在祖国生死存亡的关头，仍然甘愿做出牺牲，舍小家为大家，我大为感动。

上月初，黄奕住先生陪同淞沪会战抗日名将翁照垣到达马尼拉，他们以十九路军的抗日事迹激起华侨的救国意志，呼吁"航空救国是一条出路"。我以菲律宾华侨国难后援会会长身份，召集各界侨领共商航空救国事宜，决定成立"中国航空建设协会菲律宾分会"，我被推举为主席，会员有四千余人。我在会上郑重声明："本分会以建设空防为目的，以全体侨胞为主体，召集大众之能力，造大家之事业，具毁家救国之心，免国破家亡之惨祸。所有捐款，专为建设空防，绝不移作他用。所有飞机，专备对外作战，决不参加内讧，更不受任何人利用。"我独捐战斗侦察机一架；夫人颜敕发动华侨妇女，募集十万比索购机一架，命名为"妇女号"；黄奕住亦慨捐五万比索购机以赠。捐机活动立即得到菲律宾侨胞的热烈响应，共捐资国币三百万元，购机十五架，命名为"菲律宾华侨飞机队"，送给十九路军，首创华侨捐款购机抗战的先例。

从民国成立至今，福建的政权不断更迭，主政者又都是收编"民军"来控制地方，闽南各县处于大大小小的土匪武装割据之下。南安的陈国辉经历多次火并成为地方首领，敲诈勒索，横征暴敛，祸乱侨乡，为害一方。陈国辉统治南安期间，强占华侨眷属，先后强娶三妾：南安码头镇侨商陈珠明的养女吕罕娘、金淘镇侨眷叶秀莲，以及洪濑镇菲律宾侨商黄贞茂的妻子蔡瑞堂。上行下效，形成一股歪风。这班含羞积愤的华侨含泪忍辱，无处控诉。1930年年底，新加坡华侨章江模想在永春盖房子，竟被以未缴"新厝捐"为理由掳去，迫使章妻变卖家产缴纳三千银圆赎人。今天，福建绥靖公署在福州东湖枪决了陈国辉。

福建绥靖公署军法处公告

　　为布告事：照得福建省防军第一混成旅旅长陈国辉，本系骠骑鸣镝之徒，因缘时会，啸聚闽南，暴戾恣睢，无恶不作，如庇匪掳勒、渎职殃民、横征暴敛、擅创捐税、勒种罂粟、屠杀焚村、摧毁党务、拥兵抗命，种种罪恶，擢发难数，皆属社会共见共闻，无可掩讳之事实。当本军移师入闽之初，接受海内外民众团体及被害人控诉陈犯祸闽文电，积存盈尺。本主任犹一再优容诫勉，冀其悔悟自新，不图该犯怙恶不悛，荼毒地方、拥兵抗命如故。如今拿办，业已呈奉国民政府军事委员会，电令组织军事法庭会审，并经详细研讯，罪证确凿，法无可宥。该犯陈国辉一名，合依陆、海、空军刑法第二十五条、二十七条、三十五条、四十七条、六十三条各条规定，合并论罪，判处死刑，即于本月二十三日，验明正身，绑赴刑场，执行枪决，以昭炯戒，切切此布。

　　计枪决匪犯陈国辉一名，年三十五岁，福建南安县人。

中华民国二十一年（1932）十二月二十三日
绥靖公署主任蒋光鼐

　　收到这个好消息，我立即致电十九路军蒋光鼐，感谢他消弭匪患、为民除害。此前我曾多次号召华侨们向十九路军请愿，控诉陈国辉为害侨乡的劣迹，请求将陈国辉逮捕正法以平民愤。看来我们的请愿起了作用，实在是大快人心！

民国二十七年（1938） 戊寅 十月十日

倾资报国　共赴国难

　　1932年12月7日，南京中央政府正式颁布了福建省政府委员改组令，任命我为福建省政府委员兼建设委员会常务委员。1933年5月1日我回国正式赴任，又把搁置多年的漳龙路矿计划提到议事日程上来。欲谈建设，必先治安有办法，首重交通问题。交通事业发展则运输便利，而矿产可开，国防可固。正当漳龙路矿计划开工实施之时，十九路军发动了反蒋抗日的"闽变"，随后蒋介石调集十万重兵镇压十九路军，民族抗战的生机和振兴福建的事业又一次被扼杀，闽侨救乡运动宣告破灭，漳龙路矿计划再次流产。我不愿卷入政治漩涡，辞去省政府职务返回菲律宾。

　　"七七事变"后，我召集菲律宾各埠侨领，成立"菲律宾华侨援助抗敌委员会"并出任主席，杨启泰、薛芬士[③]出任副主席。该会以"策励侨众开展爱国运动，以人力物力援助政府抗敌御侮"为宗旨，并在全菲各地成立分会以全面开展筹款、抵制日货和鼓励青年回国参战等活动。1938年5月中

《闽变》专题报道
（1933年12月《良友》画报）

厦鼓关通行证（1940年1月22日）

旬，寇陷厦门，很多难民逃往鼓浪屿，厦鼓之间通行受到日本人的严密审查。鼓浪屿中西各界即组织国际救济会，电请南洋各地华侨筹款协助救济难民。我组织"福建华侨救济委员会"，捐资一千万元经费供福建省救赈和武装民众。捐款活动遍及整个华侨社会，男女老少都热情地克己捐输。富商巨贾，既不吝金钱；小贩劳工，亦倾尽血汗；有些工薪阶层，宁愿自己忍饥挨饿，也要捐出伙食费。然而，南洋各地华侨均各自行动，缺乏统一领导。为此，我两次致函陈嘉庚先生，倡议召集各埠侨领，在新加坡组织成立全东南亚华侨抗日组织，讨论援救华南事宜。今天，我们在新加坡召开了南洋各埠代表大会，决定成立"南洋华侨筹赈祖国难民总会"④，作为华侨最高救亡领导机关，使筹赈、购债、汇款及其他救亡工作得收统一行动之效，而加速进展。陈嘉庚先生为总会主席，我和爪哇侨领庄西言⑤先生为副主席。

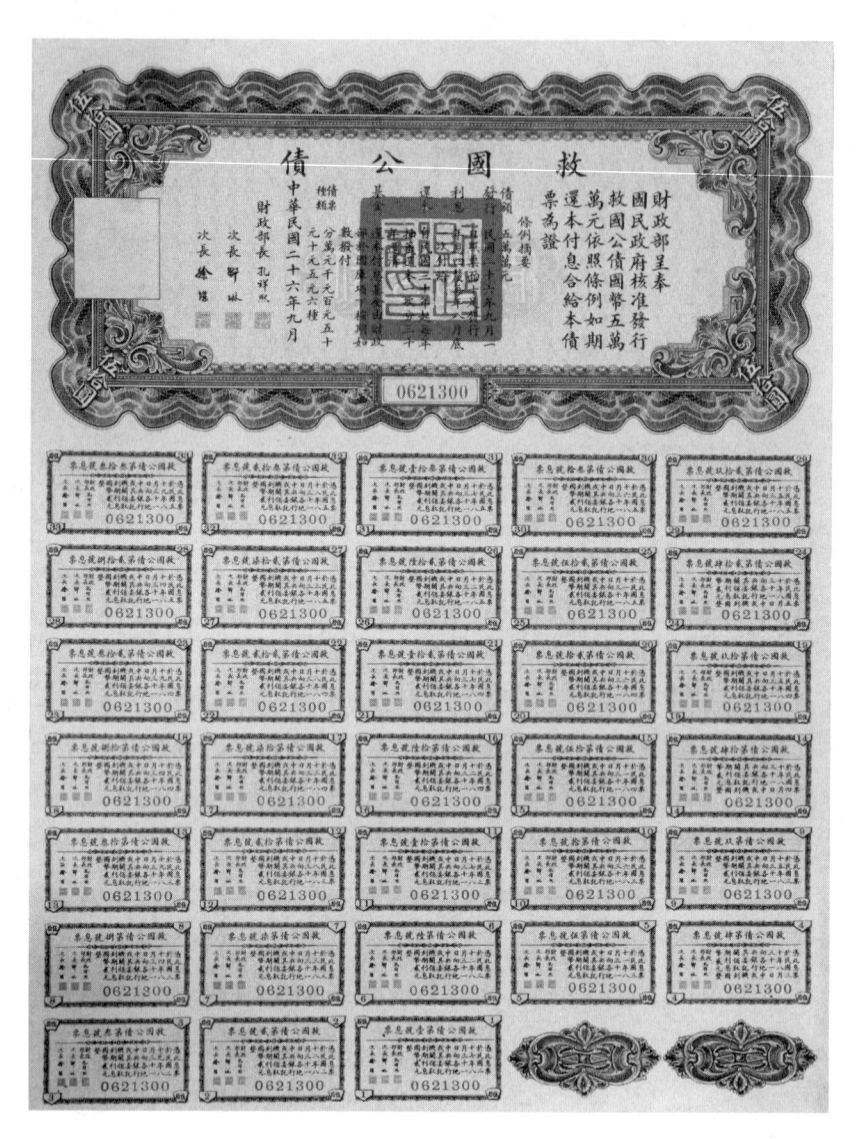

全面抗战时期救国公债（1937年9月）

尾声：1940年10月27日，身患糖尿病的李清泉操劳过度，在美国加利福尼亚州医治无效逝世，享年52岁。

注释：

①弥敦（Matthew Nathan，1862—1939），英籍犹太裔军人、殖民地官员和政治家。弥敦在1900年被委任为黄金海岸总督，成为首位担任大英帝国殖民地总督的犹太人。此后，他又历任第13任香港总督和第13任昆士兰总督，并曾任昆士兰大学校监，在英国政府的其他部门供职。在香港总督任内，弥敦曾拓展区内交通，又对九龙和中西区加以发展，现今弥敦道即以他的名字命名。

②蔡廷锴（1892—1968），字贤初，广东罗定人。保定陆军军官学校毕业，曾任国民革命军第19路军军长、副总指挥，领导"一·二八"淞沪抗战，粉碎了日军侵占上海的阴谋。后因被下令撤离上海前往福建打内战，故参与发动反蒋抗日的"福建事变"，成立"中华共和国人民革命政府"，任人民革命军第一方面军总司令。中华人民共和国成立后，任中国人民政治协商会议第四届全国委员会副主席。

③薛芬士（1883—1969），福建厦门人，生于菲律宾马尼拉。历任多届马尼拉中华总商会会长、菲律宾华侨援助抗敌委员会副主席等，曾被日寇囚禁。

④简称南侨总会，其成立前三年，共发动义捐募集资金约5亿元，筹得50万件寒衣和价值250万元的药品。引自杨锦和、洪卜仁：《闽南革命史》，中国计划出版社，1990年，第238页。

⑤庄西言（1885—1965），又名西园，号西元，福建南靖人。早年到荷属印尼谋生，经多年奋斗富甲一方，曾被选为巴达维亚（今印度尼西亚首都雅加达）中华总商会会长、闽省府侨务顾问、国民党政府中央参政会参政员、南侨总会副主席等。

人物评传

　　他审慎精密，胆识过人，是英雄出少年的商业奇才、菲律宾名动一时的木材大王，被称为"菲律宾经济发展史上占有永久地位的人"；他活跃于菲律宾政、商两界，带领华侨成功抗争西文簿记法案，为华侨争取权益，赢得了"侨界柱石"的至高荣誉；他反哺家国，为厦门乃至福建的发展殚精竭虑、出资出力，坚持不懈地投资国内建设，发展民族工业，发起闽侨救乡运动、兴办实业，发起航空救国运动、捐机助战；他不惜毁家纾难，以空前的规模组织侨胞，领导海外侨胞精诚团结，开展波澜壮阔的救亡运动，与祖国人民共赴国难，成为广大侨胞的光辉典范。

　　别善恶，较短长，权轻重，衡得失，知己知彼，能屈能伸；然后能集纳全面的意志，然后做出公正明智的决定，然后有坚毅的行动，故能成为了不起的领袖人物。正所谓"有非常之人，然后可以建非常之功"。吴重生先生说，李清泉先生是"不悲其身之死，而忧其国之衰"的贤者。在李清泉爱国义举的精神感召下，菲律宾华侨的爱国热情空前高涨，募集了大量资金和物品支援国内的抗日战争。国难当头，李清泉们的一次次支援，如一股股涓涓细流滋润着被战火烧红的一片焦土，为祖国持久抗战提供了源源不断的保障。

链接资料

南洋闽侨救乡会临时大会开闭幕演说词（节选）

　　查本会宗旨，在提倡福建之自治事业而以交通事业为卓。诸同志再四思维，以兹事体大，非有雄厚之实力不为功。故有本次临时大会之邀集。期合群策群力，共筹救乡良策。今日者故乡祸乱，糜烂不堪，八闽河山，几无一片净土。协力救乡，责无旁贷。所望诸君子，发挥谠论，一致努力，则破碎之故乡，庶有收拾之一日。闽省之幸，亦本会之幸也。

——南洋闽侨救乡会临时大会李清泉开会演说词

……年来内地各乡迭遭兵燹，元气剥削殆尽，有如病者屡受外感，失于治疗，一息奄奄，僵卧在床，群医相与筹议，或曰宜攻，或曰宜补，聚讼纷如，而病者之僵卧如故。其故安在？是皆未从扶其元气着想，盖病势已深。非先扶其元气，所投之剂，不特无以祛病，且恐适以增损其本原。今日内地状况仿佛类此。然则，欲救内地各乡，必如救病者然，宜先扶其元气，然后再医种种见症。元气云何？根本办法是也。何谓根本办法？筹办铁路是也。世界之有铁路，犹人身之有血脉。血脉能通，则一切外感内伤，自可次第医治，日见有功。铁路既成，交通称便。举凡兴教育、某生产、兴实业、谋自卫，无不事半功倍。

——南洋闽侨救乡会临时大会黄奕住开会演说词

救乡一事，目下举办已觉太迟，然宁使太迟，亦聊胜于无。弟深喜吾侨有此种运动，由救乡运动可见吾侨不忘祖国。吾侨若能合力救乡，不但能救福建，且能进而救全国。吾闽现有三千余万人，所以不能有为者，缘于不知合群。今日之会，盖为合群而来，非仅订定几条章程便算完事。当知此事须有人才，须有经济，并须牺牲许多精神，乃至于生命。大家又宜切切实实合作向前进行，否则不外一场把戏而已。至于在推进上,须有恒心,毋抛弃宗旨,尤不可有始无终。现在能救福建者,惟吾海外华侨是赖,甚盼吾侨勉力为之。

——南洋闽侨救乡会临时大会林文庆开会演说词

今日之会,足称盛事……今虽大会告终,鄙人之心尚多未安。盖今后救乡责任,极为重大。目的未达,志何敢懈。嗟哉政治之黑暗已达极点矣。我数百万闽侨及我三千万闽人之视救乡会,如在漫漫长夜,忽见一线曙光,欢欣鼓舞,自不待言。苟风云之不作,则此稀微晨光,当不难放为异彩。斯固鄙人所馨香祷祝者也。

——南洋闽侨救乡会临时大会副议长黄孟圭闭会演说词

南洋闽侨救乡会临时大会历次会议一览表

开会时间	大会名称	地点
1924年6月	发起闽侨救乡运动	菲律宾马尼拉
1925年5月19日	南洋闽侨救乡会临时大会成立大会	菲律宾马尼拉
1926年3月15日下午三时	南洋闽侨救乡会临时大会第一次会议	厦门鼓浪屿策进俱乐部
1926年3月18日下午三时	南洋闽侨救乡会临时大会第二次会议	厦门鼓浪屿策进俱乐部
1926年3月19日下午三时	南洋闽侨救乡会临时大会第三次会议	厦门鼓浪屿策进俱乐部
1926年3月23日下午三时	南洋闽侨救乡会临时大会第四次会议	厦门鼓浪屿策进俱乐部
1926年3月25日下午三时	南洋闽侨救乡会临时大会第五次会议	厦门鼓浪屿策进俱乐部
1926年3月27日下午三时	南洋闽侨救乡会临时大会第六次会议	厦门鼓浪屿策进俱乐部
1926年3月29日下午三时	南洋闽侨救乡会临时大会第七次会议	厦门鼓浪屿策进俱乐部
1926年3月30日上午十时	南洋闽侨救乡会临时大会闭会礼	厦门鼓浪屿策进俱乐部

根据《南洋闽侨救乡会临时大会报告书》制作

艺文创作

水木赤子心
——咏李清泉

巍巍榕树,百年沧桑,昂首屹立,中华脊梁;
沐风栉雨,玉汝以成,清泉滋润,伟岸如常;
侨界柱石,商界奇才,木材大王,爱国爱乡;
拳拳游子,心系故园,伉俪情深,并肩奋战;
一方有难,八方支援,赤子之心,天地可鉴;
实业救乡,捐机助战,输财卫国,共赴国难;
祖国兴亡,匹夫有责,鞠躬尽瘁,死而后已;
不悲身死,而忧国衰,涓涓细流,清泉绝响。

颜敕（1894—1971），原名颜受敕，中国妇女慰劳自卫抗战将士会菲律宾分会主席，福建晋江人，菲律宾侨领李清泉的夫人，在抗日战争期间与丈夫并肩作战，是杰出的爱国华侨妇女领袖。

颜 敕

妇女也是国民一分子

本刊介绍菲岛侨胞爱国活动的热烈状况不止一次了，这里是最近中国妇女慰劳会菲律宾分会主持的赶制救伤袋运动的情形。参加工作的侨胞妇女，年龄不同，阶级不同，出身不同，爱好不同，但她们有一点相同，她们具有最热烈的爱国心，都愿为国家而出钱出力。

——《东方画刊》1941年第4卷第2期

民国十五年（1926） 丙寅

榕谷[①]别墅　姐妹情深

　　我自幼父母双亡，跟姐姐颜雪相依为命。十三岁那年，姐姐带着我从洋下村嫁到了石圳村。李清泉的母亲陈双娘经常来家中做客，选中我当儿媳妇。十八岁那年，我嫁入李家。婚后，我为李家生儿育女，跟随丈夫来到菲律宾。丈夫年纪轻轻就执掌了家族木业公司，并将事业很快扩展到金融、房地产等多个领域。几年前，丈夫响应政府实业救乡的号召，决定回国内发展。为安全起见，也为了给孩子们提供良好的教育，他在鼓浪屿上为我们精心建造了榕谷别墅。

榕谷别墅（旗山路5、7号）

榕谷别墅坐落在鼓浪屿升旗山麓一条安静的小巷里，居高而建，依山临海，拾级而上，曲径通幽。庭院中有假山、凉亭和欧式喷水池，还有从菲律宾移植的六株南洋杉，中西合璧。大门前有两棵巨大的榕树，榕荫密匝，故名榕谷别墅。我非常喜欢这清幽静雅之处。为了感谢姐姐的养育之恩，我把姐姐一家也从石圳村接来，住在旁边的附楼里。榕谷别墅不只用来居住，同时还是商业总部和金银库房。

民国二十七年（1938）　　　　　　　　　　　　　戊寅　四月十三日

雪中送炭　支援抗战

"七七事变"后，南京成立"中国妇女慰劳自卫抗战将士总会"，菲律宾爱国华侨妇女闻风而动，组织成立"中国妇女慰劳自卫抗战将士会菲律宾分会"（简称妇慰会菲律宾分会），我被推选为主席，辅助"菲律宾华侨援助抗敌委员会"开展抗日工作。在捐机运动中，华侨妇女募集菲币十万比索，购机一架命名为"妇女号"献给祖国。

去年9月，八路军平型关之役首战告捷，捷报频传。鉴于北国冬天雨雪交加，前线抗日将士劳苦艰辛，侨众纷纷募款相助。今年3月6日，妇慰会菲律宾分会特汇国币一万元给八路军将士购置雨具，并专门写了一封慰问信[②]寄交八路军朱德总司令。

朱德将军勋鉴：

公率三军，捍卫北疆，捷报频传，侨众欣跃。本月六日特汇中行国币一万元，托为购置雨具，运交将军分发第八路军士兵应用。谨此奉闻，并祝胜利！

妇慰会菲岛分会主席 颜受敕 谨启
中华民国廿七年三月十日

今收到朱德总司令同彭德怀将军的联名回信③。

中国妇女慰劳自卫抗战将士会菲律宾分会公鉴：

接三月十日来信敬悉。承汇中行国币一万元，托为购置雨具，慰劳敝军，厚意热情，无任感奋。当此敌焰方张、民族危急之际，我海外侨胞，本毁家纾难之忱，拥护国军，爱及敝路，全体将士皆将为之感动，再接再厉，誓报国仇。德虽不敏，唯有率我八路健儿，与东方强盗奋战到底，务求不负侨胞之期望，而尽军人之天职。引领南望，不尽依驰。尊赐俟收到后，即当分发，用副雅命。专此奉复。

敬致

民族革命敬礼！

国民革命军第八路军总指挥 朱 德
副总指挥 彭德怀
中华民国廿七年四月二日

《新华日报》1938年4月13日报道

民国二十八年（1939） 己卯 九月

抵制日货 义卖面包

妇慰会菲律宾分会的活动是多方面的，但主要工作是形式多样的抗战宣传和劝募。要把菲律宾华侨妇女广泛地动员起来，是一件很不容易的事。我先发动上层妇女，这些贵妇人、阔太太，有的还是缠足的。他们平时出门坐汽车，不敢晒太阳。有些巨商的太太，按他们的风俗习惯很少出门，我也想办法把他们动员出来。这些有身份的贵妇人上街，挨家挨户去募捐，顶着烈日酷暑，沿街步行，其爱国热情不由令人敬佩，因而所到之处，无不欣然解囊。

我发动华侨妇女为前线战士制作救伤袋、赶制棉衣、捐献首饰，并委托美国红十字会把大宗医药送往前线。我们华侨妇女敢死队上街监督、检查商店，劝阻出售日货，不听规劝者的店铺就会受到处罚。深入学校组织华侨童子军抬着"救国箱"上街挨家挨户募捐，组织女学生到车站、码头、戏院、大商场等公共场所卖"爱国花"，组织华侨到各公司去收爱国常月捐、寒衣捐、药品捐、汽货车捐等，出版抗日报刊、演出抗日话剧、教唱救亡歌曲，举行义演、义卖、义诊等。募捐过程中，发生了不少动人的事迹。9月1日，年仅十四岁的小学生杜兴桥用自己的全部储蓄二十六菲币买了一千个面包，托妇慰会转交抗敌前线军人。为保护这位爱国少年的热情，我们决定义卖这一千个"爱国面包"。华侨为之大为震动，纷纷解囊，一千个面包捐

菲律宾妇女慰劳会赶制救伤袋运动（《东方画刊》1941年第4卷第2期）

卖一百一十二点九九菲币，足供万余战士一日之需。在这一行动激发下，义卖活动遍及全菲各地，霎时风起云涌，成绩惊人，掀起一波声势浩大的菲律宾华侨爱国热潮。第二天，我们以六十元菲币再次购买了三千二百个面包，并用印着杜兴桥爱国事迹的纸包装好，交给马尼拉中山小学的男女学生，分别拿到街上、电影院去义卖，共得菲币六百四十八点一八元。

妇慰会声势空前的抗日救亡宣传，促使侨众踊跃捐输，筹集的资金源源不断寄回祖国支援抗战。

民国三十六年（1947） 丁亥　一月

继承遗愿　财为国用

我的丈夫本来就患有糖尿病，但仍抱病为国事奔走操劳，四处筹款，以致病情恶化。1940年10月27日，正当菲律宾抗日救国运动如火如荼进行之时，他在美国加州医治无效身亡，弥留之际留下遗言："捐十万美元给祖国抚养难童。"在他"至死不忘救国"精神的感召下，马尼拉侨团和他的生前好友决定再筹集四十万美元，作为祖国救助难童的基金，以表示对他的永久纪念。

丈夫去世后，他的爱国爱乡行动由我来继续完成。我带着丈夫的遗愿，继续在侨界发挥力量，为祖国做力所能及的事情。1946年1月，妇慰会菲律宾分会汇厦四百万元，用于救济厦门灾民。1946年年底，闽南大旱，米价狂涨。为了救援难侨、侨眷和其他难民，妇慰会又马不停蹄地投入酬赈工作。我携筹集的华侨赈灾款回到鼓浪屿榕谷别墅，在三楼大厅举行记者招待会，征求赈灾款的分配意见，将华侨捐助的赈灾款和救济品按方案如数分配到闽南和金门七县市。④

尾声：战后，颜敕积极协助华侨抗日游击支队后方办事处组织华侨各界前线慰劳团到南吕宋慰劳中、菲、美将士。1971年11月26日，颜敕病逝于菲律宾。

李清泉与颜敕夫妇

注释：

① 榕谷，而非"容谷"。摘自李清月：《李清泉别墅——榕谷》，载《鼓浪屿文史资料（中册）》，第162—164页。

②③均刊登于《新华日报》，1938年4月13日第2版。

④ 龚洁撰稿，思明区文化体育局、思明区政协研究室编：《鼓浪屿名人逸事》，鹭江出版社，2008年，第93页。

人物评传

　　她是巾帼不让须眉、柔肩亦能担重任的爱国女将，走出家庭，走向社会，带领爱国华侨妇女投入另一个战场；她是美丽而坚强、敢闯敢干的新时代杰出女性，继承发扬丈夫遗志，积极投身于抗日救亡运动，在抗战大后方奔走呼号，贡献力量。

　　人生，总会有不期而遇的温暖和生生不息的希望。榕谷别墅流传着关于爱情的美丽传说，承载着丈夫对她的一生挚爱。商海风云下的同舟共济，苟富贵勿相忘的深情款款、夫唱妇随，是对爱情最好的诠释。她与丈夫并肩作战，不仅帮助丈夫在商场打拼，更与丈夫一起抗战救国。榕谷别墅，姐妹情深，爱屋及乌的赠予是对爱情与恩情的最好回馈。完美的婚姻不只基于卿卿我我的夫妻小爱，更有深沉动人的家国大爱。在国家危难之际，李清泉和颜敕这对爱国伉俪挺身而出，不分党派，不惧阻挠和压力，只为争取民族国家之自由平等，抗日救亡。他们的爱国事迹令人感怀，至今仍在海内外广为流传。

链接资料

菲律宾妇女救济会汇厦四百万元　用以救济厦门难民

中委王泉笙于五日自岷电厦门市长黄天爵，谓渠可于最近由岷来厦，又厦市府接得电讯，略云：菲岛华侨妇女救济会主席李清泉夫人，已拨四百万元汇厦，将以救济厦门难民。该款不日即可到厦云。

——1946年1月8日《江声报》

艺文创作

巾帼大爱
——咏颜敕

同仇报国萃钗裙，妇女会中领一军。
巾帼义卖筹经费，雪中送炭援抗战。
航空救国捐战机，抵制日货齐动员。
筹饷助边救国难，心系桑梓爱无边。

曾志（1911—1998），原名曾昭学，祖籍湖南宜章，15岁入党，曾在鼓浪屿的中共福建省委机关和军委机关居住、工作，是杰出的无产阶级革命家、中共中央原顾问委员会委员、中共中央组织部原副部长。

曾志

一个革命的幸存者

> 我对我选择的信仰至死不渝,我对我走过的路无怨无悔。为了党的利益和需要,我可以舍弃一切,包括生命。因为我不仅是一个女人,更是一名战士。
>
> ——曾志

民国十八年（1929）　　　　　　　　　　　　　　己巳　七月

初涉洪流

　　正值新旧民主主义革命交替转换的风云激荡之际，我出生在湖南宜章一个没落的官僚地主家庭。七岁那年，家里给我和吴家长子订了婚。家庭背景对于我童年时代性格的形成、人生最初价值观念的确立，以及后来接受进步思想、走上革命道路，都起到了一定的影响和作用。

　　在衡阳第三女子师范学校读书时，我最感兴趣的是看小说和参加体育运动。湖南的农民运动正闹得轰轰烈烈，学校里反帝反封建的宣传活动相当活跃。在这里，我第一次听说中国还有一个共产党。

　　年轻的中国共产党成立不久，各种新思想、新观念如雨后春笋般勃发，大革命的浪潮正呈风起云涌之势。我接受了共产党关于男女平等的宣传。旧社会，女人在家里没有地位，在社会上更是没有地位可言，受到多重压迫。我从小立志当巾帼英雄，做现代花木兰，渴望成为一名军人，经常幻想女扮男装去当兵。放假回家的路上，我遇到一些学生模样的男青年去广州报考黄埔军校，学校却不招女生，我好生失望。湖南有尚武的传统，可能是受曾国藩建立湘军的影响，社会公众普遍认为当兵光荣，甚至有钱人家也喜欢送子女去参军。我从来不把自己当女孩儿看，因此，当兵习武的愿望也就格外强烈。

　　终于，机会来了！1926年的初秋，我考入衡阳农民运动讲习所，报名表上，姓名栏里，我填上了"曾志"二字。同学问我为何改名，我说，我就是要争志气。当时我并没有意识到，我的人生道路将在这里来个急转弯，从此走上一条血雨腥风、曲折坎坷的革命道路。

　　在讲习所，我终于成了一名梦寐以求的女兵。我初步接触了马克思主义，开始思考人生问题，并决心反抗我的"包办婚姻"。我写信给母亲，退回聘礼解除婚约。摆脱了精神上的枷锁，接受了革命思想的熏陶，我越来越坚定地树立了对共产主义的信仰和为劳苦大众翻身解放而奋斗的大志。

  从讲习所毕业后，我与中共衡阳地委组织部部长夏明震①结婚。婚后不到一年，夏明震在彬县暴动中壮烈牺牲。在井冈山，我遇到了红四军三十一团党代表、政治部主任蔡协民，他在老家的妻室儿女也被国民党反动派残忍杀害，相似的家庭遭遇和共同的革命志向最终使我们走到了一起。②本月，我和蔡协民随井冈山军队转入福建，领导闽西的革命斗争。

民国十九年（1930）　　　　　　　　　　　　　　　　庚午　六月

白区涉险

  五月间，福建省委的军委书记王海萍来闽西视察工作。他回厦门不久，我和蔡协民便接到省委的通知，到位于厦门的福建省委机关工作。我知道，那将是一种与部队和苏区完全不同形式的斗争和生活。尽管我更喜欢在苏区工作，但是组织上已经决定了的事，我唯有服从，因为我是共产党员。

  六月初的一天，我和蔡协民从龙岩出发，踏上了前往厦门白区的漫长而危险的旅途。福建省委的活动经费主要是由闽西特委和红军提供的，取之于地主豪绅的浮财。临行前，特委将一大笔经费交给我们转交省委。所谓的经费，就是几十两黄金首饰。我找来一把雨伞，把

第四章　革命风云　457

竹把掏空，把三十多个戒指拉直，一个个塞进雨伞的竹把子里。我又缝了个布袋子，将金项链装进去，缝在裤带上，缠在腰身间，大约有一斤多重。剩下的几个金镯子就戴在左右手腕上。

为保险起见，我和蔡协民不走大路，乘船辗转到达厦门码头。只见码头上军警林立，关卡森严。我们一上岸，就有地下党的同志在等候我们，然后就被带到省委机关驻地。那是两栋样式相同且紧挨着的房子，中间有一个院子，两屋内部是相通的，省委书记罗明就住在其中的一栋，我们住在另一栋。

我是第一次见到罗明，他是广东大埔人，高高的个头，身体瘦弱，戴着眼镜，说话和气平缓，虽然只有三十四五岁，但却像个长者，令人尊敬。他叮嘱我，在白色恐怖笼罩下的敌占区从事地下工作，危险性很高，要严格遵守秘密工作的原则。

民国十九年（1930） 庚午 八月

紧急转移

安顿下来后，我抽空观察了一下房屋和周围的地形、道路，这是从事地下工作的需要。我想进一步了解一下二楼到底住着什么人。因为有几个早晨，我都曾见过一个身材高大的胖子，经常在走廊上来回走动。此人三十多岁，穿戴不凡，我猜想他肯定不是等闲之辈，有可能是在国民党政府里做事的。为防万一，我觉得还是有必要弄清此人的底细和来头。因为我们住在楼下，也许他能听得到我们的谈话。不查则已，一查足以让我们吓出一身冷汗，原来此人是厦门市公安局的侦探长。看来此地不能久留，我们要趁敌人还没有嗅出什么味道之前，另找地方尽快转移。

  我们很快在鼓浪屿的虎巷8号租到了一层楼房。这座楼上有一个大天台，视角很宽，便于观察周边的环境。附近有很多小巷子串联起来，便于疏散逃跑。楼房比较大，共有七八间房，有一个门单独进出，房租也比较贵。楼下和对面的楼房由房东婆媳二人自用，儿媳妇在龙头路开小杂货店，婆婆年迈在家颐养天年。为了隐蔽视听，房子是由蔡协民以西药店老板的名义租下的，作为省委的机关驻地。我们称罗明为堂兄，称省委秘书处处长黄剑津为弟弟，只有我和蔡协民是

中共福建省委机关旧址（虎巷8号）

正式夫妻。组织上从漳州石码一带调了个叫谢小梅的女同志，安排给罗明做假夫妻，负责刻蜡版、油印材料。为了让外人看起来像个商人家庭，中共闽西特委根据省委要求，调来了党员郭香玉[3]到省委机关当"用人"，每天负责为革命同志洗衣、煮饭、打扫卫生等后勤工作。我扮作西药店老板的太太，在机关里的工作是抄写密件，与交通站联系接送文件，同一些地下党员保持单线联系。王海萍的妻子梁惠贞[4]担任省委政治交通员，负责省委与上海党中央之间的信息传递工作。

民国二十年（1931）　　　　　　　　　　　　　　　　辛未　一月

举办"地下婚礼"

谢小梅出身于一个革命家庭，她化名谢冰剑，寓意挥向敌人的一把利剑，考入石码电话公司，成为一名正式话务员，利用职务之便搜集情报。1930年6月，同在漳州石码从事地下工作的谢小梅大哥谢仰周被捕牺牲，谢小梅逃出石码，党组织安排她到省委秘书处工作。

谢小梅的二哥谢仰堂[5]也是共产党员，潜伏在国民党厦门市党部从事秘密工作，1930年春不幸被捕。以罗明为首的省委破狱委员会成功将其解救出来。谢小梅原本就对罗明搭救二哥谢仰堂出狱的行动充满感激，在长期的工作接触中又暗生情愫，与罗明培养出真挚的革命情感。于是由我牵线搭桥，谢小梅与罗明结为伉俪，召集同志们在搞油印的地下室吃了糖果点心，作为"地下婚礼"的仪式。

不久，虎巷8号的"家庭成员"发生了变化，换成了另一批人。

省委书记罗明和谢小梅被调到上海另行安排工作，他的工作由原军委书记王海萍接替，王海萍夫妇搬到虎巷8号居住。蔡协民和我由于工作调整，搬到另设的省委军委机关。

新家是在福州路127号，这是一座结构特别的五层楼的洋房。鼓浪屿是个山坡地，这使得这房子的每一层都可以通向外面的公路，有三个门进出，而楼内从一层到五层也都有楼梯上下。这里位置隐蔽，视野开阔，靠近码头，闹中取静，这种结构的房子比较适合开展秘密工作。房东家是个有钱人家，住一层楼。我们租住在第二层，有三个房间，外带一间厨房，厨房旁还有一个石洞，可以通向屋外的一间石头小房子。我经常装扮成家庭主妇，借着买菜的机会，到黄家渡码头⑥的一棵树下交换文件、传递情报。

中共福建省委军委机关旧址（福州路127号）

黄家渡码头

| 民国二十年（1931） | 辛未　四月十二日 |

险中求生

　　革命形势的迅猛发展，使国民党反动势力惊慌失措，白色恐怖日益加剧。由于虎巷8号既是中共福建省委机关所在地，又是省委秘书处和印刷机关所在地，省委领导成员居住和开会都在这里，进进出出的人员势必会引起怀疑。3月25日下午2时许，不知何故，一批警察突然包围了虎巷8号，抓走了在家的同志，有宣传部部长李国珍、王海萍的妻子梁惠贞、闽西来的郭香玉，连到机关来联系工作的组织部部长兼秘书长杨峻德[7]也同时被捕。敌人还搜出了我们的印刷机器，然后将房子贴上封条。

虎巷8号门环⑧

  外出办事的代理省委书记王海萍幸免于难，与省互济会⑨党团书记黄剑津取道莆田到上海向党中央作详细汇报。

  我和蔡协民只是由于工作调整搬了新家，才躲过了这场灾难。军委机关现在成了问题。昨日我有事过海，在路上碰着虎巷8号房东的儿媳妇，向我讨要房子被封后损失的房钱。我知道此时此地生死一线，不能跑也不能闹，只要她大喊一声，说我是共产党，我在这座小岛就插翅难飞了。我决定趁着她还没有恶意之时先沉着应付，再伺机逃脱。被缠住五小时后，幸遇一大户人家出殡，远处吹吹打打来了一支很长的送葬队伍，交通一时中断，街两旁挤满了看热闹的人群。趁着房东儿媳妇正探头伸脑看得出神之际，我一转身，撒腿往街边的一个小胡同里跑去。我七拐八拐，跑过几条小巷，来到一个医院附近的渡口迅速搭船离开，算是逃过一劫，未遭大害。

  天黑后，我偷偷地潜回鼓浪屿，回到军委机关连夜清理文件，准备转移。半夜烧东西，怕冒烟有火光，且烧纸的气味也很重，会引起房东和邻居的怀疑。我急中生智，先将文件浸泡在水盆里，再用挫衣板将文件搓成纸浆，一点点冲入下水道，处理干净，趁天还未亮匆匆逃出鼓浪屿，脱离了那所房子。被捕的那几位同志，很快就牺牲了。

王海萍的妻子怀孕已六个月，残忍的敌人不准孩子出生，将母子一起杀害了。

民国二十一年（1932）　　　　　　　　　　　　　壬申　二月

忍痛割爱

1931年7月，我们接到上海党中央的指示，撤销福建省委，另设立厦门和福州两个中心市委，直属中央领导。厦门由王海萍负责，福州由蔡协民负责。同年11月，我生下儿子小铁牛，母亲寄了四十块现大洋，要我把孩子送回去，由她来带。党的活动经费非常紧张，我把二十块现大洋交给组织，自己留下一半。

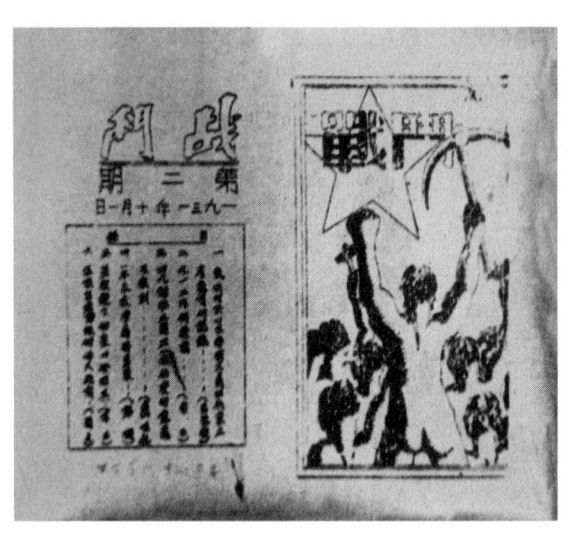

王海萍组织创办的中共厦门中心市委机关刊物《战斗》第二期
（1931年10月1日）

1932年1月，厦门中心市委急需经费，王海萍便劝说我们将孩子送给一个叫叶延环⑩的中医，换取一百块大洋。叶延环是有名的中医，比较富裕，他在厦门霞溪仔叶丽春堂以医生身份作掩护从事地下革命活动。为了党的事业，我同意组织决定，将小铁牛送人。孩子送走前，我和蔡协民抱着孩子，特意去中山公园玩了一次，然后又一起去照相馆照了张全家福。照完相后，我给小铁牛喂完最后一次奶，才依依不舍地把孩子交给同志抱走了。

半个月后，小铁牛被前来就诊的病人传染上天花，不幸夭折。起初大家都尽力瞒着我，但是我还是知道了这一噩耗。我努力地压抑住心中的无限痛楚，一声不吭，仍然默默地忙碌着。只是到了夜深时，才任泪水纵横。提笔写到这里，小铁牛的音容笑貌又仿佛浮现在我眼前。

王海萍和我们同住机关，见我那几日神情恍惚，沉默寡言，知道瞒不住了，就将小铁牛染病夭折的详情如实相告，并恳切地安慰了我

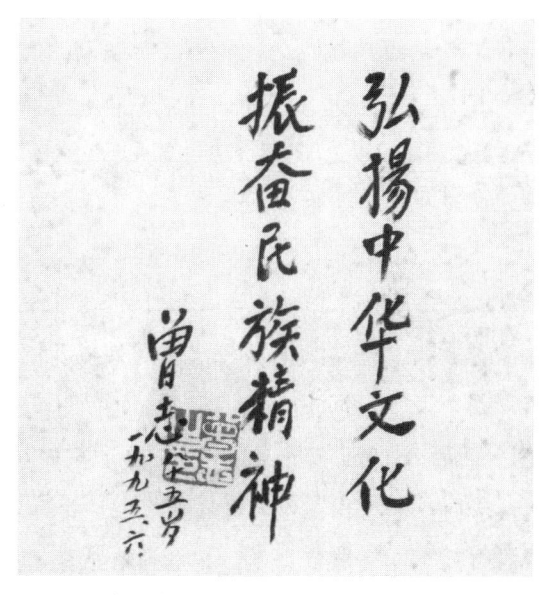

曾志在厦门题词（1995年6月）

第四章　革命风云　465

一番。我望着眼前这位市委书记，眼睛湿润了。我想到，他不是也为革命献出了年轻的妻子和尚在腹中的孩子吗？如今孑然一身，他何尝不悲痛？但他却没有沉溺在个人的悲痛之中，而是更加拼命地工作。这样的领导是值得尊敬和学习的！

尾声： 1932年7月，王海萍在厦门中山公园不幸被捕，壮烈牺牲。1934年5月，由于叛徒出卖，蔡协民被敌人杀害。曾志在革命斗争中与陶铸由假夫妻而自然结合。曾志去世前，在病床上留下遗嘱《生命熄灭的交代》，要求丧事从简，立志做一名彻底丧事改革者。

注释：

①夏明震（1906—1928），字春根，祖籍湖南衡阳，曾任中共郴县中心县委书记（夏明震牺牲后，陈毅代理郴县县委书记）、中国工农革命军第七师党代表等，是中国革命先驱夏明翰的弟弟。

②后来得知，国民党报纸上关于蔡协民的家室已被政府全部处决的消息纯属造谣；虽然被反动派多次追杀，但每每都有人暗中保护，得以幸免。

③郭香玉（1897—1940），福建龙岩人，1929年参加农民武装暴动，同年秋加入中国共产党。她的儿子黄业章也跟随她的革命足迹加入儿童团。

④梁惠贞（1905—1931），海南琼山人，1926年加入中国共产党，时任中共福建省委政治交通员、中共福建省委秘书。在鼓浪屿虎巷8号被敌人逮捕，杀害于禾山郊区。

⑤谢仰堂（1905—1931），福建龙岩人，1927年加入中国共产党。同年经由党组织安排，潜伏在国民党厦门市党部从事秘密工作。1930年春被捕，经厦门破狱斗争解救出来，转入闽西革命根据地，任龙岩县苏维埃政府秘书长。1931年1月，在中央苏区第一次反"围剿"

斗争中牺牲。

⑥从1930年年底到1931年虎巷8号被破坏之前的这段时间里，中共福建省委机关和省委军委机关经常在黄家渡码头一带交换信息，传递情报。

⑦杨峻德（1900—1930），化名杨适、杨实，福建建瓯人，毕业于北京大学法律系，上学时课余阅读新文化书刊，与老师李大钊亲近，奠定了信奉马克思主义的思想基础，1926年加入中国共产党。

⑧门环曾是地下党联络工具，作为革命文物收藏于厦门市博物馆。

⑨中国革命互济会，是由中国共产党领导的群众性社会救济团体，其前身为中国济难会，主要任务是营救被反动派逮捕的革命者，并筹款救济他们的家属，给予他们物质与精神的援助。1929年12月改称中国革命互济会，在上海秘密召开了互济会的第一次全国代表大会。会议明确提出："要用群众的力量，用斗争的方式去救济。"互济会在全国各重要省市都设有分会，总会设在上海。

⑩叶延环（1909—1934），原名叶炎煌，福建大田人。1927年在厦门求学期间参加革命，加入中国共产党，中学毕业后在厦门霞溪仔叶丽春堂以医生身份作掩护从事地下革命活动。任共青团厦门市委书记期间，介绍叶飞入团。1934年因身份暴露在厦门被捕，同年10月25日在福州壮烈牺牲。

人物评传

　　她15岁入党，解除包办婚姻，追求民主自由；她胆大心细，在险恶的革命斗争环境中，一次次急中生智，化险为夷；她和蔡协民郎才女貌，意志如铁，被称作"军中梁祝"。他们为了救国救民的理想以身涉险，潜伏在鼓浪屿一间不起眼的民宅中，从这里发出一道道军令，指挥全省武装斗争；他们在环境清幽的鼓浪屿，伴随着阵阵涛声，度过了一个又一个不眠之夜，为厦门和福建的未来描绘着动人的图景；他们志同道合，为了理想信念忠诚相守，为革命痛割心头肉，卖掉亲生儿子换取革命经费。在看似平常的家庭生活中，她完成了一个又一个惊险艰辛的革命任务，为党的事业勤勉工作，奋斗终生，作出了巨大的牺牲。

链接资料

最后的告别

　　1934年4月16日，蔡协民由于被叛徒出卖在漳州被捕，5月被敌人杀害，时年33岁。临刑前，他留下诗句：

　　羁身囹圄品自高，何惧头颅向利刀。
　　巧言令色不为动，皮鞭竹签亦徒劳。
　　不信乌云终蔽日，红旗指处是舜尧。
　　为解八闽生灵苦，满腔热血等闲抛。

　　陶铸去世前，写了一首小诗赠给曾志：

重上战场我亦难，感君情厚逼云端。
无情白发催寒暑，蒙垢余生抑苦酸。
病马也知嘶枥晚，枯葵更觉怯霜残。
如烟往事俱忘却，心底无私天地宽。

曾志去世前，在病床上留下遗嘱《生命熄灭的交代》（节选）：
死后不开追悼会；不举行遗体告别仪式；不在家设灵堂；京外家里人不要来京奔丧；北京的任何战友都不要通告打扰；遗体送医院解剖，有用的留下，没用的火化；骨灰一部分埋在井冈山一棵树下当肥料，另一部分埋在白云山有手印的那块大石头下。决不要搞什么仪式，静悄悄的，三个月后再发讣告，只发消息，不要写生平……我想这样做，才真正做到了节约不铺张。人死了，本人什么也不知道，战友亲属们来悼念，对后人安慰也不大，倒是增加一些悲哀和忙碌，让我死后做一名彻底丧事改革者！

——曾志《一个革命的幸存者》

晚年曾志

李应章（1897—1954），曾用名李伟光，医生，台湾农民运动先驱，曾在鼓浪屿泉州路54号开设神州医院并任院长，借行医掩护革命同志。

李应章

西望神州点点星

我的医院是神州医院,位于鼓浪屿泉州路乌埭角的一座洋房里。

——李应章

民国二十一年（1932）　　　　　　　　　　　壬申　二月

逃亡厦门

　　我出生于台湾彰化二林镇的一个中医世家，从小跟着父亲学医。父亲因为没有正式中医执照，常被日本警察凌辱或罚款。十九岁那年，我考入台北医学专门学校，接触到先进的革命思想。五四运动爆发的消息传到台北，我受到很大震动，开始意识到群众团结的力量，于是和同学成立弘道会，筹办台湾文化协会并担任理事。毕业后，我回到家乡二林开办保安医院。我不仅要拯救生病的个体，更想要拯救大众，启发群众反日思想和民族意识的觉醒。行医之余，我参与林献堂[①]发起的台湾议会，设置请愿运动，致力于台湾的文化启蒙运动和农民运动。

　　我对故乡的蔗农受到日本侵略者的欺凌和地主的剥削深为愤怒不平，首开农民讲座，发起成立"二林蔗农组合"并被推举为总理。1927年4月，我因发动并组织蔗农和日警斗争的"二林蔗农事件"被判刑入狱。服刑期间，妻子临产；父亲因为担忧我的安危一病不起，忧郁辞世；二林街上发生火灾，危及家宅，幸得众人将父亲棺椁移出而幸免焚毁。1928年1月，我刑满出狱，始为父亲办理出殡事宜。

　　出狱后，日本人对我的监视一刻也没放松。父亲的死亡与大火烧毁祖屋的家恨，更坚定了我反抗日本殖民统治的决心。1930年10月，我在台湾民众党的会议中，发表了"宁为玉碎，不为瓦全"的言论，主张通过农工阶级斗争进行武装革命，日本当局计划再次逮捕我。警察课课长、同情革命者的江川博通密嘱我离台，否则若再被捕境遇将更残酷。1932年春节前夕，我从基隆乘轮船离开台湾，在船上作七律一首[②]：

十载杏林守一经，依然衫鬓两青青。
侧身瀛海豺狼满，回首云山草木腥。
潮急风高辞鹿耳，鸡鸣月黑出鲲溟。
扬帆且咏归来赋，西望神州点点星。

今年一月我到达厦门，先到亲戚林玉泉家，因领事馆的人已追踪来问，所以随即离开改住旅馆。不几天再转住在厦门郊外、医专同学林醒民所办的慈善医院里。

"一·二八"事变爆发了。慈善医院欲组织北上医疗队，我也志愿参加，但因为经费问题最后只得作罢。为找出路，我想到闽西去找蔡乾③同志，苦于初到福建什么都陌生、没有熟人带路，另一方面所带的钱剩下不多，未敢作贸然的尝试。

民国二十一年（1932）　　　　　　　　　　　　　　壬申　七月

神州医院

为维持生活，我和外甥洪允廉④商议，决定在鼓浪屿挂牌行医。但钱不够，我只好向林木土⑤办的丰南钱庄借来五百元，医院才得以正常开业。

在医院筹备期间，2月中的时候，我认识了台湾同乡张水松⑥，交谈之下，颇为相投。当即由他介绍我和严壮真⑦见面，并介绍我加入互济会，终于和地方革命同志接上了头。

初到厦门，看到当权的国民党腐败无能，国家那么破烂不堪，民族又那么萎靡不振，为民族良心所激发，我坚决地要加入中国共产党领导的红军组织。在台湾时，我虽然也有阶级意识，也搞过农民运动，也仰慕共产党的伟大，有做一名光荣的共产党员的信念，但是还没有达到一边倒的程度；另一方面，又被国民党的如何实行"三民主义"的虚伪宣传所蒙蔽。而一到厦门，眼前的真实情景，打消了我过去对于国民党仅有的一些幻想，更加坚定了我对于共产主义和共产党的信念。所以我对工作始终抱着热情与积极的态度，勇敢、冒险地为党做工作。

我的医院是神州医院，位于鼓浪屿泉州路乌埭角的一座洋房里。它不仅仅是一个治病救人的地方，更是中共厦门中心市委极为重要的地下联络站，是一个坚强的地下红色堡垒。因为在互济会工作表现积极，又因为在台湾的斗争历史，4月里，我由严壮真同志介绍入党，自传上所填的姓名为李立中，候补期三个月。本月，由严壮真同志带领宣誓，我在我的诊疗室转正，成为一名正式党员。

中共厦门中心市委旧址（泉州路54号，原神州医院）

民国二十二年（1933）　　　　　　　　　　　　　　　　癸酉　八月底

难以割舍的亲情

不久前，母亲在台湾去世，我未能回去尽孝，心中悲伤万分、愧疚不已。放暑假了，爱人谢爱带着五个孩子从彰化来到鼓浪屿与我团聚。我每天早出晚归，总有忙不完的事情。时间过得真快，一转眼，三十天过去了，暑假将过，孩子们要回台湾继续学业，亲情难舍，却也无可奈何。最后的晚餐，顾不得准备复杂的食物，只吃了白灼虾就早早结束，然后我给孩子们补发了压岁钱。分别在即，我问恺儿："明天又要分开啦，你会想爸吗？""会，会的，我还会天天想爸爸的。"瞬息间，恺儿的热泪夺眶而出，如同决堤似的，顿时已湿润了双襟。我看着恺儿，也忍不住抱起他失声痛哭起来。我们一家七口抱在一起，哭作一团。哭这骨肉分离何时能再相见；哭这世道如此不公平，坏人当道，好人受气，不得安宁；哭我们一家弱幼七人安得生息；哭生在台湾，做了任殖民统治者宰割的"清国奴"！

民国二十三年（1934）　　　　　　　　　　　　　　　　甲戌　十月底

播撒革命火种

我的工作：

一、以神州医院为联络站，掩护同志们的进出。

在神州医院建立中共秘密机关，成立党支部并由我担任医院支部书记。利用医生身份掩护来往同志，为游击区出来的伤病员治病。1934年初，苏维埃中央派张云逸同志作为代表到鼓浪屿和十九路军的代表接洽，要作政治上和军事上布置的时候，张同志患了胃病。严壮真同志带我到张同志的寓所去诊病三四次。张同志曾经同我谈过，要介绍我到中央苏区做医务工作，我很兴奋地答应了他。厦门党组织也同意我进苏区。不料，后来派来带路的交通员高某竟然叛变了，未能成行。中共厦门中心市委领导方毅在指挥游行示威活动中负伤，在神州医院住院三个多月，由我负责掩护和治疗。

二、做好收集上层机关情报工作。

利用看病时机和鼓浪屿工部局、会审公堂和公安局等机关人员来往，搜集情报，进行其他种种有利于党的工作。

三、发展互济会会员和党员，壮大组织。

选派多名优秀的医生和护士到闽西革命根据地参加革命，解决当地医疗人员紧缺问题。组织鼓浪屿内厝澳花砖厂工人进行斗争。斗争取得胜利后，发展老板女儿陈华英参加互济会工作，并由组织派去参加宋庆龄领导的中国人民武装自卫团。

四、营救进步华侨陈丽华、曾毓秀，从厦门监狱保释她们出狱。

五、领导厦门互济会，组织开会并完成党的任务。

进步书刊遭到严查，互济会利用鼓浪屿圣教书局店员庄廼昌，借工作之便经手查点、登记、保管进步书刊，然后交组织分发传递，使革命信息三年内不中断。

六、写标语，制作并散发传单，组织群众游行。

七、过海到金门发展共产党员，建立金门党支部，播撒红色革命的种子。

台湾籍内科医生朱聪贤[⑧]，与我既是同乡又是同行，我接受中共厦门中心市委在金门建党的任务后，首先想到的便是他。朱聪贤成为共产党员后发展其他党员、成立金门党支部，通过我和中共厦门中心市委联系，汇报、请示工作。

民国二十四年（1935）　　　　　　　　　　　　　　　乙亥　四月

再次逃亡

中共厦门中心市委为庆祝十月革命的胜利，决定在1934年11月8号晚上，在厦门鹭江道举行飞行集会，并规定我和严壮真不去参加，在神州医院负留守之责。可是到了6点多的时候，老严独自一人向厦门跑去了。7时多的时候，忽然由厦门来电话说："老严在大同路被抓了。"我即刻离开神州医院，躲到鼓浪屿一个朋友、病人黄赐霞家里。第二天，听说我刚撤离不久，厦门公安局、鼓浪屿工部局即和日本领事馆的人将神州医院包围。

1934年11月底，我潜伏在黄赐霞家里，经过两星期后，觉得风声渐松，于是设法差人到家里拿些路费，计划离开厦门，到汕头、香港、广州去找组织，于是托黄赐霞去买了船票。我乔装上船，悄然离开厦门，随船到汕头、香港、广州。茫茫人海，哪里找得到关系，找得到熟人？一路上满怀心思，风物与我何干？无奈又冒冒失失地由广州、香港跑回厦门，仍旧住在黄赐霞家里，再托她找互济会的群众筹备路费，买四等统舱票，搭船去上海。

来到上海，几经周折终于找到党组织，我改名李伟光，租劳合路泰和大楼501号做诊所。本月，伟光医院开业了，我仍然一面行医，一面继续从事革命活动。

尾声：在上海，李应章以旅沪台湾同乡会会长的公开身份，开办医院和疗养院以作掩护，继续从事党的革命活动。1949年5月，上海解放，李应章担任台湾民主自治同盟总部理事兼华东总支部主任委员。同年9月，当选中国人民政治协商会议第一届全体会议代表，参加开国大典。1954年10月2日，李应章因脑出血病逝，终年57岁。

伟光医院牌匾

注释：

① 林献堂（1881—1956），名大椿，号灌园，字献堂，中国台湾雾峰林家顶厝支系的领头人，与林朝栋同辈。中国政治家、诗人、民族运动先驱，被称为"台湾议会之父"。

② 李克世（锡恺）主编：《台湾医生李应章——〈台湾农民运动先驱者李伟光〉增补篇》，蓝涛出版社，2011年。

③ 蔡乾（1908—1982），后改名蔡孝乾，出生于中国台湾彰化县花坛乡，是唯一随红军进行长征的台湾省人，参与过1928年台湾共

产党的创办。曾任中国共产党台湾省工作委员会书记，1950年叛变。

④ 洪允廉，当时在鼓浪屿英华中学教书。

⑤ 林木土是日本侵占台湾时代台湾金融界的先进代表，曾被派到鼓浪屿创立"新高银行"分行。引自邵铭煌：《探索林祖密：新印象、新风貌》，海峡学术出版社，2009年，第34页。

⑥ 张水松，当时在鼓浪屿开照相馆。

⑦ 严壮真，时任中共厦门中心市委组织部部长。

⑧ 朱聪贤，台湾籍，在金门后浦陈氏祠堂边的宏仁医院当内科医生，为金门县第一个共产党员，于抗日战争爆发前夕患肺病去世。

人物评传

　　他是台湾农民运动的先驱者，领导了全台湾第一个反对日本殖民统治者的农民斗争——二林蔗农事件，开创了台湾农民抗日运动的先河。从此，台湾农民逐渐觉悟，纷纷效法二林农民进行抗争，农民运动如火如荼地开展起来。在抗日救亡运动中，这位来自台湾的地下党医生，在鼓浪屿开始了自己的革命生涯，无怨无悔地践行着救国救民的豪情壮志和医者仁心。他在鼓浪屿开设的神州医院不仅仅是一个治病救人的地方，而且是中共厦门中心市委极为重要的地下联络站。在那家国动荡、民不聊生的年代，李应章医生以天下兴亡为己任，为祖国解放、为人民的自由和幸福奉献青春，为实现公平正义的理想而奋斗，矢志不渝，他的事迹值得两岸同胞共同铭记。

链接资料

厦门中心市委遭遇空前浩劫

1934年11月，厦门中心市委遭受的这次大破坏，对中共地下党的工作造成毁灭性打击。总共被捕42人，17个支部90多名党员锐减为9个支部30多名党员。由于叛徒出卖，导致厦门中心市委机关、文库、印刷部及多个联络站被破坏，互济会被迫解散，厦门中心市委几乎瘫痪，厦门地下党活动再次陷入低潮。

——陈燕茹《鼓浪屿红色记忆》

莫耶（1918—1986），原名陈淑媛、陈爱，笔名白冰、椰子、沙岛，祖籍福建安溪，革命作家。14岁随父移居厦门鼓浪屿，就读于慈勤女子中学。

莫耶

从厦门火星到延安颂歌

作为一个共产党员，进入暮年时期，时间愈少愈感到珍贵，总希望一息尚存，就要有一分热发一分光，记录下一些前辈人走过的足迹。一来勉励自己不敢懈怠，不忘革命初衷；二来帮助青年一代了解过去的艰苦岁月，奋发斗志，为振兴中华作出贡献。

——莫耶

| 民国二十一年（1932） | 壬申 七月三十一日 |

初露锋芒　向往革命

　　我出生在福建安溪的一个缅甸归侨家庭。我的祖父陈纲尚早年在缅甸经营建筑业发迹，1907年返国归乡，叶落归根，挑回来十八担银子，一时远近闻名。祖父热心公益，兴办学堂，修桥筑路，救济穷人，善举多多，清廷诰授三品衔武义都尉。祖父在家乡兴建宅邸，名曰"逸楼"，但他不曾想到，时局动荡，他的子孙未能成为安逸之人。我的父亲陈铮原本任教于乡间私塾，与世无争。1918年，闽南民军武装风起云涌，他的堂兄遭人绑架，被索巨款。父亲邀集乡间青壮年，到永春聘拳师教习棍棒，变卖家产添置枪支，组织民军，走上了军旅

八卦楼（莫耶旧居，鼓新路43号）

道路。1927年，父亲率部归附驻闽海军陆战队，任第二补充团团长，驻扎鼓浪屿。

十岁那年的春天，父亲组织了一次家庭赛诗会，我口占一绝："春日景色新，行到山中亭。亭中真清朗，风吹野花馨。"一时被誉为乡中才女。后来，父亲离开军旅，寓居鼓浪屿，在中山路开设铁峰茶庄。今年，我跟随父亲移居鼓浪屿，就读于慈勤女子中学。

慈勤女子中学是一所新式的进步学校。在这里，我阅读了大量进步书刊，开阔了视野，幼小的心灵萌发了向往革命的意念。秉承着先辈们的革命精神，我在进步思潮的影响下，渴望冲破封建家庭的桎梏，走向社会。因为同情和思念留在家乡的母亲，我将父亲和姨太太当作反面人物写进小说来讽刺封建家庭，被父亲赶出家门，幸在祖母和兄长的帮助下才得以回到慈勤女子中学继续学业。离别故乡和母亲，我把感情诉诸笔端，写了第一篇散文习作《我的故乡》，受到国文老师陈海天（中共地下党员）

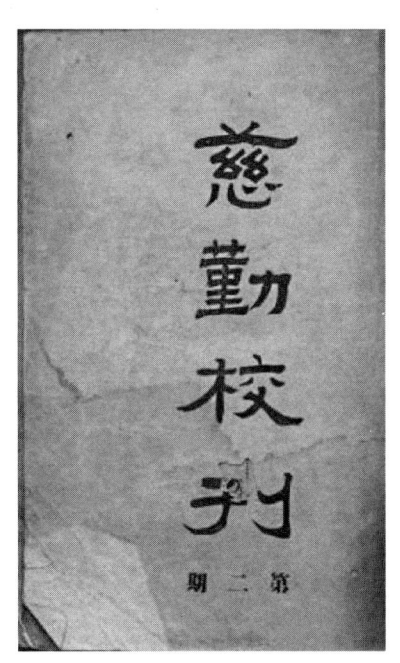

《慈勤校刊》第二期封面

的赏识，被推荐在《厦门日报》发表。这篇处女作的发表，更激发了我的写作热情，无意中引导我走上文学之路。今日出版的《慈勤校刊》第二期，刊载了我创作的《课余随笔》之《午梦》《人生》和《早晨》三个短篇。

民国二十三年（1934）　　　　　　　　　　　　　　　　甲戌　秋

创办《火星》　追求光明

　　我开始写出一篇篇歌颂家乡、宣传妇女解放和抨击旧社会的文章，向上海《女子月刊》①、安溪《蓝天》月刊、厦门《慈勤校刊》等杂志投稿。激荡的时局引发我对社会、对人生的思考和对家国命运的忧虑。

　　1932年淞沪会战结束后，蒋介石奉行"攘外必先安内"的政策，将坚持对日抗战的国民革命军第十九路军调到福建进行"剿共"。1933年11月20日，十九路军将领蒋光鼐、蔡廷锴联合李济深、陈铭枢等人在福州召开"中国人民临时代表大会"，宣布成立"中华共和国人民革命政府"，公开举起联共反蒋抗日的旗帜。新政府成立后，受到各地民众和海外华侨的拥护，但同时也遭到蒋介石政府的舆论攻击和军事镇压。②

　　"福建事变"后不久，陈海天老师组织我们几位同学创办《火星》旬刊，创刊号的社论题目是《打倒南京政府，工农团结起来》，并刊登了我的小说《黄包车夫》③。1934年年初，正当《火星》出版并在鼓浪屿书店公开发行时，"福建事变"失败，国民党当局大肆抓人，没收并

《火星》旬刊第一期封面

烧毁《火星》杂志。我将一部分《火星》杂志藏在家里，父亲担心招来杀身之祸，烧掉刊物，把我锁在家中，严加监视。

如今，我选择了一条与父亲决裂的道路。在祖母的帮助下，我逃脱监禁，带着母亲给的十八块银圆，只身前往上海，投奔曾经投稿过的《女子月刊》社，担任校对和编辑，坚持创作，开始了全新的生活。

民国二十六年（1937）　　　　　　　　　　　　　　　　丁丑　十月

以笔为剑　投入革命

在上海《女子月刊》社，我全身心投入挚爱的编辑工作中，创作了大量宣传妇女解放的诗歌、小说和剧本，为争取女性解放与自由而努力。抗日战争全面爆发后，在抗日民族统一战线政策的推动下，全国出现了抗日救亡运动新高潮。去年 10 月底，我辞去《女子月刊》主编的工作，返回家乡东溪，积极投身抗日宣传和难民救济工作。我组织大嫂和二嫂创办了两个抗日妇女识字班，招收学员五十多名，宣传妇女解放和男女平等思想，教唱抗日歌曲。

在此期间，大哥陈文章以聚英小学校长的身份开展抗日活动，传看进步书刊，组织抗日儿童团和宣传队，深入群众教唱抗日歌曲，秘密筹建"抗战青年团"组织。一时间，"驱逐日本帝国主义出中国"的口号，传遍了整个东溪乡。

卢沟桥事变爆发后，我与"南国社"戏剧家左明组建了上海救亡演剧队第五队，参加了淞沪会战宣传，并经苏州、蚌埠、开封、郑州等地抵达西安，沿途以演剧活动为中心开展抗日宣传，以日军的暴行、人民的苦难唤起群众的爱国之情。奔赴延安的旅途困难重重。当汽车爬上一座山岭，到达陕甘宁边区的地界时，我们紧绷的心弦一下松开了，脸上都露出了胜利的笑容。这时初升的太阳金光万道，照耀着西北高原的群山，我们高兴地舒开心胸，尽情地呼吸着阳光下新鲜、自由的空气。向北极目眺望，心里喜滋滋地想，我们自由了，我们就要到延安了，新的生活就要开始了！

本月，在八路军驻西安办事处的帮助下，上海救亡演剧队第五队突破国民党的重重封锁抵达延安，成为沦陷区及大后方第一个到达延安的文艺团体。我在这里立志成为一名抗日救国的文艺战士，更名莫耶。镆铘[④]是古代神话传说中的铸剑者，也是宝剑名，我以其谐音"莫耶"为名，是想将自己宝贵的生命铸成锋利的宝剑，唤醒民众士气，激发革命斗志，扫除黑暗与邪恶，打败日本帝国主义。

民国三十四年（1945）　　　　　　　　　　　　乙酉　八月十五日

延安谱颂曲　经典永流传

在延安，我先后进入中国人民抗日军事政治大学和鲁迅艺术学院学习，在党的文艺战线摇旗呐喊，创作了一大批作品。当时的延安，是革命青年的会聚之地，延安窑洞里闪耀着马克思主义的光芒，代表着中华民族前进的方向，让无数爱国志士在黑暗中看到了光明和希望。我心里常想，什么时候能写出动人心弦的歌、赞颂延安的歌？1938年4月，怀着对革命圣地延安的崇敬与热爱，我以饱满的爱国热情创作了《延安颂》，由郑律成谱曲完成。

1938年冬，我从鲁迅艺术学院毕业，跟随贺龙同志奔赴华北抗日前线，冒着硝烟炮火，深入前线部队，写下了大量的战地通讯和战斗故事，任八路军一二〇师政治部战斗剧社教员。1940年春，我随八路军一二〇师回师晋西北，任战斗剧社编辑股股长，代表部队出席晋西北文联成立大会，被推选为文联常务理事。会上，贺龙同志在讲话中称赞道："莫耶是我们一二〇师出色的女作家。"

　　在延安的这段生活，是我一生的转折点。延安犹如茫茫大海中的灯塔，在西北高原上发出灿烂的光辉，照耀着整个中国。诞生在巍巍宝塔山下、滔滔延河之滨的《延安颂》，成为延安时代的象征，带着无数革命者崇高的理想与信念被传颂到抗日前线和全中国，直至南洋各地，成为激发全国人民和海外华侨抗日爱国热情的战歌。在中华民族生死存亡的历史关头，无数热血青年正是受到这首《延安颂》的感染奔赴延安，又从这里把革命的火种带到四面八方。他们抛头颅、洒热血，赢得了抗战的胜利，换来了今天的和平。⑤

尾声：半个世纪以来，莫耶笔耕不辍，历任《人民军队报》主编、总编辑，《甘肃日报》副总编辑，甘肃省文联副主席，创作了《啊！鼓浪屿》《生命的拼搏》《枪林弹雨见英雄》等多部小说，走过了从厦门《火星》到延安颂歌的光辉一生。

注释：

　　①上海《女子月刊》是姚显微夫妇自费创办的刊物，以宣传妇女运动、促进妇女觉醒为目的，从1933年3月创刊到"七七事变"抗战爆发停刊，前后4年共出版53期。

　　②即"福建事变"，又称"闽变"，是一场反蒋抗日的爱国行动。1934年1月21日，"福建事变"失败。

　　③《黄包车夫》是莫耶公开发表的第一篇小说，20世纪80年代

初莫耶应邀为《山西文学》"我的第一篇小说"栏目撰稿时，曾托《厦门日报》副刊编辑王松荣和厦门大学教授柯文溥寻找《黄包车夫》原稿，历经种种波折，终无果。

④镆铘是中国古代神话传说中的一把宝剑，为中国古代十大名剑之一。干将是雄剑，镆铘是雌剑。相传春秋时期吴王夫差的铸剑师干将"采五山之铁精，六合之金英"以铸剑，三月不成。其妻镆铘"断发剪爪，投于炉中，使童男童女三百人鼓橐装炭，金铁乃濡，遂以成剑"。

⑤中华人民共和国成立后，《延安颂》又出现在电影《南岛风云》《峥嵘岁月》《椰林曲》《永不消逝的电波》及电视连续剧《延安颂》里，被各种大型文艺晚会列为保留节目，成为革命教育的重要曲目和民族历史的重要见证，鼓舞着中华儿女英勇抗争、团结奋进，至今传唱不衰。

人物评传

　　她是从闽南山乡走出的红色才女，追求个性独立和思想解放，敢于向旧社会的一切不合理宣战。她与封建家庭决裂，希望用手中的笔唤醒广大妇女，为争取女性解放与自由而努力。她在鼓浪屿接受革命洗礼，与几位进步师生紧锣密鼓地筹办《火星》杂志，为革命摇旗助威。这本旬刊一经出版便遭到扼杀，险些消失在历史长河中。然而，这颗小小的厦门火星历经艰险，在民族危亡的关键时刻投入抗日战火，愈烧愈烈，最终延烧成磅礴的延安颂歌，传遍祖国的大江南北。莫耶的一生是革命的一生，奋斗的一生。她的精神，正如那柄砍杀邪恶的宝剑，将与不朽的《延安颂》一道，鼓舞中华儿女团结奋进、英勇抗争。

链接资料一

人　生
莫　耶

　　我想：人们为什么要活在世上呢？当然不是为着穿衣吃饭而活的，也不是静悄悄地生出来，然后静悄悄地死回去，无声无闻地过了一世，这样未免太无聊了。俗语云："人死留名，虎死留皮。"这句话或者可当作金科玉律看待。我们既然活在中国，就是中国国民的一分子，当然要尽国民的天职。现在我国正在衰弱的时候，我们更须尽我们的责任，为国家效力。那么，我们当在求学的时代，切不可用父兄的金钱，来学校里花花玩玩过日子；必定要求有高深的学问，将来贡献给国家，轰轰烈烈地来干一场伟大的事业，把名留在世上，才不算空活一世！

——《慈勤校刊》第 2 期，1932 年 7 月 31 日

链接资料二

延安颂

作词：莫耶

夕阳辉耀着山头的塔影，
月色映照着河边的流萤，
春风吹遍了坦平的原野，
群山结成了坚固的围屏。
哦，延安！
你这庄严雄伟的古城，
到处传遍了抗战的歌声。
哦，延安！
你这庄严雄伟的古城，
热血在你的胸中奔腾！
千万颗青年的心，
埋藏着对敌人的仇恨，
在山野田间长长的行列，
结成了坚固的阵线。
看！群众已抬起了头，
看！群众已扬起了手。

无数的人和无数的心，
发出了对敌人的怒吼。
士兵瞄准了枪口，
准备和敌人搏斗。
哦，延安！
你这庄严雄伟的城墙，
筑成坚固的抗敌的阵线，
你的名字将万古流芳，
在历史上灿烂辉煌！

李叔同（1880—1942），又名李岸、李良，谱名文涛，幼名成蹊，学名广侯，字息霜，别号漱筒。生于天津，祖籍浙江平湖。李叔同精通诗词、戏剧、音乐、书法、美术、篆刻，在文艺领域之诸多学科屡开中华之先河，名重南北，是我国近代杰出的艺术大师和爱国教育家。他从日本留学归国后，担任过教师、编辑之职，后剃度为僧，法名演音，号弘一，晚号晚晴老人，重兴佛教南山律宗，与太虚、印光并称为近代三大高僧。

李叔同
念佛不忘救国

念佛不忘救国,救国必须念佛。

——李叔同

初到世间的慨叹

在清朝光绪年间,天津河东有一个地藏庵,庵前有一户人家。这是一座四进四出的进士宅邸,它的主人是一位官商,名字叫李世珍。李世珍曾是同治年间的进士,官任吏部主事,也因此使李家在当地的声名更加显赫。但是,他为官不久,便辞官返乡开始经商。在晚年的时候,他虔诚拜佛,为人宽厚,乐善好施,被人称为"李善人"。这就是我的父亲。

我是光绪六年(1880)在这个平和良善的家庭中出生的。生我时,我的母亲只有二十岁,而我父亲已六十八岁了,这是因为我是父亲的小妾生的。也正是如此,虽然父亲很疼爱我,但是在那时的官宦人家,妾的地位很卑微,我作为庶子,身份也就无法与我同父异母的哥哥相比。从小就感受到这种不公平待遇给我带来的压抑感,然而只能忍受着,也许这就为我今后出家埋下了伏笔。

在我五岁那年,父亲因病去世了。没有了父亲的庇护,我与母亲的处境很是困难,看着母亲一天到晚低眉顺眼、谨小慎微地度日,我的内心很难受,也使我产生了自卑的倾向。我养成了沉默寡言的内向性格,终日里与书作伴,与画为伍。只有在书画的世界里,我才能找到快乐和自由!

听我母亲后来跟我讲:在我降生的时候,有一只喜鹊叼着一根松枝放在了产房的窗上,所有人都认为这是佛赐祥瑞;而我后来也一直将这根松枝带在身边,并时常对着它祈祷。由于我的父亲对佛教的虔诚信仰,我在很小的时候,就有机会接触到佛教经典,受到佛法的熏陶。我小时候刚开始识字,就跟着我的大娘,也就是我父亲的妻子,学习念诵《大悲咒》和《往生咒》；而我的嫂子也经常教我背诵《心经》和《金刚经》等。虽然那时我根本就不明白这些佛经的含义，也无从知晓它们的教理，但是我很喜欢念经时那种空灵的感受，也只有在这时我才能感受到平等和安详。

  我小时候，六七岁的样子，就跟着我的哥哥文熙读书识字，并学习各种待人接物的礼仪，那时我哥哥已经二十岁了。由于我们家是书香门第，又是当地数一数二的官商世家，所以一直秉持着严格的教育理念。因此，我哥哥对我的方方面面，都管教得异常严格，稍有错误必加以严惩。我自小就在这样严厉的环境中长大，这使我从小就没有了小孩子应有的天真活泼，也使我的天性遭到压抑而导致有些扭曲。但是有一点不得不承认，那就是这种严格施教，对于我后来所养成的严谨、认真的学习习惯和生活作风是起了决定作用的，由此我真心地感激我的哥哥。

民国七年（1918）   戊午　八月十九日

我出家的原因

  为了考取功名，我对八股文下了很大的功夫。在我十六岁的时候，我有了自己的思想，因过去所受的压抑而造成的"反叛"倾向也开始抬头。我不再热衷于仕途经济，却对文艺产生了浓厚的兴趣，尤其是戏曲，也因此成了一个不折不扣的票友。在此期间，我结识了一个叫杨翠喜的艺人，经常去听她唱戏，并送她回家，只可惜后来她被官家包养，之后又给一个商人做了妾。

自此之后我有些惆怅，而那时我哥哥已经是天津有名的中医了。哥哥精明能干，但是有一点我很不喜欢，就是他为人比较势利，攀权倚贵，嫌贫爱富。我曾经把我的看法向他说起，他不接受，并指责我有辱祖训，不务正业。无法，我只有与其背道而驰了，从行动上表示我的不满：对贫贱之人我礼敬有加，对富贵之人我不理不睬；对动物我关怀备至，对人我却不冷不热。在别人眼里我成了一个怪人，不可理喻，不过对此我倒是无所谓的。这可能是我看破红尘出家为僧的决定因素。

　　十八岁那年，我与茶商之女俞氏结为夫妻。当时哥哥给了我三十万元做贺礼，于是我就买了一架钢琴，开始学习音乐方面的知识，并尝试着作曲。后来我与母亲和妻子搬到了上海法租界，由于上海有我家的产业，我可以以少东家的身份支取相当高的生活费用，也因此得以与上海的名流们交往。我加入"城南文社"，与文社的主事许幻园先生成为朋友，后来我们共同成立了"上海书画公会"，每个星期都出版书画报纸，与那些志同道合的同仁们一起探讨书画及诗词歌赋，但是这个公会刚成立不久就解散了；而我的长子在出生后不久就夭折了；不久后，我的母亲又过世了，多重不幸给我带来了不小的打击。我与母亲感情深厚，1905年3月10日，母亲去世时，我有事外出，未能见上母亲最后一面，成了我终身的遗憾。后来我独自一人前往日本求学。当时我除了学习绘画外，还努力学习音乐，沉浸在艺术的海洋中，那是一种真正的快乐与享受。

　　我从日本回来后，政府的腐败统治导致国衰民困，金融市场更是惨淡，很多钱庄、票号都相继倒闭，我家的大部分财产也因此化为乌有，我的生活也就不再像以前那样衣食无忧了，为此我到城东女校当老师去了，并且同时任《太平洋报》文艺版的主编。但是没多久报社被查封，我也为此丢了工作。大概几个月后我应聘到浙江两级师范学校担任绘画和音乐教员。那段时间是我在艺术领域里驰骋得最潇洒自如的日子,那种忙碌而充实的生活,将我在年轻时沾染上的一些所谓名士习气洗刷干净,让我更加注重为人师表的道德修养的磨炼。因此,我感受到了前所未有的清净和平淡,一种空灵的感觉在不知不觉中升起,并充斥我的全身,就像小时候读佛经时的感觉,但比那时更清明。

我已人到中年,而且渐渐厌倦了浮华声色,内心渴望一份安宁和平静,生活方式也渐渐变得简单起来。人事无常,如暴病而死。为了那更永远、更艰难的佛道历程,我必须放下一切。今天是农历七月十三,相传是大势至菩萨的圣诞,我便在杭州虎跑寺正式剃发出家,法名演音,号弘一。至此,世间再无李叔同。

民国二十五年（1936） 丙子 五月

鼓浪写经的因缘

我第一回到南闽,在 1928 年的 11 月,是从上海来的。我本来和尤惜阴居士相约要到暹罗去,从上海到暹罗,是要经过厦门的,料不到这就成了我来厦门的因缘。

12 月初,到了厦门,天气甚暖,我着一件布小衫、一件夏衣大衫,出门须打伞,与津门 8 月底天气相似。承爱国华侨陈嘉庚先生胞弟陈敬贤[①]居士的招待,宿于南普陀寺。因着诸位法师的挽留,我就留滞在厦门,不想到暹罗国去了。

去年 11 月,我在晋江草庵忽然生了一场大病。卧病草庵,九死一生。这一回大病,可以说是我一生的大纪念! 原本已写好遗书,承诸位佛徒念佛祈祷，代我忏悔，病情竟逐渐好转。今年正月从草庵扶病到厦门，病中在南普陀寺养正院讲学，并帮忙整顿闽南佛学院的学僧教育。五月病愈，移居鼓浪屿日光岩掩关静养。我住在日光岩寺住持清智法师[②]特地为我修建的一间三十平方米的房子里，我称其为"日光别院"，并题匾悬挂于门头。在草庵养病之时，摆在病床旁的钟，总比一般的钟要慢两刻。如今我的钟还是那个样子，别人看到了，总是说这个钟不准，我说："这是草庵钟。"所以"草庵钟"就成了一个名词了。这件事由别人看来，也许以为是很好笑的吧！但我觉得很有意思，因为我看到这个钟，就想到我在草庵生大病的情形了，往往使我发大惭愧，惭愧我德薄业重。

我要自己时时发大惭愧，我总是故意地把钟调慢两刻，照草庵那钟的样子，不止当时如此，到现在还是如此，而且愿尽形寿，常常如此。

鼓浪屿日光岩寺旧照

民国二十六年（1937）　　　　　　　　　　丁丑　一月十八日

君子之交　其淡如水

在日光岩闭关期间，健康殊胜，每日学业繁忙，念佛自省，未尝以为劳耳。请得日本大小乘经律万余卷，研究日本律宗，编辑《佛学丛刊》；写经六部，即《金刚般若波罗蜜经》《药师本愿功德经》《佛说阿弥陀经》《佛说无量寿经》《佛说五大施经》《僧伽六度经》；校点东瀛《四分律行事钞资持记通释》；编定《南山年谱》《灵芝年谱》；整理《释门自镜录》《释氏要览》《释氏蒙求》等书；创作《清凉歌集》……

人生能有几时？电光眨眼便过！趁未老未病，抖身心，拨世事，得一日光景，做一日禅；得一时工夫，修一时身心。故知所谓空者，即是于常人所执着之"我见"打破消灭，一扫而空。然后以无我之精神，努力切实做种种之事业。

犹记得刚到日光岩时，鼓浪屿图书馆馆长李汉青带着年仅十三岁的次子李芳远[3]来参礼。我见芳远童子聪颖好学，身上透着一股灵气，甚为喜欢，收为弟子，经常传授他文学、篆刻、绘画等方面的知识，并号其藏书室为"大方广室"。他曾特地送给我几株水仙花，赠诗曰："水中仙子素衣裳，不是人间富贵妆。"

日前，清智法师介绍苏谷南[4]居士前来结缘。苏谷南居士乃晋江苏厝乡人，早年赴菲律宾马尼拉经商，因故乡发生瘟疫，父母俱染疫而逝，他回国治丧守孝，在鼓浪屿东隅海滩填海造地开发房地产。作为佛门在家弟子，他慈悲喜舍，热心公益，恭敬供养僧宝，是清智法师的得力护法。我题写一联相赠：

惜衣惜食，非为惜财缘惜福；求名求利，须知求己胜求人。

1936年12月31日，郁达夫⑤来访。郁居士刚从日本回来，诉说着自己俗世生活的苦闷和种种不幸。他忧郁而自卑，敏感而颓废，想要扫除心魔、寻求解脱。我捧出自己的两本书——《佛法导论》和《清凉歌集》送给他。郁居士终究与佛法无缘，还是做他愿做、该做之事吧。后来他回到福州，特地写了一首诗赠予我：

不似西泠遇骆丞，南来有意访高僧。
远公说法无多语，六祖真传只一灯。
学士清平弹别调，道宗宏议薄飞升。
中年亦具逃禅意，两事何周割未能。

鼓浪屿日光岩寺

原拟埋名遁世，在日光岩寺闭关三年，远避名闻利养，以终天年。岂料这世事却如影随形而至，俗世喧嚣、纷扰不断。日光岩寺并不能给我宁静，寺中每日锅碗瓢盆声、厨房工友深夜高声聊天声，厨房浓烟突冒十分熏人，令人心绪不佳，不胜其扰，境缘愈困，烦恼愈增，难以安于潜修生活。因以种种方便，努力对治。幸承三宝慈力加被，终能安稳。但经此风霜磨炼，遂得天良发现，生大惭愧。

朽人犹如落叶，一任业风漂泊可耳，最好隐姓埋名，居住无定所，勿再与外界通信及晤面，避免过多的俗世往来的干扰，影响修学著述的本心。今日，朽人要移居南普陀寺，闭门谢客，专心著述。芳远所赠水仙花，犹含蕊未吐，于是我将水仙花头起出带去，所用器皿如数检交清智法师，并将手书《佛说无量寿经》装订成书，赠予清智法师以为纪念，以报答其供养之恩。

民国二十六年（1937）　　　　　　　　　　　　丁丑　五月

南闽十年之梦影

厦门四季如春，热带之奇花异草甚多，榴花、桂花、白兰花、菊花、山茶花、水仙花同时盛开，几不知世间尚有严冬风雪之苦矣！月初，我在万石岩应请为厦门第一届运动大会撰会歌⑥，想要借此呼吁广大青年奋起救国。

南闽冬暖夏凉，颇适老病之躯。到今年，我在南闽居住，算起来，首尾已是十年了。

记得1933年的正月，我开始在妙释寺讲律。当时学律的僧众，都勇猛精进，一天到晚地用功，从没有空闲的工夫；就是秩序方面也很好，大家都啧啧地称赞着。有一天，已是黄昏时候了，我在学僧宿舍前面的大树下立着，各房灯火发出很亮的光；诵经之声，又复朗朗入耳，一时感到无限欣慰！真所谓"人才济济"，很有一种难以形容的盛况。可是这种良好的景象，不能长久地继续下去，恍如昙花一现，不久就消失了。但是当时的景象，却很深地印在我的脑中，现在回想起来，还如在大树底下目睹一般。这是永远不会消灭，永远不会忘记的啊！

《厦门第一届运动大会歌》

人生多艰，不如意事常八九，回想我在这十年之中，在南闽所做的事情，成功的却是很少很少，残缺破碎的居其大半，所以我常常自己反省，觉得自己的德行，实在十分欠缺！

因此近来我给自己起了一个名字。诗云，"一事无成人渐老""一钱不值何消说"。这两句诗的开头都是"一"字，因而称自己为"二一老人"。

我十年来在南闽所做的事，虽然不完满，而我也不执意于完满了！

我的性情是很特别的，我只希望我做的事情失败，因为事情失败、不完满，这才使我发大惭愧！能够晓得自己的德行欠缺，自己的修善不足，才可努力用功，努力改过迁善！一个人如果事情做完满了，那么这个人就会心满意足，扬扬得意，反而增长他功高傲慢的念头，生出种种的过失来，所以还是不去希望完满的好。

近来，我每每想到"二一老人"这个名字，觉得很有意味！这"二一老人"的名字，也可以算是我在南闽居住了十年的一个最好的纪念！

民国二十七年（1938）　　　　　　　　　　　　　　戊寅　五月初

念佛救国　秋容晚香

近来讲经甚忙，写字极多，万分随缘。法缘殊胜，夕所未有，几如江海奔腾不可遏止。我不再闭门潜修，不再独善其身，辗转讲演，不畏艰辛，以弘法济世。我发愿舍身护法，牺牲一切，勇猛精进，救护国家，为壮烈之牺牲！虽所居之处，飞机日至数次，又与军队同住寺内，亦安乐如恒，盖已成为习惯矣。幸在各地演讲，听者甚众，皆悉欢喜。国难如此深重，生民因此涂炭。于兵戈扰攘时，我愿尽绵力，以安慰受诸痛苦、惊惶、扰恼之众生。

4月20日，了闲道社[⑦]严笑棠居士亲临泉州承天寺，接我前往鼓浪屿了闲别墅讲经弘法，自26日起连续三日宣讲《心经》，听者甚众。庭院中别墅右前方有周醒南居士设计的可亭，亭上有扶乩[⑧]而得的对联：

听钟声歇事便了，看花影移心更闲。

了闲道社分坛在此扶乩,能预卜未来、避凶趋吉。若欲问科考试题、求功名前程、占生死命运,于中能得好处多多,自然深获士子喜欢。一时间,了闲别墅成了文人会聚之地,官僚、政客、寓公、买办等社会名流和地方士绅亦出入其中,也常有佛教弟子与信众来此参拜观音。

近日日寇舰队进逼厦门,形势紧张。传贯法师[9]手捧红菊进谒,劝我暂避。我接过红菊,即吟一诗:"亭亭菊一枝,高标矗劲节。云何色殷红?殉教应流血!"

我自题横额"殉教堂",悬挂于万石岩上所住关房。为护法故,我愿舍身殉教,不避炮弹,誓与厦市共存亡。古诗云:"天意怜幽草,人间重晚晴。""莫嫌老圃秋容淡,犹有黄花晚节香。"乃斯意也。吾人一生之中,晚节为最要。[10]

厦门沦陷前夕,日本舰队司令官西岗茂泰登岸寻访,要求我用日语和他对话,但我坚持"在华言华",说:"出家人宠辱皆忘,敝国虽

了闲别墅(鼓声路1号)

日光岩弘一法师雕像

穷，爱之弥笃！尤不愿在板荡时离去，纵以身殉，在所不惜。"和平时期，僧人归隐静修，念佛护法，教化众生，传播和平的善因。国难当头，则应誓舍身命，牺牲一切，勇猛增进，救护伤员，超度阵亡将士。

尾声： 1942年10月13日，弘一法师作涅槃状圆寂于泉州温陵养老院晚晴室，被佛门弟子奉为南山律宗第十一代世祖。临终前赋偈致好友："君子之交，其淡如水。执象而求，咫尺千里。问余何适，廓尔亡言。华枝春满，天心月圆。"其手书"悲欣交集"，是为一生之绝笔。

注释：

① 陈敬贤（1889—1936），福建厦门人，爱国实业家、教育家。

② 清智法师（1878—1951），法名通达，字清智。早年礼妙释寺六湛和尚，剃度出家，为云门宗弟子。六湛和尚于光绪初年住持日光岩寺，清智和尚遂以日光岩寺作为祖庭。"1926年，清智住持日光岩，四处募化，对岩宇进行全面翻修拓建，将西厢翻建为大雄殿，东厢建僧舍楼房。1936年，一代高僧弘一法师即在东厢寮舍闭关养静，随后，清智也入禅房闭关。"引自厦门市佛教协会编：《厦门佛教志》，厦门大学出版社，2006年，第280页。

③ 李芳远（1924—1981），号空照居士，福建永春人。出生于厦门鼓浪屿，古典文学家、诗人、书法家，主编《弘一大师文钞》一册。

④ 苏谷南（1881—1959），福建晋江人，华侨慈善家，为居士，法名福岩。曾担任厦门华侨公会会长，鼓浪屿福民小学与闽南职业中学董事长，鼓浪屿医院董事等。

⑤ 郁达夫（1896—1945），浙江富阳人，"五四"时期著名作家及诗人，著有《沉沦》等多部小说。后入新加坡秘密从事抗日活动，1945年为日寇杀害。

⑥ 李叔同平生创编过70多首歌曲，《厦门市第一届运动大会会歌》为其人生中创作的最后一首歌曲。很多书中认为该会歌词曲均为弘一法师所作，但是根据秦启明先生考证，当时与弘一法师同居厦门南普陀寺的高文显撰有《弘一大师在万石岩》，该文称：1937年5月，厦门市政府为筹备首届全市运动会，委派专人前往万石岩请求弘一法师作运动会歌。但"大师只答应作谱，而请秘书处制歌词，然后由他谱曲配上。他用毛笔写谱。我看见他还用手势在推敲。歌谱制好，原稿交付广洽上人皈依弟子叶慧观保存，这是他最后所作的五线谱歌曲"。由此可见，《厦门市第一届运动大会会歌》实际应署为"厦门第一届运动会秘书处词，释弘一曲"。引自秦启明：《弘一大师新传》，江苏

人民出版社，2011年，第283页。

⑦了闲道社是由林寄凡居士和严笑棠居士所组织，以道为主、兼奉佛法的宗教社团。最初道社设在林寄凡居士家中（鼓新路26号），1929年夏迁至了闲别墅，既崇祀娄德先等道家真人，又供奉观音与地藏二尊菩萨。

⑧扶乩：旧时迷信者求神降示的一种方法。"扶"即"扶架子"，"乩"指"卜以问疑"，将木制的丁字架放于沙盘上，由两人各扶一端，依法请神。木架的下垂部分即在沙上画成文字，作为神的启示。扶乩又称扶鸾，画出的文章称鸾章。

⑨传贯法师是弘一法师晚年最重要的侍者，"晨昏与共"，陪伴在弘一法师身边一千五百多天。传贯法师除了照顾弘一法师的日常起居，处理杂事，还负责往来寄送、宾客接待。在一次外出途中，传贯法师遭遇强盗，身中枪伤。

⑩弘一法师：《致李芳远信》，载《悲欣交集：弘一法师自述》，文化艺术出版社，2014年，第47页。

人物评传

　　他是学术界公认的通才和奇才,把每一件事都做到了极致,一生惊世骇俗、充满传奇。作为中国新文化运动的先驱者,他最早将西洋绘画、钢琴、话剧等引入国内,以擅书法、工诗词、通丹青、达音律、精金石、善演艺而驰名于世。长亭古道写尽友人离别愁,月落乌啼道尽亲人永逝痛,梦影依稀看尽人生缥缈影。

　　出家前他是才华横溢的艺术先驱,出家后他是持戒谨严的佛教高僧。在皈依佛门之后,一洗铅华,笃志苦行,将中国传统文化与佛教文化相融合,为律宗的研究与弘扬呕心沥血,被称为南山律宗第十一代祖师。风云突涌,他退而修德,在日光岩顶远避名闻利养,晨钟暮鼓,青灯黄卷,书写传世遗篇;抗战军兴,他进而弘法,在了闲别墅宣扬佛法,济世救民。他念佛不忘救国,身在寺庙,心系国家,舍身护法,共纾国难,于乱世中卓然而立,犹如夕阳,极尽绚烂后归于平淡,朴拙圆满,浑然天成。恰如赵朴初先生为弘一大师所作之诗:"深悲早现茶花女,胜愿终成苦行僧。无尽奇珍供世眼,一轮圆月耀天心。"

链接资料

从李叔同到弘一大师

李叔同是我们时代里最有才华的几位天才之一，也是最奇特的一个人，最遗世而独立的一个人。能在琐屑的日常生活中咀嚼出它的全部滋味，能以欢愉的心情关照出人生本来面目。这种自在的心境，宛如一轮明月，是何等的境界。

——林语堂《生活的艺术》

我得识弘一法师是在鼓浪屿日光岩时，那时受到他对于学术及修养等的指导，迄今已有五六年的光景了，使我永远神往的就是他那悲智寂默的慈态。一向如慈母般细细地指导我们，从来未曾动过怒。就是对于至微小的一物一草，也爱护着。

——李芳远《送别晚晴老人》

附　录

附录一　人物信息简表

	姓　名	生卒年	祖　籍	来鼓时间	身　份
人文荟萃	林语堂	1895—1976	福建漳州	1905	作家、学者、翻译家、语言学家
	廖翠凤	1896—1987	福建漳州	1900	家庭主妇
	雷文铨	1888—1946	福建南安	1888	工程师、教师
	鲁迅	1881—1936	浙江绍兴	1926	文学家、思想家、革命家
	林文庆	1869—1957	福建海沧	1921	医生、商人、教育家、社会活动家
	殷碧霞	1884—1972	江苏常州	1884	教师、社会活动家
	黄萱	1910—2001	福建南安	1919	家庭主妇、学者
	白护卫	1883—1946	福建安溪	1883	工程师
	周廷旭	1903—1972	福建惠安	1903	画家
	卢嘉锡	1915—2001	福建永定	1938	化学家、教育家
医者仁心	陈天恩	1872—1954	福建南安	1886	内、儿科医生，商人，社会活动家
	黄廷元	1861—1936	福建翔安	1862	牙医、商人、社会活动家
	叶友益	1877—1966	福建平和	1898	妇、儿科医生，社会活动家
	林巧稚	1901—1983	福建厦门	1901	妇产科医生、医学家
	谢宝三	1868—1943	福建闽侯	1911	内科医生
	伍乔年	1876—1950s	福建晋江	1922	教师、医生
	吴瑞甫	1872—1952	福建同安	1938	医生、医学家、教育家

鼓浪屿住址

漳州路 44 号廖家别墅

漳州路 44 号廖家别墅

中华路 97、99 号雷厝

曾任教厦门大学，在鼓浪屿短暂停留

笔山路 5 号林文庆别墅

安海路 6 号蒙学堂旧址、福州路 199 号英国大英长老会牧师宅、笔山路 5 号林文庆别墅

晃岩路 27、29、31 号黄家花园、漳州路 10 号黄萱别墅

复兴路 96、98 号白宅、复兴路 94 号白护卫宅

晃岩路 35 号周氏别墅

泉州路 70 号宁远楼

鼓新路 65 号陈天恩别墅

安海路 8 号荔枝宅遗址

泉州路 14 号仁寿诊所、海坛路 17 号寿龄诊所、中华路 24 号叶友益医寓

晃岩路 47 号小八卦楼

龙头路 69 号谢宝三医寓

港后路 18 号伍乔年别墅

中华路

	姓　名	生卒年	祖　籍	来鼓时间	身　份
商业浪潮	黄奕住	1868—1945	福建南安	1919	商人、社会活动家
	林尔嘉	1875—1951	福建漳州	1895	商人、诗人、社会活动家
	龚云环	1874—1926	福建晋江	1895	家庭主妇、诗人
	黄秀烺	1859—1925	福建晋江	1899	商人、社会活动家
	黄仲训	1876—1951	福建南安	1913	商人、社会活动家
	许经权	1890—1956	福建晋江	1918	商人、社会活动家
	卓全成	1894—1980	福建南安	1903	商人、社会活动家
革命风云	林祖密	1878—1925	福建平和	1904	商人、革命者
	郭玲瑜	1897—1980	福建厦门	1912	家庭主妇
	许春草	1874—1960	福建安溪	1886	建筑工程师、建筑营造商、革命者、社会活动家
	李清泉	1888—1940	福建晋江	1926	商人、社会活动家
	颜敕	1894—1971	福建晋江	1926	家庭主妇、社会活动家
	曾志	1911—1998	湖南宜章	1930	革命者
	李应章	1897—1954	台湾彰化	1932	医生、革命者
	莫耶	1918—1986	福建安溪	1932	革命作家
	李叔同	1880—1942	浙江平湖	1936	教师、艺术家、僧侣、社会活动家

(续表)

鼓浪屿住址
晃岩路 27、29、31 号黄家花园、田尾路 17 号观海别墅
鹿礁路 11—19 号林氏府、港仔后路 7 号菽庄花园
鹿礁路 11—19 号林氏府、港仔后路 7 号菽庄花园
福建路 44 号今李传别宅
中华路 10、12 号黄仲训别墅、泉州路 74、76 号黄仲训别墅、永春路 71 号瞰青别墅及厚芳兰馆、永春路 73 号西林别墅、福建路 32 号黄荣远堂
鼓山路 7 号钻石楼、安海路 36 号番婆楼
鸡山路 12 号同英厝
鼓新路 67、69 号宫保第
鼓新路 67、69 号宫保第
笔山路 17 号春草堂
旗山路 5、7 号榕谷别墅
旗山路 5、7 号榕谷别墅
福州路 127 号中共福建省委军委机关旧址
泉州路 54 号中共厦门中心市委联络站旧址
鼓新路 43 号八卦楼
晃岩路 62 号日光别院

附录二 部分人物关系图

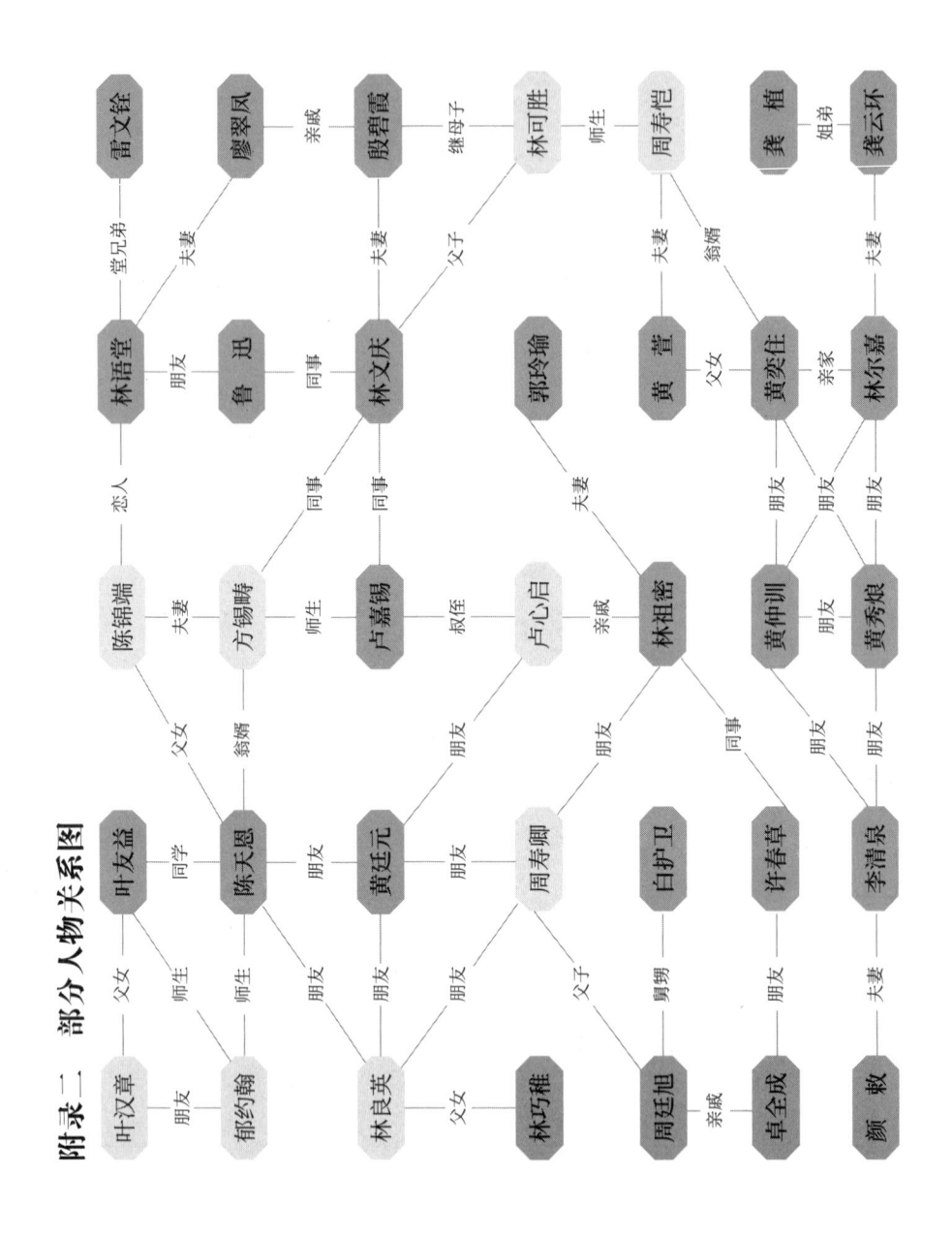

雷文铨 ——堂兄弟—— 林语堂 ——朋友—— 陈锦端
廖翠凤 ——夫妻—— 林语堂
廖翠凤 ——亲戚—— 殷碧霞
陈锦端 ——恋人—— 林语堂
陈锦端 ——夫妻—— 方锡畴
叶汉章 ——父女—— 叶友益
叶汉章 ——朋友—— 郁约翰
郁约翰 ——师生—— 陈天恩
方锡畴 ——翁婿—— 陈天恩
叶友益 ——同学—— 陈天恩
陈天恩 ——师生—— 林文庆
陈天恩 ——朋友—— 黄廷元
陈天恩 ——朋友—— 林良英
殷碧霞 ——夫妻—— 林文庆
林文庆 ——同事—— 鲁迅
林文庆 ——父子—— 林可胜
林可胜 ——继母子—— 殷碧霞
林可胜 ——师生—— 周寿恺
方锡畴 ——师生—— 卢嘉锡
卢嘉锡 ——叔侄—— 卢心启
卢心启 ——夫妻—— 郭玲瑜
林良英 ——朋友—— 黄廷元
黄廷元 ——朋友—— 周寿卿
周寿卿 ——父子—— 林巧稚
黄廷元 ——同事—— 林祖密
卢心启 ——亲戚—— 林祖密
林祖密 ——同事—— 林文庆
林祖密 ——朋友—— 周寿卿
林祖密 ——朋友—— 白护卫
林祖密 ——朋友—— 许春草
林祖密 ——朋友—— 李清泉
周寿恺 ——夫妻—— 黄萱
黄萱 ——父女—— 黄奕住
黄奕住 ——翁婿—— 周寿恺
黄奕住 ——亲家—— 林尔嘉
林尔嘉 ——夫妻—— 龚植
龚植 ——姐弟—— 龚云环
黄奕住 ——朋友—— 黄仲训
黄仲训 ——朋友—— 黄秀烺
黄仲训 ——朋友—— 白护卫
黄秀烺 ——朋友—— 许春草
林尔嘉 ——朋友—— 李清泉
周廷旭 ——亲戚—— 卓全成
卓全成 ——朋友—— 许春草
李清泉 ——夫妻—— 颜敕

参考文献

一、著作

[1] 林语堂. 人生不过如此[M]. 北京：群言出版社,2010.

[2] 林语堂. 林语堂自传[M]. 北京：群言出版社,2010.

[3] 林语堂. 林语堂自述[M]. 郑州：大象出版社,2005.

[4] 林太乙. 林语堂传[M]. 台北：联经出版事业公司,1989.

[5] 施建伟. 林语堂 廖翠凤[M]. 北京：中国青年出版社,1995.

[6] 宾步程. 宾步程集：欧美留学相谱[M]. 广州：广东人民出版社,2019.

[7] 福建省南安县交通局. 南安县交通志[M]. 福州：海风出版社,1995.

[8] 晋江市交通局. 晋江市交通志[M]. 上海：上海社会科学院出版社,1996.

[9] 泉州市华侨志编纂委员会编. 泉州市华侨志[M]. 北京：中国社会出版社,1996.

[10] 郑君平,阮孟婕. 陈清机实业救国[M]. 福州：海峡文艺出版社,2017.

[11] 庄钟庆,庄明萱编撰. 两地书（厦门—广州）集注[M]. 厦门：厦门大学出版社,2008.

[12] 鲁迅著,黄乔生编. 鲁迅文集：书信（上）[M]. 石家庄：河北人民出版社,2019.

[13] 鲁迅. 鲁迅日记[M]. 北京：人民文学出版社,2006.

[14] 鲁迅. 华盖集续编[M]. 北京：人民文学出版社,2021.

[15] 陈梦韶. 鲁迅在厦门[M]. 北京：作家出版社,1954.

[16] 林文庆著,林曦译. 厦门,思念明朝之岛[M]. 厦门：厦门大学出版社,2018.

[17] 严春宝. 林文庆传[M]. 厦门：厦门大学出版社, 2021.

[18] 李元瑾. 东西穿梭　南北往返：林文庆的厦大情缘[M]. 新加坡：南洋理工大学中华语言文化中心, 2009.

[19] 卡兹米埃兹·Z. 波兹南斯基，黛布拉·伯恩. 旭日之路——周廷旭的世界[M]. 华盛顿：弗莱艺术博物馆, 2003.（Prof. Kazimierz Z. Poznanski, Debra J. Byrne: Path of the Sun—— The world of Teng Hiok Chiu[M]. Washington：Frye Art Museum, 2003.

[20] 温源宁著，江枫译. 不够知己 Imperfect Understanding（英汉对照）[M]. 北京：外语教学与研究出版社, 2012.

[21] 商朝. 跨越海峡：鼓浪屿上的两岸情怀[M]. 福州：福建人民出版社, 2017.

[22]《卢嘉锡传》写作组. 卢嘉锡传[M]. 北京：科学出版社, 1995.

[23] 福建卢嘉锡科学教育基金会. 华夏赤子　科教巨擘卢嘉锡：上册[M]. 北京：中央文献出版社, 2017.

[24] 何丙仲. 近代西人眼中的鼓浪屿[M]. 厦门：厦门大学出版社, 2010.

[25] 林金枝. 近代华侨投资国内企业概论[M]. 厦门：厦门大学出版社, 1988.

[26] 林金枝，庄为玑. 近代华侨投资国内企业史资料选辑：福建卷[M]. 福州：福建人民出版社, 1989.

[27] 陈嘉庚. 南侨回忆录[M]. 上海：上海三联书店, 2014.

[28] 周彪，新历史合作社. 中西并存：鼓浪屿上的多种信仰[M]. 福州：福建人民出版社, 2016.

[29] 张清平. 林巧稚[M]. 天津：百花文艺出版社, 2005.

[30] 林嘉禾，林晓玲. 林巧稚及其家族[M]. 厦门：厦门大学出版社, 2022.

[31] 吴瑞炳，林荫新，钟哲聪. 鼓浪屿建筑艺术[M]. 天津：天津大学出版社, 1997.

[32] 厦门图书馆. 厦门轶事[M]. 厦门：厦门大学出版社, 2004.

[33] 吴锡璜. 吴瑞甫家书：外一种[M]. 厦门：厦门大学出版社,2018.

[34] 厦门市地方志编纂委员会编. 厦门市志：第4册[M]. 北京：方志出版社,2004.

[35] 李克世（锡恺）. 台湾医生李应章:《台湾农民运动先驱者李伟光》增补篇［M］. 台北：蓝涛出版社,2011.

[36] 中国人民抗日战争纪念馆. 抗战文物故事[M]. 北京：中共党史出版社,2018.

[37] 陈燕茹. 鼓浪屿红色记忆[M]. 厦门：鹭江出版社,2021.

[38] 赵德馨,马长伟. 黄奕住传[M]. 厦门：厦门大学出版社,2019.

[39] 孙立川,朱南. 黄奕住大传[M]. 香港：香港中华书局,2021.

[40] 舒婷. 真水无香：我生命中的鼓浪屿[M]. 北京：作家出版社,2018.

[41] 张泉. 紫藤簃：林本源家族训眉记事散文[M]. 北京：东方出版社,2017.

[42] 陈娟英. 板桥林家与闽台诗人林尔嘉[M]. 福州：海风出版社,2011.

[43] 陈支平. 台湾文献汇刊第七辑：林尔嘉家族及民间文书资料专辑[M]. 厦门：厦门大学出版社,2004.

[44] 林尔嘉. 林菽庄先生诗稿[M]. 台北：龙文出版社,1992.

[45] 陈峰. 厦门藏书史略[M]. 厦门：厦门大学出版社,2021.

[46] 许南英. 窥园留草[M]. 台北：龙文出版社,1992.

[47] 厦门市政协文史资料委员会，厦门总商会编. 厦门工商史事[M]. 厦门：厦门大学出版社,1997.

[48] 邵铭煌. 探索林祖密：新印象、新风貌[M]. 台北：海峡学术出版社,2009.

[49] 台盟中央宣传部. 林正亨画传——纪念革命烈士林正亨诞辰100周年[M]. 北京：台海出版社,2015.

[50] 王颖. 雾峰传奇：台湾抗日英雄林正亨生死传奇[M]. 北京：当代世界出版社,2016.

[51] 王颖.雾峰林家：台湾第一家族绝世传奇[M].北京：九州出版社,2009.

[52] 张圣才口述,泓莹整理.张圣才口述实录[M].桂林：广西师范大学出版社,2016.

[53] 李锐.侨魂：李清泉传[M].海口：海南出版社,1999.

[54] 杨锦和,洪卜仁.闽南革命史[M].北京：中国计划出版社,1990.

[55] 中共厦门市委党史办.厦门革命历史文献资料选编（一九二九年七月—一九三一年六月）：第三集[M].1988.

[56] 曾志.一个革命的幸存者：曾志回忆实录[M].广州：广东人民出版社,1999.

[57] 叶茂樟.圣歌未曾止息：莫耶传[M].北京：新华出版社,2017.

[58] 弘一法师.悲欣交集：弘一法师自述[M].北京：文化艺术出版社,2014.

[59] 张一德.弘一大师在厦门[M].杭州：西泠印社出版社,2018.

[60]《弘一大师全集》编辑委员会.弘一大师全集[M].福州：福建人民出版社,1992.

[61] 陈佩真等编.厦门指南[M].厦门：新民书社,1930.

[62] 菲律宾名人史略编辑社.华侨名人史略[M].上海：大东书局,1931.

[63] 陈振和.厦门市房地产志[M].厦门：厦门大学出版社,1988.

[64] 厦门市志编纂委员会,《厦门海关志》编委会.近代厦门社会经济概况[M].厦门：鹭江出版社,1990.

[65] 中国人民政治协商会议厦门市委员会,文史资料研究委员会.厦门的租界：厦门文史资料第十六辑[M].厦门：鹭江出版社,1990.

[66] 厦门华侨志编纂委员会.厦门华侨志[M].厦门：鹭江出版社,1991.

[67] 陈民.民国华侨名人传略[M].北京：中国华侨出版公司,1991.

[68] 郭瑞明,蒋才培.同安华侨志[M].厦门：鹭江出版社,1992.

[69] 厦门总商会,厦门市档案馆.厦门商会档案史料选编[M].厦门：鹭

江出版社,1993.

[70] 郭瑞明.厦门人物·海外篇[M].厦门：鹭江出版社,1996.

[71] 厦门市地方志编纂委员会办公室.厦门市志（民国）[M].北京：方志出版社,1999.

[72] 厦门市图书馆编；何丙仲，曾舒怡整理.民国《厦门市志》余稿[M].厦门：鹭江出版社,2022.

[73] 何丙仲.一灯精舍随笔[M].厦门：厦门大学出版社,2022.

[74] 何丙仲，吴鹤立.厦门墓志铭汇粹[M].厦门：厦门大学出版社,2011.

[75] 何丙仲，鼓浪屿侨联.鼓浪屿华侨[M].厦门：厦门大学出版社,2017.

[76] 戴一峰.海外移民与跨文化视野下的近代鼓浪屿社会变迁[M].厦门：厦门大学出版社,2018.

[77] 何其颖.公共租界鼓浪屿与近代厦门的发展[M].福州：福建人民出版社,2007.

[78] 洪卜仁，周子峰.闽商发展史·厦门卷[M].厦门：厦门大学出版社,2016.

[79] 龚洁，思明区文化体育局，思明区政协研究室.鼓浪屿名人逸事[M].厦门：鹭江出版社,2008.

[80] 龚洁.鼓浪屿老别墅[M].厦门：鹭江出版社,2010.

[81] 洪明章.百年鼓浪屿[M].福州：福建美术出版社,2010.

[82] 周旻.鼓浪屿百年影像[M].厦门：厦门大学出版社,2017.

[83] 周旻.闽台历史名人画传[M].厦门：厦门大学出版社,2015.

[84] 周旻.鼓浪屿历史名人画传[M].厦门：厦门大学出版社,2016.

[85] 詹朝霞.鼓浪屿故人与往事[M].厦门：厦门大学出版社,2016.

[86] 颜允懋，颜如旋，颜园园.鼓浪屿侨客[M].厦门：厦门大学出版社,2010.

[87] 李启宇, 詹朝霞. 鼓浪屿史话 [M]. 厦门: 厦门大学出版社, 2013.

[88] 洪卜仁, 詹朝霞. 鼓浪屿学者 [M]. 厦门: 厦门大学出版社, 2015.

[89] 何书彬, 新历史合作社. 引领时代: 鼓浪屿上的人文之光 [M]. 福州: 福建人民出版社, 2016.

[90] 中共厦门市委宣传部, 厦门市社会科学界联合会. 口述历史: 我的鼓浪屿往事 [M]. 厦门: 厦门音像出版社, 2011.

[91] 中共厦门市委宣传部, 厦门市社会科学界联合会. 口述历史: 我的鼓浪屿往事之二 [M]. 厦门: 厦门音像出版社, 2013.

[92] 中共厦门市委宣传部, 厦门市社会科学界联合会. 口述历史: 我的鼓浪屿往事之三 [M]. 厦门: 厦门大学出版社, 2019.

二、期刊论文

[1] 吴志福. 林语堂之父林至诚牧师小传 [J]. 天风, 2013（4）.

[2] 陈煜斓. 林语堂与圣约翰大学 [J]. 海南热带海洋学院学报, 2019（6）.

[3] 彭程, 朱长波. 日本档案馆藏涉林语堂抗日活动档案一组 [J]. 新文学史料, 2019（4）.

[4] 卡兹米埃兹·Z.波兹南斯基, 汪凯. 幸福的地方——周廷旭创造的园景 [J]. 美术, 2005（1）.

[5] 贺绚. 我爱中国画——卡兹米埃兹·Z.波兹南斯基对中国画的认识 [J]. 美术, 2005（7）.

[6] 卢绍芳. 五代教育世家——留种园卢氏 [J]. 炎黄纵横, 2016（5）.

[7] 邹挺超, 郑宗伟. 淘化大同: 百年变迁与厦门血统 [J]. 闽商, 2014（8）.

[8] 林江珠. 东南亚闽侨民俗与文化空间拓展研究——以厦门"中华老字号"陶化大同为例 [J]. 广西师范学院学报（哲学社会科学版）, 2016（6）.

[9] 伍乔年. 序言三: 学记曰师严然后道尊又曰师道立则善人多……[J].

菲律宾华侨教育丛刊,1919(2).

[10] 董立功.旅菲华侨名医伍乔年[J].福建史志,2014(4).

[11] 朱清禄,林庆祥.记吴瑞甫先生[J].福建中医药,1982(2).

[12] 张孙彪,林楠.近代厦门国医专门学校[J].中华医史杂志,2013,43(4).

[13] 张孙彪.近代医家吴瑞甫医事言论探析[J].中华医史杂志,2016(2).

[14] 谢泳.《吴瑞甫家书》《菽园赘谈》简介[J].鼓浪屿研究(第八辑),2018(1).

[15] 陈光从.陈林望族 两岸情缘[J].台声,2003(8).

[16] 柯荣三.林尔嘉的一天——从《林尔嘉日记》窥其日常生活[J].台湾研究集刊,2007(1).

[17] 黄乃江."抗日复台":菽庄吟社社团宗旨探赜[J].华文文学,2009(5).

[18] 黄乃江."独自不忘风雅事,招邀名士过江来":菽庄吟社与日据台湾时期的两岸诗坛[J].台湾研究集刊,2010(4).

[19] 连心豪.菽庄花园与海关税务司公馆讼案始末[J].台湾研究·历史,1995(4).

[20] 方挺.龚显曾与"薇花吟馆"藏书[J].福建图书馆理论与实践,2009(2).

[21] 陈红秋.兵火虫蚀书散去 诗书画印慰平生——龚植藏书源流与特色[J].河南图书馆学刊,2014(9).

[22] 宋怡明.黄秀烺墓志:20世纪初期的华侨、侨乡与中国现代化[J].海交史研究,2003(1).

[23] 陈金亮.民国时期的晋江华侨与乡族械斗[J].社会科学家,2010(2).

[24] 王日根.民国初年福建晋江商人恢复族葬及其意义——黄秀烺古檗

山庄的个案分析[J].中国社会经济史研究,2016（1）.

[25] 马星宇,吴金鹏.吴增《墓志铭存稿》所见近代泉州历史诸面相[J].福建文博,2019（2）.

[26] 洛川.侨胞传记:安南的黄仲训[J].侨声,1941（10）.

[27] 一凡.富侨黄仲训杂事[J].泉州文史资料（第十辑）,1982（3）.

[28] 梁春光.追寻黄文华家族在越南的足迹[J].八桂侨刊,2010（4）.

[29] 陈燕茹.郑成功纪念馆西林别墅的由来——记西林旧主的家族传奇[J].厦门博物,2017（1）.

[30] 梁春光.厦门鼓浪屿有关黄仲训的诗联题刻[J].闽南,2021（1）.

[31] 詹朝霞.从鼓浪屿走出去的卓仁禧院士[J].炎黄纵横,2011（5）.

[32] 许毅明.辛亥革命志士林资铿[J].福建党史月刊,1987（A5）.

[33] 窦为龙,东木.雾峰林家鲜为人知的大陆故事（一）——爱国志士林祖密外孙女细说家里事[J].台声,2008（10）.

[34] 窦为龙.雾峰林家鲜为人知的大陆故事（二）——爱国志士林祖密外孙女细说家里事[J].台声,2008（11）.

[35] 季平.革命志士林祖密[J].炎黄纵横,2011（7）.

[36] 林义旻.家园同构,国比家大——我的父亲林正亨[J].黄埔,2019（3）.

[37] 许春草,板桥长弓.向养婢的恶魔宣战[J].石生杂志,1930（3）.

[38] 许春草,小土.不旧的新闻（系由国内外十几种报章杂志选录）:创办中国婢女救拔团五周年的回顾[J].布道杂志,1935（6）.

[39] 钱毅,闫铮.工匠、技师、建筑师:鼓浪屿近代的建筑设计师群体[J].鼓浪屿研究（第八辑）,2018（1）.

[40] 洛川.侨胞传记:菲岛的李清泉[J].侨声,1941（10）.

[41] 许国栋.菲律宾的著名侨领李清泉[J].华侨华人历史研究,1988（3）.

[42] 戴一峰.东南亚华侨在厦门的投资:菲律宾李氏家族个案研究（本

世纪二十至三十年代)[J].中国社会经济史研究,1999（4）.

[43] 戴一峰.闽南华侨与近代厦门城市经济的发展[J].华侨华人历史研究,1994（2）.

[44] 黄美缘.清末和民国时期华侨在厦门的投资[J].华侨华人历史研究,2006（3）.

[45] 施雪琴.南洋闽侨救乡运动与漳龙路矿计划[J].南洋问题研究,1995（4）.

[46] 施雪琴.华侨与侨乡政治：20世纪二三十年代菲律宾闽侨与救乡运动研究[J].华侨华人历史研究,1999（2）.

[47] 侯伟生.菲律宾华侨的抗日救国运动（1931—1941)[J].东南亚研究,1987（3）.

[48] 陈文敬.菲律宾女侨领颜敕与抗日妇慰会[J].福建党史月刊,2005（8）.

[49] 范若兰.新马华人妇女在抗日救亡运动中的活动（1937—1941年）[J].八桂侨刊,2002（2）.

[50] 冯宝君.曾志：情重逼云端[J].湘潮（下半月）,2016（4）.

[51] 晓农.患难与共爱弥坚——罗明与谢小梅在中央苏区的婚姻[J].当代江西,2006（9）.

[52] 卢嘉锡.我所认识的陈嘉庚[J].集美校友,1994（4）.

三、非期刊论文

[1] 张丽群.近代福建企业家陈天恩研究[D].福州：福建师范大学,2018.

[2] 刘玉玮.近代名医吴瑞甫医迹考[C]//"医家传记研究的继承与创新"学术研讨会论文集.庐山,2010.

[3] 刘玉玮.近代名医吴瑞甫医事考察史料[C]//第十四次中医医史文献学术年会论文集.南京,2012.

[4] 福建省炎黄文化研究会等.闽南文化新探——第六届海峡两岸闽南

文化研讨会论文集[C].厦门：鹭江出版社，2012.

[5] 赵俐.清末民初中国女西医研究（1897—1919）[D].长沙：湖南师范大学,2013.

[6] 吴文清.近代中医防治重大疫病史[D].北京：中国中医研究院,2005.

四、档案

[1] 黄钦书.先府君行实[A].线装本.厦门市图书馆藏.

[2] 王国璠.龚太夫人云环传略//板桥林本源家传[A].1985.

[3] 古檗山庄题咏集[A].线装本.厦门市博物馆藏,1932.

[4] 檗庄黄君墓志铭//吴增.墓志铭存稿[A].民国初年稿本.泉州市图书馆藏.

[5] 南洋闽侨救乡会总会编.南洋闽侨救乡会临时大会报告书[A].铅印本.1926.

[6] 汪方文,厦门市档案局,厦门市档案馆.近代厦门教育档案资料[A].厦门：厦门大学出版社,1997.

[7] 汪方文,厦门市档案局,厦门市档案馆.近代厦门涉外档案资料[A].厦门：厦门大学出版社,1997.

[8] 汪方文,厦门市档案局,厦门市档案馆.近代厦门经济档案资料[A].厦门：厦门大学出版社,1997.

[9] 汪方文,厦门市档案局,厦门市档案馆.厦门抗日战争档案资料[A].厦门：厦门大学出版社,1997.

五、汇编

[1] 王连茂.泉州拆城辟路与市政概况//中国人民政治协商会议福建省泉州市委员会文史资料委员会编.泉州文史资料第八辑[G].1963.

[2] 厦门大学中文系编.鲁迅在厦门资料汇编：第一集[G].厦门：厦门大学中文系,1976.

[3] 卓全成口述.卓全成与同英布店//中国人民政治协商会议福建省厦门市委员会文史资料委员会编.厦门文史资料：第15辑[G].1989.

[4] 李向群.见证：1938厦门——日寇入侵厦门前后报刊史料汇编[G].厦门：厦门大学出版社,2015.

[5] 鼓浪屿申报世界文化遗产系列丛书编委会.鼓浪屿文史资料（上册）[G].2010.

[6] 鼓浪屿申报世界文化遗产系列丛书编委会.鼓浪屿文史资料（中册）[G].2010.

[7] 鼓浪屿申报世界文化遗产系列丛书编委会.鼓浪屿文史资料（下册）[G].2010.

六、网络文章

[1] 寻找雷文铨——雷厝记忆（三）.微信公众号鼓浪chen语,2020年5月24日.https://mp.weixin.qq.com/s/OuQqgGRPu7fPLpo0wzTNEQ.

[2] 叶柑生.福建首任华人牧师叶汉章及后裔.微信公众号叶姓文谭,2018年3月18日.https://mp.weixin.qq.com/s/Vtm5HmpO2uNhVkziHxQT1Q.

[3] 谢平贵.鼓浪屿记忆："福州仙"谢宝三.微信公众号鹭客社,2021年8月17日.https://mp.weixin.qq.com/s/HU_FxTsbrKKotV-riQL6zg.

后记

来到鼓浪屿，大家会发现这里与其他地方很不一样。这里不仅保留着一百多年前的城市和社区原貌，一百多年前的建筑，甚至连建筑里住的人，也是一百多年前那一户家族的后代。百年前的鼓浪屿，吸引了来自世界各地的人们，他们的家族在这里聚居繁衍，生生不息，形成了千丝万缕的联系。鼓浪屿上一栋栋风格迥异的古老建筑，更像是一本耐人寻味的书，历经百年岁月，见证着东西方文化在这座小岛的碰撞和交融，见证着祖国至暗时刻华人精英们的家国情怀。

十年前，我来到鼓浪屿工作，每天从一栋栋花园洋房前走过，我常常好奇它们背后的家族往事。然而，当时对鼓浪屿的介绍多停留在掌故传说，我翻阅大量史料，并没有从中找到十分满意的答案，很多问题依然是未解之谜。2017年7月8日，在第41届世界遗产大会上，"鼓浪屿：历史国际社区"被列入《世界遗产名录》。欣闻鼓浪屿申遗成功，习近平总书记作出批示："把老祖宗留下的文化遗产精心守护好，让历史文脉更好地传承下去。"于是，在申遗成功后不久，我开设微信公众号"鼓浪日光"，开始陆续撰写一些关于鼓浪屿的文章。2019年底因新冠疫情爆发，居家期间有了大片属于自己的时间，我将之前所写的文章重新编排整理，确定体例，正式开启了本书的写作之路。本书基本成型于 2020 年底，经过数次修改调整，前后历时五年完成。

本书"日记体"的体例，是经过了多次纠结、反复推倒重来而确定的，写作难度远超想象。时代在发展，生活节奏越来越快，经过严谨考证的学术成果如何能让大众乐意接受，形成有效传播，是我多年来一直在思考的问题。历史研究不是埋首故纸堆，而是要不断推陈出新，在深入浅出上做文章。要用最接地气的文字描述历史，还原真相，启迪当下和未来。史实需要考证，行文也不能枯燥。为了使鼓浪屿深厚的历史文化底蕴能够被更多人了解和接受，经过多次尝试后，我最终探索出"日记体"写作体例。这种写法虽然别具一格，引人入胜，很容易将读者带入情境引发共鸣，但是也存在一些不可克服的缺陷。开篇写林语堂，因为林语堂是新文化运动的旗手，思想超前，文采飞扬，他的文风与我们今天的文章并没有太大区别，至今读来仍觉亲切。但是另外很多人物是出生于清朝末年，行文使用文言文，艰涩难懂，他们的"日记"既要保留个人特色，又要通俗易懂，语言风格想要恰到好处实属不易。现有的书籍和网络信息存在很多谬误和矛盾之处，对于这些内容的考证，往往需多方查找史料，反复推敲论证，去伪存真，将零乱的信息碎片不断整合，才能渐渐还原出事情的真相。局限于"日记体"，很多艰辛的论证过程无法一一呈现。

鼓浪屿的每一栋房子都有故事，每一条道路都铭刻传奇。每一座风格迥异的老别墅都彰显着别墅主人的爱好志趣和独特审美，承载着家族的过往和兴衰，隐藏着一段段不为人知的故事，记录着一个时代的辉煌和痛楚，值得珍藏和久久回味。生活对于每个人都非易事。一个能够成为光照亮他人的人，一定熬过了无数暗夜，尝尽了人世悲欢。每个名动天下的风云人物，不过是你我一样的凡人，有着逃不掉的生老病死和喜怒哀乐。他们从四面八方来到这个小岛，又散落到世界各地，凭借自己的努力和天赋，熬过漫漫长夜，成为闪耀夜空的繁星。在写作一个人物的过程中，这个人物的形象会渐渐在我脑海中明晰。他的所思所想、一举一动似乎都能从他的家世、职业、人际关系、婚姻关系、时代背景里找到答案。日思夜想，以至于这些历史人物时常出现在我的梦境里，角色互换，人我难分，我仿佛因此经历了一个个精彩的人生。正是被他们的精神力量所激励、感召，在繁忙的工作之余，我努力平衡写作和生活，排除万难固守着这份热爱和执着，在前人研究的基础上进一步深挖，希望这本历经无数日夜呕心沥血打磨而成的著作能够为鼓浪屿世界文化遗产的保护和传承贡献一缕微光。

  关于本书的出版，首先要衷心感谢厦门市社会科学界联合会、厦门市社科院的大力支持和鼓励，并将此书列入"厦门社科丛书"。还要感谢厦门市文化和旅游局二级巡视员李云丽认真审读了拙著的初稿，并在百忙之中为本书赐序。我要感谢我的单位厦门市博物馆对本书写作的大力支持，授权使用了大量馆藏文物图片及老照片、档案文书等资料。还要感谢何丙仲、吴永奇、曾谋耀、白桦、龚书鑫老师帮助提供史料、图片，不厌其烦为我答疑解惑。最后，要感谢家人的理解和支持，为了让我安心写书，他们付出了很多辛劳。

  本书写作时间跨度长，涉及人物庞杂，很多史料未能全部搜集整理，加上水平局限，难免有重复纰漏等不足之处，恳请读者批评指正！

陈燕茹